W0306984

Aurélie
CROIZÉ
L'EMPOISONNEUSE
DES BAS-FONDS
DÉCLARATION
DES DROITS DE LA FEMME
ET DE LA CITOYENNE.
ÉCHOS

PROLOGUE

Paris, 28 novembre 1805

La lourde porte en bois du théâtre abandonné claquait contre son montant. Le vent glacial s'y engouffrait tel un spectre sifflant, loin de l'agitation de la ville et surtout, loin de la moindre lanterne à huile. L'obscurité régnait en impératrice sur le quartier, accentuant le parfum rance de l'urine qui saturait l'air.

Aucune personne saine d'esprit ne venait en ces lieux sans une bonne raison.

Louise, la main droite posée sur la poignée, la gauche sur un morceau de bois ramassé parmi les débris qui jonchaient le parvis, pénétra dans le bâtiment avec le sentiment qu'un drame se profilait. Sûrement cette intuition était-elle exacerbée par sa dernière mésaventure, dans ce même théâtre, quelques jours auparavant. Ou bien était-ce un lointain souvenir, remonté des tréfonds de son passé ?

Paul le lui avait souvent répété : « tu as l'art de t'embourber dans les pires situations ». Elle ne le faisait pas exprès bien sûr – ou seulement dans l'idée de lever le voile sur les affaires macabres qui secouaient la capitale. La quête de vérité, voilà précisément ce qui l'avait menée, ce soir-là, dans cet endroit que même les Fantômes semblaient fuir. Elle n'avait jamais eu l'intention de poursuivre qui que ce soit, et moins encore celle que la presse avait nommée *la Nouvelle Marquise de Brinvilliers.*

Pourtant le théâtre, supposé inoccupé à cette heure tardive, résonnait des pas précipités d'un inconnu et Louise laissa son imagination déborder.

Était-ce une personne sans abri qui avait trouvé refuge dans ce lieu déserté ? Ou bien une réunion secrète entre membres d'un mouvement révolutionnaire ? L'une ou l'autre de ces hypothèses valait mieux que la perspective de se retrouver nez à nez avec une tueuse armée de ses potions !

Lorsque la porte grinça sur ses gonds rouillés, Louise grimaça. Elle balaya la salle du regard, les sièges éventrés et recouverts de poussière, la scène légèrement surélevée sur laquelle gisaient des prospectus abandonnés. Les courants d'air en soulevèrent quelques-uns sur le tapis de l'allée centrale, autrefois d'un rouge vermillon qui tirait à présent sur un marron boueux.

Sa main toujours agrippée à son arme de fortune, Louise avança jusque dans les rayons de lune qui filtraient par la toiture percée. Une chouette s'envola en hululant, arrachant un frisson à la jeune femme, puis les bruits de pas résonnèrent à nouveau contre la carcasse du théâtre, dans la galerie à l'étage. Tout son bon sens lui hurlait de rebrousser chemin dans la seconde, mais comme le disait Paul…

Louise emprunta les escaliers en bois qui, évidemment, ne lui épargnèrent aucun gémissement d'agonie. Elle progressa avec prudence, prête à se défendre au moindre mouvement suspect. Son morceau de planche voyait peut-être sa peinture s'écailler, mais il présentait l'avantage de se parer de clous solidement ancrés par la rouille.

À l'étage, elle observa la galerie. Hormis des sièges en aussi piteux état que leurs confrères du rez-de-chaussée, Louise ne vit personne. L'arrondi du balcon allongeait les ombres qui s'enfonçaient dans les entrailles du bâtiment. Que masquaient les portes battantes en bois moulé ? Des loges, le bureau du directeur, le local à costumes, celui des décors ? Tant de cachettes et d'angles morts.

Le silence s'était de nouveau imposé sur le lieu, et les jambes de Louise flageolaient. *Un peu de nerfs !* se morigéna-t-elle en resserrant la prise sur son arme. Elle avança prudemment vers une première porte. Derrière, dans un couloir obscur qui sentait le tabac froid et la moisissure, elle posa sa main libre sur le mur dont la tapisserie se décollait allègrement. Elle aurait voulu parler à haute voix pour combler le calme inquiétant qui plombait l'atmosphère, elle ne réussit hélas qu'à déglutir avec difficulté.

Heureusement, une seconde porte ouverte éclaira bientôt le bout du tunnel. Louise y passa la tête, avisa le système de cordes et de poulies qui filait au-dessus de la scène, puis le tas de sacs en lin sur sa gauche – probablement remplis de sable pour faire contrepoids. Mais toujours personne.

En apparence.

Louise se jeta pourtant à terre, évitant de justesse l'un des fameux contrepoids fixé à un crochet et lancé avec force dans sa direction. Elle se protégea du retour du projectile, roula sur le côté et, se relevant, elle aperçut une ombre s'enfuir derrière un pendrillon de velours noir.

— Halte ! cria-t-elle, encouragée par le sang qui pulsait dans ses veines.

Elle se lança à sa poursuite, manqua de glisser sur de nouveaux prospectus, se rattrapa d'une main à la rambarde en bois qui surplombait la scène, avant de reprendre sa course. Qui que fût le Fantôme du théâtre, il avait une dent contre elle. Alors que cette nouvelle aurait dû la convaincre de faire demi-tour, elle la galvanisa au contraire. Peut-être tenait-elle sa chance, le fin mot de l'histoire de la Nouvelle Marquise de Brinvilliers.

Louise courait à travers l'enfilade de salles obscures, guidée par le bruit des pas, ses doigts agrippés à son gourdin de fortune. Les vieux décors peints la regardaient en silence alors qu'elle se frayait un chemin à travers les couloirs encombrés de chaises, de tables, d'une statue d'Artémis. La déesse de la chasse semblait l'encourager, et, de la pointe de la flèche encochée sur son arc, elle lui montrait la direction. Alors Louise l'écouta, allongea sa foulée de peur de se laisser distancer, glissa à nouveau sur un prospectus. *Fichtre ! Quelle pagaille !*

La silhouette encapuchonnée reparut dans son champ de vision, à l'angle du couloir, de l'autre côté de la galerie. Louise porta son épaule vers l'avant pour enfoncer les portes battantes vermoulues. Elle ralentit à peine dans l'obscurité du couloir, son cœur battant au rythme des pas de l'inconnu, tandis que les échardes de son bâton lui blessaient la paume.

Heureusement, l'éclat de la lune s'imposa à nouveau derrière une nouvelle porte. En l'absence d'Artémis, l'apprentie cartomancienne n'avait plus que son instinct pour seul guide. Son instinct, et la vibration de la chevauchée nocturne sur le plancher de bois. Elle revint alors vers la scène, héla une fois encore l'ombre fine qui empruntait les escaliers, puis la poursuivit sans plus faire cas du grincement des marches.

Trop occupée à regarder ses pieds pour ne pas chuter, Louise ne vit pas la lame s'abattre sur elle.

LA MAISON

La Maison incarne votre terre, votre foyer,
mais sera-t-elle bien entourée ?

Deux semaines plus tôt,
jeudi 14 novembre 1805
23 brumaire de l'an XIV[1]

Le feu crépitait dans la cheminée de notre salon, réchauffant peu à peu l'atmosphère. La presse du jour m'attendait patiemment sur la table bouillotte[2] en acajou. Je m'assis près de l'âtre, sur le confortable fauteuil que MAL avait récemment fait retapisser d'un tissu floral en soie véritable. Lorsque l'on s'appelait Marie-Anne Lenormand et que l'on était la plus célèbre cartomancienne et nécromancienne de son siècle, on pouvait tout se permettre… ou presque.

---

1. **Pour briller en société** : à l'époque du récit, le calendrier républicain (créé pendant la Révolution française) est d'usage. Il faudra attendre 1806 pour retrouver le calendrier grégorien, tel que nous le connaissons aujourd'hui. (Avouez que c'est la classe à placer dans une conversation !)

2. **Pour briller en société** : pourvue d'un petit plateau rond, d'une ceinture à tiroir et de quatre pieds droits, la table bouillotte fait aujourd'hui office de guéridon dans nombre d'intérieurs. Créée au XVIIIe siècle, elle servait alors de table de jeu sous le règne de Louis XVI.

Mieux valait éviter de prédire mort et désolation à certaines personnalités de haut rang, au risque de visiter les cellules de la prison des femmes. MAL n'y était pas étrangère. Sa dernière visite remontait à décembre dernier et j'avais fait plus que ma part pour l'en sortir, jusqu'à m'associer au très estimé inspecteur Brandicourt qui, depuis, me sollicitait régulièrement pour l'accompagner sur certaines affaires. J'avais parfaitement conscience que ce n'était pas ma maîtrise des cartes qui l'intéressait, mais plutôt ma faculté à lire les visages – une compétence fort utile pour investiguer sur les divers larcins qui secouaient la capitale.

Les yeux perdus dans les flammes, je repensai à tout ce qui avait changé depuis cette fameuse arrestation. Notre foyer s'était étoffé d'un nouveau membre. MAL avait recueilli Amélie, une adolescente futée et discrète qu'elle avait repérée au Palais-Royal – comme moi. À croire qu'elle avait un faible pour les âmes égarées.

— Nous avons besoin d'une personne pour te seconder dans les tâches ménagères, avait dit MAL, un matin.

— Ma façon de procéder ne te plaît-elle plus ? m'étais-je étonnée.

— Tu ne peux pas tout faire correctement sans y perdre la santé. Tu te lèves aux aurores pour t'occuper de notre appartement, tu m'aides ensuite au cabinet, puis tu enquêtes la nuit. Et lorsque tu daignes lui accorder du temps, tu contes fleurette au jeune Paul.

J'avais rougi jusqu'aux oreilles à la mention de l'apprenti tailleur.

Paul ne se plaignait jamais de ne pas suffisamment me voir, même si ma mentore avait raison : je ne lui accordais que peu de temps. Non pas par manque d'envie. Je ne pouvais cacher que ses iris pailletés d'or faisaient battre mon cœur avec la même intensité qu'au premier jour. Le problème était plus profond.

Nous nous fréquentions depuis plusieurs mois. C'était bien plus qu'il ne fallait pour parler de mariage. Pourtant, il n'avait pas formulé sa demande… à mon grand soulagement ! Cette union me placerait, de fait, sous sa protection. Dès lors, la société attendrait de moi que je me dévoue entièrement à mon époux et que je m'occupe des enfants que nous ne manquerions pas de concevoir. Cette perspective m'effrayait plus que tout. Elle étouffait même le doux rêve d'une vie aux côtés de Paul.

Je ne voulais dépendre de personne.

Pas même de lui.

Je sortis de mes pensées en réalisant que je venais de lire trois fois la même phrase de l'article en première page de la *Gazette nationale de France*. Le soupir que je poussai attira Amélie qui s'approcha avec un plateau sur lequel reposaient deux tasses ainsi que la tisane qui infusait – confectionnée à partir des plantes qu'elle cultivait dans l'arrière-cour. Comme à son habitude, elle s'installa en silence sur le second fauteuil, saisit la casserole d'eau chaude à la surface de laquelle des fleurs flottaient, puis nous servit avec précaution en filtrant le liquide à travers le passe-thé métallique. Je me perdis dans la contemplation de cette scène familière où le liquide infusé glissait le long des parois en étain du tamis qui retenait les feuilles et les fleurs.

Je m'étais rapidement habituée à la présence apaisante d'Amélie. Nous formions un trio pour le moins étonnant puisque MAL lisait les cartes, Amélie les lignes de la main avec une précision hors du commun, et moi les visages. Il était impossible de nous berner lorsque nous travaillions de concert. Les affaires n'avaient jamais été si florissantes, comme en témoignait la nouvelle tapisserie de nos sièges.

— Quelles sont les nouvelles ? me demanda-t-elle de sa voix frêle, avide de savoir.

Amélie ne savait pas encore lire, même si je lui apprenais. Contrairement à moi, elle avait eu une famille, mais celle-ci l'avait mise à la porte à la première occasion. Trop de bouches à nourrir. La jeune fille avait alors vécu de ses divinations durant plusieurs mois avant que son chemin ne croise celui de MAL. Et, malgré son illettrisme, elle aimait se tenir au courant des nouvelles qui agitaient la ville.

— Je crains de ne pas avoir été très concentrée sur ma lecture, avouai-je en rouvrant le journal. Voyons voir !

Je parcourus le périodique en diagonale pour en résumer les habituels articles sur les campagnes militaires de l'Empereur à l'étranger. Batailles, stratégies militaires, résultats des combats et rapports sur les mouvements des armées… Nul ne pouvait ignorer que l'Europe était en proie aux guerres napoléoniennes.

Je tournai la page, lus les comptes rendus sur l'économie, le commerce international, les marchés financiers. Au milieu de ces chiffres, le quotidien annonçait une nouvelle représentation du *Barbier de Séville* de feu Jacques-Augustin Caron de Beaumarchais.

Amélie ouvrit de grands yeux pétillants à cette annonce.

— J'me suis faufilée plusieurs fois au théâtre de la

Porte-Saint-Martin, me confia-t-elle, le nez dans sa tasse pour masquer le rouge qui teintait ses joues. Je n'comprenais pas tout, mais les costumes ! La musique ! Et les spectateurs toujours bien habillés !

Je souris, touchée par son souvenir. Lorsque l'on ne possédait rien, on se satisfaisait de la beauté que le monde avait à offrir – un regard, un repas partagé, des comédiens qui s'animaient sur les planches. Peut-être pourrions-nous toutes trois nous rendre au théâtre si les places n'étaient pas trop chères. *J'en parlerai à MAL,* me promis-je.

En dernière page du journal, dans la rubrique des faits divers que ma mentore affectionnait tout particulièrement, j'appris que le corps d'une jeune femme avait été retrouvé dans le quartier de la manufacture de la Savonnerie. La brève ne disait rien de plus. Trois lignes ridicules pour parler de la fin d'une vie contre combien d'autres pour glorifier la toute-puissance de l'Empereur au-delà de nos frontières ?

Je refermai la *Gazette* d'un mouvement sec et la jetai à mes pieds. Elle s'écrasa mollement sur le tapis aux motifs floraux. J'étais en colère, agacée par toutes ces affaires « mineures » sur lesquelles j'avais travaillé cette année. Elles n'étaient mineures que pour l'Ordre public qui ne daignait pas toujours s'en occuper. Qui rendrait justice à une inconnue des bas-fonds, une moins-que-rien qui « vivait aux crochets de la bonne société » ? L'inspecteur Brandicourt, sans aucun doute. Mais, aussi courageux et acharné qu'il fût, il ne pouvait se dédoubler.

Lorsque je sortis de mes pensées, Amélie s'était éclipsée. Je l'entendais s'affairer dans la cuisine, et une nouvelle fois, je poussai un long soupir. MAL avait raison, j'étais fatiguée. À mener de front tant d'activités, je m'enfonçais petit à petit dans le marasme et l'aigreur. J'avais besoin de me reprendre en main.

En parlant de main, je plongeai la mienne dans la poche de la robe de lin d'un vert fougère que Paul m'avait confectionnée. Il avait poussé la coquetterie jusqu'à orner le revers des manches et du col d'une fine dentelle blanche. L'avantage de fréquenter l'apprenti modiste le plus prometteur de Paris était certainement celui de me trouver toujours joliment habillée – bien que j'eusse dû réfréner ses ardeurs pour éviter qu'il ne m'affuble de toilettes extravagantes et parfaitement inconfortables.

J'en sortis mon jeu de cartes que je mélangeai sans attendre, animée par l'envie de comprendre comment une jeune femme avait pu perdre la vie aussi prématurément. Maladie, mauvaise rencontre ? Le destin empruntait parfois d'étranges chemins, cela allait sans dire ; m'était avis que le monde marchait sur la tête ces temps-ci. Les guerres de l'Empereur vidaient les caisses de l'État, appauvrissant les plus démunis sans que les nobles ne soient inquiétés. Le gouffre semblait se creuser à vue d'œil. Cette inconnue n'av…

Une carte s'échappa et tomba face contre le tapis – un signe qui ne saurait être ignoré. Je la ramassai, la plaçai sur la table bouillotte, puis repris le brassage pour extirper deux autres lames que je disposai à gauche, puis à droite de la première.

Valet de carreau.

Valet de trèfle.

Sept de cœur. Renversé.

La première, au centre, incarnait la défunte. Si cette dernière avait été en vie, j'aurais interprété cette figure comme un outil tranchant entre les mains de la consultante, un outil dont elle se serait servie pour prendre une décision radicale, par exemple. La réalité étant tout autre, la carte parlait-elle de la cause de sa mort ? L'inconnue aurait-elle été poignardée ?

Le sept de cœur renversé dans son avenir me laissait songeuse. Il représentait la santé et l'énergie… ou bien les liens familiaux.

— Sept de cœur, sept de cœur… carte neutre, influencée par celles qui l'entourent, murmurai-je pour moi-même. Si je la couple au Valet de carreau, au tranchant, à la perte de santé… se peut-il que cette femme… se soit donné la mort ?

Si effectivement le sept de cœur renversé indiquait une mauvaise santé, l'inconnue aurait pu vouloir s'épargner douleurs et souffrance. Un élément me gênait, néanmoins, sans que j'arrive à mettre le doigt dessus. Le Valet de trèfle, dans son passé, complétait le tirage en soulignant une douleur vive qui aurait laissé des traces telle la morsure d'un fouet. Un châtiment.

La question était : se l'était-elle infligé elle-même ?

♣♦♠♥

Samedi 16 novembre 1805
25 brumaire de l'an XIV

Amélie se trouvait au marché et l'antichambre du cabinet s'engorgeait à vue d'œil, annonçant une très longue journée. Je guidais les clients un par un, sondant leurs visages dans le moindre détail pour rapporter à MAL les traces subtiles de leur état émotionnel – anxiété, jubilation, crainte, espoir, ennui. Chacun venait chercher une réponse auprès de la célèbre cartomancienne. Et celle-ci ne faillait jamais à sa réputation.

Que la journée soit longue ou non, MAL affichait son éternel sourire et dispensait ses prédictions. Si aucune lassitude ne venait entacher son quotidien, c'était sûrement parce qu'aucune de ses journées ne se déroulait de la même manière. Marie-Anne Lenormand était un personnage haut en couleur qui maîtrisait les arts divinatoires de façon… unique. Cartes, marc de café, blanc d'œuf ou eau réfléchie dans un miroir, elle faisait feu de tout bois ! En cette journée pluvieuse de novembre, ce n'était pas du luxe.

Épuisés d'attendre, certains clients maîtrisaient mal leurs nerfs, si bien que je me trouvai à devoir séparer deux hommes qui se criaient dessus, arguant qu'ils étaient arrivés premiers et que donc, c'était à leur tour. J'évitai de justesse un poing fermé qui s'écrasa avec violence contre le mur. L'homme hurla derechef – de douleur, cette fois-ci.

Grand bien lui fasse !

Moi aussi, j'étais fatiguée ! Mais je ne faisais pas de trou dans les murs ni ne m'acharnais sur mon entourage pour autant. Pourquoi diable certains hommes se sentaient-ils obligés de toujours s'exprimer dans la violence ?

Lorsque je demandai aux malotrus de se calmer, sans quoi ils ne pourraient voir mademoiselle Lenormand, ils me fusillèrent du regard. Pour la peine, j'appelai la cliente suivante, une dame âgée et voûtée qui contourna largement les deux hommes, au point de frôler le mur opposé pour s'en éloigner le plus possible. Je les fixai une dernière fois, espérant leur faire comprendre que je les surveillais, puis j'accompagnai la femme dont le visage, marqué par le temps, rendait difficile la lecture.

Elle souriait. Pas d'un sourire faux, dont tant de personnes se paraient pour masquer d'autres sentiments. Elle souriait à en étirer ses rides, à en creuser ses joues tombantes, à en dévoiler ses dents mal alignées.

À la façon dont la femme égrainait discrètement son chapelet dans la poche de son long manteau élimé, j'aurais mis ma main au feu qu'elle était présente contre avis paroissial. Cette pensée m'arracha une grimace. Nombre de clients consultaient MAL lorsqu'ils ne trouvaient plus en leur foi le courage nécessaire pour avancer dans la vie.

Cette femme, par exemple, souhaitait probablement entrer en contact avec un proche décédé comme me laissait penser le médaillon à son cou, qu'elle caressait avec mélancolie. Il s'agissait d'un objet précieux et ancien, un bijou qui cachait sûrement un portrait. Celui de son mari ? Non, elle ne portait pas d'alliance, elle n'en avait même pas la marque. Un parent ?

Je balayai intégralement sa tenue, avisai les miettes sur son chandail, la boue sur ses chaussures. Je sentis même les effluves de poisson.

Non, il s'agit d'un enfant.

Derrière la porte du cabinet, ma mentore patientait en lissant du plat de la main la nappe en dentelle blanche. Sa présence était captivante et énigmatique. Petite et menue, MAL possédait des traits fins et des yeux d'un bleu profond qui semblaient percer l'âme de ceux qu'elle rencontrait. Ses cheveux noirs, toujours soigneusement coiffés, encadraient son visage expressif. Elle portait des robes sombres, souvent ornées de dentelles et de broderies délicates, qui accentuaient son air mystérieux et austère.

Je murmurai à son oreille les détails que j'avais notés. Elle hocha discrètement la tête et offrit son bras à la cliente pour la guider jusqu'à la table circulaire. En son centre trônait le légendaire jeu Lenormand.

Je les observai par l'interstice de la porte que ma mentore laissait toujours ouverte afin que je puisse continuer d'apprendre. Après trois années à ses côtés, j'étais toujours aussi impressionnée par sa manière de procéder. Elle saisit son jeu, mélangea les cartes entre ses longs doigts fins tout en fixant sa cliente.

— Comment vous appelez-vous ? demanda MAL.

— Sophie.

— Et quel âge avez-vous Sophie ?

— Environ soixante-dix ans, répondit-elle en un large sourire.

Sophie avait effectivement de quoi se réjouir, car peu de personnes atteignaient cet âge vénérable. Outre les guerres, la maladie causait au moins autant de morts, en particulier chez les enfants.

— Coupez le jeu, Sophie ! ordonna doucement MAL en posant le tas sur la table.

La cliente s'exécuta, tremblante. Elle fixait les cartes comme si un message divin allait lui être révélé. Elle était avide d'arpenter ce chemin qui s'ouvrait à elle, impatiente de connaître le déroulé – comme le montraient ses mains qui se tordaient sous la nappe. Une fois qu'elle eut coupé le jeu, MAL saisit délicatement la main de la vieille femme pour en lire la paume. Elle glissa ses doigts chargés de bagues sur la peau ridée de sa cliente, parcourut les lignes comme on feuillette un roman, une biographie.

— Quelle est votre couleur préférée, Sophie ?

— Hum… je ne sais trop. Le bleu, peut-être.

La couleur de la Vierge Marie, celle de la pureté, de la femme. MAL afficha un léger sourire en coin que moi seule perçus. Il m'était destiné.

— Et votre animal préféré ? poursuivit la cartomancienne sans lâcher la main de sa cliente.

Cette fois, Sophie ne réfléchit pas.

— Le canard.

Ce n'était pas une réponse courante. Revenaient souvent les chiens et les chats, qui arpentaient les salons bourgeois ou erraient dans les rues. Les vaches connaissaient également un certain succès. Les canards, nettement moins, et cela corroborait mon intuition.

— Je vois que votre vie fut remplie, déclara MAL, les yeux rivés sur la paume de Sophie, avant de les relever pour continuer son discours. De bons et moins bons événements.

Sophie déglutit sans se départir de sa posture, aussi droite que le lui permettait son corps frêle et voûté. Elle soutenait le regard scrutateur de la devineresse, la mettait au défi de percer ses secrets. Les deux femmes restèrent ainsi de longues secondes où leur conversation se joua entre les non-dits et les mouvements imperceptibles des muscles de leurs visages. L'une suppliait, l'autre acquiesçait.

MAL reprit ses cartes et les retourna toutes. Une par une, elle aligna les trente-six lames devant elle. Le grand tableau. Il s'agissait du tirage le plus complexe puisqu'il demandait de prédire l'avenir de façon précise à travers toutes les figures du jeu. Longtemps, je m'étais demandé comment répondre efficacement lorsque tout le jeu était tiré. Puis j'avais compris ce que m'avait toujours répondu ma mentore : « Tu dois te focaliser sur les cartes clés ».

Les paroles de MAL étaient parfois aussi nébuleuses que la logique régissant les choix vestimentaires d'Hippolyte Leroy[1], quoi qu'en dise Paul, qui apprenait le métier dans son atelier. Ce fut après l'avoir observée de nombreuses fois que j'avais décodé ses paroles. Il existait dix cartes maîtresses dans le jeu. Chacune d'elles apportait des informations relatives à la question posée par le client.

Dans le cas de Sophie, par exemple, MAL se concentrerait en premier lieu sur l'As de pique qui incarnait la consultante. En étudiant les cartes qui entouraient cette Dame, le futur, le présent et le passé de Sophie seraient dévoilés. Puis, bien que la vieille femme n'eût pas explicitement demandé à parler à sa fille, nous l'avions deviné, et MAL s'en servirait. Elle étudierait avec attention le Valet de pique, la carte de l'enfant.

Le profil de la cartomancienne se découpait dans la lumière vacillante de la lampe à huile posée sur le guéridon derrière elle. Cette dernière teintait de nuances orangées les rideaux de soie fleurie et les murs tapissés. Elle se reflétait dans les boules de cristal, sur les étagères

---

1. **Pour briller en société :** Louis Hippolyte Leroy est un célèbre modiste qui a débuté sa carrière comme coiffeur à la cour de Versailles. Il a, par ailleurs, confectionné la robe du sacre de l'impératrice Joséphine de Beauharnais.

en bois de la bibliothèque, leur conférant une énergie presque palpable.

— Vous n'avez pas choisi votre époux, affirma MAL. Vous avez vécu un mariage sans amour.

Elle avait visé juste comme me le confirmait le froncement de sourcils fugace de Sophie.

— Un mariage heureusement court. Je vois une mort rapide, inopinée. Un accident. Non, se reprit-elle en passant sa main au-dessus d'une carte, c'est son cœur qui a cessé de battre, n'est-ce pas ?

La vieille femme afficha un sourire cruel, de ceux que l'on réservait aux personnes qui nous blessaient.

— Aussi « charmant » qu'ait été cet homme, il vous a offert un cadeau. Le seul. Le plus précieux.

Cette fois, Sophie perdit son sourire mauvais au profit d'une moue partagée entre la tristesse infinie et le bonheur véritable.

— Elle s'appelait Catherine, souffla-t-elle dans le crépitement léger du poêle à bois. Elle est morte de dysenterie à l'âge de cinq ans.

— Malgré les années, je sens que votre tristesse est toujours un fardeau. Je n'ai nul besoin des cartes pour savoir ce que vous êtes venue chercher. Sachez, néanmoins, que je ne puis pratiquer de séance de nécromancie sur les heures habituelles d'ouverture. Cet art est particulièrement exigeant et consomme une grande quantité de mon énergie. Aussi, je vous propose que nous prenions rendez-vous ultérieurement pour tenter de contacter Catherine. Qu'en dites-vous, Sophie ?

Cette dernière hocha la tête avec fermeté. Ses yeux brillaient d'un éclat nouveau. MAL l'avait convaincue, elle l'avait touchée en plein cœur, là où l'espoir se retirait quand la vie sombrait dans les ténèbres.

Je laissai les deux femmes terminer leur séance, m'éclipsai un moment au dernier étage, dans notre appartement.

— Comment s'déroule votre journée ? me demanda Amélie, occupée à préparer le repas.

— Comme toujours, riche en émotions. Et de ton côté ? As-tu quelques racontars de marché à nous rapporter ?

— Pas vraiment, mentit-elle.

Amélie ne mentait que rarement. Elle était d'une nature réservée et droite. Les seules fois où j'avais décelé l'imposture sur son visage, ce n'avait été que pour nous préserver, MAL et moi. Qu'avait-elle entendu qui la pousse à fuir mon regard ?

Je prétextai de préparer une tisane pour creuser la question, mais la chiromancienne battit en retraite. Elle abandonna le repas pour aller acheter des seaux d'eau. J'avisai pourtant ceux qui patientaient au coin de la pièce et qui prouvaient qu'Amélie s'était déjà acquittée de cette tâche. Comme je n'avais pas le temps d'insister, je redescendis, munie de mon plateau, pour offrir une pause à ma mentore.

— Tu as eu le nez fin, affirma MAL avant de tremper ses lèvres dans sa tasse fumante. Comment as-tu deviné pour sa fille ?

— Les miettes et la boue, répondis-je devant son regard sceptique. On n'effrite pas le pain sans avoir l'intention de nourrir un animal. Et quel animal se trouve à proximité d'un endroit mal pavé où la boue colle sous les chaussures ?

— Les canards au bord de la Seine… murmura MAL en comprenant.

— Les canards, en effet. Que nombre de parents montrent à leurs enfants sur les quais le dimanche.

— Mais comment as-tu deviné qu'il s'agissait d'une *fille* ? insista-t-elle.

— Sa peur des hommes m'a mise sur la voie, dis-je en repensant à l'incident dans l'antichambre. Si son enfant avait été un garçon, certainement Sophie aurait-elle été plus mesurée dans la crainte que lui inspire la gent masculine.

— Par les esprits ! Quelle triste vie que d'alimenter ainsi le fantôme d'une fillette !

— Est-ce vraiment le cas ? demandai-je, pensive. Je veux dire, comment Sophie aurait-elle pu vivre si longtemps après la mort de son enfant si la tristesse avait été intolérable ? N'avait-elle pas, au contraire, quelques bons souvenirs pour l'accompagner ?

— Hum, voilà une belle façon de voir les choses, murmura MAL, le regard tourné vers la fenêtre.

LE CAVALIER

Quel message apporte ce Cavalier
qui trotte avec rapidité ?

MAL retourna à ses prédictions, client après client, carte après carte. Le soleil déclinait derrière les habitations de la rue de Tournon jusqu'à complètement disparaître, plongeant la cour de notre immeuble dans le noir. La lumière du poêle à bois se reflétait sur les hautes fenêtres de l'antichambre dans laquelle ne restait qu'une personne. *Enfin !*

J'observai le jeune homme à peine plus âgé que moi, vêtu d'un pantalon usé aux genoux, d'une chemise en lin blanc sous une veste de laine bouillie. Il écrivait sur des morceaux de papier avec un bout de charbon taillé en pointe. *Ingénieux.* Sa tête était penchée vers l'avant, je ne voyais pas ses yeux cachés sous sa casquette en feutre d'un noir délavé par le soleil, mais je discernai le demi-sourire au coin de ses lèvres. Quant à son corps, il était raide, sur le qui-vive, là où – si le client avait été véritablement absorbé par sa tâche – il aurait dû être détendu, voire quelque peu agité par la séance à venir.

Il sait que je l'observe.

Je me raclai la gorge pour annoncer ma présence. Il releva la tête, fourra ses pages dans sa poche d'un geste lent et, comme je m'en doutais, se fendit d'une expression factice. Ses sourcils s'étaient certes relevés et ses yeux s'étaient écarquillés, mais tout cela lui avait pris trop de temps. La surprise était une émotion éphémère, très vite balayée par une seconde en lien avec le sujet de l'étonnement.

Pourquoi joue-t-il la comédie ?

J'inclinai la tête vers l'avant, les mains jointes sur le tablier de ma robe, et la mine aussi effacée que pouvait l'être celle d'une servante.

— Mademoiselle Lenormand va vous recevoir.

— Splendide ! s'écria-t-il en se levant d'un bond.

Ses yeux d'un vert profond brillaient d'une excitation véritable au-dessus de son nez retroussé. Je n'avais aucun doute sur le fait qu'il soit impatient de rencontrer MAL. Mais pour quelle raison ?

Ses mains étaient noircies par le charbon jusque sous ses ongles, signe qu'il avait l'habitude d'user de cet outil. Sur les feuillets qui dépassaient de sa poche, je vis plusieurs mots : traquenard, acharnement, ouvrière, et plusieurs points d'interrogation. Il n'était pas là pour son propre intérêt comme le laissait penser son corps, penché imperceptiblement vers moi.

Les clients avaient tendance à se tourner vers MAL, du moins vers son cabinet, et ce même si je leur parlais. Ils venaient pour *elle*. Lui venait pour autre chose. Son sourire, appuyé et mutin, me le confirma. Puis, alors que je poussais la porte du cabinet, comme à mon habitude, il se précipita vers la célèbre cartomancienne, retira son couvre-chef et s'inclina en baisant sa main. J'aurais pu me laisser berner par son attitude, croire qu'il était impatient de la rencontrer, mais je ne voyais qu'une chose : il avait fait en sorte que je ne puisse pas faire part de mes observations à ma mentore. Elle me regarda par-dessus son épaule en le guidant vers la table circulaire. Je lus dans ses yeux qu'elle avait remarqué l'étrangeté de la situation.

Le client, lui, resta concentré sur la cartomancienne, le coin de ses lèvres toujours relevé en une esquisse de sourire. Je tirai la porte, ne laissant qu'un interstice derrière lequel je me cachai pour ne pas manquer une miette de l'échange.

MAL débuta en battant les cartes, comme toujours.

— Comment vous appelez-vous ?

— Clément, mademoiselle. Clément Grévy.

Vrai.

— Que puis-je faire pour vous, monsieur Grévy ? demanda-t-elle d'un ton enjôleur.

— J'aimerais, si vous le pouvez, que vous me parliez de ma sœur Élise. Elle a disparu récemment.

MAL retourna le jeu, le balaya rapidement pour en extraire une carte qu'elle mit de côté, puis elle le battit à nouveau.

— Je suis navrée de l'apprendre, affirma-t-elle, posant le tas devant le jeune homme pour le lui faire couper.

Ce qui me navrait, personnellement, c'était ce mensonge éhonté. Qui que fût cette Élise, elle n'était définitivement pas la sœur de cet imposteur, et je ne savais comment le faire comprendre à MAL. D'ordinaire, nous ne communiquions plus après que le client fut entré dans la pièce. Je restai donc en retrait, le temps de comprendre les vraies motivations de ce Clément Grévy.

MAL tira ses cartes qu'elle disposa en un carré de trois par trois sous la lame qu'elle avait mise de côté – et qui ne pouvait être que l'As de cœur, l'incarnation du consultant. *Intéressant !* Pour répondre à la question sur la « sœur disparue », trois cartes auraient été suffisantes. Si elle avait fait le choix d'un tirage à neuf lames, elle avait parfaitement cerné le personnage qui lui faisait face.

Ainsi, s'étendait à présent devant elle un portrait plus précis de ce fieffé menteur, et je pouvais presque en deviner les figures rien qu'aux subtiles expressions de MAL. Peau tendue sous son sourcil arqué et mâchoire entrouverte.

Elle est surprise.

Puis ses sourcils s'abaissèrent, se rapprochèrent en descendant vers le nez. Ses lèvres ne formaient plus qu'une ligne significative.

Elle est en colère, à présent.

Certainement plus irritée que contrariée, mais tout de même, la sensation était étrange lorsque l'on savait que MAL se mettait rarement en colère. Elle préférait rire de toute chose, même des clients les plus véhéments, et plus encore des événements de la vie. Même ses séjours en prison n'avaient pas eu raison de son enthousiasme débordant.

— Votre *sœur,* insista-t-elle en plantant son regard dans celui du garçon, n'a que faire de votre inquiétude. Je dirais même que, là où elle se trouve, elle se moque de savoir quel mystère vous trouverez encore à résoudre.

Le garçon posa ses coudes sur la table, croisa ses mains sous son menton et sourit sans rien ajouter, attisant derechef l'expression courroucée de MAL. Il paraissait peut-être à l'aise, mais sa mâchoire se crispa un instant, un infime instant durant lequel il m'apparut… vulnérable. Il avait menti, mais il *savait* que nous le découvririons. Là n'était pas l'enjeu de sa visite.

— Le neuf de pique, annonça MAL, songeuse. Dites-moi, monsieur Grévy, quelle est cette chose que vous désirez si ardemment qu'elle vous attache, vous enracine en ces lieux ?

— Ne devinez-vous pas, mademoiselle Lenormand ? répondit-il, le regard aussi vibrant que le mouvement des flammes dans les boules de cristal.

— Je crois que vous n'êtes pas venu pour vous enquérir du bien-être de qui que ce soit. Ce dix de pique m'indique que vous cherchez à vous réinventer, à faire vos preuves. Pour ce faire, vous êtes venu ici avec un message, n'est-ce pas ? insista-t-elle en tapotant l'une des cartes. Un message et une question.

— Quelle sera la réponse ? demanda-t-il, fébrile.

Elle fixa la dernière colonne, celle de l'avenir. Elle était parfaitement capable de lui dire ce qu'il avait envie d'entendre, mais comme souvent, elle préféra une solution plus… récréative.

— Ce n'est pas à moi de répondre, déclara-t-elle en s'adossant au velours de son fauteuil.

Ils restèrent un instant dans cette position, s'affrontant du regard, telles deux statues de marbre. Puis MAL rompit le silence. Elle m'appela, d'un ton posé qui sembla pourtant claqué dans la nuit tel un coup de tonnerre.

Je me raidis avant de pousser la porte, traversai la pièce sans un mot et me tins à ses côtés, les yeux rivés sur les cartes.

Elle me laissa le temps d'interpréter leur signification à la lueur des informations que j'avais moi-même glanées à propos de ce Clément Grévy.

L'As de trèfle.

Le Roi de trèfle.

Et la Dame de trèfle.

Ce trio annonçait un futur partenariat qui ne serait pas sans difficultés ni obstacles, pour lui comme pour la personne qui l'accompagnerait. Un partenariat mûrement réfléchi, une envie de longue date. Et, puisque MAL et moi avions compris le manège de ce client, j'abandonnai mon masque de servante effacée.

— En quoi puis-je vous aider, monsieur ? demandai-je, stoïque.

Pour la première fois depuis son arrivée, il afficha une vraie émotion. La joie.

— Votre réputation vous précède, déclara-t-il en nous regardant, mi-penaud, mi-extatique. Je suis navré pour cette piteuse mascarade.

Il l'est, assurément.

— J'ai besoin d'aide, poursuivit-il, et je ne savais à qui m'adresser.

Sans ses artifices, il m'était facile de le déchiffrer. L'excitation se mêlait à sa détermination. Deux émotions qui agrandissaient son regard, étiraient ses lèvres et retroussaient son nez mutin. Puis, entre les sourcils, un soupçon d'inquiétude.

— Qui est Élise ? demandai-je à brûle-pourpoint.

Il sourit tristement. Élise n'était pas sa sœur, pour sûr, mais le sujet lui tenait à cœur.

— Elle est réellement la raison de ma présence, ce soir. Élise Marchant est la seconde victime de ce que je suspecte être un tueur en série.

La nouvelle tomba comme un couperet. Je n'entendais plus ni le crépitement du feu ni les propos de MAL. J'étais retournée plusieurs mois en arrière, dans l'une des soirées qu'elle avait organisées dans la maison du jeu près du Louvre…

Je déambulai entre les tables recouvertes de feutrine verte où les Parisiens buvaient, fumaient et riaient à s'en étouffer, ragaillardis par la vaine qui les accompagnait au baccara[1]*. MAL, assise dans un renfoncement de la salle, offrait ses prédictions à la foule hétéroclite qui évoluait sous mes yeux.*

À cette heure de la soirée, l'air était plus supportable. L'été, cette année, était brûlant. Les aristocrates se terraient derrière leurs volets clos tandis que le peuple trimait à la manufacture ou dans les champs, hors le mur. Tous se retrouvaient pourtant dans ces soirées que MAL se plaisait à orchestrer. S'y mêlaient les âmes sans distinction de fortune, animées par le même désir : se distraire.

Sur ma gauche, un joueur jeta ses cartes d'un geste rageur lorsque la partie ne lui fut plus favorable.

Au même moment, Élise entra dans mon existence.

---

1. **Pour briller en société :** le baccara est un jeu de cartes où le « banquier » affronte les joueurs, appelés « pontes ». Il est généralement joué dans des salons privés et se destine à une certaine élite (costume trois pièces, mises minimales élevées… vous voyez le genre ?). Donc si vous avez de la vaine au baccara, vous remporterez le jackpot !

— Les hommes ! soupira-t-elle d'un ton théâtral. Le monde leur appartient, et ils trouvent toujours une raison de s'en plaindre. Croyez-vous qu'il soit possible d'être plus égocentré ?

Je ne pus retenir mon rire qui éclata sans convenances. S'ensuivit une longue conversation sur la place des femmes dans notre société, ponctuée de moulinets de bras, de soupirs las et de sourires francs.

— Je ne suis jamais allée plus loin que la butte de Montmartre, déclara Élise, d'une moue chagrinée.

— Pour être honnête, moi non plus.

— Tant de femmes sont dans notre cas, Louise. Pas uniquement les plus modestes. La vérité est que nous sommes considérées comme des êtres dépourvus d'intelligence, rien de plus que des animaux.

Elle était emplie de colère. Une colère qui grondait sous la surface et faisait écho à mes propres angoisses. Lorsque je lui proposai de lire son avenir, elle refusa.

— Je n'ai pas besoin des cartes pour savoir de quoi demain sera fait. Moi, Élise Marchant, j'ai la ferme intention de faire bouger les lignes. L'avenir, c'est nous qui le créerons !

— Mademoiselle Louise ?

— Hum ?

MAL m'observait en coin alors que Clément Grévy attendait une réponse à la question que je n'avais pas écoutée.

— Je vous prie de me pardonner. J'étais perdue dans mes pensées.

— Ne vous excusez pas, mademoiselle, assura le jeune homme. Je ne sais que trop bien ce que ce genre de nouvelle peut provoquer. J'ai moi-même décidé de couvrir cette affaire afin qu'elle ne soit point enterrée par la police.

— Couvrir de quelle manière ?

— Je suis journaliste.

Ceci expliquait les feuillets et le charbon sous les ongles. Je n'avais encore jamais discuté avec un journaliste. Et, curieusement, celui-ci différait grandement de l'image que renvoyaient ses confrères, propres sur eux, insistants, un tantinet pédants.

— Quel lien entreteniez-vous avec Élise ? l'interrogeai-je.

— Seulement celui de cette affaire. Je ne la connaissais pas personnellement.

Il disait vrai.

— Pourquoi vous intéressez-vous à sa mort ?

— Comme je vous l'ai dit, je suis convaincu qu'Élise est la seconde victime d'un tueur qui a déjà sévi voilà trois jours de cela.

— Parlez-vous du corps de l'inconnue retrouvée dans les bas-fonds ?

— Précisément, dit-il dans un hochement de tête. Je vois que vous avez lu mon article.

— Sans vous manquer de respect, il manquait cruellement de consistance.

— C'est toute la place que mérite une femme des bas quartiers, cracha-t-il, visiblement dégoûté par le peu de respect que l'on avait accordé à cette défunte.

À moins que ce ne fût le manque de respect pour son travail qu'il regrettait. Néanmoins, je ne pus rester insensible à ses mots, à son désir de justice qui faisait écho au mien, au-delà du rang ou du sexe de la victime.

— Pourquoi ne pas aller voir la police ? m'enquis-je pour mieux comprendre ses intentions.

— Ils ne valent pas mieux que les directeurs de journaux. Rien ne doit dépasser des cases. Une femme retrouvée morte dans un quartier pauvre, c'est deux cents caractères, pas un de plus ! Quant à l'inspecteur chargé d'enquêter sur la mort d'Élise, il a rapidement conclu à un accident et m'a renvoyé dans mes cordes.

— Pourquoi croyez-vous qu'il s'agisse de meurtres ?

— Les gens parlent, mademoiselle Louise. Que la police le veuille ou non. Et l'un de mes informateurs m'a laissé entendre que les victimes avaient été retrouvées toutes deux défigurées. Une étrange coïncidence, vous en conviendrez.

En effet.

Tout comme je reconnaissais le peu de considération des forces de l'ordre. J'en avais fait l'amère expérience avec le commissaire Rambour, l'an passé[1]. *Lui aussi doit s'en souvenir,* ne pus-je m'empêcher de penser. Ces hommes se croyaient au-dessus de tout le monde. Ils ne daignaient écouter que le son de leur propre voix. Compter sur eux pour mener l'enquête de façon objective était impensable. D'autres en revanche…

— Je connais un inspecteur qui pourrait vous aider, affirmai-je.

— Je ne souhaite pas impliquer la police, trancha le journaliste. Je n'accorde pas facilement ma confiance et si je suis ici, c'est parce que je crois en *vos* capacités. J'ai entendu parler de vos talents. Je suis certain que vous démasquerez l'assassin si vous acceptez de me suivre dans cette affaire. Me suivrez-vous, mademoiselle Louise ?

---

1. Cf. *L'Apprentie Cartomancienne* (Gulf stream éditeur, 2024).

Je n'avais pas envie de repartir à la poursuite d'un meurtrier. La dernière fois, j'avais failli en mourir. Mais le visage de ce garçon m'implorait. S'il avait raison ? Si un tueur se promenait impunément dans les rues de Paris, pouvais-je rester en retrait ?

— Donnez-moi le temps d'y réfléchir.

— Évidemment, consentit-il en souriant.

Il souffla de soulagement. Ce n'était pourtant pas un oui. Ni un non. J'imaginais que cela lui suffisait. Sur ce, il nous salua d'une profonde révérence, sortit quelques pièces de sa bourse en cuir râpé qu'il posa sur la table, puis s'en alla.

MAL se leva à sa suite. Elle s'était tenue silencieuse durant toute la conversation. Un exploit ! Je ne doutais pas qu'elle avait soigneusement écouté tout ce qu'avait dit le journaliste entre les lignes.

— Ce garçon ne lésine pas sur les moyens pour obtenir ce qu'il désire, dit-elle en ramassant ses cartes.

— Pourquoi ai-je l'impression que cela te dérange ? D'ordinaire, tu es plutôt admirative des personnes qui vont au bout des choses.

— Il a vécu des événements difficiles, Louise. J'ai vu la Mort dans son passé, un suicide probablement. Et Dieu sait que les personnes qui ont croisé sa route de façon soudaine et brutale en ont gardé le goût du sang dans la bouche.

— Penses-tu qu'il puisse m'entraîner volontairement dans une affaire périlleuse ?

— On parle d'une enquête pour meurtre… se moqua-t-elle, un sourcil levé. L'affaire me semble suffisamment périlleuse pour que tu ne t'y frottes pas. Cela dit, même si ce journaliste n'a pas l'intention de te nuire, je ne saurais que trop te conseiller de te tenir sur tes gardes.

— Je n'ai pas encore accepté de l'aider, conclus-je.

Pour toute réponse, MAL me fixa d'un air entendu.

♣♦♠♥

Lundi 18 novembre 1805
27 brumaire de l'an XIV

Je m'éveillai en grimaçant, la nuque raide. Dans le salon, Amélie raclait la pierre de la cheminée pour en retirer les cendres. MAL l'avait invitée à nous rejoindre sans que notre appartement ne se soit agrandi, si bien que nous n'avions pas de chambre à lui offrir. La jeune fille dormait donc dans la grande salle, sur un lit d'appoint qu'elle rangeait chaque matin. J'avais proposé qu'elle s'installe avec moi, mais elle avait refusé tout net, avançant que j'avais besoin de repos et qu'elle ronflait atrocement.

Elle avait menti. Elle ne ronflait pas, ne faisait aucun bruit, ne dérangeait jamais. Si je m'étais réveillée en même temps qu'elle, ce n'était que par la force de l'habitude. Une habitude tenace qui me tirait du lit aux premières lueurs du jour. Depuis qu'Amélie était là pour me seconder s'agissant des tâches ménagères, j'utilisais ce temps pour avancer dans mes enquêtes lorsqu'elles se présentaient. Autrement, je l'aidais à la cuisine. MAL m'avait appris à concocter des plats nourrissants et j'y prenais un plaisir certain. Plaisir que je partageais avec la nouvelle membre de notre famille.

— Louise ! s'écria Amélie lorsque je la surpris, malgré moi, en entrant dans la pièce. Vous êtes déjà debout ?

Je ne levais plus les yeux au ciel lorsqu'elle me vouvoyait. Après avoir longtemps insisté pour qu'elle me tutoie, comme MAL et moi le faisions, j'avais accepté qu'elle n'en ait pas envie. Qui étais-je pour l'y obliger ?

— Ma nuit fut agitée, déclarai-je en me massant à nouveau la nuque. J'ai besoin de bouger sans quoi j'ai peur que la migraine ne m'assaille.

— Est-ce à cause du client d'hier ? demanda-t-elle tout en déposant le petit bois dans l'âtre. J'l'ai vu s'en aller. Il avait l'air satisfait, mais à vous regarder, j'n'en suis plus très sûre.

— Je pense que tu as raison, le concernant, affirmai-je en lui expliquant la situation.

À mesure que je déroulais l'entrevue avec le journaliste, les yeux d'Amélie s'agrandirent d'étonnement, puis de crainte. Elle n'aimait pas les histoires qui faisaient peur, moins encore lorsqu'elles étaient réelles.

— Vous voulez mon avis ? s'enquit-elle, sa paume ouverte vers le ciel.

— Ma foi, oui. Un regard neuf est toujours utile.

Elle s'attela aussitôt à décortiquer les lignes de ma main qu'elle avait déjà lues lors de notre première rencontre au Palais-Royal. On aurait pu croire qu'il n'y avait rien de plus à y déceler, mais ces sillons étaient susceptibles d'évoluer au fil du temps, de s'approfondir, de s'allonger, de se fragmenter en fonction des changements dans la vie du consultant, de ses expériences ou de sa santé. Ainsi, une lecture faite à différents moments pouvait potentiellement révéler de nouvelles informations. Sans compter que la chiromancienne était en mesure d'approfondir certains éléments spécifiques qui n'avaient pas été explorés en détail lors de la première lecture.

Amélie caressait donc ma paume avec une infinie douceur, suivant les sillons sans chercher à masquer ses réactions. Je lisais en elle comme dans un livre ouvert. Si elle n'aimait pas toujours ce qu'elle découvrait, elle termina son voyage en relevant la tête satisfaite.

— Je n'sais pas si vous trouverez l'assassin, mais attention : votre ligne de vie se sépare ici, dit-elle en désignant ladite rupture. Ça peut annoncer un changement important ou bien… une mauvaise rencontre.

— Penses-tu que je doive décliner la demande du journaliste ?

— Oh ! Là n'est pas la question, affirma-t-elle en tapotant ma paume de son index. Vous avez déjà pris votre décision.

LA TOUR

Tour à Tour, j'incarne vos attentes et vos ambitions,
mais aussi les limites et les restrictions.

L'humidité stagnante baignait les ruelles dans un brouillard poisseux qui mouillait mes jupes. Le jour ne semblait pas vouloir se lever malgré l'heure avancée, le pavé glissait et l'odeur de poisson remontait déjà des quais de la Seine, mais je marchais d'un pas décidé vers la rue des Marais-Saint-Martin, siège de la *Gazette nationale de France.*

MAL m'avait octroyé la matinée, non sans un grincement de dents. Si elle ne m'avait pas interrogée, c'était assurément parce qu'elle avait compris la raison de mon absence – et que celle-ci ne lui plaisait pas. Mais jamais elle ne m'aurait empêchée de mener ma vie comme je l'entendais.

Le faubourg Saint-Germain, anormalement vide de ses habitants, n'offrait pas à ma vue le ballet des dames endimanchées et des messieurs en queue-de-pie. Ainsi, je jouissais d'un quartier entier pour mon seul usage. Si le froid ne remontait pas le long de mes bas, j'aurais sûrement davantage apprécié le calme.

En traversant le pont Neuf, je croisai tout de même quelques domestiques qui promenaient les chiens de leurs maîtres restés près de la cheminée. Puis la vie reprit ses droits alors que je remontais la rue Saint-Denis. Au cœur des travailleurs qui se massaient dans l'allée, un homme tirait une charrette remplie de paniers en osier. Il me frôla, souilla ma robe de boue lorsque sa roue s'enfonça dans une flaque visqueuse, puis s'en alla, indifférent.

Je secouai le tissu pour en chasser les gouttelettes de terre humide, en vain. *Tant pis !* Je m'enfonçai dans le faubourg du Temple jusqu'au bâtiment en pierre de taille dont le fronton annonçait *Gazette nationale de France.* Il ne payait pas de mine, mais derrière la double porte en bois, je découvris une véritable ruche. Rédacteurs, imprimeurs et secrétaires s'agitaient dans une immense salle émaillée de colonnes moulées.

— Bonjour, m'annonçai-je au premier homme que je rencontrai. Je viens voir Clément Grévy. Pourriez-vous m'indiquer le chemin, je vous prie ?

— Qu'est-ce que vous lui voulez à Grévy ? m'interrogea-t-il d'un ton bourru, les bras chargés d'une pile de journaux.

Je gardai pour moi ce que m'inspirait sa réaction, comme la bonne servante que l'on attendait que je sois. Je n'étais pas là pour faire des vagues.

— J'aimerais lui parler d'un article.

— Pour les propositions, il faut voir avec Mathilde, là-bas, dit-il d'un signe de tête. On n'embête pas les journalistes directement.

Tout dans cette réplique me hérissait le poil, du

terme « embêter » jusqu'au fait que l'on pouvait, de fait, ennuyer la pauvre Mathilde. J'affichai pourtant un sourire factice, inclinai légèrement la tête et m'éloignai de cet homme en direction de l'employée. Lorsqu'il eut disparu, je bifurquai et m'enfonçai dans les locaux où des hommes s'activaient autour d'une machine bruyante et volumineuse. Je la contournai, saisie par l'odeur d'encre et de papier qui s'en dégageait, pour enfin apercevoir le journaliste assis derrière son pupitre en bois.

— Mademoiselle Louise ! s'exclama-t-il en se levant.

Il me tendit la main, pas pour la baiser, plutôt comme il aurait salué l'un de ses pairs. Cette idée me plaisait, car, au-delà de faire la lumière sur cette sombre affaire, j'avais le sentiment de compter. Pour de vrai. Je saisis donc la paume noircie du jeune homme et la serrai avec conviction, faisant fi des convenances.

— Je suppose que votre présence augure une réponse favorable à ma demande, dit-il, le sourire aux lèvres. Êtes-vous prête à démasquer ce meurtrier ?

— Je le suis.

— Splendide ! s'exclama-t-il en sortant la montre de son gousset. Je dois dire que vous avez parfaitement choisi votre moment. Êtes-vous disponible pour une entrevue ?

— De quelle nature ?

— Celle de la révolution, mademoiselle Louise ! Venez ! Je vous expliquerai en chemin.

Il attrapa sa veste sur le dossier de sa chaise, sa casquette pendue à la patère, puis il m'entraîna à sa suite vers l'extérieur. L'homme qui m'avait rabrouée à l'entrée ouvrit la bouche en m'apercevant, mais n'eut pas le temps de me sermonner avant que je ne quitte les lieux. Je souris malicieusement en imaginant sa mine déconfite derrière moi.

— Où allons-nous ? m'enquis-je.

— À la Savonnerie. Les deux victimes, Élise et Virginie, y travaillaient.

— Alors elles se connaissaient.

— Absolument ! Elles faisaient même partie d'un mouvement ouvrier fraîchement établi à la manufacture.

— Un mouvement ouvrier ? De quoi s'agit-il ?

— Plusieurs employés se sont organisés pour porter la parole de tout le personnel auprès de la direction afin de réclamer de meilleures conditions de travail, incluant un salaire plus élevé.

— Élise et Virginie avaient voix au chapitre ? ne pus-je m'empêcher de m'étonner.

— De cela, je ne saurais trop m'avancer. Dans les faits, elles ne sont plus là pour l'assurer, ajouta-t-il d'un air entendu.

Cette visite de la manufacture revêtait un intérêt soudain. J'avais hâte de rencontrer les fameux membres de ce mouvement ouvrier et de savoir ce que le directeur des lieux en pensait. Pour utiliser le temps du trajet à bon escient, j'interrogeai mon nouveau partenaire sur les détails des meurtres.

— Cela sera rapide, je n'ai que peu de choses à vous dire. Élise et Virginie ont toutes deux été retrouvées défigurées, aux premières heures du jour, dans un quartier reclus près des quais. Sûrement les meurtres ont-ils eu lieu la nuit précédant la découverte de leurs corps.

— Ont-elles été tuées dans le même quartier ?

— À quelques rues, oui. Et avant que vous ne posiez la question, elles n'habitaient pas les environs. Je me suis renseigné.

— Avez-vous parlé à leur entourage ?

— Pas encore. Pour être honnête, je m'empare seulement de l'affaire, et ce contre l'avis de mon rédacteur en chef. Autant vous dire que je n'ai que peu de temps à y consacrer. Mais avec votre aide, je suis certain que nous réussirons à donner plus d'importance à cette affaire.

Il en était convaincu. Encore une fois, j'étais flattée par sa confiance en moi et par le fait qu'il prît de son temps pour rendre justice à deux femmes de basse extraction. Comme lui, je brûlais d'envie de réussir, de faire mes preuves. D'ailleurs, même si Clément Grévy ne souhaitait pas impliquer la police dans l'affaire, je n'étais pas aussi tranchée. Avec des preuves suffisantes, je ne doutais pas que l'inspecteur saurait motiver sa hiérarchie.

Nous traversâmes la Seine par l'île de la Cité, puis nous dirigeâmes vers le sud de la ville en direction du faubourg Saint-Marcel, principalement connu pour ses activités artisanales et industrielles, ainsi que pour l'hôpital de la Salpêtrière. Si la proximité de la Seine offrait des promenades aussi agréables que le faubourg Saint-Germain, la population y était toutefois plus hétéroclite.

Le bâtiment de la Savonnerie, typique de l'ère industrielle du siècle dernier, s'imposait par sa haute façade en briques, ses larges fenêtres et ses cheminées fumantes. Sur la dernière marche, sous le porche en pierre de taille, j'avisai un œil grossièrement dessiné à la peinture blanche.

Le journaliste poussa la haute porte en bois, aussi à l'aise que s'il rentrait chez lui. Je ne lus sur son visage aucune crainte ni plus d'excitation liée à une éventuelle entourloupe qu'il préparerait. En vérité, il paraissait agir… dans son bon droit.

— Monsieur Grévy, le salua un homme en veste noire et gants blancs que je présumais être l'intendant.

Derrière ses lunettes rondes, ce dernier affichait un air tout à fait professionnel, bien que légèrement irrité. Apparemment, il n'appréciait pas particulièrement la visite du journaliste. Dans les circonstances actuelles, j'étais même surprise que l'on nous ait ouvert aussi facilement les portes de l'établissement. Sûrement Clément Grévy avait-il pris rendez-vous de longue date.

— Vous êtes ponctuel, déclara l'intendant en nous saluant d'un léger signe de tête.

— Toujours, lorsqu'il s'agit de brosser le portrait d'une institution telle que la manufacture de la Savonnerie, répondit-il d'un air guilleret.

L'homme aux lunettes rondes, lui, ne put réprimer une moue dubitative.

— Veuillez me suivre, ordonna-t-il, ouvrant la marche sans me regarder.

Dans le long couloir d'exposition, j'admirai de somptueuses tapisseries, fleuron de la maison[1] – scènes complexes, motifs floraux, représentations de la nature, figures mythologiques.

---

1. **Pour briller en société :** avouez que vous vous êtes dit « j'ai raté un truc ! » Des tapisseries comme fleuron d'une savonnerie ? Laissez-moi vous expliquer : Louis XIII développe la manufacture en installant les ateliers sur les bords de la Seine au pied de la colline de Chaillot, dans les bâtiments d'une ancienne fabrique de savon – d'où le nom de Savonnerie qui depuis, désigne les tapis réalisés selon la technique du point noué, dit « de Turquie ».

— L'héritage de la Savonnerie remonte à une époque où le talent des artisans était célébré, où les cours royales recherchaient des pièces exceptionnelles pour orner leurs demeures, expliqua l'intendant d'une voix empreinte de révérence.

Cet homme vieillissant suintait la fierté par tous les pores de sa peau. Probablement affectionnait-il la manufacture, ainsi, sans doute, que la famille qui en avait la charge depuis des générations. Il récitait son texte d'une voix ampoulée, ne se tournant vers le journaliste que pour lui signifier que sa présence dans les lieux n'était pas la bienvenue, article de journal ou non.

Clément Grévy, lui, affichait son éternel air enjoué, les mains croisées dans le dos. Il avançait dans le couloir en fixant les tapisseries d'un œil expert. Avait-il réellement l'intention de rédiger un papier sur la manufacture ? Y parlerait-il de la mort d'Élise et Virginie ?

Notre guide pénétra dans un immense atelier largement éclairé par la lumière du jour qui traversait l'enfilade de fenêtres sur tout un pan du mur, là où les artisans travaillaient sur d'impressionnants métiers à tisser. Je notai une majorité de femmes affairées derrière leurs ouvrages. Certaines levèrent la tête rapidement avant de retourner à leur besogne, d'autres s'attardèrent sur l'étrange trio que nous formions. Pour ma part, je me perdis un instant dans la contemplation de leur procédé complexe. Les cadres maintenaient les fils sous tension pour permettre aux ouvrières de tisser la trame. Fils de laine, de soie et d'or s'entremêlaient. Une succession de points noués, reliés entre eux par une boucle, construisait peu à peu, à chaque nouvelle rangée, l'image du tapis.

C'était un travail minutieux qui requérait sans aucun doute une certaine dextérité.

Le bruit d'une porte qui claque me ramena à la raison de ma visite. J'avais été si absorbée par le ballet tissé que je n'avais pas vu s'éloigner le journaliste et l'intendant. Lorsque je tournai la tête, ils n'étaient plus là. Je balayai la salle du regard à la recherche de la sortie, mais plusieurs portes s'alignaient jusqu'au fond de l'atelier. Qui savait laquelle ils avaient empruntée.

Peu importe !

Le journaliste n'avait pas besoin de moi pour faire le tour du propriétaire. Peut-être serais-je plus utile ailleurs. *Sûrement, pour dire vrai.* Il se pourrait même que Clément Grévy m'ait laissée volontairement derrière lui pour que je puisse fouiner à ma guise. *Ainsi soit-il !* Ce n'était pas la première fois – et probablement pas la dernière – que je me trouvais à vagabonder indûment en coulisses.

J'endossai donc le rôle de la servante esseulée pour avancer innocemment dans l'espace, lisant les visages des artisanes en quête d'une piste quelconque concernant Élise et Virginie. La plupart étaient concentrées sur leur ouvrage, les sourcils légèrement froncés et, à l'occasion, la lèvre pincée entre leurs dents. Plus loin, une femme fuit mon regard, alors qu'un homme occupé à balayer le sol sembla le chercher.

Ce dernier me fit un signe de la tête, désignant la grande horloge murale. Elle indiquait déjà onze heures trente. *Bientôt la pause déjeuner, donc.* L'occasion idéale pour se fondre dans la masse et poser mes questions. J'acquiesçai en silence.

En attendant, je poursuivis mon exploration. Élise et

Virginie avaient travaillé ici, elles avaient forcément laissé leur empreinte – une note, un objet, de quoi orienter mon investigation. Dans cette enfilade d'artisanes, rien ne me paraissait personnel ni familial, néanmoins. La manufacture s'enorgueillissait d'une pratique ancestrale, d'un savoir-faire, et pourtant, les personnes ci-présentes semblaient... interchangeables. Deux femmes étaient mortes récemment sans que cela ne génère aucun accroc dans cette machine bien huilée. Tous les postes étaient pourvus, assurant la continuité de la production.

Sur les longues tables encombrées de fils colorés et de navettes en bois, j'aperçus un pochon de lin qui dénotait. Je le pressai doucement, sentis les feuilles craquer sous mes doigts, libérant un parfum terreux légèrement piquant.

De la sauge.

En cherchant, je trouvai plusieurs autres sachets disséminés dans la pièce. J'en glissai un dans le repli de ma robe, puis m'approchai de l'escalier en fer forgé qui montait vers une salle vitrée. Au même moment, un homme entra par l'une des portes. Un mètre quatre-vingt-dix, au bas mot, pour quelque deux cents livres[1], il s'imposait dans l'espace – qui me parut soudain beaucoup plus petit. Il marqua un temps d'arrêt, puis me fixa d'un air renfrogné.

— Qu'est-ce que vous faites ici ? demanda-t-il.

— Je me suis perdue, avouai-je, faussement penaude.

— Ne me prenez pas pour un benêt ! On ne se perd pas ici. Comment êtes-vous entrée ?

Par la porte, eus-je envie de rétorquer.

1. **Pour briller en société :** à l'époque du récit, la livre était l'unité de masse. Elle équivalait à 500 grammes environ (selon les provinces). Elle a ensuite été remplacée par le système métrique que l'on utilise aujourd'hui.

— L'intendant m'a ouvert. J'avais rendez-vous.

— Vous venez pour le remplacement ?

— Oui, mentis-je outrageusement.

Son nez se retroussa imperceptiblement, alors que ses lèvres s'étiraient vers la gauche. Il ne me croyait pas, mais j'étais persuadée qu'il n'avait pas son mot à dire. À coup sûr, son rôle se bornait à surveiller l'atelier, et plus précisément les ouvrières. Il renifla de mépris.

— Suivez-moi !

Je me faufilai à sa suite dans l'escalier métallique, prenant de la hauteur sur cette immense salle, cette tapisserie qui se tissait au son caractéristique des broches en bois s'entrechoquant.

Le gardien traversa la véranda, puis frappa à une porte gravée du nom du directeur, François-Marie Auriol. Une voix masculine l'autorisa à entrer.

— Monsieur, la nouvelle recrue est arrivée.

— Je n'ai pas demandé de main-d'œuvre, Briand, affirma-t-il en se tamponnant le front à l'aide d'un mouchoir en tissu de belle qualité.

— Mais…

Le gardien se tourna vers moi, puis vers son patron et à nouveau vers moi. Il fit un pas dans ma direction, m'obligeant à reculer d'autant. Nous nous tenions tous deux dans l'encadrement de la porte.

— J'aime pas trop qu'on se paye ma tête, la demi-portion, grogna-t-il en me saisissant violemment le bras.

Je criai sous le coup de la surprise plus que de la douleur.

— Lâchez-la, Briand !

L'homme obtempéra aussitôt, mais son regard assassin ne me quittait pas. S'il avait pu, il m'aurait mise dehors à coups de pied au derrière. Je me demandais s'il avait aussi surpris Élise ou Virginie dans une situation qui lui avait déplu. Aurait-il pu s'en prendre à elles ?

Sûrement…

— Je vais recevoir cette demoiselle. Vous pouvez retourner à vos occupations.

— Bien, monsieur, dit-il en fermant la porte derrière moi non sans m'avoir une dernière fois couverte de son regard le plus meurtrier.

Sa lourde démarche résonnait dans l'escalier métallique, tandis que je me tenais là, immobile. Durant plusieurs secondes, la tension monta dans la pièce, exaltée par nos silences respectifs. J'avais souvent vécu cette situation inconfortable où les hommes à qui je faisais face tentaient d'asseoir leur domination sur ma personne. Un jeu de pouvoir qui orientait inévitablement la suite de la conversation. Si je craquais, ils gagnaient. Si je gagnais… je perdais. Car ces hommes-là, il fallait le dire, n'appréciaient pas d'être humiliés – moins encore par une femme. Il ne tenait donc qu'à moi de jouer le jeu.

— Je m'appelle Louise, cédai-je la première.

— Je sais parfaitement qui vous êtes, répondit-il en se tamponnant à nouveau le front. La protégée de Marie-Anne Lenormand.

Intéressant.

Peu de personnes étaient capables de me reconnaître physiquement, même si ma réputation semblait s'installer sur la capitale. Là où tout le monde connaissait MAL, qui se souciait de sa servante ? On ne faisait que rarement attention à moi. Ainsi m'était-il plus facile de récolter des informations.

— Que fait une diseuse de bonne aventure dans ma manufacture ?

Dédain. Possessivité. Fausse passivité à tendance agressive. Le fameux François-Marie Auriol n'était pas heureux de me voir en ces lieux, lui non plus. Quoi qu'il se passe ici, personne ne voulait que des étrangers y fourrent leur nez, *a fortiori* les sorcières.

Je dois la jouer fine.

— Ma maîtresse a eu vent des récents drames qui ont frappé votre entreprise et propose ses services afin de purifier les lieux et d'apaiser les esprits.

Sa mâchoire se contracta, à l'instar de la veine sur sa tempe et, même s'il avait tenté de rester de marbre face à ma proposition, j'avais lu son mépris. Mépris qu'il ravala avec difficulté, car j'avais appuyé là où le bât blessait : l'équilibre fragile de la manufacture après la mort de deux de ses ouvrières. D'ailleurs, si je me fiais à ce que je voyais – teint cireux, cernes creusés et souffle court –, sa propre santé n'était pas au mieux.

L'homme ne croyait pas aux arts divinatoires, pas plus, certainement, qu'à toutes les pratiques de « bonnes femmes ». Mais la Savonnerie ne serait rien sans ses employés, et ces derniers avaient peur, comme me l'avaient appris les talismans disséminés dans l'atelier et l'œil de protection dessiné à l'entrée.

— Que comptez-vous faire ? s'enquit le directeur.

Encore une fois, je devais trouver la juste mesure entre son envie de rassurer ses artisanes et celle de se débarrasser de moi au plus vite.

— Je peux entrer en contact avec les esprits tourmentés pour leur demander de quitter les lieux. Une séance devrait suffire. Deux, tout au plus.

— De quoi avez-vous besoin ? soupira-t-il, agrippé à son mouchoir humide de transpiration.

— De quelques informations sur les victimes pour réussir à me connecter aux bons esprits.

Le directeur prenait sur lui pour ne pas lever les yeux au ciel. Son corps tendu trahissait pourtant son exaspération.

— Que voulez-vous savoir ?

— Depuis combien de temps les victimes travaillaient-elles ici ?

— Mademoiselle François est arrivée il y a trois ans, et mademoiselle Marchant, deux.

Je n'aimais pas particulièrement le regard concupiscent qu'il afficha en parlant des victimes, mais je gardais pour moi ce que cet homme m'inspirait. Il me fallait rester attentive et objective.

— J'ai ouï dire qu'elles faisaient partie d'un mouvement ouvrier. Est-ce vrai ?

— Où avez-vous entendu parler de cela ? s'emporta-t-il.

— La rumeur est arrivée au cabinet en même temps que la nouvelle des décès. N'y voyez aucun jugement de ma part, assurai-je pour l'apaiser, j'essaie simplement de dresser un portrait fidèle de la situation. Peut-être les sentiments exacerbés d'un tel mouvement ont tourmenté les esprits de ces femmes.

— Faites ce que vous avez à faire, mademoiselle. Puis, partez. Vous comprendrez sûrement que je ne veuille pas ternir la mémoire de ces personnes en parlant d'elles alors que leurs corps sont à peine froids.

Leur mémoire ou la réputation de la manufacture ?

— Je le conçois totalement, monsieur. Où puis-je m'installer pour ne pas gêner ? Il me faudrait une pièce assez vaste sans meubles encombrants.

— Vous pourrez utiliser la cantine après le déjeuner.

Il retourna ensuite à ses papiers, signifiant ainsi la fin de notre entrevue. Je ne me fis pas prier pour rejoindre les ouvriers qui déjeunaient bruyamment. Je balayai la salle du regard à la recherche du journaliste, sans succès. Peut-être était-il encore coincé avec l'intendant, obligé d'écouter ses innombrables histoires de tapis. Cette pensée m'arracha un sourire moqueur.

— Vous semblez de bonne humeur pour une servante qui sort du bureau du directeur Auriol, déclara une femme à la longue chevelure brune, les bras croisés sous sa poitrine.

Elle scrutait ma tenue – ma robe en lin, le tablier accroché à ma taille ainsi que le capot de coton blanc qui recouvrait mon chignon – de ses yeux qui, curieusement, n'avaient pas la même teinte. L'un vert et l'autre marron me fixaient avec défiance, braises incandescentes.

— Sous-entendez-vous que le directeur moleste les demoiselles ? demandai-je en m'engouffrant volontairement dans la brèche qu'elle venait d'ouvrir.

Elle ne répondit que par une grimace crispée qui m'en disait long. *Parfaite agonie.* L'ouvrière ne portait pas l'homme dans son cœur. Pire, elle était en colère contre lui, comme l'attestaient les deux lignes verticales sur son front.

— Je vous suggère de ne pas trop vous en approcher si vous ne voulez pas finir au cimetière, siffla-t-elle entre ses dents serrées.

— Voilà une menace plutôt directe.

— Ce n'est pas une menace, ma belle. C'est un conseil.

— De femme à femme, n'est-ce pas ? raillai-je.

Elle me décocha un sourire en coin dont la condescendance imprégna la commissure de ses lèvres pleines, puis elle balança ses boucles épaisses par-dessus son épaule et s'éloigna.

— Ne l'prenez pas pour vous, me recommanda l'homme qui m'avait fait signe plus tôt, dans l'atelier. Félicitée n'fait pas dans la d'mi-mesure.

— J'en prends bonne note.

— Je m'appelle Albert, se présenta-t-il d'un sourire édenté en frottant ses mains sur son pantalon. Vous z'êtes pas v'nu pour tisser, hein ? Vous z'en avez pas la dégaine.

— Effectivement.

— Z'êtes là pour les filles, Élise et Virginie ? C'est vrai c'qu'on dit ? Z'ont été empoisonnées ?

— Qui vous a parlé d'empoisonnement ? demandai-je, stupéfaite.

— Tout le monde parle que d'ça, dit Albert dans un haussement d'épaules. Il paraît qu'leurs visages étaient déformés, que du sang coulait par leurs yeux et d'la bave par leurs bouches.

Sa voix montait crescendo à mesure qu'il listait l'horreur des rumeurs.

Clément Grévy avait visiblement été bien renseigné.

— Élise et Virginie, repris-je pour en revenir aux faits,

avaient-elles des problèmes avec certaines personnes de la manufacture ?

— J'crois pas, répondit-il en se grattant la tête, les yeux en l'air pour se souvenir. Z'étaient plutôt discrètes. Surtout Virginie.

— Pourtant, elles faisaient partie du mouvement ouvrier, n'est-ce pas ?

— Vrai ! Mais faut pas croire, on n'est pas tous des grandes gueules dans l'groupe.

— Vous en faites partie également, Albert ?

— Oui, M'dame ! affirma-t-il fièrement, les pouces tirant sur ses bretelles.

Je lui souris. Ainsi, le mouvement acceptait toute personne en son sein. Ce n'était pas étonnant. À bien y réfléchir, il était sûrement judicieux de privilégier le nombre pour faire face à la direction.

— Y a-t-il un porte-parole pour faire remonter les revendications du personnel ?

— Pour sûr ! C'est lui, là-bas, avec les beaux ch'veux et la moustache, m'sieur Jacques, me dit Albert en désignant une table au centre de la salle.

Il était effectivement impossible d'ignorer cet homme à la chevelure aussi désordonnée que flamboyante. Là où mes cheveux se fendaient de quelques reflets cuivrés, les siens brillaient d'un orange lumineux, tel un phare dans la grisaille ambiante. Ce « monsieur Jacques » attirait les regards, les gens… et il aimait cela. Il jubilait, le torse bombé, le sourire ravageur.

À quel point connaissait-il Élise et Virginie ? me demandai-je en observant les regards énamourés que lui portaient certaines ouvrières.

La lettre

Que contient cette Lettre,
bonne nouvelle ou mal-être ?

Je patientai dans un coin de la cantine en observant la masse des travailleurs, m'imprégnant de leurs mouvements, de leurs émotions. Personne ne faisait attention à moi hormis Albert et le gardien Briand qui m'assassinait du regard à intervalles réguliers.

Lorsque la cloche sonna la fin de la pause, je remontai le courant des corps pour intercepter le meneur du mouvement ouvrier. Il perdit aussitôt son sourire, regarda le garde du coin de l'œil et m'ignora magistralement… non sans me glisser un morceau de papier plié en quatre. Je restai immobile bien après que la foule eut disparu par la double porte et que le silence fut revenu.

— Dépêchez-vous de faire ce que vous avez à faire ! m'ordonna Briand d'un ton sec, m'écrasant de sa haute stature. Je vous regarde.

Ne cille pas ! Ne lui montre pas que tu as peur.

Cet homme me terrifiait pourtant. Je sentais son ombre dans mon dos, ses yeux incendiaires sur ma nuque.

J'aurais préféré partir sur-le-champ. Malheureusement, je n'avais pas le choix. Si je voulais être autorisée à revenir, je devais poursuivre la mascarade.

Tremblante, je sortis l'amulette de ma poche, dénouai le lien et en sortis l'une des feuilles de sauge que j'enflammai dans le poêle à l'angle de la pièce. Je tournai ensuite en rond, agitant ma main en invitant les esprits à s'exprimer. Si MAL me voyait, rirait-elle à gorge déployée ou me sermonnerait-elle de ridiculiser ainsi la profession ? Je préférais ne pas y penser pour l'instant.

Lorsque j'eus terminé d'enfumer les lieux, je m'arrêtai dans un coin, la tête levée vers le plafond, comme si je discutais avec une entité mystique invisible. Je me mordis la joue pour ne pas ricaner. J'avouais bien volontiers que je n'étais pas fière de ce mensonge éhonté, mais lorsque l'on était une femme détective, il fallait user de certains stratagèmes *douteux*. D'ailleurs, je profitai de tourner le dos au gardien Briand pour lire le message de monsieur Jacques.

Rendez-vous au pont des Arts à 21h

Je hochai la tête et, après quelques élucubrations psalmodiées avec conviction et doublées de mouvements de bras désordonnés, je mis fin à ma « séance ». Briand se planta dans l'ouverture de la porte pour me bloquer le passage, puis il me déshabilla du regard dans un lent mouvement des yeux sans que sa tête ne bouge d'un millimètre. Il me toisait.

M'écrasait.

M'humiliait.

— Je ne crois pas une seconde à votre mascarade. Et si je vous vois encore fourrer votre nez dans les affaires de monsieur Auriol…

Il laissa sa phrase en suspens, les poings serrés pour accentuer la menace à peine voilée. Un frisson me parcourut l'échine. Glacé. Étouffant. Satisfait, Briand opéra un pas de côté et je m'enfuis presque en courant.

Dehors, Clément Grévy m'attendait sur le parvis. Il griffonnait avec frénésie sur ses éternels feuillets, qu'il semblait emporter partout avec lui.

— Mademoiselle Louise ! Je me demandais si vous vous étiez perdue dans les méandres du bâtiment, se moqua-t-il faussement, dans un clin d'œil appuyé.

Il m'avait donc bien laissée fureter à ma guise. C'était agréable de faire équipe avec une personne qui pensait comme moi.

— Je pense que vous avez arpenté les recoins de ces lieux bien plus que moi, répondis-je sur le même ton, tentant de calmer mon cœur encore affolé par les mots de Briand.

— Si vous saviez ! J'ai même eu le privilège incommensurable de poser mes yeux sur le tapis qui, jadis, s'est fait piétiner par les semelles du roi Louis XIV.

— Vous pouvez mourir en paix, le taquinai-je.

Il rit sans réserve, indifférent au fait que je sois une domestique. Il se comportait avec un naturel désarmant. Peu d'hommes m'avaient témoigné autant de sympathie.

— Et de votre côté, avez-vous découvert des informations intéressantes ? m'interrogea-t-il à son tour.

— Je n'en suis pas encore certaine. Dites-moi, connaissez-vous la cause de la mort d'Élise et Virginie ?

— Mon informateur n'a pas su me répondre et l'inspecteur chargé de l'affaire n'a pas souhaité me mettre dans la confidence, répondit-il dans un haussement de sourcils désabusé. J'ai entendu des rumeurs, cela dit, affirmant que les victimes avaient été poignardées.

— Vraiment ?

— Vous n'avez pas l'air satisfaite de ma réponse, reprit le journaliste. Auriez-vous entendu une version différente ?

— En effet. Ce qui me pousse à m'interroger sur la raison de ces rumeurs. Qui a découvert les corps ? Pourquoi les ragots dépeignent-ils tantôt un meurtre à l'arme blanche, tantôt un empoisonnement ? Pire, pourquoi la police camoufle-t-elle ces meurtres ?

— Je vous l'ai dit, mademoiselle Louise : la police n'est d'aucune aide sur cette affaire. Elle l'a jugée peu digne d'intérêt et s'en est déjà détournée.

— Cela n'a aucun sens ! m'agaçai-je. Un coup de poignard ou un empoisonnement ne laissent aucun doute sur l'acte criminel en lui-même. Pourquoi faire croire qu'il ne s'agit que de corps retrouvés sans vie ? Pourquoi museler la presse ?

— Ne me regardez pas de la sorte, se défendit-il en levant les mains. D'ordinaire, c'est moi qui pose les questions. Sachez que je suis tout aussi dépité que vous l'êtes. Si je me suis intéressé à cette tragédie, c'est porté par le désir de la faire connaître du plus grand nombre.

Je pinçai les lèvres, contenant tant bien que mal la colère qui brûlait en moi. Je me souvenais des mots d'Élise lors de cette fameuse soirée dans la maison du jeu près du Louvre.

« J'ai écouté trop de femmes me raconter leurs histoires. Je ne connais rien de la vie de château, je ne m'encombre ni de corset ni de crinoline, mais je suis prête à parier que les aristocrates aussi portent le fardeau d'expériences humiliantes, d'agressions par des hommes. Parce que ces comportements transcendent les strates sociales, Louise, ils ne s'arrêtent pas à la fortune. »

Je pressentais une enquête compliquée.

À mon retour, rue de Tournon, Paul m'attendait dans le salon, une tasse de tisane à la main. Il se leva dès que je passai le seuil, vêtu de sa veste des grands jours cousue dans une laine d'un bleu marine et ornée de boutons dorés. Il avait fière allure, comme toujours, et mon cœur s'emballa.

— Que fais-tu ici ? demandai-je en m'approchant.

— Bonjour à vous aussi, mademoiselle Louise ! se moqua-t-il.

— Pardon, dis-je en souriant, le rouge aux joues. Bonjour, monsieur Lenoir. Votre journée s'est-elle bien déroulée ?

— On ne peut mieux, mademoiselle. Et la vôtre ?

Je fronçai les sourcils. J'étais encore toute retournée de ma visite à la manufacture, de constater encore une fois que les personnes qui n'étaient « pas bien nées » ne bénéficiaient d'aucune reconnaissance, ni dans la vie ni dans la mort. Qu'en tant que femme, servante, apprentie cartomancienne, je ne valais rien, n'avais droit, au mieux, qu'à l'indifférence. Au pire, les hommes comme Briand me rappelleraient toujours qu'ils avaient le pouvoir sur moi.

— Louise, que se passe-t-il ? s'inquiéta Paul en prenant mes mains.

— J'ai peur, avouai-je du bout des lèvres. Peur de me réveiller demain et de constater que le monde est devenu pire qu'il n'est aujourd'hui. J'ai peur d'avancer en ayant toujours à l'esprit que mes faits et gestes seront étudiés, jugés, voire méprisés. Paul… je crois que j'ai peur de vivre.

Il inspira profondément, puis m'invita à m'asseoir sur l'un des fauteuils près de la cheminée. Je lisais l'inquiétude sur son visage et je m'en voulus aussitôt de lui infliger cela – en plus du reste.

— Amélie m'a parlé du journaliste. Est-ce ton enquête qui pèse sur ton moral ? Tu as de la peine pour ces femmes, n'est-ce pas ?

— Comment fais-tu pour savoir exactement ce qui me traverse ?

— Je suis fin observateur, s'enorgueillit-il en bombant faussement le torse. D'ailleurs, je suis convaincu que nous formerions un duo très efficace sur tes enquêtes.

— Je n'en doute pas un instant.

— Souhaites-tu me raconter les détails de tes premières observations ?

Je lui souris avec reconnaissance. Paul était toujours présent, quelle que soit l'heure. Il m'écoutait attentivement, participait à la conversation et m'offrait souvent l'occasion de prendre du recul. Jamais je n'avais lu une quelconque lassitude ou un enthousiasme feint sur son visage. Alors, une fois de plus, je partageai avec lui mes récentes découvertes et mon ressenti.

— Allons aux Variétés, ce soir, proposa-t-il après

mon monologue. Cela fait trop longtemps que nous n'y sommes pas retournés ensemble et je suis certain que la distraction te serait bénéfique.

Je soupirai de frustration.

— J'aimerais beaucoup, Paul, mais j'ai rendez-vous avec le meneur du mouvement ouvrier à vingt et une heures.

Une ombre passa sur son visage, vite balayée par un sourire bienveillant.

— Je comprends, ne t'inquiète pas, murmura-t-il en posant sa main sur ma joue. Nous pourrons nous y rendre un autre soir.

Les larmes affluaient sous mes paupières, tirées d'un profond désarroi. Pourquoi avais-je peur de le perdre, tout à coup ? Était-ce l'enquête qui teintait déjà tous les pans de ma vie ou bien mon instinct m'informait-il d'un plus sombre destin ? Submergée par cette angoisse nouvelle, j'attendis que Paul quittât l'appartement pour tirer les cartes.

Forgée par l'habitude, j'y trouvais le moyen de me rassurer sur l'avenir des personnes que j'aimais. Une question précise et, dans la multitude d'interprétations possibles, une réponse. Celle qui gommait la douleur au creux de ma poitrine.

Le futur de Paul était toujours lumineux comme le montrait l'As de carreau à droite de mon tirage. Le soleil illuminerait ses pas et ses projets dans tous les domaines. *Pourquoi ai-je toujours mal au cœur, dans ce cas ?* Je n'avais pas le courage de creuser le sujet, de poser mes questions sur lesdits projets. J'avais peur de découvrir que je n'en ferais pas partie.

Ou bien était-ce justement d'en faire partie qui me terrifiait ?

Je frottai le creux de ma poitrine à l'aide de mon poing fermé pour en chasser le nœud, puis endossai mon rôle d'assistante. En descendant au rez-de-chaussée, je croisai Amélie qui remontait avec un plateau vidé de son repas.

— Elle ne s'est pas reposée, déclarai-je en fixant les traces de ragoût que MAL avait visiblement avalé sur le pouce entre deux consultations.

Amélie secoua la tête, lèvres pincées. Elle aussi déplorait que MAL ne prenne pas davantage soin de sa santé alors qu'elle dispensait ses conseils en la matière à tout le monde.

— Elle est avec un monsieur important. Elle n'avait pas le temps d's'arrêter avant son arrivée.

— Un monsieur important ? m'étonnai-je.

— Oui, vous savez, ceux qui sont bien habillés, qui sentent bon et… qui prennent rendez-vous.

— Je vois.

Je ne me souvenais pas d'avoir noté un rendez-vous pour un client de cet acabit, ce qui me poussa à dévaler les marches deux par deux pour assouvir ma curiosité. Qui donc avait eu le privilège de s'inscrire dans le calendrier très chargé de la célèbre mademoiselle Lenormand ?

Devant la porte du cabinet, je pris une profonde inspiration avant de regarder par l'interstice.

Larges épaules. Col de chemise d'un blanc immaculé. Moustache et cheveux coiffés à la mode. Boutons de manchettes en argent dont je voyais mal le motif depuis ma cachette.

— Devrais-je prendre mes dispositions, selon

vous ? demanda-t-il d'une voix grave et posée, quoique légèrement inquiète.

— Ce n'est pas moi qui vais vous apprendre qu'à votre poste, vous devriez toujours être sur vos gardes, répondit MAL d'un ton aimable, presque de connivence.

Le connaissait-elle personnellement ? Cela expliquerait comment il avait obtenu cette séance.

— Je vous sens las, déclara-t-elle avec douceur.

Ce n'était définitivement pas le ton qu'elle employait avec ses clients, même les plus réguliers. Il y avait entre eux une sorte d'énergie qui ne m'était pas familière. Ils se portaient des regards qui reflétaient un passé commun, sans que je puisse définir le lien qui les unissait. Ce n'était pas de l'amour, ou bien en était-ce une version… différente ? Je n'arrivais pas à imaginer MAL aux bras de quiconque, elle qui se targuait de n'avoir besoin de personne pour avancer dans la vie. J'étais à la fois sceptique et fascinée. Surtout, j'étais curieuse. Je voulais comprendre ce qui l'attachait à cet inconnu aux boutons de manchettes en argent.

Lorsqu'il se leva, je courus dans les escaliers jusqu'au premier étage. Je l'entendis saluer MAL avec un respect teinté de tendresse, puis quitter le bâtiment.

— Tu peux descendre ! scanda MAL sur le palier. Ne crois pas que je sois sourde. J'ai entendu tes bottines sur les marches en bois.

— Comment m'as-tu reconnue ? lui demandai-je en m'exécutant.

— Louise… soupira-t-elle. Je ne serais pas aussi douée si je n'observais pas attentivement les personnes qui m'entourent. Tu devrais le savoir mieux que quiconque. Après trois années à tes côtés, je suis capable de reconnaître le bruit de tes pas, celui de ta respiration derrière la porte et la moue de surprise que tu tentes vainement d'afficher sur cet adorable visage, conclut-elle en caressant mon menton de son index d'une façon toute maternelle.

— Touchée.

Elle me décocha un clin d'œil et repartit dans son cabinet où elle arrangea le fauteuil et les rideaux de soie pour le prochain client.

— Qui était-ce ? l'interrogeai-je alors.

— Un ami.

— Un ami précieux, visiblement.

— En effet, ajouta-t-elle en relevant la tête. Et comment se porte le charmant Paul ?

Diversion.

— Il va bien. Je crois, précisai-je, me rendant compte que je ne lui avais même pas posé la question.

Il m'avait écoutée sans se plaindre, sans jamais ramener la conversation à lui, et je m'étais totalement épanchée. Si bien que je l'avais laissé s'en aller sans m'enquérir de ses propres émotions.

— Je reconnais cette expression, affirma MAL. Cesse de te flageller de la sorte. Cela ne fera pas avancer votre histoire. La communication ! C'est la clé de toute relation durable.

— Et comment le sais-tu ? ne pus-je m'empêcher de rebondir.

— Ne crois pas que les relations entre êtres humains se bornent à l'Amour. Il est tout aussi difficile d'entretenir une longue amitié, un partenariat ou même un lien familial. Là où brûlent les émotions, tu te dois d'alimenter les flammes si tu ne veux pas que le feu s'éteigne.

Je soutins son regard perçant avec difficulté. Ses mots restaient collés à ma peau par la force de la franchise. MAL m'avait sortie de la rue, guidée à sa manière, sans me prendre par la main. Elle était ma famille, la première personne à m'avoir aimée. Je n'avais pas d'autres repères. Je n'étais, pour ainsi dire, qu'une spectatrice de la vie, observant les liens qui se tissaient et se défaisaient entre les gens. Alors, comment faire ? Comment entretenir les flammes de l'Amour sans en connaître les règles ? Comment être la Dame de ce Valet de cœur ?

— Sois honnête, Louise, répondit-elle à mes questions muettes avec un large sourire comme elle en avait le secret. Et garde l'esprit ouvert ! Toute relation est une partie qui se joue à deux… au moins.

Les clients s'enchaînèrent l'après-midi durant et, déjà, l'heure de mon rendez-vous approchait. Je laçai mes bottines, enfilai mon long manteau de laine, le châle que MAL m'avait offert à sa dernière sortie de prison, et glissai dans ma poche un morceau de bois que j'avais taillé en pointe – juste au cas où.

Puis je m'enfonçai dans la nuit parisienne.

Je remontai la rue de Tournon éclairée par ses lampes à huile éparses qui allongeaient mon ombre jusqu'à l'étendre sur la façade des immeubles particuliers. Je ressemblais à une créature informe, presque effrayante, et le bruit de mes talons qui claquaient sur le pavé semblait donner vie à ce monstre de ténèbres.

Il murmurait dans l'obscurité.

Que dit-il ? J'ai si peur d'écouter.

Et pourtant…

J'étais subjuguée par cette partie de moi qui s'étalait à la face du monde. Subjuguée et inquiète que quelqu'un puisse la voir, mais lorsque je me retournai dans l'allée, j'étais seule. Les flammes vacillantes de chandelles dansaient derrière les fenêtres closes. Personne ne me prêtait attention.

Je repris ma route au pas de course, mue par l'envie viscérale de me fondre dans la nuit. Au bout de la rue de la Seine, je m'arrêtai un instant à l'angle du collège des Quatre-Nations[1] pour laisser à mon cœur le temps de ralentir sa chevauchée. Je passai ma main froide sur mon front moite, fermai les yeux et inspirai au rythme des clapotis en contrebas.

Pourquoi suis-je dans cet état ?

Je m'apprêtais à rencontrer un homme que je ne connaissais pas, seule, à une heure indue, pour mener une enquête sur les meurtres potentiels de deux femmes… et je m'affolais de ma propre ombre ? J'étais ridicule !

Un peu de nerfs, Louise ! Ressaisis-toi !

Je hochai la tête, comme pour me répondre, tirai sur mon manteau, puis sortis de ma cachette pour rejoindre le pont des Arts, en face du collège.

La silhouette du meneur se détachait à peine contre la structure métallique. Dans la pénombre, ses cheveux ne flamboyaient plus.

---

1. **Pour briller en société :** financé par le cardinal Mazarin, le collège des Quatre-Nations est destiné à l'instruction de soixante gentilshommes (il ne faudrait pas instruire les femmes, non plus…) issus des provinces récupérées par le royaume de France (traités de Westphalie en 1648 et des Pyrénées en 1659). Architecturalement parlant, il est pensé dans le style baroque italien, pittoresque et théâtral, peu commun à Paris.

J'avançai vers lui, la main droite fermée sur le pieu dans ma poche.

— Vous êtes venue, déclara-t-il sans détour, presque déçu.

— J'ai cru comprendre que vous ne pouviez parler à la manufacture, alors je vous écoute. Que vouliez-vous me dire ?

— Cessez d'enquêter ! ordonna-t-il d'un ton sans appel.

LE SOLEIL

Le Soleil brille, renforce courage et confiance.
Il est porteur de gloire tant que se contient l'arrogance.

Je ne cillai ni ne reculai devant l'injonction de monsieur Jacques. Je ne voulais pas offrir ma peur à cet homme. Surtout, je *ne devais pas* le faire. J'affichai donc mon masque impassible, lisant à toute vitesse les informations sur le visage de mon interlocuteur.

Il incarnait sa sommation à la perfection – mâchoire serrée, regard froid, sourcils rapprochés –, mais sa pomme d'Adam montait et descendait en des allers-retours incontrôlables. Le pouce de sa main gauche battait la mesure de son cœur, saccadé, rapide. Il ne me menaçait pas…

Il a autant peur que moi !

— De quoi vouliez-vous me parler ? insistai-je en avançant d'un pas dans sa direction.

Il réajusta sa position tout en continuant à me toiser, sans que je n'en ressente plus aucune crainte. Je l'observai, la tête relevée, le regard déterminé. Il ne pouvait passer à côté de mon message, néanmoins.

Je ne suis pas venue pour me laisser intimider.

— Vous ne vous arrêterez pas, conclut-il.

— Jamais.

— Alors vous êtes aussi folle que votre réputation le dit.

Était-ce ainsi que l'on parlait de moi ? Mon ventre se contracta une seconde, juste une. Je n'avais pas plus de temps à accorder à ces rumeurs.

— Que savez-vous des meurtres d'Élise et Virginie ?

Il me jaugeait en silence. Sûrement pensait-il m'impressionner ou me dissuader d'insister, mais son corps menait son propre combat, il me parlait là où sa bouche restait close. Sa respiration était rapide, les mouvements de ses yeux involontaires, entre fuite vers la droite et clignements intempestifs. Puis, voyant que je ne cédais pas, l'homme cracha une phrase toute faite, dans un haussement d'épaules nonchalant.

— Ce que chacun sait.

— C'est-à-dire ?

— Presque rien. Et c'est bien là tout le problème, vous ne trouvez pas ?

Si, évidemment.

— Avaient-elles des ennemis ?

— Pas que je sache. Du moins, rien qui ne sorte de l'ordinaire. Le travail à la manufacture est exigeant. L'excellence des produits, le rendement… tout cela crée parfois des tensions entre les artisans, mais rien qui n'encourage au meurtre.

Si vous le dites. En tout cas, vous voilà bien bavard, tout à coup.

— Et quelle était leur position dans le mouvement ouvrier ?

Ses yeux qui n'arrivaient à se fixer ni d'un côté ni de l'autre de mon visage me laissaient croire que monsieur Jacques ne savait pas jusqu'à quel point il devait m'informer.

— Virginie y tenait une place plutôt effacée. Elle se rangeait souvent à l'avis de la majorité, là où Élise était plus engagée.

— De quelle manière ?

— Elle militait pour une place plus valorisée des femmes, dans le mouvement et au sein de la manufacture.

— Ce qui n'était pas votre cas, visiblement, ne pus-je retenir.

Il pinça ses lèvres avant de répondre.

— On ne peut pas mener tous les combats de front, mademoiselle. Je ne dis pas que le sien était moins important que le mien, simplement qu'il n'était pas raisonnable de croire que nous obtiendrions gain de cause sur tous les points.

— Alors vous avez remonté vos revendications auprès du directeur… et *uniquement* les vôtres, affirmai-je en lisant la culpabilité sur son visage.

Il avait au moins la décence d'en ressentir.

— Ce ne sont pas *mes* revendications. Ce sont celles du groupe. Hommes et femmes confondus. Si nous gagnons, tout le monde en profitera.

C'est là, votre première erreur. Les hommes gagneront, les femmes devront continuer à se battre pour être reconnues comme leurs égales et bénéficier des mêmes droits.

Comment Élise a-t-elle réagi en comprenant que vous choisissiez les informations que vous portiez *pour le groupe ?*

Il se racla la gorge, de plus en plus mal à l'aise. Envolé, l'homme menaçant dans l'ombre du pont. Il humecta ses lèvres, déglutit avec difficulté.

— Elle n'était pas ravie.

— Mais encore ?

— Elle…

Sa langue collait à son palais asséché. Il réfléchissait à toute allure, la sueur sur son front luisait sous la faible lueur de la lampe accrochée en haut de la structure métallique. Il craignait que sa réponse ne lui nuise, qu'elle me laisse penser qu'il était mêlé d'une manière ou d'une autre au destin tragique d'Élise.

— De quoi vous a-t-elle menacé ? demandai-je en comprenant.

Il ouvrit de grands yeux avant de froncer les sourcils, muré dans son silence.

— D'une manière ou d'une autre, je le saurai, même si pour cela je dois interroger toutes les personnes de votre entourage. À commencer par vos parents…

Il ne réagit pas.

— Vos frères et sœurs…

Non plus.

— Votre femme…

Ah !

— Étant donné que vous ne portez pas d'alliance, je suppose qu'Élise avait compris que vous preniez maîtresse de temps à autre.

— Comment…

— Entreteniez-vous une relation avec Élise ?

— Seigneur, non !

Il disait vrai. L'idée même le révulsait.

— L'avez-vous tuée pour la faire taire ?

— Pardon ? Vous êtes réellement folle, ma parole !

Poussé dans ses retranchements, l'homme ne maîtrisait plus son corps. Ce dernier me montrait combien monsieur Jacques était angoissé à l'idée que sa femme puisse découvrir la vérité, que ses collègues comprennent qu'il n'était qu'un comédien. Ses mains tremblaient. Il tentait vainement de le cacher en les passant dans sa chevelure épaisse.

— D'autres personnes trouvaient-elles Élise trop... engagée ?

— Quelques-unes. Rien de dramatique, siffla-t-il entre ses dents serrées.

Je soupirai d'agacement.

— Mais vous devriez discuter avec Félicitée, me conseilla-t-il. Élise et elle menaient le même combat. Elles n'avaient que le mot « femme » à la bouche.

Je me retins de toutes mes forces, vraiment, mais...

— Merci pour cette conversation, *monsieur*. Je ne manquerai pas de passer mes compliments à votre épouse concernant votre dévouement.

Je savourai sa mine déconfite, puis m'en allai. Et alors que je passai devant l'un des pavillons carrés du collège des Quatre-Nations, l'homme cria dans mon dos.

— Prenez garde ! Vous mettez les pieds dans un nid de vipères ! Et elles sont plus venimeuses que vous...

Je me tournai aussitôt pour évaluer la véracité de la menace. J'avais perçu la hargne dans sa voix, je voulais m'assurer que ce n'était que cela. Qu'il n'y avait pas une quelconque vérité à en tirer. Malheureusement, il avait suivi mon exemple et s'éloignait déjà sur le pont des Arts. Quant à moi, je n'étais qu'une boule vibrante de colère.

La peur m'avait totalement désertée alors que je revenais vers la rue de Tournon.

Et dire que j'ai décliné une soirée en compagnie de Paul pour écouter ce vaurien !

En entrant dans notre appartement, le silence m'accueillit. MAL et Amélie dormaient déjà. Je m'enfermai donc dans ma chambre. En proie à l'agitation, je tournai en rond dans la petite pièce, rejouant ma récente conversation pour me remémorer chaque mot, chaque expression de ce monsieur Jacques.

Pourquoi avait-il tenté de me dissuader d'enquêter ? S'il n'avait rien à se reprocher – en dehors d'un égoïsme certain – pourquoi me tenir éloignée ? Surtout pour, ensuite, me diriger vers Félicitée, la femme aux yeux vairons, celle qui m'avait conseillée d'éviter le directeur de la manufacture si je tenais à la vie.

— Pourquoi ? grognai-je à voix basse en sortant mon jeu de cartes de ma poche.

Pourquoi me repousser pour ensuite me guider ? Que venait faire Félicitée dans cette histoire ? De quelle manière était-elle liée aux meurtres d'Élise et Virginie ? L'était-elle réellement ?

Je mélangeai les cartes, bercée par le bruit familier des lames qui glissaient les unes sur les autres. Ma chambre n'était éclairée que par la lueur de la lune qui filtrait à travers la fenêtre. Je m'assis à même le plancher de bois, dans la lumière de l'astre nocturne, et tirai trois cartes que j'alignai devant moi.

Six de cœur.

Dix de pique.

Roi de trèfle.

— Hum…

Il était intéressant de découvrir dans les cartes le portrait d'une personne que l'on ne connaissait pas, car il se dessinait parfois dans des contours flous, parfois dans une précision telle qu'il était impossible de se méprendre sur la nature profonde de l'intéressée.

Dans le cas présent, Félicitée m'apparut comme une femme volontaire, campée sur ses positions. Elle tirait sa force de son passé qui me laissait entrevoir de bons souvenirs, probablement une période inspirante pour elle. Ce qui ne serait pas du luxe pour surmonter les obstacles qu'annonçait le Roi de trèfle. S'il s'agissait de la lutte pour les droits des ouvrières, comme l'avait sous-entendu le meneur du mouvement, il se pourrait que Félicitée n'obtienne pas gain de cause. Ou bien cette figure royale augurait une dispute avec une personne de l'entourage de la jeune femme. Une personne qui ne serait pas en accord avec ses projets, par exemple ?

J'avais besoin d'en savoir plus, de cerner davantage la grande tapisserie de la Savonnerie. Et pour cela, je savais exactement à qui m'adresser.

♣♦♠♥

Mardi 19 novembre 1805
28 brumaire de l'an XIV

Le lendemain, à la première heure, avant que MAL n'ouvre le cabinet, j'étais devant le commissariat, attendant l'arrivée de Pierre Brandicourt.

— Louise ! s'exclama-t-il en retirant son chapeau haut de forme qui avait laissé une marque sur ses cheveux impeccablement coiffés. Quel bon vent vous amène ?

— J'ai besoin de votre aide, Inspecteur.

— Un problème ? s'inquiéta-t-il aussitôt.

Pierre Brandicourt était un homme grand et bien bâti, pourvu d'une profonde empathie. Il se préoccupait du bien-être des personnes qu'il aimait autant que de celui du commun des mortels. Aussi n'aurais-je pas dû m'étonner de voir une ombre passer dans ses yeux bleus.

— Rien qui ne saurait être résolu par les quelques informations que, je l'espère, vous pourrez me fournir.

— Racontez-moi, proposa-t-il en me guidant vers l'intérieur du bâtiment où s'agitaient déjà des hommes en longs manteaux et chapeaux melon.

Je brossai les grandes lignes de mon affaire à l'inspecteur sans mentionner le journaliste pour ne pas trahir la confiance qu'il avait placée en moi. M'adresser à Pierre constituait évidemment une entorse à notre collaboration, mais il n'était plus question d'orgueil ou de méfiance, il s'agissait de rendre justice à deux femmes assassinées.

— De quoi avez-vous besoin ? me demanda-t-il.

— Pourriez-vous me renseigner sur la cause réelle de ces deux décès, s'il vous plaît ? Je navigue à vue entre les rumeurs. Même les cartes ne savent plus où donner de la tête !

— Si même les tarots vous mènent la vie dure, je me ferai une joie d'être votre phare dans la nuit, ma chère Louise.

— Je savais que je pouvais compter sur vous, Inspecteur. Merci !

— Tout le plaisir est pour moi, vraiment. J'en profiterai pour effectuer quelques recherches sur le directeur Auriol et sur ce fameux « monsieur Jacques ».

— Vous êtes parfait ! m'exclamai-je, le sourire aux lèvres.

Je m'enquis ensuite de la santé de sa femme et de son fils, ainsi que de sa mère, Ismérie, qui avait eu la gentillesse de m'héberger l'an passé lors d'une sombre histoire. Depuis, je lui rendais régulièrement visite, parfois avec Paul – qu'elle affectionnait tout particulièrement.

Je réalisai en parlant que je n'avais pas vu la vieille femme depuis de trop longues semaines et la culpabilité me rattrapa.

— Comment vous portez-vous, Louise ?

Pas au mieux.

— Parfaitement bien.

— Je vous trouve un peu pâle. Voulez-vous un carré de chocolat ? me demanda-t-il, retenant l'amusement qui étirait légèrement le coin de sa bouche.

Je repensai à la fois où il avait eu la générosité de m'offrir le morceau qu'il destinait à son fils après que je m'étais évanouie. Ce souvenir m'arracha un sourire. L'inspecteur était, et resterait, pour moi l'homme qui se rapprochait le plus d'une figure paternelle. Il me prouvait, à chacune de nos rencontres, combien il m'était précieux. Et je ne parlais pas uniquement de l'aide qu'il pouvait m'apporter sur l'enquête, mais de sa confiance, de sa façon de me traiter, ni comme une enfant, une femme ou une servante, mais comme une égale.

— Cette enquête me touche sûrement plus que je ne le pense, avouai-je. J'ai rencontré Élise Marchant lors d'une soirée et nous avions tout de suite sympathisé.

— Je pense comprendre ce que vous ressentez. Nous l'avons déjà évoqué, mais il ne coûte rien de le redire : vous êtes une personne sensible, Louise. Cette empathie doublée de votre excellent sens de l'observation vous permettent de déchiffrer les gens comme personne. Évidemment, chaque don vient avec son revers. Il vous faut apprendre à discerner vos émotions de celles des êtres qui vous entourent, sans quoi vous vous noierez avec eux.

— Comme l'affirmerait MAL : voici qui est joliment dit ! fanfaronnai-je pour masquer mon émoi.

L'inspecteur ne s'y trompa pas.

— Je ne dis pas que cela sera facile, moins encore lorsque la vie privée s'en mêle, ajouta-t-il d'un air entendu.

— Comment avez-vous deviné ? boudai-je.

— Je suis inspecteur, Louise. Plutôt doué, qui plus est.

Je le fixai avec suspicion. Il était certes excellent, mais il n'avait pas « deviné », il *savait*. Qui l'avait prévenu ? MAL ne me trahirait pas en dévoilant mes secrets. Amélie était bien trop discrète. Et j'imaginais assez mal Paul venir s'épancher sur l'épaule de l'inspecteur. Par contre…

— C'est Anna qui vous a mis dans la confidence, n'est-ce pas ?

Son demi-sourire navré valait toutes les réponses du monde. La patronne du café des Variétés était une très bonne amie de l'inspecteur et comptait dans son équipe Marie, la sœur aînée de Paul. Ces deux-là se portaient une affection mutuelle renforcée par la perte de leurs parents et la nécessité de s'occuper de leur benjamine.

— Je ne sais ce qu'Anna vous a raconté, déclarai-je en relevant le menton, mais tout va bien entre Paul et moi.

— Je n'en doute pas un instant.

Il disait la vérité.

— Alors à quoi faisiez-vous allusion ? ne pus-je m'empêcher de demander.

— Les sentiments que vous vous portez ne rendront pas moins vraies les difficultés que vous traverserez. C'est notre lot à tous. Avancer à deux, surmonter les obstacles, c'est forger son couple dans la durée. Je puis vous assurer que dans les moments de doute, il arrive que la vie professionnelle empiète sur la vie privée.

Sur ces bonnes paroles, il me souhaita une bonne journée et disparut au fond du couloir dont les murs étaient recouverts d'affichettes.

J'étais vidée de toute substance. Je revins au cabinet sans me souvenir du trajet. J'avais marché dans les rues sans rien observer. Rien. Je devais me ressaisir. MAL et l'inspecteur avaient probablement raison au sujet de ma relation avec Paul, mais je ne devais pas laisser ces pensées influencer mon enquête.

Forte de cette résolution, je pris mon poste auprès de MAL qui dispensa ses prédictions à un jeune homme hésitant entre plusieurs opportunités professionnelles.

— J'ai peur de faire le mauvais choix, voyez-vous. Je sais que je ne devrais pas me plaindre, que nombre de gens vivent dans la rue et que l'on me propose ici deux offres alléchantes, mais les apparences sont parfois trompeuses. Je veux m'assurer de bien faire. Dois-je reprendre l'entreprise familiale ou puis-je accepter cet emploi à la cordonnerie ?

— Je comprends votre inquiétude, lui assura MAL en battant les cartes.

Elle en tira cinq qu'elle plaça en croix. Ce n'était pas la méthode que j'aurais choisie pour ce type de question, sauf que… MAL était moins cartésienne[1] que je pouvais l'être. Son imagination débordante la poussait parfois à s'aventurer au-delà de la question de son client parce qu'elle avait décelé chez lui une lueur qui l'interpellait. Ou bien, au contraire, cherchait-elle à lui nuire en creusant davantage dans la vie dudit client pour lui prédire une mauvaise nouvelle avec laquelle il repartirait, contrarié. Cette manie lui avait valu de s'attirer les foudres de quelques dignitaires mal embouchés, et lui avait surtout offert plus d'un billet pour la prison ! Malgré cela, elle s'évertuait à ne suivre que ses humeurs.

Je secouai la tête en souriant, curieuse de savoir où elle mènerait cette consultation. Son front détendu et ses yeux pétillants me paraissaient de bon augure pour le jeune homme, tout autant que son claquement de langue satisfait.

— Je perçois une nature indécise, déclara-t-elle en tapotant la carte située en haut. Vous semblez peu sûr de vous, vous interrogeant sans cesse sur ce qu'il convient de faire.

Elle haussa un sourcil dans la direction du client qui en rougit jusqu'aux oreilles.

— Si ce trait de votre personnalité vous entrave, je note que c'est votre côté solaire qui vous porte. Vous avez le contact facile, nouez rapidement des liens avec les personnes qui vous entourent.

— C'est vrai, souffle-t-il, impressionné.

— Le huit de cœur m'indique que vous êtes nostalgique

1. **Pour briller en société :** se dit d'un esprit logique et rationnel, en référence au courant de pensée de René Descartes, mathématicien et philosophe du XVIIe siècle. (Vous noterez le jeu de mots de haute voltige… ou pas).

d'une période de votre passé, peut-être d'un précédent emploi, et que la question du choix de votre carrière est omniprésente dans votre vie, ces temps-ci.

— Mon père insiste beaucoup, admit-il.

— Je ressens votre hésitation et vos craintes, mais sachez que les cartes parlent également de réorientation. Peut-être est-ce le moment de rompre avec ce passé auquel vous êtes attaché.

— Croyez-vous ? insista le jeune homme en arrachant les peaux autour de ses ongles dans un geste nerveux.

— Ce que je peux vous assurer, c'est que la Dame de carreau dans votre avenir suggère que votre entreprise sera prolifique. Je ne doute pas que vous obtiendrez de nombreux bénéfices pour peu que vous y mettiez du cœur et que vous soyez patient.

Je vis le client s'enfoncer dans son siège, les épaules enfin détendues. Si ses yeux affichaient encore la peur de l'inconnu, ils ne semblaient plus aussi écarquillés. Je le raccompagnai vers la sortie, le regardant s'éloigner dans la cour d'une démarche molle, comme si toute son énergie avait quitté son corps. Cela arrivait parfois, lorsque les clients étaient si soulagés que toutes leurs tensions disparaissaient d'un seul coup. Et ce petit rien me mit du baume au cœur.

En fin de journée, alors que le soleil déclinait à l'horizon et que l'antichambre s'était enfin vidée, je retournai à la manufacture avec la ferme intention d'interroger Félicitée. Je marchai d'un bon pas, mon châle remonté jusque sur mon nez pour me protéger du froid automnal, et malgré ma hâte j'arrivai au moment où tous les ouvriers se séparaient sur le parvis. Dans le tumulte, je faillis perdre de vue la femme qui tournait à l'angle d'une ruelle. Je courus à sa suite, sans la héler, mon intuition me soufflant que Félicitée n'apprécierait pas d'être ainsi alpaguée.

En passant devant un hôtel particulier, elle regarda par-dessus son épaule. J'étais persuadée qu'elle m'avait aperçue, mais elle ne s'arrêta pas pour autant. Au contraire…

Le temps que je la rejoigne, elle avait disparu. Je tournai et me retournai, en vain. Il n'y avait dans la ruelle que des murs sans portes et des palissades de bois. Je poussai chaque lame à la recherche du passage par lequel elle s'était enfuie. Après une vingtaine de minutes, je me rendis à l'évidence : je ne la rattraperais pas.

Et elle me fuyait.

Le soir venu, dans mon lit, je repensai au client de MAL, à son choix cornélien, à ces deux chemins qui se présentaient à lui. Deux possibilités qui semblaient diamétralement opposées, et pourtant… je ne pouvais m'empêcher de penser que l'un n'allait pas sans l'autre, que l'apprentissage de ce jeune homme dans l'entreprise familiale lui avait nécessairement fourni une expérience utile pour tout autre emploi futur.

Parfois, me semblait-il, les choix n'en étaient pas réellement, ils étaient simplement des étapes, les fils d'une même tapisserie qui se nouaient les uns aux autres.

LA LOUPE

La Loupe suggère examen plus approfondi
pour démêler ce qui a été dit.

Mercredi 20 novembre 1805
29 brumaire de l'an XIV

Aux premières lueurs du jour, alors qu'Amélie ravivait les flammes de la cheminée, que MAL dormait encore et que je m'évertuais à prendre note de tous les éléments concernant l'enquête – assise au bureau dans le salon –, quelqu'un frappa à la porte. Amélie s'y précipita, ouvrit à l'inspecteur Brandicourt qui la salua chaleureusement, comme à son habitude. Elle en rougit, comme à son habitude également.

— Bonjour, Inspecteur !

— Bonjour, Louise, me répondit-il d'un signe de tête après avoir retiré son chapeau. Je suis navré de vous déranger au saut du lit, mais une longue journée m'attend et je n'ai que peu de temps pour vous transmettre les informations que vous m'avez demandées.

— Vous avez été rapide ! m'enthousiasmai-je en me

levant si vite que je manquais de renverser ma chaise. Je vous en prie, asseyez-vous.

Je lui désignai les fauteuils près de l'âtre, puis m'éloignai vers la cuisine dans l'idée de préparer une tisane, mais Amélie s'y affairait déjà.

— Merci, lui soufflai-je, reconnaissante.

— Mon plaisir, répondit-elle avec la même chaleur dans le regard.

Je l'observai encore quelques secondes tandis qu'elle posait la casserole d'eau sur le feu, et me fis la remarque qu'elle était une flamme dans mon quotidien, le réchauffant de sa présence douillette et réconfortante.

— Je vous écoute, Inspecteur, affirmai-je en m'asseyant sur le siège à ses côtés. Dites-moi tout !

— Vous aviez raison concernant les décès : ils ont été étouffés par la police. Sur ordre direct du préfet.

— Le préfet ? Pourquoi diable cacherait-il deux meurtres ? Quand bien même il s'agit d'ouvrières, je comprends mal en quoi cela peut l'arranger. Au contraire, si l'affaire remonte aux oreilles de l'Empereur, il risque son poste.

— Rien n'est moins sûr, soupira-t-il. Écoutez, Louise, ce que je m'apprête à vous confier n'est que pure spéculation. Je n'ai aucune preuve pour étayer mon propos, juste mon instinct.

— Et vous savez que j'accorde beaucoup de crédit à ce dernier, lui assurai-je.

Il se fendit d'un sourire lumineux qui s'effaça presque aussitôt, lorsqu'il me confia ses craintes.

— J'ai ouï dire que des dissensions politiques secouaient la sphère impériale. Les conseillers ne seraient pas à l'abri d'une réorganisation. Ce qui veut dire…

— … qu'il est temps pour de potentiels candidats de placer leurs pions, terminai-je en comprenant où il voulait en venir.

Si le préfet briguait un poste de conseiller impérial, mieux valait pour lui que tout se passe bien dans les rues de Paris. Un double meurtre serait du plus mauvais effet.

— Cela n'augure rien de bon pour mon enquête, soupirai-je.

— La vérité finit toujours par éclater, d'une manière ou d'une autre. Et si vous menez l'investigation, je ne doute pas de sa résolution.

— Merci pour vos encouragements, répondis-je, sincère. Avez-vous d'autres informations à me confier malgré… vous savez… l'entrave en haut lieu ?

— Évidemment, affirma-t-il, le sourire aux lèvres, sortant de sa mallette en cuir un dossier qu'il me tendit.

Mon ventre se décontracta. Peut-être avait-il raison, peut-être trouverais-je le coupable par mes propres moyens.

— L'une des raisons pour lesquelles la cause de ces assassinats a été passée sous silence est leur nature brutale et atypique. Cela aurait fait les choux gras de la presse. Les deux femmes ont été empoisonnées…

Ah !

— … par le biais d'un poignard, termina-t-il.

Ah ?

— Voilà qui est inédit, en effet.

— Tout à fait, insista l'inspecteur. D'autant que le poison utilisé a défiguré les victimes. Il était donc impossible de croire à une mort naturelle.

Cela corrobore l'intuition du journaliste. Un tueur en série sévit dans les rues de Paris !

Amélie apporta deux tasses fumantes sur un plateau qu'elle posa discrètement sur la table bouillotte avant de repartir.

— Ce que vous devez découvrir dans l'immédiat, m'indiqua Pierre en soufflant sur le breuvage fumant, c'est le lien entre Virginie et Élise.

— Je sais déjà qu'elles travaillaient ensemble à la Savonnerie et qu'elles faisaient partie d'un mouvement ouvrier. Si je me fie à mon ressenti envers le meneur de ce groupe, il se pourrait que le mobile soit lié aux revendications des femmes au sein de la lutte.

— C'est un excellent début, m'assura-t-il. Quelle est votre prochaine étape ?

— Me renseigner sur leur vie privée et sur ce fameux poison. Si nous en connaissons la teneur, peut-être réussirons-nous à remonter jusqu'à l'empoisonneur. Qu'en pensez-vous, Inspecteur ?

— Vos réflexes sont remarquables, Louise, assura-t-il en reposant sa tasse vide sur le plateau dans un soupir discret.

Ce fut à mon tour de rougir. L'inspecteur Brandicourt n'était jamais avare de compliments. Je le savais et pourtant, j'étais toujours aussi surprise par l'estime qu'il me portait. Ravie aussi. Le temps passé à ses côtés sur diverses enquêtes avait affûté mon instinct qui, couplé aux cartes et à ma capacité de lire les visages, avait attiré le journaliste Clément Grévy jusqu'à moi.

Tout comme le garçon de la veille, un avenir différent s'ouvrait à moi, indépendant de celui de MAL. Pour le moment, cette perspective me troublait autant qu'elle me grisait. Peut-être était-ce la raison pour laquelle cette consultation résonnait en moi depuis la veille.

Je raccompagnai l'inspecteur jusqu'au palier.

— Une dernière chose, si vous me le permettez, déclara-t-il. Je sais que vous êtes suffisamment aguerrie pour trouver la vérité, Louise. Alors, je vous en prie, soyez prudente. Des femmes sont mortes et on tente d'étouffer l'affaire en haut lieu.

J'en avais conscience, plus qu'il ne le pensait. Je me contentai d'acquiescer néanmoins. Je ne voulais pas entrer dans un débat sur la justice, ou plutôt, sur l'absence de justice dans notre pays. Je le remerciai chaleureusement pour son aide et lui souhaitai une bonne journée avant de reprendre la rédaction de mes notes auxquelles j'ajoutai les nouveaux éléments.

Je fixai les mots d'encre sur le papier. Dans mon esprit, tout se liait de façon plus ou moins compréhensible, en une ribambelle d'associations d'idées.

La Savonnerie. Le mouvement ouvrier. Les talismans. L'escalier de métal qui montait au bureau du directeur. Les miettes de pain et les canards. La lame empoisonnée. Le journaliste. La Gazette. Félicitée qui disparaissait dans la ruelle. Les yeux qui pleuraient du sang. Monsieur Jacques. Élise à la salle de jeu. Élise sur le parvis de la manufacture. Élise morte sur le pavé.

Je sursautai en relevant la tête. MAL se tenait à l'entrée du salon, les bras croisés et son épaule appuyée contre le chambranle. Elle m'observait en silence, me fixant de son regard perçant comme si elle percevait la nature exacte de mes pensées.

— Où t'ont-elles emmenée ? demanda-t-elle.

— Loin, répondis-je en comprenant qu'elle parlait de mes réflexions. Et nulle part à la fois. C'est assez frustrant.

— Essaie d'envisager tout *ceci,* dit-elle en désignant les feuillets éparpillés sur le bureau, comme un tirage en Grand Tableau. Toutes les cartes du jeu s'étalent devant toi, la réponse s'y trouve pour peu que tu arrives à interpréter les éléments.

Je basculai contre le dossier de la chaise molletonnée et soupirai ostensiblement. Je n'avais jamais réussi à faire une prédiction digne de ce nom avec cette technique.

— Comment faire le tri ? me lamentai-je. Comment savoir ce qui est important ? Tout me semble l'être.

— Ce n'est pas de toi qu'il s'agit, Louise. Tu es une lectrice, une interprète. La part de toi que tu insuffles dans ta prédiction ne doit jamais être plus importante que celle de ton ou ta consultante.

— Que ferais-tu à ma place ? Comment tirerais-tu les cartes pour Élise et Virginie ? Elles sont mortes ! m'affolai-je tout à coup à l'idée de ne pas réussir à résoudre leurs meurtres. Je ne peux plus lire leurs visages.

MAL m'offrit un doux sourire en pénétrant dans la pièce. Elle s'approcha du bureau que nous partagions à présent, passa la main sur le bois verni, puis s'y appuya avec grâce avant de me répondre.

— La cartomancie est un art, Louise, une enquête. Lorsqu'une personne est si réservée qu'elle ne se livre pas à mes questions, il m'appartient de procéder par étape. Un pas à la fois, un indice après l'autre. À l'image du Grand Tableau, tu dois te concentrer sur les cartes maîtresses.

Je hochai la tête, lèvres pincées. Je connaissais la méthode, mais j'avais des difficultés à la mettre en pratique.

— Peut-être pourrais-tu faire le tirage pour moi ?

MAL pencha la tête sur le côté, une moue navrée étira sa bouche et je sus immédiatement que sa réponse serait négative.

— Ne doute pas que, dans cette affaire, tu es la plus à même d'obtenir des réponses. Tu es celle qui connaît les tenants et les aboutissants.

— Mais tu es la plus célèbre cartomancienne de Paris !

— Et je serai à tes côtés pour te soutenir, Louise.

Je hochai à nouveau la tête, parfaitement consciente de l'image inquiète que je renvoyais. Je l'étais, bien sûr, mais MAL avait raison : je n'étais plus l'adolescente que l'inspecteur Brandicourt avait sollicitée l'an passé. Je me sentais plus sûre de moi – même si, je devais bien l'avouer, l'angoisse me tenait au corps.

À moi d'en faire une force !

Sur l'heure du déjeuner, je décidai d'informer le journaliste des éléments apportés par l'inspecteur.

— Je m'en vais à la Gazette, déclarai-je à l'intention d'Amélie qui préparait déjà le repas du midi.

— Je mettrai une part d'côté pour vous, me dit-elle dans un sourire timide.

— Merci, Amélie.

— Faites attention.

Son visage était pâle, ses yeux cernés et ses traits tendus. Elle fuyait mon regard, trouvant une distraction parfaite dans l'écossage des pois qu'elle roulait entre ses doigts avec dextérité.

— Comment te sens-tu ? l'interrogeai-je en entrant dans la cuisine.

— Bien, lâcha-t-elle dans un souffle.

— Amélie…

Je posai ma main sur la sienne en un geste tendre.

— Tu n'as pas à me mentir. Nous ne sommes plus dans la rue.

Elle releva aussitôt la tête, les larmes au bord des yeux. Je savais ce qu'elle pensait, car moi aussi j'avais longtemps eu peur d'y croire, de me laisser aller à cette nouvelle vie. Peur que MAL disparaisse, peur de retourner dans la misère dont elle m'avait sortie. Entre la cartomancienne qui n'en faisait qu'à sa tête avec ses prédictions et moi qui m'improvisais détective à mes heures perdues, j'imaginais fort bien l'angoisse qui tiraillait ma nouvelle sœur de cœur.

— Je ferai attention, Amélie. Je te le promets.

Elle déglutit avec peine, mais le regard qu'elle me porta brillait à nouveau de cette étincelle qui la caractérisait tant. Je pressai sa main, lui souris, puis quittai l'appartement.

Dans l'escalier en bois, j'évitai les marches grinçantes pour ne pas attirer madame Lebœuf, notre voisine, qui adorait me parler de Saint-Pétersbourg. Il était déjà midi et j'avais peur que Clément Grévy ne s'absente pour le déjeuner.

Après une année à accompagner l'inspecteur Brandicourt sur des affaires courantes – vol, fraude et autres joyeusetés – j'avais cru m'être habituée à la tension que génère l'action d'une telle entreprise. Ma première enquête à ses côtés n'avait été qu'une succession d'émotions fortes. Depuis, je m'étais calmée, j'avais mûri, pris de l'expérience… Enfin c'était ce que je croyais.

Je devais reconnaître qu'en cet instant précis, la boule qui me comprimait la poitrine m'était étrangement familière.

Il n'y avait pas investigation plus grisante, de par son importance et la terreur qu'elle insufflait, que celle d'un assassinat. Chaque question, chaque témoin, chaque suspect possédait une part de vérité, un moyen d'avancer. Charge à moi d'être attentive aux *cartes maîtresses*, comme me le suggérait MAL.

Lorsque je poussai la porte de la Gazette, je me dirigeai d'un pas décidé vers le fond de la grande salle jusqu'au bureau du journaliste. Il leva la tête d'un document qu'il lisait avec attention pour observer mon visage avec la même acuité. Il dut apprécier ce qu'il y décela, car il me sourit largement en m'invitant d'un signe de tête à le suivre dans une petite pièce calme, munie d'une table et de deux chaises en bois.

— Qu'avez-vous découvert ? me demanda-t-il aussitôt.

— De quoi nous donner du grain à moudre.

— Je vous écoute.

— Je connais la cause de la mort d'Élise et Virginie, annonçai-je de but en blanc, non sans une certaine fierté.

— Pardon ? Mais comment…

Je vis le moment où son expression changea, où il comprit la manière dont je m'y étais prise.

— Je vous avais demandé de ne pas impliquer la police ! s'emporta-t-il.

Il avait haussé le ton, et pourtant son corps était plutôt détendu. Il me portait un regard noir qui n'engageait pas ses sourcils, les prémices d'un sourire étiraient le coin de sa bouche.

— Vous le saviez, déclarai-je.

Il cilla, contracta sa mâchoire pour masquer son… contentement ?

— Non, me corrigeai-je. Vous *l'espériez.* Vous espériez que j'aille trouver l'inspecteur. Vous m'avez testée. Encore. Pourquoi ?

— Je vous l'ai dit, je n'accorde pas facilement ma confiance.

— Éprouviez-vous ma loyauté ? répétai-je, peu convaincue par ses excuses en demi-teinte.

Une ombre passa sur son visage, ses yeux s'étrécirent et son nez frémit. *Du mépris.*

— Si ce n'est ma loyauté que vous questionniez, pour quelle raison avoir joué la comédie ?

— Ce n'est pas le cas, mademoiselle. Je ne fais aucunement confiance à la police pour mener à bien notre affaire.

Notre affaire.

— Cette enquête vous tient à cœur, affirmai-je sans détour.

Il se contentait de me fixer, figé dans un masque à mi-chemin entre la crainte et l'excitation. J'avais presque l'impression de me regarder dans un miroir. Je lisais son visage, comme un reflet du mien, sans avoir besoin qu'il parle.

— Vous vouliez être certain que j'irai jusqu'au bout pour trouver la vérité, soufflai-je alors.

Cette fois, il sourit franchement et les mots de MAL me rattrapèrent. « Il a vécu des événements difficiles, Louise. J'ai vu la Mort dans son passé et Dieu sait que les personnes qui ont croisé sa route de façon violente en ont gardé le goût du sang dans la bouche. »

Je savais qu'elle avait raison, tout comme je savais que, moi aussi, je traînais un passé douloureux. Une flamme noire brûlait au creux de ma poitrine. Cela faisait-il de nous des personnes moins dévouées à la cause ? Cela nous empêcherait-il de rendre justice à Élise et Virginie ? Je décidai que non, et racontai à Clément Grévy tout ce que l'inspecteur m'avait confié.

Il m'écouta attentivement et hocha de la tête à chaque élément important.

— Je sais où aller pour obtenir de nouvelles informations, conclut-il ravi.

Sans dire un mot sur notre destination, il revint dans la grande salle, prit son manteau et sa casquette, puis se faufila entre les tables et les presses tel un courant d'air. Personne ne semblait s'étonner de ses allées et venues en ma compagnie. Il devait être monnaie courante, pour un journaliste, de s'absenter régulièrement afin de récolter la parole de témoins. Ce n'était pas un métier si différent de celui d'enquêteur, finalement.

Nous traversâmes le pont Neuf sous un soleil resplendissant, accompagnés du cri des mouettes qui lorgnaient leur repas en contrebas. Je resserrai mon châle pour chasser l'humidité automnale alors que mon souffle s'épaississait dans le froid. Lorsque nous nous engouffrâmes dans le faubourg Saint-Marcel, je reconnus la route de la Savonnerie.

— Avez-vous un autre rendez-vous avec l'intendant pour une visite privée ? ne pus-je m'empêcher de demander, taquine.

— Oh ! Mademoiselle Louise ! Si vous saviez comme je suis ravi que vous soyez d'humeur facétieuse.

— Pourquoi donc ?

— D'une part, cela me laisse croire que vous êtes suffisamment à l'aise en ma présence pour avoir l'envie de plaisanter. Et d'autre part, l'endroit où nous nous rendons peut... surprendre. Mieux vaut y aller avec l'esprit ouvert.

— Vous commencez à m'inquiéter, poursuivis-je sur le même ton. Dans quel traquenard m'entraînez-vous ?

— Souhaitez-vous le savoir ?

Je l'observai avec suspicion, ne sachant trop que répondre.

— Ou bien préférez-vous garder la surprise et vous laisser porter par cette contraction naissante au creux de votre ventre ?

Il n'était pas si aisé de masquer ses émotions lorsqu'elles venaient vous cueillir avec une telle spontanéité. Je m'efforçai de ne rien laisser paraître de mon trouble. À quel moment avais-je basculé ? Quand avais-je cessé de chercher le confort de la certitude ? Tirer les cartes, anticiper les réactions des gens, avoir un coup d'avance.

Puis je me souvins...

Les courses-poursuites dans les allées sombres de la capitale, les prédictions pour survivre, les vols à la tire. La flamme noire de laquelle était né le monstre de ténèbres qui s'allonge sur les murs. J'avais remercié MAL un millier de fois au bas mot de m'avoir sortie de ces ruelles qui m'avaient vue grandir. Pourtant, ici et maintenant, je ne voulais pas savoir où le journaliste et moi nous rendions. Je voulais ressentir ce picotement familier sur ma nuque.

— Me suivrez-vous, Louise ? insista-t-il devant mon silence.

Je hochai la tête en le fixant droit dans les yeux. Le sourire de connivence qu'il m'offrit en retour fit battre mon cœur, plus que de raison.

Clément Grévy bifurqua à l'angle d'une grande bâtisse en briques, si haute qu'aussitôt dépassée, nous fûmes plongés dans l'ombre. L'humidité me glaçait le dos à mesure que nous nous enfoncions dans ce quartier où les habitations semblaient s'agglutiner les unes sur les autres selon des angles étranges et approximatifs. Le crépi s'effritait sur les façades, les volets éventrés pendaient de-ci de-là, hors de leurs gonds, et l'odeur d'urine et d'excréments qui empestait l'air m'arracha une grimace de dégoût.

Je suivis la silhouette de mon partenaire, frêle, mais assurée. Je m'attardai sur ses mèches blondes sous sa casquette usée, sur sa démarche légèrement déséquilibrée ainsi que sur le tapotement de sa main droite contre sa cuisse.

— Nous sommes arrivés, chuchota-t-il en s'arrêtant devant une épaisse porte en bois sertie de clous rouillés à tête bombée.

Un gros anneau faisait office de poignée et aucune enseigne n'indiquait le propriétaire. Seule une lanterne s'agitait doucement en grinçant sur son support métallique, éclairant à peine l'entrée sous la marquise[1].

— Prête ?

J'acquiesçai d'un faible mouvement de tête.

---

1. **Pour briller en société** : une marquise est un type d'auvent composé spécifiquement d'une charpente en fer forgé, souvent en forme d'éventail et vitrée. (En résumé, c'est un abri pour éviter d'être mouillé·e lorsque l'on fait le planton sous la pluie, devant une porte d'entrée.)

LE CHEMIN

Mauvais présage si ce Chemin est proche ;
Meilleur s'il s'écarte.

Une fois de plus, le journaliste entra sans frapper, comme s'il était chez lui. Je me faufilai à sa suite, refermai la lourde porte derrière moi et m'y appuyai un instant, le temps que mes yeux s'habituent à la pénombre. Durant ces quelques secondes, je perçus un parfum puissant aux notes enveloppantes. Une fragrance entêtante, à la fois florale et suave, très vite reléguée au second plan lorsque je pris enfin connaissance de mon environnement.

Dans l'étroit corridor, une multitude de miroirs accrochés aux murs me renvoyaient mon reflet à l'infini, mise en abîme angoissante. J'avançai prudemment sur le plancher grinçant, à la fois inquiète et impatiente de découvrir ce qui se trouvait à l'angle, derrière la porte aux verres dépolis.

Un pas, le tintement délicat de clochettes.

Deux pas, l'odeur du miel et de la poussière.

Trois pas, la saveur de l'étrange sur ma langue.

Des bocaux s'alignaient sur des étagères. Camomille,

menthe poivrée, sauge, romarin, lavande, plantain ou calendula côtoyaient des poudres et des onguents, ainsi que des élixirs dont la consistance et la couleur ne m'inspiraient qu'une confiance toute relative. Poursuivant mon exploration de cette salle encombrée d'étagères, je caressai les couvertures en cuir de livres dont les titres promettaient une exploration passionnante. *Herbier médicinal du XIXe siècle. Recueil des formules magistrales et des posologies. Thérapeutique moderne : Approches de médecine et de pharmacie.*

Derrière un comptoir simple, taillé dans le cœur d'un chêne, un homme discutait avec le journaliste. J'observai sa silhouette élégante, ses longs cheveux attachés en catogan et sa tenue trop luxueuse pour un tel établissement. Dans son dos, suspendues à des crochets, seringues et lancettes[1] apportaient au décor une touche froide et angoissante, à peine réchauffée par les lampes à huile.

— Comment se porte-t-il ? demanda l'apothicaire d'une voix de rossignol.

Il parlait avec les mains, dans des gestes légers et délicats auxquels Clément Grévy répondait avec enthousiasme, son éternel sourire au coin des lèvres. J'observai leur ballet un moment, n'écoutant que d'une oreille leur conversation triviale.

La lumière ne pénétrait jamais l'officine dépourvue de fenêtre. L'air était saturé par les effluves d'encens et ma tête tournait quelque peu alors que je tentais de me souvenir où j'avais déjà senti ce parfum.

— Mademoiselle Louise ici présente, entonna le

---

1. **Pour briller en société :** une lancette est un instrument médical pointu et tranchant, généralement utilisé pour effectuer une petite incision.

journaliste en me désignant de la main, aurait quelques questions à vous poser.

L'apothicaire hocha la tête. Raide. Son regard fuyant et le subtil tremblement de son menton me le rendirent tout de suite intéressant. J'avançai jusqu'au comptoir. De plus près, je relevai ce qui m'avait échappé au fond de la pièce. Le teint de l'homme était parfaitement lisse, ses ongles coupés courts et propres, ses cheveux d'un blond blanc atypique brillaient dans la lueur des flammes. Il portait de petites lunettes rondes cerclées d'une fine monture métallique. Au-delà de prendre soin de sa personne, il en avait les moyens. Il ne pouvait avoir un teint aussi lisse sans une poudre d'une qualité autrement supérieure à celle qu'il vendait. Comment un apothicaire dans un quartier populaire se procurait-il de si bons produits ?

— Voici Honoré de Fallières, m'informa Clément Grévy, le meilleur apothicaire de tout Paris. S'il y a bien une personne qui peut nous éclairer sur l'affaire, c'est lui.

— Enchantée de faire votre connaissance, monsieur, le saluai-je dans un signe de tête respectueux du rang auquel il appartenait sans nul doute.

Ce qui, je devais l'avouer, me rendait d'autant plus curieuse. Que faisait un homme avec un tel patronyme dans cet endroit ?

— En quoi puis-je vous aider ? s'enquit-il.

— Sauriez-vous quel genre de poison provoquerait saignement des yeux et étouffement ?

— Voilà une question inhabituelle… et étonnamment spécifique.

Il me toisa de ses yeux d'un bleu gris perçant. Je soutins son regard, attentive aux menus mouvements de son visage. La surprise engageait les rides horizontales sur son front, agrandissait ses paupières. Puis je suivis sa bouche qui s'entrouvrit, ses lèvres qui s'étirèrent vers l'arrière, comme pour aspirer davantage d'oxygène après avoir retenu son souffle.

Il avait peur.

— Avez-vous la réponse à cette question *spécifique,* monsieur ?

— Puis-je vous demander ce qui motive votre investigation ?

— Avez-vous quelque crainte qui justifierait votre méfiance, monsieur de Fallières ? le questionnai-je, avançant jusqu'à me coller au comptoir.

Il recula d'un pas, ajusta sa chemise à jabot, puis leva le menton.

— Vous n'imaginez pas le nombre de clients qui viennent me poser des questions *très précises* dans l'idée de se servir de mes informations pour des activités, disons… douteuses.

— Qui est venu vous voir ?

— Personne en particulier, dit-il dans un haussement d'épaules faussement désinvolte.

— Qui ? insistai-je, durcissant le ton.

— À quoi jouez-vous ? s'inquiéta-t-il en tournant son regard vers le journaliste qui observait la scène, en retrait.

— Ne me regardez pas de la sorte, Honoré ! déclara-t-il les mains levées. Je ne suis que son humble serviteur. Mais si je puis partager le fond de ma pensée : vous devriez tout lui dire. Elle le découvrira, d'une manière ou d'une autre.

L'apothicaire reporta son attention sur moi, mi-intrigué, mi-inquiet, puis il soupira.

— Il n'y a point tant de poisons qui agissent comme vous le décrivez, et j'espère sincèrement que cette question est pure curiosité intellectuelle.

— Pourquoi ?

— Parce qu'il n'y a, à ma connaissance, qu'une seule personne ayant osé se servir d'arsenic.

Il s'éloigna vers une arrière-salle dont il revint avec un carnet épais qu'il posa à plat sur le comptoir. La couverture cartonnée était vierge de toute écriture et cousue grossièrement à la main avec de la ficelle de chanvre. Intriguée, je relevai la tête vers l'apothicaire qui m'encouragea à l'ouvrir d'un signe de tête.

Sur la première page, je lus un nom, puis un surnom.

Marie-Madeleine-Marguerite d'Aubray,
dite la marquise de Brinvilliers.

— Qui est cette personne ? demandai-je en relevant les yeux vers ceux de l'apothicaire.

— La marquise de Brinvilliers était une empoisonneuse reconnue au XVIIe siècle. Ce qui lui a valu la peine capitale, soit dit en passant. Mais ce n'est pas tant ce fait qui est important que la manière dont elle s'y prenait pour empoisonner ses victimes.

Je perçus sur ses traits la même excitation qui traversait régulièrement Clément Grévy, cette soif d'en savoir plus.

— En quoi cela peut-il m'aider dans mes recherches ?

— J'ai recensé toutes les informations existantes sur la marquise de Brinvilliers, y compris les notes qu'elle avait prises sur ses recettes et ses diverses expériences. La lecture de ce recueil saura certainement répondre à toutes les questions que vous vous posez sur le sujet.

— Je ne suis pas bien sûre de vous suivre. Plus tôt, vous ne vouliez pas répondre à ma question de peur que je ne fasse mauvais usage de vos renseignements, et maintenant, vous m'offrez sur un plateau la vie de la plus célèbre empoisonneuse du siècle dernier. Pourquoi ?

— N'y voyez aucune mesquinerie de ma part, mademoiselle. Je suis simplement… frileux.

— Pourquoi avoir changé d'avis ?

— Parce que vous avez insisté *sur les personnes* éventuelles qui seraient venues s'informer. Vous ne cherchez pas à nuire, vous voulez *comprendre*. Et je crois savoir quel est l'objet de votre enquête. Si je ne me trompe pas, alors j'aimerais vous aider.

Il disait vrai, même s'il ne dévoilait pas tout. Le mystère de l'apothicaire restait entier. J'avais certes envie de le percer, mais pour le moment, je devais me concentrer sur mon objectif.

— Une personne empoisonnée par arsenic peut-elle survivre ? poursuivis-je.

— Tout dépend de la quantité ingérée, de la forme sous laquelle il l'a été – solide, liquide ou gazeux –, et de la rapidité des soins.

— Il existe donc un antidote, soupirai-je, soulagée à l'idée d'empêcher d'autres morts.

— Je n'irai pas jusque-là, malheureusement. Si la prise

en charge du patient est rapide, un morceau de charbon activé[1] peut absorber le poison, sans que rien ne soit garanti. Si la dose est excessive…

Il conclut sa pensée par une expression de pure agonie, comme s'il subissait lui-même l'attaque du poison dans ses veines.

— Est-il possible d'enduire un objet d'arsenic ?

— Tout à fait. Vous le verrez dans mon carnet, affirma-t-il en tapotant ce dernier, la marquise de Brinvilliers aimait particulièrement en pulvériser sur des objets du quotidien, ce qui rendait la mort lente et presque impossible à attribuer à une cause criminelle.

Charmant.

— Je vous remercie pour ces renseignements, monsieur de Fallières. Je pense avoir fait le tour de la question pour le moment. Je ne manquerai pas de vous solliciter à nouveau si d'autres interrogations me viennent à l'esprit.

— Vous savez où me trouver, déclara-t-il en ouvrant grand ses bras.

Définitivement, ce personnage paraissait incompatible avec le décor en toile de fond. Pourtant, il était là, debout sur la scène, invitant les spectateurs que nous étions à revenir lors de la prochaine représentation.

Cette fois, c'est moi qui ouvris la marche et entraînai le journaliste silencieux à ma suite.

---

1. **Pour briller en société :** le charbon activé peut être dérivé de matières organiques telles que le bois, la coquille de noix de coco, le charbon de bois, ou même des déchets agricoles. Il est activé par un processus d'exposition à des températures élevées, souvent avec de la vapeur d'eau ou d'autres gaz oxydants. Cela crée une structure poreuse et augmente sa capacité d'absorption, utile dans divers domaines, notamment en médecine, en industrie, en traitement de l'eau et en élimination des toxines. (Désolée pour cette longue note, je trouve ce procédé passionnant !)

— Est-ce dans votre habitude de ne pas intervenir ?

— Absolument pas ! s'exclama-t-il, les bras croisés dans son dos alors que nous remontions la rue. Mais je dois dire que vous êtes merveilleuse à regarder. Vous sembliez habitée d'une énergie nouvelle lorsque vous interrogiez Honoré.

A-t-il perdu la raison ?

— Je vous l'assure ! insista-t-il en souriant. Tout votre corps portait vers l'avant, telle la proue d'un navire prêt à braver la mer agitée.

Je m'empourprai, tentant vainement de masquer mon trouble derrière mon châle. Pourquoi me disait-il cela ?

C'est absolument gênant.

— Puis-je vous emmener ailleurs ? demanda-t-il, les yeux rivés vers le carnet que je serrais contre ma poitrine.

— Où donc ?

— Me faites-vous confiance ?

Non.

Si.

— Peut-être, lâchai-je finalement.

Son sourire s'élargit. À n'en pas douter, il s'amusait de la situation. Arpenter les rues de Paris à la recherche d'un empoisonneur ne paraissait pas l'effrayer le moins du monde, au contraire.

Je le suivis jusqu'au Palais-Royal… vers le portail en fer forgé… celui qui descendait dans l'antre des cafés-caveaux. Un sentiment de culpabilité me traversa violemment tandis que je m'enfonçais dans les tunnels souterrains.

Je devrais être ici avec Paul, pas avec ce journaliste.

— Pourquoi sommes-nous là ? m'enquis-je, mal à l'aise.

— Pour nous détendre, pardi ! Nous l'avons bien mérité, ne pensez-vous pas ?

Je m'arrêtai tout net sur le chemin sablonneux.

— Je ne peux pas.

— Bien sûr que si, rétorqua Clément Grévy. Vous vous donnez corps et âme dans cette enquête, sans chercher rémunération ou reconnaissance. Vous avez le droit de souffler. Et si c'est l'argent qui vous ennuie, c'est moi qui invite.

— Vous ne comprenez pas. On m'attend. Je ne peux pas venir ici avec vous.

Il prit le temps de m'observer avant de poursuivre d'un ton moins enthousiaste.

— Entendu. Contactez-moi si vous trouvez une nouvelle piste.

J'acquiesçai, ignorant sa déception, et m'enfuis à toutes jambes. Une fois dehors, j'aspirai une grande bouffée d'air froid et humide, puis la relâchai doucement, et recommençai jusqu'à ce que le tremblement de mes mains eût disparu.

Pourquoi étais-je dans cet état ? C'était absurde ! Je n'avais rien fait de mal et le journaliste avait raison : j'avais le droit de prendre un temps pour moi, de savourer le chemin déjà parcouru. J'avais envie de boire ce verre de surcroît.

Je revins donc sur mes pas. M'arrêtai de nouveau. Hésitai.

Fichtre ! J'étais si pathétique.

— Louise ?

Évidemment, me dis-je en fermant les yeux, espérant ainsi disparaître.

— Que fais-tu là ? me demanda Paul, sa main effleurant discrètement la mienne.

— Je viens de terminer une entrevue avec un témoin pour mon enquête et je m'apprêtais à retourner au cabinet.

Ce n'était pas un mensonge.

Ce n'était pas toute la vérité non plus.

L'avait-il compris ? Je n'en étais pas certaine, mais il regarda la porte derrière moi avec insistance.

— Te rendais-tu aux Variétés ? l'interrogeai-je à mon tour, l'air de rien.

— Non. Je livre ce paquet à une cliente.

— Je vois. Je ne te retiens pas davantage, dans ce cas. MAL m'attend.

— Aurais-tu le temps pour une promenade ? demanda-t-il pourtant.

Pas vraiment.

— Oui.

Si la culpabilité m'avait poussée à répondre, le sourire que m'offrit Paul l'effaça aussitôt et mon cœur s'apaisa. Le journaliste avait raison : j'avais le droit de souffler. Mieux ! J'avais le droit de vivre. Et quelle meilleure façon de le faire qu'en marchant aux côtés de ce garçon auquel je tenais ?

Pour autant, les premiers pas qui nous guidèrent chez sa cliente n'avaient rien d'enthousiasmant. Un silence poisseux me collait à la peau tandis que je repensais aux récents événements.

— Tu es bien silencieuse, affirma Paul en plantant son regard dans le mien.

Je tressaillis, incapable de réprimer ce frisson qui

remontait le long de ma colonne vertébrale.

— Je suis désolée.

— Pour quelle raison t'excuses-tu ?

— Probablement pour plus que je ne veux bien l'avouer, soupirai-je. À commencer par le fait que tu sois obligé de m'inviter durant tes heures de travail pour me voir.

— Oh, Louise… Je ne prétends pas savoir lire les personnes comme tu le fais, mais je te connais. Je sais qu'une chose te chagrine. Crachez le morceau, mademoiselle la cartomancienne !

— Suis-je une mauvaise personne, Paul ?

Il se gratta le front, sourcils froncés et lèvres pincées en une moue asymétrique. Visiblement, il cherchait ses mots, là où je m'attendais à un simple « oui » ou « non ».

— Je veux dire, est-ce une mauvaise chose que de vouloir poursuivre des criminels ?

— Bien sûr que non, souffla-t-il.

— Même si cela se fait au détriment… du reste ?

Il ferma les yeux, inspira profondément, puis afficha un sourire outrageusement faux sur son visage contrarié. Nous étions arrivés chez sa cliente. Il frappa à la porte, échangea quelques mots cordiaux avec le domestique et entra dans la belle maison en pierre de taille.

J'attendis dehors en rongeant mon frein, arpentant la rue de long en large, sous le soleil qui déclinait déjà. Paul revint vers moi, son chapeau haut de forme sous le bras. Il sortit sa vieille montre de son gousset, prit connaissance de l'heure derrière la vitre fêlée et déclara :

— Marie est déjà aux Variétés et Eugénie chez la voisine. Veux-tu venir à la maison ?

— Courez-vous après ma vertu, monsieur Lenoir ? le taquinai-je pour tenter de réchauffer l'atmosphère.

— Je cours surtout après un lieu calme où nous pourrons parler à tête reposée, répondit-il, coupant court à toute velléité d'humour.

J'acquiesçai en silence, puis le suivis à nouveau, loin de l'agitation du centre parisien, pour rejoindre la ruelle étroite bordée de hautes maisons à colombages où il habitait. Marie, Paul et Eugénie vivaient dans l'un de ces quartiers où l'on jetait le contenu de son pot de chambre par la fenêtre, directement dans le caniveau creusé au centre de la chaussée. Les jours de grande chaleur, l'odeur y était infecte. Elle remontait en une vapeur malodorante jusque dans les habitations, imprégnait les murs et les vêtements.

Paul mettait du cœur à l'ouvrage pour s'élever au-dessus de sa pauvre condition, tout en s'occupant, avec Marie, de leur petite sœur. J'entrai à sa suite dans la pièce de vie, accrochai mon manteau à la patère près de la porte et observai le décor. Une fenêtre s'ouvrait sur la rue et laissait entrer la maigre lumière du jour, étouffée par la hauteur des bâtiments. L'antique canapé en velours râpé témoignait d'une longue vie à accueillir paires de fesses après paires de fesses. Son assise n'avait plus rien de moelleux et il lui manquait plusieurs clous dorés sur ses accoudoirs.

— Installe-toi, proposa-t-il en désignant la petite table ronde, calée près de la cheminée dans laquelle ne brûlait aucun feu. Je vais préparer de la tisane.

— Comment puis-je t'aider ?

— Pourrais-tu allumer un feu, s'il te plaît ? demanda-t-il en souriant.

J'acquiesçai et m'activai aussitôt. Lorsqu'il revint avec un plateau, les flammes léchaient le bois sec qui craquait sous leur assaut. Nous nous assîmes autour de la table, Paul posa une tasse fumante devant moi, ainsi qu'une tranche de pain.

Je relevai la tête vers lui, surprise.

— J'ai entendu ton ventre grogner sur le trajet. Je suppose que tu n'as pas déjeuné.

En effet.

— Merci, murmurai-je en baissant à nouveau les yeux.

— Louise… tu sembles étrangement lucide sur certains aspects de ta vie, mais beaucoup moins sur d'autres.

J'avalai ma bouchée avec difficulté. Je n'aimais pas du tout les expressions qui alternaient sur son visage : gêne, peur. Son regard se portait partout ailleurs que sur moi tandis qu'il se mordillait la lèvre inférieure.

— Si tu ne souhaites plus me voir, dis-le sans détour ! bafouillai-je.

— Pardon ? Mais enfin…

Il se pinça l'arête du nez comme le faisait si souvent l'inspecteur Brandicourt – et cela n'annonçait rien de bon.

— Je comprends ta crainte, poursuivit-il d'un ton calme. Tu as été abandonnée par des parents que tu n'as jamais connus, tu as grandi dans la rue livrée à toi-même. Il me semble naturel, dans ces conditions, d'avoir peur de perdre ce que tu as construit de tes mains. Je suis bien placé pour le savoir. Mais justement, Louise, tu en es là aujourd'hui grâce à ta patience, ta motivation et ta rigueur. Tu n'as pas besoin de te tuer au travail comme tu le fais.

— Je veux faire mes preuves ! m'emportai-je, malgré moi.

— Pas au détriment de ta santé ! rétorqua-t-il sur le même ton avant de reprendre plus bas. Tu en oublies de manger, Louise. Je m'inquiète vraiment pour toi.

— Tu ne devrais pas, susurrai-je.

Il se leva, fit le tour de la table et s'agenouilla près de moi dans la terre battue qui recouvrait le sol de la pièce.

— Tu vas salir ton pantalon, lui dis-je alors qu'il prenait ma main.

— Je m'en moque. Louise, je suis là, présent pour toi, *avec* toi. Si ces derniers mois ne t'en ont pas convaincue, je continuerai de le répéter autant que nécessaire. Parce que je suis fier d'être à tes côtés, fier de pouvoir me promener dans les rues de Paris à ton bras, fier de dire que je connais la célèbre *mademoiselle Louise,* conclut-il d'une voix exaltée.

Il avait changé de ton, comme moi juste auparavant, dans une veine tentative d'alléger l'atmosphère, mais rien n'y fit.

Je pleurais bel et bien.

LE SERPENT

Méfie-toi du vil Serpent !
De morsure à trépas, il n'y a qu'un pas.

Je repris le chemin du cabinet lorsque Paul partit chercher sa petite sœur chez la voisine pour le dîner. Après sa déclaration, une fois que mes larmes eurent séché, je lui avais fait part de mon avancée dans l'enquête. Étonnamment, son regard aiguisé et son sens du détail m'avaient offert une nouvelle perspective sur l'affaire.

— Ne faudrait-il pas une dose très concentrée d'arsenic pour que les effets soient aussi spectaculaires que tu les décris ? avait-il avancé.

— C'est possible. J'avoue ne pas connaître les dosages et leurs effets.

— Cela me fait penser à une histoire que monsieur Leroy aime à raconter, et la raison pour laquelle il nous oblige à porter des gants lorsque nous réceptionnons notre marchandise. Il y a des années de cela, avant la Révolution, un homme est mort empoisonné par son propre costume ! Enfin, pour être précis, par le poison dont son épouse avait enduit ledit costume. La femme a été démasquée grâce aux brûlures sur ses mains – imputables à la manipulation imprudente du poison à l'état pur sans se protéger.

— Même si j'apprécie tes talents de narrateur, je ne vois pas le rapport avec le degré de concentration de l'arsenic.

— Si vaporiser un objet ou un vêtement permettait à la marquise de Brinvilliers de tuer sa victime après une longue agonie et faisait passer la mort pour naturelle, c'est probablement que les signes étaient discrets, loin du sang dans les yeux et de l'écume aux lèvres des victimes actuelles.

— Tu as peut-être raison. Ou bien le poison que nous cherchons n'est pas l'arsenic. Peut-être aussi que la lame n'est qu'une sorte de signature, sans lien avec la cause de la mort.

— Il te faudrait un rapport détaillé sur le décès d'Élise et Virginie, avait affirmé Paul. Un rapport… de police, par exemple.

J'avais levé les yeux au ciel. Je répugnais à retourner voir l'inspecteur pour obtenir plus de détails alors que le préfet tentait d'étouffer l'affaire. Je ne voulais pas le mettre dans l'embarras ou l'inquiéter davantage. Peut-être devrais-je plutôt demander à l'apothicaire de valider la théorie de Paul ?

Surtout, je devais trouver le mobile qui m'échappait toujours.

De retour au cabinet, je trouvai MAL occupée à tirer les cartes pour elle-même. Elle profitait souvent de ses moments de relâche pour tout faire sauf se relâcher. Elle dispensait ses prédictions aux voisins, à Amélie, à moi, et principalement à elle-même. Elle m'avait souvent dit que cela lui permettait de se *recentrer*. Je ne l'avais jamais comprise jusqu'à présent.

Pourtant à la regarder par l'interstice de la porte, à la voir sereine jusque dans sa pose décontractée, je saisis enfin l'importance de ces moments. J'hésitai à la déranger. J'aurais aimé lui parler de mes recherches, de Paul, du journaliste, de cette part d'ombre qui grandissait en moi, mais…

— Tu peux entrer, déclara-t-elle sans relever les yeux des lames qu'elle venait de retourner.

Je souris en secouant la tête. MAL, au-delà de son imagination débordante, était profondément attentive aux personnes qui l'entouraient. J'avais encore tant de choses à apprendre d'elle !

Elle ramassa ses cartes en un tas ordonné qu'elle posa au centre de la table circulaire à laquelle je m'étais assise.

— Que t'ont-elles révélé ? demandai-je en fixant le jeu.

— Aucun séjour en prison, plaisanta-t-elle.

— Voilà une bonne nouvelle ! D'autant que je n'aurais pas eu une seule minute pour t'en sortir, cette fois-ci.

— Qu'ouïs-je ? M'aurais-tu abandonnée à mon triste sort ?

— Sans la moindre hésitation, affirmai-je faussement.

— Vile traîtresse !

Nous gloussâmes telle une paire de pintades dans leur cage un jour de marché, les larmes aux yeux, la mâchoire douloureuse et le ventre contracté. Je laissai l'émotion me traverser, se déposer dans notre cocon au milieu des boules de cristal, des amulettes tintinnabulantes et des livres occultes. J'étais chez moi, à l'abri, libre de me détendre.

— Ah ! Comme cela fait du bien ! soupirai-je enfin.

— Je pense que nous avons gagné plusieurs minutes de vie, acquiesça MAL.

Je lui souris, elle me sourit, et nous rîmes à nouveau. *Bon sang !* Quelle pression mon corps avait-il accumulée pour se décharger ainsi, à n'en plus finir ? J'avais si mal au ventre à présent que je l'enserrai de mes bras pour atténuer la douleur. MAL me tendit un mouchoir en tissu brodé de myosotis dans lequel je me mouchai bruyamment, puis elle cala ses coudes sur la table, croisa ses doigts et y posa sa tête.

Ouh là !

— Maintenant que nous sommes parfaitement détendues, je t'écoute. Comment s'est déroulé ton rendez-vous ?

J'inspirai avant de me lancer. Après tout, j'en avais envie. Mieux, j'en avais besoin. Je lui racontai ma visite chez l'apothicaire, l'enthousiasme démesuré que m'inspirait le journaliste, ma culpabilité vis-à-vis de Paul. Tout.

Puis le silence s'installa durant une longue minute où nous nous regardâmes, MAL avec bienveillance et acuité, moi habitée d'une étrange sérénité. J'avais l'impression d'être totalement vidée de cette énergie négative dévorante qui me broyait les entrailles et me donnait parfois la nausée.

— J'entends que tu es traversée par de nombreuses préoccupations, des sentiments nouveaux et l'impression de ne plus maîtriser le cours des choses.

— C'est peu de le dire, grommelai-je.

— Accepterais-tu que je tire les cartes pour toi ?

— Évidemment ! m'exclamai-je. Je ne demande que cela.

— Je ne serai que ta main, Louise, pas ton interprète, me prévint-elle. Il te faudra trouver le chemin par toi-même.

— Mais tu seras avec moi.

Elle hocha la tête et ses yeux me criaient « toujours ».

La lumière des lampes à huile plongeait le cabinet dans une atmosphère mystique, créant des ombres dansantes sur les murs. Tout à coup, me revint en mémoire ce monstre ténébreux, celui qui se cachait au fond de moi, et j'eus peur que MAL ne le découvre. Elle mélangeait les lames en me fixant. Ses lèvres articulaient des mots inaudibles, peut-être une prière, du moins un psaume pour l'errante que j'étais. Puis elle posa les cartes d'un geste délicat, face vers le ciel. Le plafond en était témoin : ma nuit allait être longue.

— La Reine de trèfle dans ton passé, annonça MAL, attendant de moi que je nomme ce que cette figure impliquait.

— Des obstacles imprévus, des difficultés dans mon cheminement. J'imagine que les récents événements ont été… tumultueux. MAL ! Je sais que cette lame dans mon passé suggère que les difficultés sont derrière moi, mais tu sais aussi bien que moi que ce n'est pas nécessairement le cas.

— Il est vrai. Sache néanmoins que, quoi que nous dévoile cette deuxième carte, dit-elle en agitant celle du centre, tu as l'énergie pour surmonter toutes les situations.

— J'en jugerai lorsque je verrai ce qui m'attend, rétorquai-je dans une moue sceptique.

Dix de carreau.

— Hum ! Tu disais ? me moquai-je en relevant les yeux vers elle. Je n'ai pas besoin des cartes pour me dire qu'une auréole de mystère entoure encore mon enquête.

— Ce n'est pas la signification qui est importante ici, Louise, mais ce que tu peux en faire. Sois attentive aux signes, même les plus subtils.

— Je ne fais que cela ! Mon cerveau est envahi de détails, de mots, de parfums, de sensations. Mon problème est que je n'arrive pas à les assembler en un tout cohérent.

MAL retourna la dernière carte, celle de mon futur.

— C'est une vaste fumisterie, boudai-je tandis que ma mentore réprimait – fort difficilement – son sourire.

Le six de carreau... Vraiment ?

Cette carte symbolisait la chance, la légèreté, les petites joies de la vie. Dans ce contexte, à côté du dix de carreau, il y avait fort à parier qu'elle suggérait que ma patience serait récompensée par des opportunités ou des moments de bonheur à venir.

— Je ne vais pas attendre sur ce siège que la réponse daigne apparaître, m'emportai-je. C'est ridicule !

— Parfois, ma chère Louise, la sagesse réside dans la patience, déclara-t-elle en me tendant la main.

Je la saisis, espérant presque ressentir la fameuse sagesse dont elle vantait les mérites. Je n'éprouvais qu'un profond agacement qui se mua en panique lorsque MAL mélangea à nouveau ses cartes, le sourire aux lèvres.

— À présent, concentrons-nous sur tes sentiments envers Paul et le journaliste.

— Pardon ?

Elle suspendit son mouvement, le tas coupé en deux dans chacune de ses mains, et m'interrogea du regard.

« Souhaites-tu que je m'arrête ? » me demandaient ses yeux.

Oui !

Non.

Je ne sais pas...

Je fermai les yeux, fort. Peut-être retins-je ma respiration également. Durant quelques secondes, je bloquai toute émotion, je cherchai cet endroit au creux de ma poitrine où rien n'existait en dehors du son apaisant de l'eau qui coule. J'y puisai la force de faire face à mes contradictions.

Une inspiration. Deux. Trois.

En rouvrant les yeux, je hochai la tête. J'avais *besoin* de soutien. Paul avait vu juste : accepter de m'appuyer sur les personnes qui m'aimaient ne me rendrait pas moins méritante dans mon enquête... dans ma quête. MAL, Amélie, Paul, l'inspecteur Brandicourt, ils étaient devenus ma famille. Une famille en qui je pouvais avoir confiance.

— Le Valet de cœur.

Le fameux.

— Je ne sais comment prendre ce message. Je n'ai jamais été amoureuse avant Paul. Je ne suis donc pas nostalgique d'un amour passé.

— Vraiment ? insista MAL.

— Sous-entends-tu que je te mens ?

— À moi, non.

Je ne mentais à personne, ni à elle ni à moi. Je n'avais jamais ressenti ce que je ressentais pour Paul. Alors de quelle ancienne période serais-je mélancolique ?

— Montre-moi la deuxième carte, veux-tu ? la pressai-je.

Elle s'exécuta sans broncher.

Six de trèfle.

Ma gorge se serra. Pouvais-je encore ignorer la présence du Valet de cœur dans mon passé lorsque le six de trèfle parlait de rupture dans mon présent ?

— Ne tire pas de conclusions hâtives, Louise, me conseilla MAL. Tu sais qu'une épreuve reste une épreuve et que la dernière carte t'indiquera la façon dont tu t'en relèveras.

J'acquiesçai, le cœur au bord des lèvres. Mon lac intérieur était asséché. Je ne ressentais plus ses bienfaits, l'angoisse revenait en grattant avec force contre mes côtes.

Puis la Dame de trèfle tomba comme un couperet.

— Non ! m'horrifiai-je. Non, non, non. Ça n'arrivera pas.

MAL me scruta. J'étais certaine qu'elle pouvait lire la vérité en moi, peut-être même l'avait-elle devinée avant moi. Mais, prédiction ou non, c'était à moi de décider !

Et je ne tromperais pas Paul.

Après une après-midi suffisamment occupée par les clients pour me garder loin de mes pensées, j'avais fait l'impasse sur le dîner arguant que je n'avais pas faim, puis je m'étais enfermée dans ma chambre avec le carnet de l'apothicaire, ignorant l'air peiné d'Amélie et le regard compatissant de MAL. Je n'avais aucune envie de parler de la séance. Je ne voulais même plus y penser. Mon temps serait bien mieux employé à déchiffrer les pattes de mouche d'Honoré de Fallières ainsi que les extraits de journaux de la marquise de Brinvilliers. Et au vu de son contenu, j'avais de quoi rester éveillée toute la nuit.

Cette empoisonneuse était terrifiante. Quant à l'obsession de l'apothicaire pour cette illustre figure, elle n'avait rien de plus rassurant.

Octobre 1670.

Le poison est une œuvre d'art qui transcende la simple notion de mort. C'est une symphonie de douleur, une danse macabre entre la vie et le trépas. Chaque goutte, chaque infusion est une caresse sadique, une étreinte implacable.

Dans la morsure initiale, il y a l'agonie silencieuse qui pulse dans les veines, une harmonie de cris inaudibles. L'esprit, tel un marionnettiste cruel, orchestre cette chorégraphie de tourments. Chaque cellule nerveuse s'embrase jusqu'à ce que la conscience vacille, flamme mourante.

La douleur physique devient alors une muse, une muse dont le souffle vicié murmure des récits de détresse. Chaque contraction musculaire est une ligne mélodique, une partition écrite avec l'encre noire de l'angoisse. Les chairs se tordent dans une danse hypnotique, exprimant la poésie de la souffrance.

Et puis, l'esprit, autrefois fier et indompté, se transforme en une toile où s'esquissent des cauchemars insaisissables. Des ombres faméliques se glissent dans les recoins de la pensée, distillent l'horreur pure. L'agonie mentale s'entremêle à la détresse physique, communion perverse de terreur et d'affliction.

Chaque larme versée est une douce mélodie à mes oreilles, chaque cri étouffé une cadence funèbre. Le poison transcende le seul plan physique. Il devient le pinceau avec lequel je peins les tableaux de la douleur, faisant de chaque toile un chef-d'œuvre unique dans l'atelier de mes nuits.

Cet éclairage troublant sur l'esprit sadique de l'empoisonneuse dévoilait une fascination morbide pour les tourments physiques et mentaux qu'elle infligeait à ses victimes. Je ne pus réprimer un frisson de dégoût. Comment pouvait-on prendre plaisir à ôter la vie ? Pire, à l'ôter avec tant de perversion.

Trois coups discrets frappés à la porte me firent sursauter.

— Entre ! dis-je à Amélie qui ne se fit pas prier.

Elle pénétra dans ma chambre, les bras chargés d'un plateau sur lequel elle avait disposé un verre d'eau et un filet de truite au jus de citron accompagné de pommes de terre.

Après ce que je venais de lire, je n'étais pas certaine d'avoir très faim. Mon ventre me donna tort en gargouillant bruyamment.

— Vous devriez pas vous coucher l'ventre vide, me dit-elle. Je sais que vous avez dit que tout ira bien, mais j'ai peur que vous attrapiez le mal.

Je n'avais pas envie de dîner, même si mon estomac s'évertuait à faire croire le contraire. Mon cœur battait tellement fort depuis ma séance avec MAL que je craignais qu'il ne se fatigue et s'arrête pour toujours. L'idée même d'imaginer ma vie sans Paul me coupait le souffle.

— Merci, Amélie. C'est très prévenant de ta part et tu as raison. Je dois prendre soin de ma santé, concédai-je pourtant.

Elle sourit timidement, et au lieu de partir, elle resta debout au pied de mon lit à se tordre les mains dans un geste nerveux.

— Que se passe-t-il ? lui demandai-je en me levant pour la rejoindre.

— J'ai… fait mes premiers tirages aujourd'hui, avoua-t-elle dans un murmure.

— C'est fantastique ! Non ? insistai-je devant son expression mitigée.

— Eh bien… c'n'était pas de bonnes nouvelles… il s'agit… enfin, je…

— Tu as posé une question me concernant parce que tu t'inquiétais, est-ce bien cela ?

Elle hocha la tête, désolée. Je n'avais pas envie de savoir ce qu'elle avait vu – ou cru voir. Mais j'avais moins encore le désir de la laisser se coucher avec cette mine défaite.

— Que t'ont dit les cartes ? demandai-je alors.

— Que votre don pour voir les gens vous rendra vulnérable. Que vous…

Elle ne parvint pas à exprimer ce qui l'effrayait, mais son visage terrifié parlait pour elle.

— Je vois, conclus-je le visage aussi neutre que possible. Tu sais, toute la difficulté de cet art réside dans l'équilibre délicat entre la raison et l'intuition. Il est important de faire confiance à son instinct, bien sûr, tout en restant ancrée dans la réalité. Je serai probablement amenée à côtoyer des personnes aux intentions malveillantes, je ne peux le nier, mais je resterai vigilante. Je te le promets.

Ses épaules se relâchèrent un peu et, même si elle n'était pas totalement rassurée, elle me souhaita une bonne nuit et quitta ma chambre. Je me laissai tomber sur mon petit lit, écrasant alors le carnet ouvert de l'apothicaire. Je le délogeai de sous mon dos pour le poser par terre. Je n'avais ni l'envie ni la force de lire une ligne de plus.

Les mots résonnaient dans ma tête comme un millier d'aiguilles qui me perforaient de part en part. Poison, fascination, ténèbres. Je fermai les yeux, et derrière mes paupières closes, elles apparurent en points scintillants.

Puis le sommeil me cueillit comme une délivrance.

Ou une sentence.

J'avançais sur un sol instable, dans une profonde obscurité que perçaient difficilement quelques feux follets. Après trois pas, un Valet de cœur géant apparut dans les airs.

Bonheur, amour. Passions.

À cinq pas, ce fut un six de trèfle.

Chagrin, tristesse et culpabilité.

Et à neuf, la Dame de carreau.

Le chemin qui se sépare.

J'étais poussée par une force invisible, une urgence qui me comprimait la poitrine. Douze, treize, quatorze pas. Sur les lames suivantes se dessinèrent des symboles vaguement familiers.

Un serpent.

Une croix.

Une faux.

Une rose aux pétales sombres.

Un cœur humain.

— Louise.

Je levai les doigts vers l'organe palpitant, guidée par son appel, et au moment où je le touchai, un puissant parfum aux notes florales et suaves m'enveloppa. Puis une voix murmura à mon oreille, celle de l'apothicaire. Je me retournai sans le discerner dans les ténèbres. La peur au ventre, je n'avais d'autre choix que l'écouter murmurer les propos tenus par la marquise de Brinvilliers.

« C'est une symphonie de douleurs, une danse macabre entre la vie et le trépas. »

Ses paroles se mêlaient au bruit caractéristique des broches en bois de la Savonnerie. Elles s'entrechoquaient, tissaient.

Tac ! Tac ! Tac !

Vingt-huit pas. Je vis une main esquissée grossièrement au fusain – ou peut-être au charbon taillé en pointe. Les lignes de cette paume s'animèrent en une multitude de brins qui s'entrelacèrent autour de moi.

« Dans la morsure initiale, il y a l'agonie silencieuse qui pulse dans les veines, une harmonie de cris inaudibles. »

Tac ! Tac ! Tac !

Sur la tapisserie fraîchement tissée, un emblème : un lion renversé surmonté d'une couronne. Je l'observai jusqu'à ce que la broderie disparaisse au profit d'une guillotine qui coupa la tête en papier de la Reine de trèfle, laquelle roula à mes pieds. *Serpent agonisant.* Puis elle poussa un cri strident.

Je me bouchai les oreilles…

… Et me réveillai en sursaut.

J'étais allongée sur mon lit, toujours habillée, et trempée de sueur. Le hurlement de cette tête tranchée m'emplissait tout entière. Elle m'arracha quelques larmes qui, bientôt, se muèrent en torrent. Je me sentais si impuissante !

Le visage de Paul s'imposa dans mon esprit. Il me susurrait des mots doux, des mots d'amour, des mots qui me touchaient au-delà de la raison et pourtant… pourtant, j'avais peur des cartes, de cette Dame de trèfle, de son funeste augure.

LE BOUQUET

Dans chaque fleur de ce Bouquet, le bonheur
quelle qu'en soit la couleur.

Jeudi 21 novembre 1805
30 brumaire de l'an XIV

Je me levai, retirai ma robe en espérant me délester de ce marasme qui me collait à la peau, puis je fis une rapide toilette avant de rejoindre Amélie dans la cuisine. Lorsqu'elle me vit entrer avec mon assiette de la veille encore pleine, elle ne cacha pas sa déception.

— Je n'avais vraiment pas faim, me justifiai-je.

— Et ce matin ?

Pire.

— Mieux. Je vais tout de même me contenter d'une tranche de pain et d'une tisane à la camomille.

— Vous vous sentez mal ? s'inquiéta-t-elle aussitôt.

— J'ai fait un mauvais rêve. Rien de grave.

En l'observant, je me fis la remarque que MAL aimait recueillir les âmes torturées. Amélie était tout aussi percluse de doutes et d'angoisses que je l'étais. Brûlait-elle d'une flamme noire, elle aussi ?

En tant « qu'aînée », j'aurais aimé lui montrer que l'on peut s'élever au-dessus de nos peurs. J'aurais tellement aimé la rassurer, la guider comme MAL me guidait, sauf que je m'en sentais incapable. Quelle hypocrite serais-je de lui faire la leçon alors que, moi-même, j'avançais à l'aveugle ? Je me contentai de lui sourire en coupant une large tranche dans le pain de deux livres.

Aujourd'hui le cabinet était fermé et je comptais en profiter pour visiter les familles d'Élise et de Virginie pour en apprendre davantage sur ces femmes. Je devais absolument comprendre pourquoi *elles* en particulier avaient été tuées. Leur meurtre avait-il vraiment un lien avec le mouvement ouvrier ?

Je relus les notes du dossier fourni par l'inspecteur en avalant mon petit déjeuner. Le père de Virginie travaillait au Conservatoire des arts et métiers, en lieu et place de l'ancien prieuré Saint-Martin-des-Champs. Je quittai donc l'appartement en direction du faubourg Saint-Martin.

Après une grosse demi-heure de marche dans la brume matinale, j'aperçus enfin l'église encadrée par des maisons particulières qui s'adossaient au chœur. Cela faisait déjà quelques années que le bâtiment subissait des travaux de rénovation, ce qui m'obligea à entrer par la nef. Seul un passage vers la première chapelle du nord était praticable. Je m'y engouffrai, puis ressortis dans les jardins où je cherchai un monsieur d'une cinquantaine d'années. Le dossier ne donnait pas plus de détails. Je fis le tour de la promenade, demandant mon chemin au premier jardinier venu.

— Bonjour monsieur, le saluai-je d'un hochement.

Je cherche Alain François. Pourriez-vous m'indiquer où le trouver, je vous prie ?

Il fronça les sourcils. Pas comme on se méfie d'une inconnue, mais plutôt par réflexe lorsque la lumière du jour est trop forte. Elle ne l'était pas, le ciel était d'un gris sombre.

— Qui le demande ? s'enquit-il en me scrutant avec attention.

— Je m'appelle Louise et j'enquête sur la mort de sa fille, Virginie.

Il frissonna, sans doute malgré lui, comme une réaction involontaire à l'écoute de ce prénom qu'il ne voulait probablement pas que je prononce. D'après le film de sueur qui recouvrait son front, en dépit du froid humide de cette matinée, je dirais que l'homme était fiévreux. Il abandonna son râteau contre le mur en pierre et ramassa sa gourde métallique pour y boire, longuement, trop pour que cela ne me pousse pas à envisager une soif excessive. Un symptôme qui, couplé à ses autres maux, m'indiquait une récente perte de poids conséquente. Sûrement le décès d'un enfant provoquait-il ce genre de contrecoup, car cet homme aux cheveux blancs et aux traits tirés ne pouvait être que le père de Virginie.

— Êtes-vous l'un de ces journalistes ? pesta-t-il.

— Non, monsieur. Je connaissais Élise Marchant, la collègue de Virginie, retrouvée morte voilà quatre jours.

Il ne dit rien, mais ses dents grincèrent derrière ses lèvres closes.

— Je pense qu'elles ont, toutes deux… commençai-je en fixant son visage pour savoir si je pouvais continuer à lui livrer le fond de ma pensée.

Ses yeux écarquillés ne me quittaient pas, ils m'appelaient, me suppliaient. Je ne savais pas si sa peur l'emportait sur son besoin de savoir, mais il y avait chez cet homme un désespoir qui me fendait le cœur.

— … été assassinées, terminai-je.

Il relâcha la respiration qu'il avait retenue en un souffle tremblant. Les larmes au coin des yeux, le menton vibrant d'émotion, il hocha la tête.

— La police ne veut rien entendre, me confia-t-il.

Je l'accompagnai vers le muret sur lequel nous nous assîmes. Il poussa un long soupir avant de me raconter qu'il avait plusieurs fois tenté de faire entendre raison au commissaire en charge de l'affaire, sans succès. Je ne pouvais décemment pas lui dire que c'était peine perdue.

Il boit déjà le calice jusqu'à la lie.[1]

— Virginie souffrait-elle de problèmes médicaux ? demandai-je plutôt.

— C'était un roc ! Déjà enfant, elle n'était presque jamais malade. Une bénédiction ! Elle n'est pas morte de cause naturelle, j'en mettrais ma main au feu. Si c'était le cas, la police m'aurait laissé la voir. L'agent qui m'a informé de son décès m'a dit que c'était impossible car son corps avait passé la nuit dans les bas-fonds et qu'il y avait un risque de santé publique. Un risque de santé publique ! répéta-t-il en haussant le ton. Ils nous prennent vraiment pour des demeurés.

— Cela doit être horrible de ne pas avoir pu lui dire au revoir.

— Le doute me ronge à chaque instant. Si ce n'était

---

1. **Pour briller en société :** le calice fait référence à la coupe sacrée dans laquelle est consacré le vin à la messe. Ce pauvre monsieur François endure une pénible épreuve et des souffrances sans répit, jusqu'au bout, « jusqu'à la lie » (ce dépôt que l'on retrouve au fond d'une bouteille de vin).

pas elle que j'avais enterrée. Si le cercueil était vide. Si ma fille était vivante, quelque part, terrifiée, seule. Si elle…

Je recouvrai sa main de la mienne pour partager sa souffrance. L'émotion serrait ma gorge, y retenait les mots de réconfort. Ne restait plus que ces petits gestes, cette chaleur humaine.

— Notre famille est maudite, gémit-il. Ma nièce est morte en couches, voilà deux ans de cela. Elle était l'unique enfant de ma sœur, et Virginie, la mienne.

Quelle horreur !

Je ne savais que répondre, alors je gardai le silence et ma main sur la sienne. Nous restâmes ainsi un moment, dans la chaleur de nos corps serrés, bercés par le chant des rouges-gorges qui défendaient leur territoire face aux nouveaux venus.

— Savez-vous si Virginie avait des différends avec l'un de ses collègues ?

— Pas que je sache, répondit-il en reniflant. Elle ne parlait pas beaucoup de son travail à la manufacture.

— Saviez-vous qu'elle faisait partie d'un mouvement ouvrier qui revendiquait de meilleures conditions de travail ?

— Oui, mais de cela non plus, elle ne parlait pas tant.

— Elle paraissait discrète, l'encourageai-je.

— C'est le moins que l'on puisse dire, acquiesça-t-il dans un demi-sourire. Elle passait ses journées à la Savonnerie, ne sortait presque pas, excepté le mardi soir et certains dimanches après-midi.

— Où allait-elle ?

— Je n'en ai aucune idée. J'ai toujours soupçonné une relation avec un homme. Vous savez, je voulais qu'elle trouve une personne avec qui elle partagerait sa vie, mais elle me répondait en riant qu'elle n'en avait pas le temps.

— A-t-elle déjà parlé de personnes qu'elle côtoyait ? Un prénom, une adresse ?

Il secoua la tête, lèvres pincées.

— Elle allait au théâtre parfois, il me semble, hésita-t-il tout de même. Je ne sais pas lequel.

— Vous a-t-elle parlé de la dernière pièce qu'elle a vue ?

— Non.

Encore une impasse.

J'étais désolée pour cet homme qui réalisait sûrement qu'il ne connaissait pas tout à fait sa fille. Et qu'il ne la connaîtrait jamais plus.

— Je vous remercie pour le temps que vous m'avez accordé, monsieur François. Je vais vous laisser travailler, dis-je en me relevant.

— S'il vous plaît, mademoiselle, m'arrêta-t-il. Prévenez-moi si vous trouvez quelque chose. Quoi que ce soit…

— Bien sûr.

De sa main libre, il glissa délicatement une fleur dans la mienne, une marguerite jaune à centre brun.

— Une *Rudbeckia*, m'expliqua-t-il, son regard planté dans le mien. Elle symbolise la patience et la longévité. C'était la fleur préférée de Virginie. Elle disait que sa floraison tardive dévoilait sa beauté quand d'autres plantes commençaient à se faner.

Je fixais la corolle dorée, lumineuse, dont le cœur ténébreux n'éteignait en rien l'éclat. L'émotion me saisit à nouveau, larmes derrière mes paupières, chaleur au creux de ma poitrine.

Je relevai la tête, luttant à mon tour pour masquer le tremblement de mon menton.

— Merci, soufflai-je.

Le père de Virginie hocha du bonnet, je m'enfuis presque avant que l'un de nous ne se mette à pleurer pour de bon. En longeant le chemin en sens inverse, je remarquai les rudbeckias disséminés un peu partout entre les chrysanthèmes. Le souvenir de Virginie vivrait dans ce jardin avec son père.

J'accrochai la fleur dans mes cheveux pour ne pas la perdre ou l'abîmer. C'était un doux rêve que d'imaginer qu'elle ne fanerait pas avant le soir maintenant qu'elle était coupée. Quelle plante, aussi vivace fut-elle, pouvait survivre loin de ses racines ?

Je traversai à nouveau la Seine par l'île de la Cité pour rejoindre le faubourg Saint-Marcel où avait habité Élise. D'après le dossier de l'inspecteur Brandicourt, elle avait partagé une habitation avec plusieurs femmes, près de la manufacture.

Quand j'arrivai devant ladite maison, la brume s'était levée et le soleil brillait aussi fort que la veille, apaisant quelque peu l'émotion de ma rencontre avec monsieur François. Sur la brique rouge, caractéristique de ce quartier de Paris, trônait fièrement un numéro 6. Je repensais aussitôt à ce que m'avait confié l'inspecteur concernant le préfet. Son désir d'impressionner l'Empereur l'avait-il poussé à proposer cette numérotation des rues[1] ?

J'inspirai profondément, puis entrai par la porte encaissée dans un linteau cintré. Les deux suivantes marquaient les logements du rez-de-chaussée, de part et

---

1. **Pour briller en société :** débuté en 1805, à l'initiative du préfet, ce principe de numérotation marque la fin du système désignant les maisons par les magasins présents ou le nom de leur propriétaire. (Dans mon cas, je ne suis concernée ni par l'un ni par l'autre, car il n'y a pas de commerces alentour, et que ce sont les chats qui règnent sur mon (leur ?) habitation).

d'autre de l'escalier en bois qui montait vers les étages. L'odeur d'humidité provenant de la cave me laissa un goût de terre dans la bouche, qui disparut à mesure que je progressai vers l'attique, sous les pentes.

Je frappai une première fois au battant du seul appartement de ce niveau.

Une seconde fois.

Puis une troisième, sans succès.

Je m'apprêtai à m'en aller lorsqu'enfin la porte s'ouvrit sur une femme négligemment couverte d'un peignoir en flanelle. Ses cheveux blonds tombaient en mèches désordonnées sur son épaule droite et son visage portait encore les marques d'un oreiller.

— Pardon de vous réveiller, madame.

— Mademoiselle, me reprit-elle.

— *Mademoiselle,* rectifiai-je. Je m'appelle Louise et j'aimerais vous parler d'Élise.

— Elle est morte, déclara-t-elle en même temps qu'elle me claqua la porte au nez.

Choquée, je restai un instant face à ce panneau de bois peint d'un vert sapin. J'y vis, gravées maladroitement, plusieurs initiales. Là, au milieu des autres, EM.

— Élise, chuchotai-je en passant le doigt sur les lettres incrustées, avant de frapper à nouveau avec plus de conviction.

— Vous êtes sourde ? s'énerva la femme en rouvrant. Je vous dis qu'elle n'est plus là !

— C'est précisément la raison de ma visite.

— Ça me fait une belle jambe. Je n'ai rien à vous dire. Fichez le camp !

Elle repoussa à nouveau la porte, mais je coinçai ma

bottine dans l'entrebâillement. Elle m'assassina du regard. Je n'étais pas certaine que sa colère me soit réellement destinée. Je remarquai ses yeux gonflés et rougis, ainsi que les cernes qui les soulignaient.

— Pardonnez-moi d'insister dans cette période de deuil. J'avais moi-même eu l'occasion de rencontrer Élise lors d'une soirée organisée par ma maîtresse, Marie-Anne Lenormand.

Je captai aussitôt l'éclat d'intérêt de mon interlocutrice – je n'étais plus une mouche attirée par le crottin. L'inconnue recula, pas suffisamment pour me laisser entrer, mais assez pour que je puisse ouvrir la porte et libérer mon pied endolori.

— Pourquoi une voyante s'intéresse-t-elle au décès d'Éli ? demanda-t-elle, les bras croisés sous sa poitrine.

— Parce que l'une de ses collègues à la Savonnerie a également été retrouvée morte dans une ruelle environnante. Et je ne suis pas du genre à croire aux coïncidences.

— Que voulez-vous dire ?

Elle posait la question alors que son visage me laissait penser qu'elle connaissait la réponse. Comme le père de Virginie, elle se doutait qu'Élise n'était pas morte de cause naturelle.

Je la fixai sans répondre.

Elle me fixa en retour.

Tout, dans la position de son corps, exprimait son désir de se battre. Ses bras en bouclier, ses sourcils froncés, son menton volontaire et ses poings serrés. Il suffisait d'un mot malheureux pour que cette énergie se décharge sur ma personne.

— Savez-vous si Élise côtoyait Virginie en dehors de la Savonnerie ?

— Jamais entendu parler.

— Voyait-elle un homme ?

Elle rit sans ouvrir la bouche, méprisante.

Elle n'y met pas du sien. C'est pénible.

— Une femme ? poursuivis-je dans l'espoir de découvrir par moi-même ce qu'elle ne voulait pas me dire.

— Ça, des femmes, elle en fréquentait, le jour comme la nuit.

— Qu'entendez-vous par là ?

Elle s'approcha, les bras enfin relâchés, le regard fier, puis se pencha vers moi. Elle sentait vaguement le lilas. Étant donné la vétusté des lieux et les lits qui s'alignaient contre le mur sous le toit, je pariais qu'elle n'avait pas les moyens de s'offrir un parfum assez luxueux pour en garder trace au réveil.

— Elle n'aimait pas les hommes, déclara-t-elle, le sourire aux lèvres.

Pensait-elle m'effrayer, me dégoûter ? Je souris à mon tour, avançai d'un pas pour me coller à son visage de telle sorte que nos respirations se mêlèrent l'une à l'autre.

— Voilà qui est intéressant, affirmai-je, séductrice.

Elle se redressa, croisa de nouveau les bras, mais son expression avait changé. Son sourire était plus franc, son regard plus lumineux.

— Élise avait-elle une relation ? repris-je, profitant de l'effet de mon audace nouvelle qui m'avait moi-même surprise.

— Si c'était le cas, elle n'en a rien dit. Nous sommes toutes plutôt occupées.

— Toutes ?

— Les Olympiennes.

Son sourire s'étira davantage devant mon air confus. Elle disparut derrière la porte et revint avec un feuillet qu'elle me tendit.

Clap, clap !
Les Olympiennes,
En dignes héritières,
Braveront les Fantômes
À la prochaine lune.

— Qu'est-ce donc ? demandai-je en tournant le papier dans une vaine tentative pour décrypter le message.

— Si vous trouvez la réponse à cette question, vous en obtiendrez de nombreuses autres.

— Je suppose que cela signe la fin de notre discussion ?

— Vous supposez bien. J'aimerais retourner me coucher. Bon vent !

La porte se referma une nouvelle fois à quelques centimètres de mon visage. Je n'avais obtenu de cette femme ni son prénom ni sa profession, juste un étrange prospectus et la promesse de potentielles révélations. Pourtant quelque chose m'attirait vers elle, viscéralement. Je n'aimais rien plus que les mystères à percer – à part, peut-être, le chocolat. Je pliai donc la feuille en quatre, la glissai dans les replis de ma robe, près de mon jeu de cartes, puis quittai le bâtiment avec la ferme intention de résoudre cette énigme.

J'étais campée sur le seuil de la petite pièce qu'était le bureau de l'inspecteur Brandicourt, interloquée par la scène qui se jouait sous mes yeux. Pierre était perché sur sa table et tournait sur lui-même, son regard vissé au sol. Le plancher n'était plus visible sous les cartes qui se superposaient.

— Louise ! sursauta-t-il lorsqu'il me fit face. Que faites-vous là ?

— Permettez-moi de vous retourner la question, me moquai-je quelque peu.

— Oh ! Euh… oui, bafouilla-t-il en descendant de son perchoir. Je prenais de la hauteur.

— Que chassez-vous ainsi dans les rues de… Montmartre ? m'étonnai-je en déchiffrant les plans de la ville.

— Une louve.

Une louve ? L'inspecteur avait-il perdu la raison à force de courir après des criminels ? Il en avait l'air entre ses cheveux qui méritaient un coup de peigne et son regard fiévreux.

— Je vous raconterai plus tard, si le cœur vous en dit. Pour le moment, l'affaire est en cours et mes hypothèses, plus que balbutiantes. En quoi puis-je vous être utile, Louise ?

— Je n'ai rien vu dans le dossier que vous m'avez porté concernant les détails sur la cause de la mort. En dehors du fait qu'Élise et Virginie ont été empoisonnées, je veux dire.

— Je crains qu'il n'y ait aucune trace écrite, pour les raisons que je vous ai exposées. Que voulez-vous savoir précisément ?

— Je souhaite m'assurer que le poignard et l'empoisonnement sont effectivement liés. Mes premières recherches sur le sujet indiquent que le poison enduit sur un objet rend la mort lente et l'empoisonnement presque indétectable. Ce qui ne correspond pas au rapport que vous m'avez fourni.

— Je vois, dit-il en passant une main dans ses cheveux blonds. Dans ce cas, le poison n'est peut-être pas celui que vous aviez envisagé. Ou bien sa concentration est plus importante.

— C'est aussi ce que pense Paul.

— C'est un garçon intelligent, acquiesça-t-il sans s'épancher outre mesure.

— Comment le médecin a-t-il conclu à l'empoisonnement puisque les deux femmes ont été poignardées ?

— Elles ne l'ont pas été, s'étonna Pierre. Je pensais vous l'avoir dit, mes excuses. En fait, elles montraient toutes deux une coupure boursouflée au niveau du poignet. Le docteur en a déduit que les blessures, bien que superficielles, étaient l'orifice d'entrée du poison.

Je le fixai tel un fretin sur l'étal du poissonnier, les yeux écarquillés et vides. Comment avait-il pu oublier de m'informer de ce « détail » ?

Il affichait une mine chiffonnée et sa chemise dépassait de son pantalon, lui qui était toujours si élégant. Les journées avaient raccourci avec l'hiver qui se profilait, mais pas le crime. Je ne pouvais pas lui en vouloir pour son oubli alors que je le sollicitais en plus de ses missions qui semblaient déjà beaucoup l'accaparer.

Merci pour cette précision, Inspecteur. Je suis navrée de vous avoir dérangé.

— C'est moi qui suis navré de ne pouvoir faire davantage, Louise.

— Vous en faites déjà tant ! Êtes-vous sûr de ne pas vouloir de mon aide pour votre affaire ?

— Bien que l'idée de travailler de nouveau avec vous soit parfaitement tentante, c'est encore prématuré. Cela dit, je ne manquerai pas de vous contacter à la moindre piste solide.

J'acquiesçai, prête à me retirer, lorsque je repensai au prospectus.

— Une dernière question : est-ce que le nom des Olympiennes vous est familier ?

Il secoua la tête.

— Et les Fantômes ? Avec une majuscule.

— Non plus, mais je commence à regretter de ne pas faire équipe avec vous. Votre investigation a l'air nettement plus palpitante que la mienne.

— Entre une louve et des fantômes, mon cœur balance, plaisantai-je.

Il m'offrit un regard lourd de sens qui désignait, sans aucun doute, l'inconstance de mes sentiments amoureux, et que je choisis d'ignorer en fuyant lâchement. Je devais informer le journaliste de mes récentes trouvailles.

LA BOUSSOLE

La direction, cette Boussole révèle
afin que les fils du destin se démêlent.

Une fois n'était pas coutume, le supérieur de Clément Grévy m'arrêta aux portes de la Gazette, son air revêche accroché jusque dans les plis au coin de ses yeux. N'avait-il pas d'autres chats à fouetter ? Plusieurs hommes le hélaient dans l'imprimerie, mais non, il s'évertuait à me barrer le passage.

— Laissez-le travailler ! m'ordonna-t-il.

— Que croyez-vous que nous fassions ? m'exaspérai-je.

Le regard qu'il m'offrit en réponse me glaça le sang avant de me faire rougir violemment. Je sentais mes oreilles chauffer sous mon chignon, et je ne doutais pas que tout le monde pût profiter de cet embrasement puisque ma peau de porcelaine avait cela de perfide qu'elle me trahissait à la moindre occasion.

Je détournai la tête un instant, et aperçus le journaliste nonchalamment adossé contre l'une des colonnes moulées qui soutenaient la structure de l'immense salle. Lorsque nos regards se croisèrent, il me fit un signe de tête, m'encourageant à sortir. Je ne me fis pas prier et laissai le chefaillon à sa fierté d'avoir gagné. J'avais de mon côté bien mieux à faire de mon temps que de polémiquer.

Il fallut moins d'une minute au journaliste pour apparaître, son éternelle casquette vissée sur sa tête blonde.

— J'espère que vous continuerez de venir nous rendre visite après la résolution de notre enquête, déclara-t-il en guise de salutations. C'est toujours un plaisir de voir le rédacteur en chef sortir de ses gonds.

— Si c'est là toute l'ampleur de sa colère, il est possible que je me prête au jeu, répondis-je, amusée.

Il rit doucement, les mains dans ses poches et la mine lumineuse.

— Venez ! Je connais un endroit où nous serons tranquilles pour discuter.

Nous redescendîmes la rue Saint-Denis, encombrée de ses passants, puis longeâmes la Seine par les quais jusqu'au Louvre. C'était une belle journée. Les mouettes criaient dans le ciel bleu, au-dessus des lavandières qui faisaient la buée[1].

Clément Grévy traversa la terrasse des Feuillants, puis pénétra dans le musée, sans même un regard pour le buste de Napoléon[2] qui en surmontait l'entrée. Il nous guida discrètement par un escalier vers les hauteurs de l'édifice,

---

1. **Pour briller en société :** à l'époque du récit, faire la lessive se disait « faire la buée », à l'origine du mot « buanderie ». Les familles les plus aisées faisaient appel à des laveuses (ou lavandières).

2. **Pour briller en société :** en 1803, dix ans après sa création, le musée du Louvre est rebaptisé musée Napoléon. Il le restera jusqu'à la chute de l'Empire, en 1814, où les œuvres saisies durant la guerre seront restituées à leur pays d'origine.

et là, dans le couloir désert, il poussa une porte dérobée dans un mur qui débouchait sur une minuscule pièce sous la charpente. Une pensée incongrue me traversa.

S'il m'assassine ici, jamais personne ne retrouvera mon corps.

— Que vous fait-il sourire de la sorte ? me demanda le journaliste.

— Les élucubrations de mon cerveau, rien de plus. Comment avez-vous découvert cet endroit ? l'interrogeai-je à mon tour en notant le secrétaire en bois sur lequel reposait une lampe à huile.

— Je n'ai pas toujours été journaliste. Pendant quelque temps, j'ai arpenté ces lieux chaque jour pour en nettoyer les moindres recoins.

Il en parlait sans la moindre gêne, avec dans la voix une certaine mélancolie.

— Votre ascension est impressionnante, murmurai-je, les yeux balayant la pièce.

— Tout comme la vôtre. Et je ne crois pas me tromper en disant que nous avons tous deux bénéficié de l'altruisme de protecteurs.

Je me contentai de sourire. Ce n'était pas l'altruisme qui avait poussé MAL à me recueillir. Elle connaissait mes aptitudes et y avait trouvé son intérêt. Je ne lui en voulais pas, au contraire, nous avions forgé un solide partenariat qui s'était mué en une affection profonde.

— De quoi voulez-vous me parler ? s'enquit-il, me sortant de mes pensées.

— De mes récentes trouvailles concernant l'enquête.

— Je vois, souffla-t-il.

Je fronçai les sourcils devant son air contrarié. Cela

l'ennuyait-il à ce point que je trouble sa journée avec mes informations ? Pourquoi m'avoir emmenée ici, dans ce cas ? À moins que… *Non !* Hors de question d'emprunter ce chemin.

— Nous avions tort pour le poison, poursuivis-je comme si de rien n'était. Le tueur n'utilise probablement pas l'arsenic tel que nous le pensions.

Je lui racontai ma conversation avec l'inspecteur, notant ses yeux qui s'étrécissaient puis s'agrandissaient à mesure qu'il comprenait. Il s'enflamma aussitôt, élaborant des hypothèses toutes plus abracadabrantes les unes que les autres. Son esprit semblait se purger de chaque piste pour ne plus garder que celle qui paraissait la plus vraisemblable et digne d'intérêt.

— Un autre poison… répéta-t-il, songeur, se parlant à lui-même sans attendre de réponse de ma part. Cela voudrait-il dire qu'Honoré s'est trompé ?

Ou qu'il est trop entiché de cette marquise de Brinvilliers.

— Si c'est le cas, poursuivit-il, nous devons reprendre l'enquête à la base. Je connais les poisons qui sont accessibles dans Paris, mais je n'ai pas la liste de ceux qui sont importés…

Je vis son regard s'illuminer à mesure qu'il tirait le fil de sa pensée.

— La Rose Noire ! s'exclama-t-il en prenant mes mains. Oh, Louise ! Vous êtes formidable ! J'ai passé la nuit à chercher ce qui m'échappait et vous venez de m'éclairer.

J'étais aussi tendue que l'on pouvait l'être dans une telle situation, mes mains dans celles d'un autre homme que Paul, cachées dans la semi-obscurité des combles. Je me raclai la gorge avant de me dégager délicatement.

— Je crains de ne pas vous suivre. Qu'est-ce donc que la Rose Noire ?

— Le réseau de contrebandiers qui règne sur la capitale.

Celui de Mayo, le tenancier de la taverne à Montmartre ? Pourquoi l'inspecteur ne m'a-t-il jamais parlé de ce nom ?

— Avez-vous terminé la lecture du carnet d'Honoré ? poursuivit Clément Grévy, insensible à mes questionnements.

— Pas encore. Pourquoi ?

— Vous imaginez bien que j'ai moi-même eu l'occasion de le lire lorsque l'apothicaire m'en a plus d'une fois vanté les mérites. Il me l'a si souvent mis sous le nez que je me demande comment l'idée ne m'a pas effleuré plus tôt. Il y a un symbole dans la marge d'une page qui liste les poisons utilisés par la marquise de Brinvilliers, vous vérifierez : une rose dont les pétales sont hachurés.

Si la rose en question avait été dessinée dans le carnet, cela ne pouvait être que l'œuvre de l'apothicaire – ce qui le plaçait d'office en bonne place au catalogue des suspects.

— Pensez-vous que les contrebandiers sont liés aux meurtres ? repris-je, pensive.

— Il se pourrait même que l'un d'entre eux soit l'assassin, l'un ou… *l'une.*

— Pourquoi pensez-vous à une femme ?

— Le poison ! Ne me portez pas ce regard incendiaire, Louise. Il est souvent affaire de femme. Ce serait idiot de ne pas l'envisager.

Il avait raison. Même si cela me coûtait, je devais au

moins considérer la possibilité qu'une femme ait tué Élise et Virginie.

— Je connais le chef des contrebandiers, affirmai-je alors. J'irai le rencontrer demain.

— Vous… vous le connaissez ? bafouilla-t-il, soudain nerveux.

Il semblait impressionné et je luttai avec force pour ne pas m'empourprer à nouveau.

— Allons-y ensemble, ce soir, proposa-t-il. Je serai plus serein de ne pas vous savoir seule avec lui.

— Oh ! Je vous en prie ! Ne me vexez pas, monsieur. Je n'ai aucun besoin d'être chaperonnée. Et je ne suis malheureusement pas disponible aujourd'hui. J'irai demain, mais n'ayez crainte, je ne manquerai pas de venir vous informer en personne du contenu de cette entrevue. Je suis certaine que votre chef appréciera.

Il rit à nouveau en secouant la tête.

— Cette investigation aurait été si terne sans vous à mes côtés, Louise.

Je pouvais lire sur son visage un mélange d'émotions fortes qui chargeaient l'air autour de nous. Admiration, détermination… et autre chose qui me fit rougir jusqu'aux oreilles.

Une fois de plus, je me raclai la gorge, mal à l'aise.

— Connaissez-vous les Olympiennes ? m'enquis-je alors.

— Bien sûr ! Pas vous ?

Je secouai la tête.

— Je les cherche, justement.

— Pourquoi ne suis-je pas étonné ? se moqua-t-il. Les Olympiennes sont un groupe de femmes qui luttent pour une juste place dans la société. Elles se nomment ainsi en hommage à Olympe de Gouges, rédactrice de la célèbre *Déclaration des droits de la femme et de la citoyenne.* Elle est morte ici, à Paris, guillotinée voilà douze ans. Et à voir vos yeux qui pétillent, vous n'étiez vraiment pas au courant.

— Non, en effet. Savez-vous où je peux les trouver ?

— Malheureusement, non. Elles se réunissent dans des endroits connus d'elles seules. Je n'ai jamais eu le temps de consacrer un papier digne de ce nom à leur combat : ce n'est pas la priorité de l'Empire, vous imaginez bien.

Je grimaçai en miroir, puis lui tendis le prospectus qu'il déplia soigneusement.

— Et avec ceci ? insistai-je.

— Les Fantômes ? récita-t-il à haute voix. Cela me paraît bien alambiqué pour un rassemblement.

— Sûrement craignent-elles de potentiels détracteurs. Entre vous et moi, je comprends leur prudence, surtout par les temps qui courent.

— Vous avez raison. Je vais chercher de mon côté, m'assure-t-il en me rendant le papier. Au moins, plusieurs pistes s'offrent à nous. Pas les plus simples, si vous voulez mon avis, mais comme le dit le dicton : on n'a rien sans rien.

— Je souligne votre sagesse, monsieur Grévy, le taquinai-je.

Il se pencha en une révérence exagérée, puis s'approcha, comme pour quitter la pièce par la porte derrière moi. Mais avant d'atteindre celle-ci, il s'arrêta et planta son regard dans le mien.

— Vous pourrez venir ici chaque fois qu'il vous plaira,

déclara-t-il avec sincérité. Je sais combien il est difficile de trouver un endroit où l'on se sente véritablement en sécurité, un lieu à soi, loin de l'agitation du monde, pour réfléchir ou s'évader quelques heures.

C'était exactement ce que je ressentais dans notre appartement, rue de Tournon – même si parfois, je me prenais à rêver d'un logement à moi. Je tremblais de constater, jour après jour, combien nous nous ressemblions cet homme et moi.

— Je vous remercie, dis-je en me demandant si j'oserais venir ici seule.

Le journaliste actionna la porte dérobée, vérifia que personne ne se trouvait dans le couloir avant de s'y engouffrer. Dehors, sur le parvis, il me laissa retourner à mes occupations. Je regardai sa silhouette fine s'éloigner sur la terrasse et disparaître à l'angle du bâtiment. Après, seulement, je pris la route du faubourg Saint-Germain.

En passant sous notre porche, je vis l'ami de MAL sortir du cabinet, celui qui « présentait bien » comme l'avait dit Amélie. Il tira sur sa chemise pour faire ressortir ses boutons de manchette en argent sous son épais manteau de laine. Rien ne dépassait, sa moustache était impeccable, son écharpe d'un bleu roi couvrait son cou, son haut-de-forme complétait sa tenue distinguée, et pourtant, il était inquiet. Il me salua d'un signe de tête, sans même l'ombre d'un sourire courtois. La plaie sur sa main gauche montrait qu'il s'était souvent gratté, sûrement dans un geste nerveux.

MAL ne m'avait rien confié sur cet homme, ni son nom ni sa profession, mais cette écharpe… peu d'hommes pouvaient la porter. Il s'agissait d'un honneur, d'un signe distinctif.

J'entrai tel un boulet de canon dans le cabinet. MAL porta la main à son cœur.

— Seigneur ! Louise, que t'arrive-t-il ? Aurais-tu vu un fantôme ? me taquina-t-elle.

— Pas un fantôme, un conseiller de l'Empereur.

Elle resta muette, poursuivant le rangement de ses cartes.

— Ne nie pas ! Je l'ai vu.

— Évidemment que tu l'as vu. Que ne vois-tu pas ?

— Pourquoi est-il revenu ? As-tu des ennuis ? m'inquiétai-je à l'idée de la voir à nouveau emportée par la police.

— Tu es si dramatique ! Je n'ai pas d'ennui. Ni de compte à rendre sur les clients que je reçois, d'ailleurs.

— Il avait l'air contrarié. Et angoissé. Que lui as-tu dit ?

— La vérité.

— Pitié ! Jure-moi que tu n'as pas pris plaisir à le torturer ! La dernière fois, cela t'a assez mal réussi.

— Je t'ai déjà dit qu'il s'agissait d'un ami. Me juges-tu si cruelle à malmener une connaissance de longue date ?

Elle m'offrit l'un de ces regards que les petits chiens des bourgeoises du quartier affichaient pour avoir un biscuit. Je ne me laissai pas berner.

— Tu t'inquiètes beaucoup trop, Louise. Pour tout le monde, tout le temps. Alors ce soir, tu vas me faire le plaisir de t'amuser.

— M'amuser ? répétai-je, alarmée par son sourire en coin. Qu'as-tu en tête ?

— Absolument rien, m'assura-t-elle, tout sourire.

Pourquoi le fait que je ne décèle aucun mensonge sous ses boucles brunes ne me disait rien qui vaille ?

— Que manigances-tu ? insistai-je.

— Moi ? s'offusqua-t-elle faussement. Rien.

— Mais moi, si.

Je fixai MAL, les yeux écarquillés, priant pour que mon esprit m'ait joué un tour. Ma mentore avança d'une démarche traînante, jouant à merveille son rôle de puissante cartomancienne.

— Paul ! s'exclama-t-elle dans mon dos. Quel plaisir de vous voir ! Vous êtes élégant, comme toujours.

— Merci, mademoiselle Lenormand. Venant de vous, le compliment me touche.

Je me retournai au moment où il baisait la main de MAL. Quelle vision incongrue ! Rien n'était plus dérangeant que ses lèvres sur la peau de celle qui était comme ma mère.

Non. En réalité, je devais reconnaître que rien ne me dérangeait davantage que d'imaginer les lèvres de Paul sur toute autre peau que la mienne. Cette pensée m'arracha un frisson, expression étrange d'un mal-être que je cernais assez mal. Ce fut d'ailleurs ce qui me retint de lui offrir ma propre main lorsqu'il s'approcha avec le même air de dandy qu'il avait destiné à ma mentore.

Il se racla la gorge.

Je détournai le regard.

MAL secoua la tête en soupirant. Elle eut au moins le respect de ne pas faire de commentaires.

— Me ferais-tu l'honneur de m'accompagner au café des Variétés ? me demanda Paul, incertain.

— Bien sûr, murmurai-je avec la ferme intention de

gommer cette moue penaude de son visage.

J'eus la satisfaction de voir fleurir l'un de ses adorables sourires lorsqu'il me tendit le bras pour que je m'y accroche. Je n'avais encore eu l'occasion ni de manger ni de faire ma toilette, mais je lui emboîtai le pas sans réserve après m'être délestée de mon tablier et du capot qui recouvrait mon chignon.

De toute évidence, je n'étais pas l'une de ces nobles qui maîtrisaient l'art de la séduction, forgées par des années d'éducation aux us et coutumes de la bonne société. J'étais Louise, sans patronyme, apprentie cartomancienne, détective à ses heures perdues. Je n'avais pas besoin de poudre sur mon visage ni plus d'artifice dans mes cheveux, car j'avais pour moi le pouvoir de lire dans les pensées. Aucune personne saine d'esprit ne troquerait ce don contre une robe chatoyante ou une émeraude en tour de cou.

— Marie va être aux anges de te voir, m'assura Paul alors que nous descendions dans l'antre de la capitale.

Le trajet s'était déroulé dans un silence bienvenu qui m'avait épargné une conversation triviale. J'avais apprécié ce temps à sa juste valeur, en profitant pour mettre mes idées en ordre, me défaire de mes doutes – du moins, l'espace d'une soirée. J'étais à présent en mesure d'afficher un sourire sincère à l'idée de retrouver la troupe des Variétés.

Fumée de cigares, transpiration et haleines chargées emplissaient les tunnels qui ne voyaient jamais ni la lumière du jour ni l'air frais. Les notes de musique s'élevaient avec force tandis que le martèlement des danseurs faisait trembler les murs de terre.

Paul prit ma main dans la sienne et m'entraîna vers le comptoir où Anna remplissait plusieurs verres d'un vin à la robe grenat.

— Mais qui voilà ! s'exclama-t-elle. T'as mis le temps pour revenir nous voir !

— Je suis désolée, *madame,* la taquinai-je.

— Je vais t'en servir du « madame » ! Non, mais ! rit-elle à son tour. Comment vas-tu, ma belle ?

— Je vais bien, merci.

— Toujours sur tous les fronts ? insista-t-elle, pas dupe.

— Évidemment, répondit Paul à ma place.

— Voulez-vous bien arrêter de vous moquer, tous les deux ? les grondai-je sans réussir à contenir mon sourire.

J'étais heureuse d'être ici. Je replongeais avec nostalgie un an en arrière lorsque la tenancière à l'air bourru m'avait prise sous son aile en m'offrant un travail de serveuse alors que MAL était emprisonnée. Combien d'heures avais-je passées à servir des hommes ivres, à rire avec les danseurs et les comédiennes, à savourer l'excellente cuisine d'Anna ? De nombreuses ! Pas toutes agréables, mais j'en gardais plus de bons souvenirs que de mauvais.

— Allez vous asseoir, les jeunes ! nous ordonna Anna. Je vous apporte vos boissons dans un moment.

Nous la remerciâmes avant de dénicher une petite table dans un coin de l'alcôve. Sur scène, Marie, Josie et une troisième femme que je ne connaissais pas balançaient leurs jambes en cadence sur le rythme effréné des musiciens.

— Comment s'est déroulée ta journée ? me demanda

Paul, m'arrachant à ma contemplation.

— Bien ! répondis-je aussitôt.

Cet enthousiasme soudain lui tira une expression curieuse, de celle qui pousse un homme à poser davantage de questions.

— As-tu avancé dans ton enquête ?

— J'ai quelques pistes, acquiesçai-je en sortant le prospectus. D'ailleurs, j'ai besoin de ton aide pour déchiffrer ceci.

Je lissai le papier du plat de la main, puis le laissai découvrir son contenu. Il fronça les sourcils, se massa le front, profondément plongé dans sa réflexion. Quand il posa à nouveau les yeux sur moi, une lueur de malice brillait dans son regard.

— Comptes-tu m'expliquer ce dont il retourne ou cela fait-il partie de ton plan machiavélique ?

— Quel plan ?

— Celui qui consiste à te rendre plus mystérieuse encore, répondit-il, enjôleur.

Je souris, gênée. Et soulagée. Paul était égal à lui-même. Je ne décelais sur ses traits aucune colère, aucun faux-semblant. Il était réellement amusé par ma demande, prêt à jouer le jeu de l'apprenti détective. Je lui racontai donc tout ce que je savais des Olympiennes et leur lien avec Élise, la seconde victime.

— Que m'offres-tu si je t'aide à résoudre ce mystère ?

Cette fois, je rougis pour de bon. Le Paul charmeur refaisait surface, comme cette fois au palais des Tuileries où il avait monnayé une soirée à la guinguette en échange d'informations concernant mon enquête de l'époque.

Mon ventre se réchauffa étrangement.

— Que désires-tu ? m'enquis-je.

— Un baiser.

— Maintenant ? paniquai-je en regardant autour de nous pour m'assurer que personne ne nous avait entendus.

Je n'étais pas une jeune fille de bonne famille, je n'avais pas besoin d'être chaperonnée pour fréquenter Paul, même si le regard des gens prouvait le contraire. Lui avait l'allure d'un gentleman, moi, d'une servante. Autant dire que nous attirions l'attention. Si Paul s'en moquait, ce n'était pas mon cas.

— Non, pas ici, me rassura-t-il. Plus tard.

— Plus tard ? répétai-je, espérant obtenir plus de détails.

Il sourit plus franchement encore, me transperçant de son regard pailleté d'or. J'avais chaud tout à coup. Heureusement, Anna nous apporta deux verres de vin éclairci à l'eau. Elle avisa le prospectus et haussa les sourcils en me fixant à son tour. Pour tout commentaire, elle secoua la tête en souriant. Et tandis qu'elle s'éloignait, Paul se racla la gorge.

— Chère Mademoiselle Louise, je suis heureux de vous annoncer que j'ai la solution à votre énigme, déclara-t-il avec emphase.

LE TRÈFLE

Bénéfices du Trèfle, par feuillages et par fleurs,
si les nuages n'obscurcissent point leurs valeurs.

Paul étirait le suspense. Il me servait son sourire fier, attendant sûrement que je le questionne plutôt que de me livrer la réponse sur un plateau.

— Vraiment ? m'exclamai-je, jouant la surprise.

— Ce scepticisme me vexe, mademoiselle Louise.

Pas le moins du monde, comme le soulignait le coin légèrement frémissant de ses lèvres. J'entrai néanmoins dans son numéro.

— Oh ! Veuillez m'excuser de vous avoir ainsi peiné, monsieur Lenoir. Je crains que ma curiosité ait supplanté mes bonnes manières. Je suis impatiente de savoir comment vous avez si rapidement résolu cette affaire, là où tout le monde a échoué, ce jour.

— Le talent, ma chère ! Le talent !

— Accepteriez-vous de partager le fruit de votre grandeur avec la terrestre que je suis ?

— Avec plaisir ! assura-t-il, agitant le prospectus comme le font les crieurs de rue avant de déclamer leur missive.

Il récita le texte à voix haute.

Clap, clap !
Les Olympiennes,
En dignes héritières,
Braveront les Fantômes
À la prochaine lune.

— Le début me paraît évident sachant ce que tu m'as raconté des Olympiennes, héritières d'Olympe de Gouges. Quant aux Fantômes, il existe une légende qui raconte que dans un vieux théâtre, plusieurs comédiennes talentueuses auraient été écartées injustement de la scène, puis oubliées. À leur mort, elles seraient venues hanter les lieux pour réclamer justice. Le théâtre n'aurait pas survécu à la malédiction des Fantômes et aurait fermé ses portes pour ne plus jamais les rouvrir.

— Penses-tu que le lieu de rendez-vous soit un théâtre ?

— Oui et pas n'importe lequel : le Cleba. Regarde les premières lettres de chaque ligne ! dit-il en pointant le papier du doigt.

Se peut-il qu'il s'agisse de celui dans lequel se rendait Virginie ?

— Paul, tu es un génie !

— À l'évidence.

J'avais une adresse et la prochaine lune était dans deux jours. Cela me laissait le temps d'interroger le chef des contrebandiers et de retourner voir l'apothicaire.

Mon humeur s'allégea pour le reste de la soirée. J'oubliai, contre toute attente, mes préoccupations pour ne me concentrer que sur l'instant présent. Paul m'entraîna dans la farandole qui se forma entre les tables, endiablée par les accords des guitares et des violons. Je manquai de trébucher tant de fois en riant que j'étais toute courbaturée. Mon corps entier brûlait de ces gesticulations dont il était peu coutumier.

— Viens, souffla Paul à mon oreille alors que la soirée battait son plein.

Je le suivis dans les galeries encombrées de prostituées qui négociaient leurs tarifs avec des hommes sans grande fortune, souvent ivres. C'était une foule interlope qui s'épanouissait ici. Va-nu-pieds, filles de joie, artistes, travailleurs ou mercenaires, chacun venait profiter, oublier, se noyer dans les effluves d'alcool et les fragrances bon marché. Certaines bourses se remplissaient, d'autres se vidaient, et à la fin de la nuit, il ne resterait plus que des âmes repues.

Paul, lui, ne paraissait pas encore rassasié de cette agitation. Il me guidait en courant à la surface, entre les péristyles du Palais-Royal, sa main solidement accrochée à la mienne. Il quitta le domaine, s'engouffra dans la rue Saint-Honoré, tourna à gauche, puis à droite, contourna les travaux dans la rue Rivoli pour pénétrer dans le jardin des Tuileries. Lorsqu'il s'arrêta enfin, nous étions inondés de sueur. Ma robe collait à mon dos, mes manches faisaient office de garrot à mes poignets et j'eus toutes les peines du monde à retrouver une respiration régulière.

— Quelle mouche t'a piqué ? demandai-je en riant.

— L'amour, Louise ! N'est-ce pas la raison de toutes les folies ?

Mon rire se fana. L'amour.

Dans le dédale des passions humaines, l'amour trônait tel un souverain éthéré, à la fois magnifique et énigmatique. Il était le joyau précieux que les cœurs aspiraient à posséder, l'éclatante étoile guidant les âmes égarées dans l'obscurité de leurs sentiments.

Pourtant, l'amour n'était pas exempt de ces détours tortueux, de ces chemins sinueux où se perdaient les rêves les plus fous. Il était le miroir qui reflétait les ombres de l'incertitude, la source des tourments. Et ma tempête intérieure, en cet instant, en ébranlait les fondations, éclaboussant de ses vagues déchaînées les rivages tranquilles de la félicité.

J'imaginais Paul sur une plage de sable fin, ses boucles brunes éclairées par la lumière du coucher de soleil, inconscient de cette fameuse vague qui allait bientôt l'engloutir. Ma vague. Celle qui m'agitait depuis quelque temps et que je m'échinais à contenir.

J'en étais là de mes tergiversations, quand il posa sa main sur ma joue, encore chaude de notre course folle. Tous les sons, toutes mes pensées s'envolèrent aussitôt. Je fermai les yeux, savourant le plaisir de ne plus rien ressentir que la sensation de sa peau contre la mienne. Mon corps vibrait presque. Combien de fois nous étions-nous autorisé ces gestes affectueux ?

Pas assez.

Je gardai le goût de notre premier baiser sur mes lèvres depuis si longtemps que je me demandais si mon souvenir restait fidèle à la réalité. Comme pour répondre à ma question muette, Paul s'approcha. Il planta son regard dans le mien, y chercha mon accord que je lui donnai sans concession, une fois de plus. Je bouillais d'impatience de le sentir contre moi, de laisser sa chaleur m'emplir. Je voulais oublier les cartes, me dire que j'en avais mal interprété le message, que je restais maîtresse de mon destin. Je voulais que Paul efface mes doutes, alors je me laissai aller à son étreinte.

Il glissa ses doigts sur ma nuque, puis s'humecta les lèvres avant de les poser sur les miennes. Elles étaient froides et leur contact sur ma bouche, ardente, me brûla jusque dans ma chair. Mon cœur n'était plus qu'un cheval lâché au galop, ma respiration aussi erratique que les prédictions de MAL.

Paul me serra contre lui, sa main plaquée dans mon dos. Je me hissai sur la pointe des pieds pour entourer son cou de mes bras, supprimer l'espace qui restait entre nous. J'en oubliai de respirer. La tête me tournait. J'avais chaud, si chaud. Et je compris enfin le sens des mots de Shakespeare.

« Ces plaisirs violents[1]… »

Paul recula et, dans une vaine tentative de prolonger l'instant, je m'accrochai à sa veste. Il rit. Comme il était beau, confiant, lumineux même dans l'obscurité ! Les rayons de lune n'allongeaient pas son ombre en un monstre spectral, ils adoucissaient ses traits. *Parfait Adonis.*

— Je te raccompagne, souffla-t-il au creux de mon oreille, réveillant l'agitation dans mon ventre.

Je ne pus qu'acquiescer. Fier comme un paon, Paul enroula mon bras autour du sien et, ainsi enlacés, nous

1. *Roméo et Juliette*, William Shakespeare.

empruntâmes le pont Royal pour rejoindre le faubourg Saint-Germain.

— Merci pour cette soirée, Paul. J'en avais grandement besoin, lui assurai-je une fois parvenue devant la porte de mon immeuble.

— Le plaisir fut partagé. Et je brûle déjà de te revoir.

Ses yeux ne mentaient pas, ils me suppliaient même de le croire. Je pris alors sa main, en caressai délicatement le dos avec mon pouce. Les mots me manquaient ce soir, pourtant ils m'habitaient tout entière, sans que je n'arrive à les exprimer.

— Tu sais où me trouver si une nouvelle énigme se présente à toi, déclara-t-il, taquin, en s'éloignant déjà. Bonne nuit, Louise.

Et il disparut derrière la lourde porte du porche, me laissant seule dans la nuit.

♣♦♠♥

Vendredi 22 novembre 1805
1er frimaire de l'an XIV

— Votre soirée était bonne ? me demanda Amélie alors que je me levai à peine.

— Oui, Louise ! Ta soirée a-t-elle été agréable ? répéta MAL en écho, l'espièglerie épinglée dans ses fossettes.

Appuyée sur l'encadrure de la porte qui menait à la cuisine, elle me regardait tandis que je fixais Amélie qui, elle-même, m'offrit un sourire navré. Je secouai la tête sans chercher à masquer mon amusement. L'une et l'autre faisaient la paire, la première dans sa curiosité discrète, la seconde… eh bien… dans son éternelle exubérance !

— Puisque vous le demandez, répondis-je en relevant le menton, ma soirée fut fort agréable.

— T'a-t-il embrassée ? demanda MAL.

— Vous avez beaucoup bu ? s'enquit Amélie en même temps.

Je les regardai, l'une après l'autre, abasourdie par leurs questions. Me prêtaient-elles si peu de décence pour ne serait-ce qu'oser dire ces choses à haute voix ?

L'étais-je, impudente, d'avoir à la fois embrassé Paul et bu plusieurs verres de vin – quand bien même il était coupé à l'eau ?

— Ce silence est éloquent ! déclara MAL qui n'avait rien perdu de sa malice.

— Je vous trouve bien curieuses, rétorquai-je. Laisserez-vous mon jardin secret loin de vos oreilles indiscrètes ?

— Absolument, assura Amélie.

— … pas, termina ma mentore.

— Tu es indécrottable ! lui dis-je, plus amusée qu'irritée.

— Quel est le programme de la journée ? poursuivit Amélie dans une adorable tentative pour réorienter la conversation.

Si MAL regonfla ses cheveux avec ses doigts en expliquant qu'elle sentait déjà l'appel de ses clients dans toutes les fibres de son corps, je me contentai de répondre avec moins de grandiloquence.

— Je vais m'absenter sur l'heure du déjeuner pour mon enquête.

— Elle avance comme vous l'désirez ?

Amélie me posait la question quotidiennement et je la soupçonnais d'essayer de me soutirer quelques informations supplémentaires pour alimenter son angoisse.

— Lorsque l'on investigue, cela n'avance jamais assez vite, répondis-je, le sourire aux lèvres.

Je m'étais imaginée suffisamment décontractée pour la rassurer, mais son visage me renvoyait ma cuisante défaite. Ses yeux inquiets s'écarquillèrent tant et si bien que ses sourcils se touchaient presque.

— Peut-être, un jour, aimerais-tu m'accompagner pour découvrir le métier de détective, proposai-je en espérant abattre définitivement ses inquiétudes.

Une fois de plus, je ne fus pas exaucée. Amélie trembla comme une feuille à l'idée de parcourir les rues de Paris à la recherche d'un criminel. Vaincue, je lui souris, de ces sourires gênés qui ne dévoilaient pas les dents ni n'illuminaient le regard, et je battis en retraite au rez-de-chaussée pour accueillir les clients.

Le midi, je me hâtai de rejoindre la guinguette du chef des contrebandiers avant que la foule ne s'y amasse. Je n'étais déjà pas très sûre que l'homme accepte de me parler. Meunier de son état, tenancier d'une taverne à ses heures, Mayo restait un contrebandier dans l'âme. Il n'aimait pas la police, comme tous ses pairs. Ils se protégeaient les uns les autres, réglaient les problèmes entre eux sans jamais impliquer de tiers et, même si aujourd'hui je me rendais seule sur place, Mayo me connaissait. Il savait que je travaillais avec l'inspecteur Brandicourt et pour lui, tous les membres des forces de l'ordre étaient logés à la même enseigne.

J'élaborai donc une stratégie sur le chemin qui me menait vers Montmartre. En passant l'une des barrières du Mur des Fermiers généraux[1], je hochai la tête pour saluer poliment le douanier de garde, lequel me répondit d'un signe raide, son regard scrutant ma personne. Bien que je n'eusse rien à me reprocher, cette inspection minutieuse me mit mal à l'aise. Je déglutis et forçai le pas jusqu'au bas de la butte où fleurissaient les guinguettes qui vendaient leurs boissons au prix coûtant. C'était là tout l'intérêt de ces commerces hors les murs qui n'avaient pas besoin d'imposer l'octroi sur leurs produits. Ainsi, il était possible pour une bourse modeste de s'offrir une tasse de café, quelques bières ou du vin de qualité.

J'arrivai devant la façade rouge où une foule de souvenirs m'assaillirent. Mon premier rendez-vous avec Paul, ma première rencontre avec Mayo, le parfum de soufre et de tabac froid…

Je frissonnai.

— Allez, Louise ! Un peu de nerfs !

Je lissai mes cheveux, ramassai les mèches folles sous mon cache-chignon en coton blanc, puis inspirai profondément avant d'entrer. La salle était vide de ses clients. J'en restai un instant surprise. J'y avais toujours aperçu au moins deux ou trois personnes qui trompaient l'ennui autour d'une partie de cartes, mais ce jour, même le patron n'était pas derrière son comptoir.

J'avançai dans la pièce, entre les tables de bois sur lesquelles reposaient chaises et bancs retournés. Je savais qu'au fond, sur la gauche, l'ouverture menait à une réserve, puis à une seconde salle. Peut-être Mayo s'y trouvait-il ?

---

1. **Pour briller en société :** le Mur des Fermiers généraux fut érigé avant la Révolution pour collecter l'octroi (un impôt) sur les boissons et les marchandises entrant dans Paris et destinées à l'approvisionnement des habitants.

Au moment de m'engouffrer dans le passage, la carrure impressionnante du contrebandier se dessina à contre-jour, dans la lumière tremblante de la lampe à huile accrochée près de l'entrée. Je reculai. Instinctivement. Prudemment. Un pas après l'autre jusqu'à rejoindre le comptoir qui servait à présent de bouclier entre Mayo et moi.

— Qu'est-ce que je vous sers ? demanda-t-il d'une voix rauque aux accents autoritaires.

Son vouvoiement aurait pu me laisser croire qu'il ne se souvenait pas de moi, mais le pétillement de ses yeux couplé à sa joue qui contenait son amusement mesquin m'indiqua que la partie avait commencé. J'entrai alors dans le jeu.

— Un verre d'eau, je vous prie.

— On sert pas d'ça ici, rétorqua-t-il.

— Dans ce cas, donnez-moi ce que vous avez de plus fort.

Je le fixai droit dans les yeux, luttant contre mon instinct de conservation qui me soufflait de partir. J'étais là pour Élise. Pour Virginie. Je ne pouvais pas abandonner, ni même me payer le luxe de fuir.

Mayo semblait s'amuser de la situation. Il prit un petit verre sur l'étagère en bois derrière lui, le posa face à moi sur le bois parsemé de marques rondes, puis sortit une bouteille d'un liquide transparent. Lorsqu'il en retira le bouchon de liège dans un « pop » sonore, le parfum amer m'agressa les narines.

Le tavernier remplit le verre à ras bord, et reposa la bouteille sans la refermer. Je ne réfléchis pas davantage, saisis le gobelet pour en avaler le contenu d'un trait.

Le liquide me brûla de l'intérieur durant toute sa descente vers mon estomac. Je ne pus réprimer une grimace de dégoût qui arracha un rire franc au tenancier.

— Je savais que t'avais du cran, fillette !

Il se servit un verre, m'en versa un second et m'invita à m'installer. *La partie continue.*

Assise sur le tabouret haut, je devais encore lever la tête pour accrocher le regard de Mayo qui me défiait de l'interroger. Je n'y allai pas par quatre chemins.

— Avez-vous importé de l'arsenic ou tout autre poison dans Paris ?

Il fronça les sourcils une demi-seconde avant de sourire à nouveau.

— Il va me falloir un peu plus de contexte.

Il fanfaronnait, mais aussi doué qu'il était pour mentir, il ne réussit pas à me cacher son inquiétude, et je m'engouffrai dans la brèche avec délectation. Les deux mains posées à plat sur le comptoir, je me penchai légèrement par-dessus et susurrai sur le ton de la confidence :

— Il se trouve que deux femmes ont été retrouvées mortes dans le quartier de la Savonnerie. Il ne fait aucun doute qu'elles ont été assassinées. Empoisonnées pour être précise. Et un croquis a été retrouvé dans un carnet particulièrement *sombre*, insistai-je, théâtrale. Le dessin d'une rose noire.

Je rebasculai en arrière, l'air de rien. Mayo, lui, ingurgita sa boisson sans l'ombre d'un sourcillement. Visiblement, mon discours avait eu son petit effet. Je me sentais l'âme d'une guerrière puissante, inarrêtable.

— En quoi ça me concerne ?

— Oh ! Je vous en prie ! Je sais que vous êtes le chef de la Rose Noire. Ce n'est pas un hasard si votre emblème se trouve dans ce carnet.

— Je ne suis pas sûr que tu comprennes bien dans quoi tu mets les pieds, fillette, déclara-t-il en s'accoudant au comptoir pour planter son regard dans le mien. Tu viens ici, seule, en criant haut et fort que tu cherches un meurtrier dans mes rangs.

— Je n'ai jamais dit cela. Je note, néanmoins, que c'est là votre première hypothèse.

Il grogna, les poings serrés.

— Je comprends votre colère, assurai-je pour faire redescendre la pression, mais il est primordial d'arrêter cette personne avant qu'il ne lui prenne l'envie de faire une autre victime. Je vous en prie, aidez-moi !

— Aucun de mes gars n'est impliqué dans cette affaire.

— Qui l'est, dans ce cas ?

Je creusais les non-dits, les regards fuyants, ceux qui se rappelaient un détail – peut-être *le* détail dont j'avais besoin pour avancer.

— Si j'ai pu remonter jusqu'à vous, combien de temps pensez-vous qu'il faudra à la police pour le faire ? le menaçai-je.

Il s'esclaffa en se versant un nouveau verre de sa boisson infâme.

— Vraiment, je t'aime bien, fillette, mais ne pousse pas le bouchon.

— Et si ce n'est pas la police qui vient régler ses comptes ? Si le tueur comprend qu'il y a un moyen de le retrouver, que croyez-vous qu'il fera ?

Cette fois, Mayo ne riait plus. Il vida son godet, en

reprit un autre dans la foulée, alors que ma tête était toujours cotonneuse de mon unique verre.

— Donnez-moi quelque chose, s'il vous plaît.

Je le supplierais autant qu'il le faudrait pour obtenir un indice. Je ne laisserais pas une autre femme se faire assassiner impunément.

— Je répète que je ne sais rien à propos de ton tueur.

Ses paroles et son corps s'accordaient. Sa respiration était régulière. Il disait vrai.

— Mais j'ai entendu dire qu'un groupe venait d'arriver dans la capitale, admit-il en guise de bonne foi. Des gars qui ne respectent pas le code des contrebandiers.

— Quel code ? demandai-je par curiosité.

Mayo décocha un clin d'œil qui disait « bien tenté, fillette ». J'acceptai son silence. Je n'avais pas besoin de connaître tous les détails. Du moins, pas pour le moment.

— Comment puis-je les trouver ?

— J'ai peur que ce ne soit pas facile pour toi. Ils affectionnent les coupe-gorges où ils peuvent mener leurs affaires tranquillement.

— L'un de vos hommes pourrait-il m'accompagner ?

— Ça dépend. Accepterais-tu de t'enrôler avec nous ?

— Je suis flattée, mais j'ai déjà plus de tâches à faire que je n'ai de temps pour les réaliser. Je ne vous serais pas d'une grande utilité.

— J'ai une opinion différente sur le sujet, me contredit-il. Repasse dans quelques jours. Je vais voir ce que je peux faire pour toi.

Merci, monsieur, dis-je en descendant du tabouret.

Il se contenta de vider son verre et de le lever en guise d'au revoir.

LA FAUX

Patience n'est plus d'actualité,
lorsque la Faux s'en vient trancher.

Alors que je revenais dans l'enceinte du Mur en me demandant comment découvrir si et qui avait importé le poison, je levai les yeux vers le soleil qui perçait timidement la couche nuageuse. Mes pieds brûlaient de s'être pressés chez Mayo, mais une intuition me poussait à retraverser la ville pour rejoindre le quartier industriel du faubourg Saint-Marcel avant de retourner au cabinet.

La vie grouillait dans les ruelles étroites. À contre-courant, je jouai des coudes pour avancer tandis que mon regard captait tous les détails qui l'entouraient. La femme aux cheveux en bataille, piquetés de plumes. Les deux enfants qui se couraient après pour un morceau de pain, dans leur culotte bouffante usée jusqu'à la corde. Ou encore, l'homme en queue-de-pie qui dénotait dans la faune locale. Il se tenait immobile à l'angle d'un immeuble en briques, et lorsque nos regards se croisèrent, il me fixa avec intensité. Toute à ma contemplation, je heurtai une jeune femme chargée d'un panier en osier dont le contenu se répandit sur le sol humide. Pommes et haricots prirent la poudre d'escampette.

— Je suis navrée ! m'exclamai-je en l'aidant à tout ramasser.

Les enfants qui se poursuivaient un peu plus tôt attrapèrent une pomme rouge avant de s'éloginer en courant. La jeune femme grogna, m'arracha les haricots des mains et repartit au pas de course, son paquet encombrant sous le bras. Quand je me relevai, l'homme en queue-de-pie avait disparu. Un frisson me secoua alors que je repensais aux mots d'Amélie. « Votre don pour voir les gens vous rendra vulnérable. »

Après un dernier regard par-dessus mon épaule, je poussai la porte désormais connue de l'apothicaire, sous la marquise, puis la refermai derrière moi. Aussitôt le bruit de la nuée s'atténua. Le parfum de l'encens me piqua le nez quelques secondes, le temps de reprendre mon souffle, tandis que les miroirs du corridor s'évertuaient à me renvoyer mon reflet à l'infini.

Je pris une nouvelle fois un moment pour parcourir les étagères alignées, les flacons en verre teinté qui les encombraient, la multitude d'herbes séchées, d'épices et de potions médicinales qu'ils contenaient. S'étendaient jusqu'au plafond des instruments de mesure en tout genre, éclairés par la lueur tamisée des lampes à huile. L'air était imprégné de cette odeur enivrante de plantes et de fumée.

Près de l'officine, je captai le bruissement de parchemins, l'agitation d'un pilon dans son mortier, ainsi que le murmure de clients discutant de leurs maux avec Honoré de Fallières. Je les laissai terminer avant de m'approcher.

— Mademoiselle Louise, me salua-t-il, toujours aussi révérencieux. Que puis-je faire pour vous être utile ?

— J'ai commencé à lire votre carnet et je dois avouer qu'il est… criant de réalisme.

— La marquise de Brinvilliers était une femme très consciencieuse. Elle notait avec précision le résultat de ses expérimentations.

La déférence que j'avais sentie à travers le carnet s'affichait sans réserve sur le visage de l'apothicaire.

— J'ai besoin de plus de détails sur les effets de l'arsenic, néanmoins. Vous avez mentionné qu'il agissait rapidement et de manière mortelle si on l'ingérait, mais tel n'est pas le cas dans notre affaire. Pensez-vous qu'il existe un autre poison capable d'infliger une sentence immédiate en étant enduit sur une lame ?

— Une lame ? répéta-t-il, inquiet. Quel serait l'intérêt d'utiliser du poison si c'est pour poignarder la victime ?

Je ne répondis pas. Honoré de Fallières était à l'image de son carnet, fourmillant de détails. Des détails dérangeants. Il s'humectait les lèvres à chaque mention du poison, tournait les yeux vers la gauche, comme pour se souvenir d'un élément. Lorsqu'il prit conscience de mon inspection, il se racla la gorge, remonta ses petites lunettes sur son nez et reprit.

— Je me demande si… je ne me serais pas fourvoyé, avoua-t-il. Sûrement mon étude sur la marquise de Brinvilliers aura orienté mon expertise. J'en suis navré.

Il ne l'est pas.

— L'arsenic est un poison efficace, cela va sans dire, mais il ne concorde pas avec le *modus operandi* dont vous parlez. Le cyanure, par contre, semble convenir davantage.

Convenir ? Étrange formulation.

— Cela répond-il à vos interrogations, mademoiselle ?

— Tout à fait, assurai-je en un sourire aimable. Est-il possible de se procurer du cyanure facilement ?

— L'acide cyanhydrique est utilisé dans divers contextes, notamment en chimie et en industrie, ce qui signifie qu'il est disponible pour ceux qui savent où chercher. Bien que son accès soit réglementé, les chimistes et les industriels sont en mesure de s'en procurer aisément.

Et les apothicaires également, de fait.

— Ce qui veut dire que des individus malveillants peuvent obtenir clandestinement de petites quantités de cette substance, par le biais de contacts ou de sources peu scrupuleuses, déclarai-je.

Honoré de Fallières se contenta d'acquiescer.

Me revoilà au point de départ. Je n'avais pas plus de pistes avec le cyanure qu'avec l'arsenic, ni ne savais comment l'empoisonneur s'était approvisionné, moins encore pourquoi il avait visé Élise et Virginie. Je retins un soupir de frustration.

— Permettez-moi une question un peu directe, monsieur. Y a-t-il une possibilité que vous ayez fourni ce poison à quelqu'un ? Sans le vouloir, bien sûr, minaudai-je.

— J'aimerais m'offenser de cette insinuation. Je suis un apothicaire respecté, mes pratiques sont toujours éthiques et légales. Je ne me permettrais jamais de vendre un poison à quiconque sans une raison valable et sans les documents appropriés. Néanmoins, je comprends votre interrogation. Je tiens moi aussi… à comprendre ce qui s'est passé.

Quelle était la raison de cette expression contrariée ?

— Avez-vous vendu de l'arsenic ou du cyanure ? insistai-je, aussi clairement que possible.

— Bien sûr, souffla-t-il. Je suis le seul apothicaire des environs. Je fournis nombre de clients, du simple agriculteur aux plus grandes manufactures de la ville.

— La Savonnerie fait-elle partie de vos clients ?

— Oui.

Pourquoi avais-je l'impression que l'affaire lui était personnelle, bien au-delà de son entreprise ? Et pourquoi le malaise grandissait-il en moi à mesure que je creusais ?

— Connaissiez-vous Élise Marchant et Virginie François ?

— Non.

Sa tête a dit oui, pourtant. Et son regard est fuyant.

— Les avez-vous empoisonnées ?

— Non plus. Et je n'aime pas du tout le ton que vous employez. Je pense avoir largement coopéré. D'ailleurs, j'aimerais que vous me rameniez mon carnet au plus vite.

— Bien sûr, affirmai-je, cordiale. Je m'y engage. Avant cela, dites-moi d'où vous connaissiez Élise Marchant et Virginie François !

— Je ne les connaissais pas.

— C'est faux, affirmai-je calmement, sans le quitter du regard.

— Il suffit !

Il quitta la protection de son comptoir pour se diriger vers la porte qu'il tint d'une main, m'invitant à sortir de son établissement. Je ne pouvais pas insister, je n'avais aucun moyen de le menacer pour qu'il me livre ses secrets. Il me toisait derrière ses lunettes tandis que je serrais les poings de rage et de frustration.

Je quittai l'officine à grands pas, poussée par l'envie de justice, je gagnai la manufacture, quelques rues plus loin. Je m'arrêtai devant l'immense façade percée de hautes fenêtres. Peut-être était-ce le moment de retourner à la Savonnerie. *Sûrement les lieux ont-ils de nouveau besoin d'être exorcisés,* pensai-je en souriant. Mais il me fallait un plan solide pour pallier toutes les éventualités et fouiller le bâtiment à ma guise. Un plan qui, pour être correctement conçu, nécessitait d'avoir le ventre plein. Je repartis donc vers le cabinet de MAL.

L'apothicaire connaissait les deux victimes, ce qui le plaçait d'office dans la liste des liens qui existaient entre Élise et Virginie. Restait à savoir de quelle manière. S'il leur avait apporté ses conseils ou ses remèdes, pourquoi s'en serait-il caché ? Puisqu'il officiait non loin de la manufacture, cela n'aurait pas éveillé les soupçons.

Je glissai la main dans la poche de ma robe pour en tirer mon jeu de cartes. Je le mélangeai en marchant. Honoré de Fallières m'avait parlé lui-même de l'arsenic, puis du cyanure, ce qui n'aurait pas été très malin de sa part s'il s'agissait de l'arme du crime. Ou, au contraire, cela aurait été particulièrement adroit – et sournois.

Je retournai une première lame sur le dessus de la pile.

Six de trèfle.

— Intéressant.

Il était là question de chagrin, de deuil, peut-être d'une rupture récente. Voire de culpabilité. Évidemment, il convenait de l'interpréter au regard des cartes qui l'entouraient.

Dans le passé, le six de cœur et dans l'avenir, le Roi de carreau. La première révélait que l'apothicaire avait connu des moments agréables. Une période à laquelle il penserait de façon presque nostalgique, ce qui corroborait l'idée de deuil. Probablement la sérénité qui transparaissait dans le passé d'Honoré de Fallières se trouvait-elle gâchée par un malheur survenu récemment. Sachant que je tirais les cartes en pensant à Élise et Virginie, il ne pouvait s'agir d'une coïncidence. Alors en quoi les meurtres de ces deux femmes troublaient-ils la paix de l'apothicaire ?

Et ce Roi de carreau dans son avenir, que signifiait-il ? C'était la carte de la réussite professionnelle, celle qui ne pouvait exprimer qu'affaires florissantes. Excepté qu'elle se trouvait liée au six de trèfle et annonçait, de fait, un cuisant échec.

Que s'était-il passé ? En quoi la mort d'Élise et Virginie mettait-elle en péril l'entreprise d'Honoré de Fallières ?

Je brassais encore toutes les idées farfelues qui me passaient en tête lorsque j'arrivai au cabinet et y rencontrai l'inspecteur Brandicourt qui en sortait.

— Louise ! s'exclama-t-il. Je suis bien aise de vous voir. Je vous cherchais.

— Pourquoi ai-je le sentiment que ce n'est pas pour m'annoncer une bonne nouvelle ? lui demandai-je d'un air suspicieux.

— L'assassin a récidivé, déclara-t-il sans tourner autour du pot.

— Non, soufflai-je.

— J'en suis désolé. Je sais combien vous vous échinez à le trouver.

— Qui est la victime ?

— André de Prévert.

— Un homme ? m'étonnai-je.

— Un noble de surcroît, précisa l'inspecteur.

J'en tombai des nues. MAL, qui se tenait dans l'encadrure de la porte, nous observait dans un silence qui en disait long. L'enquête, au lieu de s'éclaircir, s'enfonçait dans une brume opaque qui me collait à la peau. Une profonde lassitude s'empara de moi en même temps que l'urgence de démasquer l'empoisonneur. Je passai la main sur mon front brûlant, prise à la gorge par ce retournement de situation.

— Louise ? s'inquiéta l'inspecteur.

Mon cœur battait frénétiquement. Chaque pulsation résonnait comme un tambour assourdissant dans mes oreilles. Mes jambes devinrent lourdes, tandis qu'un voile noir obscurcissait progressivement ma vision.

Je me sens… mal…

Je rouvris les yeux dans ma chambre.

Seule – fort heureusement.

Gênée – affreusement.

Et affamée.

Un verre d'eau m'attendait sur le tabouret en bois, près de mon lit. Je prêtai cette gentille attention à Amélie qui ne manquerait pas de poser sur moi un regard affolé. Je lui fis honneur et bus jusqu'à plus soif, retardant le moment de sortir de la pièce. En ouvrant la fenêtre sur le jardinet à l'arrière de l'immeuble, j'inspirai l'air frais et humide de cette fin d'automne. Le soleil déclinait déjà.

Combien de temps suis-je restée inconsciente ?

Après une ultime inspiration profonde, je refermai la lucarne et me dirigeai vers le salon, portée par la ritournelle que fredonnait MAL. Elle et Amélie valsaient - MAL en confiante meneuse, Amélie en disciple attentive.

Un, deux, trois ! Un, deux, trois !

Je les regardai virevolter dans la lumière des flammes, le sourire aux lèvres et le bruit de leurs pas étouffé par le tapis. Existait-il scène plus chaleureuse ? Je me surpris à battre la mesure avec ma tête, touchée par leur complicité, quand Amélie prit conscience de ma présence.

— Louise ! s'écria-t-elle en se précipitant vers moi pour saisir mes mains. Comment allez-vous ?

— Mieux, merci.

J'ai préparé du ragoût d'bœuf. Nous vous attendions pour dîner.

— C'est si gentil de votre part à toutes les deux. Merci de prendre soin de moi.

— C'est normal ! s'exclama-t-elle. Nous sommes une famille.

Je n'avais pas le cœur de lui dire - elle qui m'offrait son plus joli sourire - que les familles n'avaient pas toutes autant de considération pour leurs membres. Je ne saurais jamais pourquoi mes parents m'avaient abandonnée. Peut-être devrais-je m'estimer heureuse qu'ils ne m'aient pas noyée, comme tant d'autres bébés nés dans des familles pauvres. Pour dire vrai, je gardais encore la trace de cette démission sur mon cœur.

— Dans ce cas, répondis-je, allons-y ! Je meurs de faim.

Il n'en fallut pas davantage pour que la chiromancienne file en cuisine et allume le feu sous la marmite.

— Tu m'as fait une belle peur, murmura MAL alors que nous nous tenions encore dans le salon.

— J'en suis désolée. J'espère que je n'ai pas trop perturbé ton après-midi de consultations.

— Louise, soupira-t-elle. Quand comprendras-tu que ta santé nous importe réellement ?

— Je le sais, lui assurai-je.

— Savoir et y croire sont deux choses bien différentes.

Que pouvais-je objecter à cela ? Elle avait raison. Toutes mes années dans la rue m'avaient sûrement rendue craintive des relations humaines. Jusqu'à ce que MAL me recueille à mes quatorze ans, je n'avais connu que la faim, la méfiance et les coups. Trois ans plus tard, je ne pouvais nier que ce passé était encore bien présent.

♣♦♠♥

Samedi 23 novembre 1805
2 frimaire de l'an XIV

Le lendemain, MAL et Amélie m'obligèrent à prendre une journée de repos. J'avais interdiction de descendre au cabinet et Amélie veillait à ce que je profite de ce temps par des activités distrayantes. Elle avait acheté tous les journaux qu'elle avait trouvés et les avait disposés sur la table bouillotte.

Si je rêvais effectivement de ne rien faire, je n'en avais pas l'habitude, et l'ennui me rattrapa rapidement. Je lisais les nouvelles d'un œil distrait, remettais de temps à autre une bûche dans la cheminée, le tout en soupirant de lassitude. Je surpris plusieurs fois Amélie qui se moquait de moi, masquant son rire derrière sa main.

Alors que la pluie tombait dru derrière la fenêtre, j'avisai l'article en première page de la *Gazette nationale de France.*

UNE TUEUSE DANS LES RUES DE PARIS

Une série de meurtres mystérieux frappe la capitale et sème la terreur parmi les habitants. Les deux premières victimes, Virginie François et Élise Marchant, ouvrières à la Savonnerie, ont été assassinées la semaine passée. Hier, c'est le corps sans vie du comte André de Prévert qui a été découvert dans sa résidence du Marais.

Le comte, connu pour son influence dans les cercles politiques, était impliqué dans la construction d'un hôpital de charité pour les habitants les plus démunis de la ville. Son décès brutal soulève des questions troublantes sur la sécurité des élites parisiennes et sur l'identité de l'assassin qui opère dans l'ombre.

Surnommée « La Nouvelle Marquise de Brinvilliers » en référence à la célèbre empoisonneuse du XVIIe siècle, la tueuse maîtrise les subtilités des venins, toxines et autres narcotiques, laissant peu de chances à ses victimes.

Cette nouvelle tragédie vient renforcer les préoccupations actuelles quant à la sécurité publique et questionne l'efficacité des autorités à mettre fin aux agissements de cette meurtrière. Les membres de la haute société sont en état d'alerte, craignant que le prochain nom sur la liste ne soit le leur.

Les enquêteurs, sous la direction de l'inspecteur Brandicourt, redoublent peut-être d'efforts pour traquer l'Empoisonneuse, mais le peuple de Paris attend des réponses de même que des actions concrètes.

C. Grévy

Il me fallut une minute entière pour réussir à enfin lâcher des yeux l'article en première page. Je ne savais quel sentiment vibrait le plus fort en moi. La stupéfaction de voir le journaliste brandir librement sa fourche dans le journal le plus lu de la capitale ? La colère de constater qu'il aura fallu le meurtre d'un noble pour que toute la ville soit aux abois ? Ou l'appréhension de savoir l'inspecteur à la direction de cette investigation ?

Si je n'avais aucun doute sur les compétences et la rigueur de Pierre Brandicourt, je ne comprenais pas pourquoi il avait la charge de cette affaire. Nombre de commissaires au-dessus de lui hiérarchiquement auraient dû coordonner l'enquête. Pourquoi lui avoir confié cette mission ? Pour tester ses aptitudes sur une affaire d'envergure ou pour le mettre sciemment en danger ?

Je posai le feuillet sur la table et me levai d'un bond. Aussitôt, Amélie accourut.

— Tout va bien ?

— Je dois me rendre à la Gazette.

— C'n'est pas raisonnable, tenta-t-elle. Vous êtes encore pâle.

Je soulignai l'effort, mais ma peau était blanche toute l'année, plus encore en hiver où le soleil ne perçait que peu.

— Je me sens parfaitement bien, je te l'assure. Et puis, je dois simplement m'entretenir avec le journaliste, Clément Grévy. Je ne serai pas longue.

Amélie hocha la tête, plus pour se rassurer que pour me donner son autorisation. J'enfilai mes bottines à la hâte et mon châle, pris mon parapluie, puis descendis les marches en bois le plus discrètement possible. MAL serait plus difficile à convaincre si d'aventure elle m'entendait filer.

Heureusement, avec la pluie qui martelait le pavé de la cour, il y avait peu de risques qu'elle me surprenne. J'ouvris la porte d'entrée, déployai mon parapluie, et traversai la ville. Les grosses gouttes s'écrasaient sur la toile sans réussir à couvrir le vacarme de mes pensées. J'eus préféré que Clément Grévy me fît part de son article à venir, qu'il partageât avec moi ses informations comme je l'avais fait lors de toutes mes avancées ; qu'il eût autant confiance en moi que moi en lui.

Calme-toi, Louise ! Peut-être a-t-il eu un empêchement. Peut-être a-t-il passé la nuit à rédiger son article pour le publier dans le numéro du jour. Peut-être...

J'allais le découvrir, dès que je réussirais à passer le seuil du quotidien. Pour l'instant, je fixais la porte close. Mes jupes dégoulinaient le long de mes mollets, j'avais froid, mais je n'arrivais pas à entrer. Pourquoi ?

Allait-il me dire que, l'affaire étant à présent entre les mains de la police, il n'avait plus besoin de moi ? Quand bien même, pourquoi cela me mettait-il en colère ? Pourquoi avais-je le sentiment que quelque chose m'échappait ? Quelque chose… *ou quelqu'un.*

Lorsque la porte s'ouvrit et que le rédacteur en chef me fit face, je n'étais toujours pas prête à affronter les réponses à mes questions. Par contre, j'étais décidée à ne pas me laisser écraser par cet homme qui me méprisait sans raison. Je le contournai pour m'engouffrer dans l'imprimerie.

— Hé ! Vous n'avez rien à faire là !

— Je travaille avec l'inspecteur Brandicourt, crachai-je en me retournant. Si vous avez un problème avec cela, je vous suggère de lui en faire part.

Il n'ajouta rien. Apparemment, être chargé de l'enquête sur un tueur en série vous plaçait en haut de la liste des personnes à ne pas contrarier.

Je trouvai Clément Grévy à son pupitre, au fond de la salle. Il se leva avant que je le rejoigne et m'entraîna, sans un mot, dans la petite pièce à l'arrière. Là, il me fixa dans la faible lumière qui filtrait par la fenêtre. Longtemps. Si longtemps que j'eus tout le loisir de lire son visage.

Il avait peur. Son corps entier était tendu à l'extrême, tel un veston dont le bouton menaçait de sauter sous la contrainte d'une bedaine rebondie. Avait-il peur de moi ? De ma réaction ? Cela lui importait-il tant ?

Derrière la crainte, je perçus autre chose.

LA DAME

La Dame souffle amour et bonheur,
si son entourage est enjôleur.

Au coin des lèvres du journaliste, je décelai les prémisses d'un sourire. Ce n'était pas tout à fait la joie, plutôt de l'espièglerie.

— J'espérais que vous viendriez, dit-il sans détour.

— Avec un tel article, c'était plus que probable, affirmai-je sans le lâcher des yeux.

— Ne m'en tenez pas trop rigueur, je vous en prie. J'avais enfin une place en première page ! Je ne pouvais pas laisser passer cette chance. Pour Élise et Virginie. Pour André de Prévert.

Je soupirai, les yeux fermés. Je n'avais pas le droit de lui en vouloir, en effet. Cet article rendait justice à ces femmes mortes dans le silence le plus total, dans l'indifférence. Ce n'était certes pas suffisant, mais cela me réchauffait un peu le cœur. De cette manière, l'assassinat d'Élise et Virginie ne serait pas ignoré. Le préfet ne pourrait pas faire comme si seuls les aristocrates étaient menacés.

— Dites-moi tout ! ordonnai-je en m'asseyant sur l'une des chaises en bois.

Il s'exécuta dans la seconde, aussi volubile qu'un moulin à vent.

— Le meurtre du comte, hier, a mis la haute société sens dessus dessous. Le préfet est venu en personne à la rédaction pour s'assurer de maîtriser la communication sur le sujet, du moins dans une certaine mesure, précisa Clément, le sourire en coin. André de Prévert était une personnalité très appréciée. Les aristocrates veulent des réponses.

— Tout comme les proches de Virginie et Élise, m'agaçai-je.

Il m'offrit une moue contrite qui en disait long. MAL m'aurait sûrement conseillé de « choisir mes batailles » et je lui aurais rétorqué que c'était précisément la bataille que j'avais choisie de mener. Je n'avais pas l'âme d'une stratège, je n'étais guidée par aucune prétention politique, j'avais seulement à cœur de défendre les personnes qui, comme moi, n'en avaient pas les moyens.

— Pourquoi avoir surnommé l'empoisonneur ainsi ? insistai-je.

— Concernant ce ridicule sobriquet, il faudra vous en plaindre au rédacteur en chef, grogna le journaliste, dégoûté. Il a trouvé très à-propos de le suggérer au préfet qui s'en est, de suite, emparé.

N'y en a-t-il pas un pour rattraper l'autre ?

— N'est-ce pas le meilleur moyen d'orienter l'enquête vers la recherche d'une femme ?

— C'est là que l'affaire devient intéressante ! s'exclama-t-il, son agacement vite balayé par un enthousiasme débordant. La police a déjà trouvé des indices sur la dernière scène de crime : un long cheveu brun et un parfum persistant de jasmin.

— Un parfum de jasmin ? Est-ce une plaisanterie ?

Le journaliste fronça les sourcils, circonspect.

— Est-ce là tout ce qu'il faut à des hommes expérimentés pour tourner leurs soupçons vers une femme ? Un cheveu et des effluves capiteux... dans la demeure d'un comte qui voyait certainement passer plus de personnes qu'une maison close ? C'est une farce ! m'emportai-je en me levant.

— Croyez bien que je partage votre réserve. Ce n'est qu'une supposition, après tout.

— Mais vous l'avez baptisé, Clément !

Le silence tomba entre nous, suspendu dans l'espace. C'était la première fois que je le nommais par son prénom. Je regrettais que ce fût dans ces conditions, dictées par ma colère. Lui ne sembla pas s'en formaliser. Il se leva à son tour pour me faire face. Il ne me touchait pas, mais il était si proche que je sentais le parfum de sa peau, frais et floral – si différent de celui, boisé, de Paul.

— Vous êtes capable de déchiffrer les cartes et les visages avec une précision impressionnante, murmura-t-il. Mon arme à moi, ce sont les mots. Essayons d'aborder les choses sous un angle différent : donner un surnom à cet assassin le rend réel, tangible, presque moins menaçant. Surtout, j'ai l'espoir que la police ne puisse plus en abandonner la traque.

— Et si, finalement, lui donner un nom lui conférait plus d'importance qu'il n'en a déjà.

— Croyez-vous que son ego soit si grand ? s'inquiéta le journaliste.

— Comment le savoir ? Je n'arrive toujours pas à

comprendre ce qui l'anime. Pourquoi tuer un noble après avoir assassiné deux ouvrières ?

— Nous allons le découvrir, Louise.

— *Nous ?*

— Évidemment ! N'allez-vous pas poursuivre l'enquête ?

— Si, bien sûr. J'ai pensé que, peut-être, vous… enfin…

Il réajusta sa position à la mienne, telle une image en miroir. Les quelques centimètres qui nous séparaient étaient salutaires. J'entendais mon cœur battre contre mes oreilles et une voix dans ma tête me crier que c'était dangereux.

— Nous formons un excellent duo, m'assura-t-il. Et je n'ai toujours aucune confiance en la police. S'ils ont les moyens, nous avons la ruse et des contacts là où aucun agent des forces de l'ordre ne pourra mettre les pieds.

Il avait raison. Et mon ardeur prit le pas sur ma raison. Je lui racontai ce que j'avais appris de Mayo, le lieu de rendez-vous des Olympiennes ainsi que ma visite à l'apothicaire.

Je gardai pour moi les soupçons concernant Honoré de Fallières.

— Je dois retourner au cabinet, déclarai-je alors que le silence reprenait sa place entre nous.

— Merci d'être venue à moi, Louise, réagit-il, une pointe de fierté dans le fond de sa voix.

Était-il satisfait de son effet ? Ou bien la raison de cet orgueil était-elle tout autre ? Je n'osais m'attarder sur la réponse. Dans mon ventre, le mélange des émotions me donnait la nausée. Je n'arrivais plus à faire le tri sur ce que je ressentais, accentuant derechef mon agacement.

Comment pouvais-je être si lucide au sujet des pensées d'inconnus, et si imperméable aux miennes ?

Dehors, la pluie avait cessé de marteler le sol. Il ne restait plus dans l'air qu'une humidité glaçante doublée de nuages menaçants. Je resserrai le châle autour de mon cou. Même si cela me peinait de le reconnaître, je ne pouvais pas ignorer l'hypothèse que l'assassin soit une femme, ce qui teintait, de fait, ma future visite aux Olympiennes.

Et si tout ceci n'était qu'une sombre histoire de jalousie ?

La voix de MAL s'élevait dans le couloir de notre immeuble, rue de Tournon. Elle emplissait l'espace de son ton velouté. Je n'avais pas besoin de regarder à travers l'interstice de la porte pour savoir que la cliente était subjuguée par le personnage.

La jeune femme qui lui faisait face portait une robe réalisée dans un tissu hachuré de noir et de blanc, assez peu commun pour que je m'y attarde. La coupe, elle aussi, était atypique, bouffante au niveau des épaules, cintrée à la taille par un corset apparent et ses jupons volumineux formaient une corolle qui masquait entièrement les pieds de la chaise.

— Je vois une figure féminine puissante, indiqua MAL en observant les cartes devant elle. Entourée de mystère et de danger, mais également porteuse de vérité, de justice.

La cliente la fixait, ses poings serrés sous la table. Sa respiration semblait rapide, ses traits indéniablement tirés. Elle avait peur. Peur de son avenir ou de ce que

MAL pouvait découvrir de son passé ?

— Cette femme semble liée à un événement tragique, tout en étant l'impulsion de changements ou de révélations. Cela vous parle-t-il ?

— C'est Alice ! J'en suis sûre. Elle est arrivée suite au décès de mon père, annonçant qu'elle était ma demi-sœur.

— Les cartes parlent d'elles-mêmes : cette femme est une énigme à déchiffrer, une clé pour résoudre un mystère plus complexe. Je me dois cependant de vous mettre en garde contre les illusions et les faux-semblants qui l'entourent.

— Pensez-vous qu'elle mente ? Doit-on la chasser de la maison ?

— Je ne saurais le dire. Je vous encourage néanmoins à rester attentive aux signes et aux symboles cachés dans son environnement.

La cliente hocha la tête, volontaire, prête à tout pour mener sa croisade. Elle se leva au moment où Amélie descendait l'escalier. J'étais coincée ! La porte s'ouvrit en grand, la cliente me contourna après m'avoir porté un regard surpris, puis quitta l'immeuble. MAL se tenait dans l'ouverture, Amélie sur la dernière marche, moi entre elles – et sur mes lèvres, un sourire d'enfant prise en faute.

— Ne crois pas que le rideau de pluie ait été suffisant pour masquer ton escapade, déclara ma mentore, à la fois amusée et désabusée.

— Je suis désolée.

— Pitié ! Pas de cela entre nous ! J'aime autant que tu mènes ta vie comme tu l'entends plutôt que tu t'excuses de le faire. J'ai toute confiance en toi, Louise. Je te connais et je sais que, si tu as bravé les éléments en dépit de ta santé, c'était pour une bonne raison.

— Je… J'ai… bafouillai-je, prise à la gorge par l'émotion. Merci…

— Cela dit, il vaut mieux pour toi que tu n'aies pas attrapé le mal, sinon je jure de te laisser agoniser.

MAL haussa les épaules tout en secouant la tête, le sourire aux lèvres. Un sourire contagieux qui illuminait le visage fin d'Amélie. Nous n'étions pas friandes d'effusions, de quelque nature qu'elles soient, mais nous n'avions point besoin de nous serrer les unes contre les autres pour sentir le lien indéfectible qui nous unissait en cet instant.

Le soir venu, je sortis à nouveau pour rejoindre le théâtre Cleba et rencontrer les Olympiennes. J'espérais en apprendre davantage sur ces ferventes défenseuses des droits des femmes. Pour mon enquête, bien sûr, et aussi pour moi. Dans ce monde où l'homme régnait tout-puissant, je ressentais un profond soulagement à savoir que des femmes se retrouvaient entre elles pour parler, se protéger, agir ensemble. Qui mieux que des femmes pouvaient défendre d'autres femmes ? C'était du moins ce que j'espérais. Je ne pouvais m'enlever de la tête que l'empoisonneuse d'Élise et Virginie se trouvait peut-être parmi les Olympiennes. Cette idée tenace me lacérait sournoisement les entrailles à mesure que je me rapprochais du lieu du rendez-vous.

Lorsque j'arrivais enfin devant le vieux théâtre, je me demandai si Paul ne s'était pas trompé. Le bâtiment, coincé entre de hauts édifices industriels, avait perdu de sa superbe. Ouvert à tous les vents, il n'inspirait qu'une confiance toute relative et offrait à mon imagination le décor idéal pour élaborer les pires scénarios.

J'approchai de la double porte qui ne fermait plus, me frayant un chemin entre les débris de bois qui jonchaient le sol, puis je tendis l'oreille. Un brouhaha de voix résonnait en échos dans la carcasse de pierres. Poussée par la curiosité – et une pointe de témérité – je m'engouffrai dans le théâtre abandonné en même temps qu'un courant d'air glacial.

— Nous ne devons pas baisser les bras ! clama une voix.

J'avançai sur le tapis abîmé par endroits là où la pluie était tombée à travers la toiture percée, et bientôt je les vis. Les Olympiennes. Jamais je n'avais contemplé tant de femmes au même endroit. Certaines étaient assises sur les vieux sièges de velours rouge, d'autres se tenaient debout dans les allées, toutes faisaient face à la scène où Félicitée scandait son discours engagé.

— Ce soir, nous nous rassemblons non seulement en tant que femmes, mais en tant que combattantes, déterminées à briser les chaînes de l'oppression et à revendiquer notre juste place dans ce monde. Nous sommes les héritières des luttes passées, les gardiennes de la liberté et de l'égalité. Il est de notre devoir de poursuivre le combat pour un avenir meilleur, pour nous-mêmes, et pour nos filles.

Les applaudissements et les cris qui suivirent cette tirade firent trembler les murs fragiles. Les Olympiennes vibraient de la même intensité et leur énergie me gagnait déjà. Je n'avais plus peur des Fantômes ni des hommes qui m'avaient agressée par le passé, car cette nuit, moi aussi, j'étais une Olympienne.

— Regardez autour de vous, mes sœurs ! Voyez les injustices flagrantes qui nous entourent : l'Empereur lui-même a inscrit l'infériorité des femmes dans la loi, nous privant de nos droits juridiques, nous soumettant à l'autorité de nos pères, de nos maris. Mais je vous le dis, nous ne resterons pas silencieuses. Nous ne plierons pas devant l'injustice. Nous nous lèverons, main dans la main, pour exiger notre place légitime dans la société.

Je profitai d'une nouvelle salve d'assentiments bruyants pour m'asseoir sur un siège, au fond de la salle. J'observai les visages, le mouvement des corps. Je notai celui, assuré, de la meneuse qui se déplaçait sur la scène, entre des pans de rideaux déchirés, flottant tels des spectres sombres. Ils rendaient Félicitée plus charismatique encore, incarnation d'une déesse guerrière.

— Notre combat sera de longue haleine. Nous devons être prêtes à affronter les défis et les revers avec courage et détermination. Restons solidaires, même dans ces temps incertains, alors que des femmes sont assassinées, des *sœurs*.

Cette fois-ci, les yeux se baissèrent en un hommage muet à Élise, à Virginie, ainsi qu'à toutes les femmes mortes dans des conditions violentes. Face aux têtes inclinées, Félicitée garda le menton haut, le regard dur… *et dégoûté ?* Était-ce ce que je décelai dans le subtil rictus qui fronçait son nez et étirait le coin de sa bouche ?

— Alors, mes sœurs, levons-nous et faisons entendre nos voix ! Ne nous laissons pas intimider, ne nous laissons pas décourager. Car nous sommes les émissaires du changement, les porte-étendards de la justice, et rien ni personne ne pourra jamais nous arrêter. À commencer par le directeur de la Savonnerie. Il est grand temps que cet homme comprenne que sans nous, il n'y aura plus de manufacture. Que les quelques hommes qui la composent ne suffiront pas, et qu'il nous doit le respect que nous méritons !

Toutes les femmes présentes ne travaillaient certainement pas à la Savonnerie, mais toutes approuvaient, car les réussites des unes serviraient le bien commun. Lorsque la meneuse quitta la scène, des groupes se formèrent et les discussions allèrent bon train.

— Je suis impressionnée, déclara la femme que j'avais rencontrée chez Élise et dont je ne connaissais toujours pas le prénom.

— L'êtes-vous parce que j'ai décodé votre message ou par ma venue ?

— Les deux.

Elle disait vrai, et cela la mettait en joie, comme si j'avais réussi son test, prouvé que j'étais digne d'entrer dans le cercle.

— Qu'en penses-tu ? me demanda-t-elle en ouvrant les bras sur la salle.

— C'est impressionnant. *Elle* est impressionnante, insistai-je, les yeux posés sur Félicitée.

— Elle n'a pas son pareil dans toute la capitale, c'est sûr. C'est probablement d'avoir côtoyé Olympe de Gouges qui lui confère cette aura.

— J'imagine combien cela doit être inspirant, en effet.

— Ma mère l'a connue aussi, me confia-t-elle d'un ton empreint de respect. Elles sont mortes à quelques jours d'intervalle.

— Je suis navrée de l'apprendre. C'était une sombre période. Connaissiez-vous déjà Félicitée à ce moment-là ?

— Non, nous nous sommes rencontrées bien plus tard, mais c'est une longue histoire. Peut-être pourrai-je te la raconter un autre jour… plus au calme.

Je m'empourprai devant son regard pétillant de malice et de désir. Mais avant que je ne rétorque que ma vie sentimentale était suffisamment troublée pour ne pas ajouter une troisième personne dans l'équation, elle posa sa main sur mon coude et m'entraîna vers la meneuse des Olympiennes.

La femme aux longs cheveux bruns se tourna vers nous, le sourire aux lèvres, probablement encore galvanisée par son discours. Lorsqu'elle me vit, la joie déserta son corps comme le vent balaye les virevoltants[1].

— La petite devineresse, me nomma-t-elle d'un ton faussement neutre.

Dans le fond de sa gorge, je devinai le grondement sourd qui annonçait la tempête. Je pressentais le caractère tumultueux de celle qui réussissait à enfiévrer la foule. Je compris aussitôt que, même si j'étais une femme, j'entrais sur son territoire. En fonction des mots qui suivraient, j'ouvrirais ou je fermerais à jamais les portes des Olympiennes.

— Vous vous connaissez déjà ? s'étonna ma guide.

— Nous nous sommes croisées à la Savonnerie, l'informai-je sans lâcher Félicitée des yeux.

— Je te remercie de l'avoir menée jusqu'à moi, Josépha,

1. **Pour briller en société :** mais si, je suis sûre que vous en avez déjà aperçu dans les westerns ou les films d'horreur. C'est une boule végétale sèche, touffue mais légère, qui est entraînée par le vent et roule au sol, parfois très loin de son point de départ. En fait, il s'agit de la partie aérienne de certaines plantes qui (en fin de cycle) sèche puis se détache de la racine.

déclara cette dernière. Je vais m'entretenir un moment avec cette demoiselle.

Josépha haussa les sourcils, surprise, puis se retira sans demander d'explications.

— Je suppose que vous avez une bonne raison d'être ici, ce soir, affirma-t-elle en me guidant vers un escalier qui montait dans la galerie.

— Pour commencer, j'aimerais me présenter dans les formes. Je m'appelle Louise, et j'enquête sur la mort d'Élise et Virginie.

— Pour qui travaillez-vous ?

— Pour la justice, répondis-je, prudemment.

— Vous n'avez pas d'employeur ?

— Aucun, madame. Je ne suis pas rémunérée pour mon enquête.

— Pourquoi diable faites-vous cela ? Et ne me parlez pas de justice une seconde fois.

— Faire éclater la vérité ne vous semble pas une raison suffisante ?

— Laissons cette naïveté pour les demoiselles de bonne famille qui n'ont jamais connu la réalité de la rue. Vous ne me tromperez pas, Louise. Je lis dans votre regard que vous êtes faite du même bois que moi. L'ombre est tapie en vous, forgée par des années à lutter pour survivre.

Je déglutis en repensant au monstre de ténèbres qui dansait sur le mur, dans la lueur des flammes.

— Entendons-nous bien, précisa Félicitée, *je* suis pour la justice, celle qui me nourrit.

— Alors, aidez-moi ! Élise était une Olympienne, n'est-ce pas ?

Félicitée soupira, sans que je ne sache si c'était de lassitude ou de tristesse. Les deux émotions se mêlaient sur le visage de la meneuse qui me guidait plus loin dans la coursive, à travers un couloir obscur. Durant de longues secondes, je ne vis plus rien et le brouhaha des voix en contrebas en devint assourdissant.

— Élise était une membre parmi tant d'autres, continua-t-elle avant que nous ne retrouvions la lumière. Chacune de nous contribue à sa manière à notre cause.

Être plongée dans le noir le plus total intensifia mes autres sens. Je perçus l'inflexion aiguë dans le ton rauque de sa voix. Elle mentait. Élise n'était pas une Olympienne ordinaire.

— Je suis ici pour aider à résoudre ces meurtres, arguai-je alors que nous sortions enfin du tunnel pour traverser un espace encombré de sacs de toile emplis de sable. Toute information que vous me fournirez pourrait s'avérer cruciale.

— Je saisis parfaitement les enjeux, s'agaça-t-elle, mais nous devons être prudentes avec les informations que nous partageons. Je ne tiens pas à ce qu'une autre Olympienne disparaisse.

— Pensez-vous que ces meurtres aient un lien avec votre groupe ?

— J'en suis persuadée. D'une manière ou d'une autre. Vous savez, Louise, il est toujours plus facile de se débarrasser des femmes dans un conflit. Élise et Virginie en sont le parfait exemple.

— Dans quel conflit étaient-elles impliquées ?

FÉLICITÉE ! la héla une femme depuis la scène, coupant court à notre échange.

La meneuse s'approcha de la rambarde en bois et une conversation muette, tout en signes de tête, se joua entre elles.

— Je dois y aller, déclara la brune en passant devant moi pour revenir sur ses pas.

— Attendez ! Dites-m'en plus !

Elle m'ignora et bientôt, je me retrouvai à nouveau dans ce couloir ténébreux, sans autre point de repère que le bruit des pas de Félicitée qui s'éloignait. Le temps que je rejoigne à mon tour le rez-de-chaussée, l'Olympienne avait disparu.

— Avez-vous vu Félicitée ? demandai-je à Josépha qui discutait avec deux femmes du prix du loyer qui avait encore augmenté.

— Il me semble qu'elle est sortie avec Annie. Pourquoi ? s'enquit-elle à son tour, curieuse.

— J'ai oublié de lui faire part d'une information et j'aimerais la lui donner avant de partir.

— Tu nous quittes déjà ? La soirée ne fait que commencer, m'assura-t-elle, tout sourire.

— C'est très tentant, mais je suis attendue, mentis-je.

— Une autre fois, j'espère.

Je lui souris sans acquiescer, puis quittai le théâtre. Aucune trace de la meneuse dans la ruelle principale. Je contournais le bâtiment quand des voix s'élevèrent dans la nuit. Je me plaquai aussitôt à l'angle du mur, tendant l'oreille.

— On devrait lui dire, assura la première.

— Hors de question ! trancha Félicitée.

— Mais elle pourrait nous être utile. Elle travaille pour la Cartomancienne.

Je me penchai discrètement pour savoir avec qui la cheffe des Olympiennes s'entretenait. Au même moment, cette dernière claqua sa paume contre le mur, tout près de la tête d'une femme blonde aux cheveux courts.

— Ne me pousse pas à bout, Annie !

La pénombre, à peine percée par l'éclat de la lune, ne m'offrait qu'une vision trouble des émotions de ladite Annie. Une chose était certaine : elle avait perdu son aplomb. Muette, elle se tenait collée contre la brique, son visage à quelques centimètres de celui de Félicitée dont le bras s'écrasait toujours près de son oreille.

Je restai en retrait, prête à intervenir si la situation empirait, mais Félicitée recula enfin et après un dernier regard assassin pour son interlocutrice, elle rentra dans le théâtre par la porte sur le côté. Annie inspira profondément, saisie par l'émotion. Elle tira sur son veston de velours, et au moment où je la rejoignis pour en savoir davantage, elle me fixa puis disparut à son tour derrière la porte de service.

Je n'obtiendrais rien de plus ce soir. Si Félicitée verrouillait la parole de ses sœurs, toutes les informations que j'obtiendrais ne seraient qu'approximatives ou sans intérêt. Il me fallait trouver un moyen de les faire parler, sans quoi je craignais que le conflit, dans lequel ces femmes semblaient plongées jusqu'au cou, n'aboutisse à un autre drame. M'était avis que l'intervention de l'inspecteur Brandicourt serait nécessaire. Maintenant qu'il était chargé de l'enquête, il ne manquerait pas d'interroger lui-même les Olympiennes – *a fortiori* après les renseignements que je lui confierais.

L'ANNEAU

Regarde autour ce que l'Anneau présage :
séparation ou mariage ?

À mon retour, rue de Tournon, une note m'attendait sur mon lit, rédigée sur un coin de papier froissé à l'aide, je le devinais aisément, d'un morceau de charbon taillé en pointe.

Louise,

J'ai l'espoir que votre soirée fut agréable. J'aurais aimé vous faire part moi-même des nouvelles révélations qui concernent notre enquête, mais je ne pouvais attendre. Je vous expliquerai tout en détail.

Votre dévoué Clément

Je fixai le message, surprise par le ton, le fond… et la signature. Qu'avait-il donc appris ? Et pourquoi cette urgence ?

Je me couchai avec la boule au ventre, lisant et relisant les quelques lignes que je connaissais par cœur à présent. Mon intuition me soufflait que la réponse ne se ferait pas attendre.

♣♦♠♥

Dimanche 24 novembre 1805
3 frimaire de l'an XIV

Au petit matin, alors que je m'étais réveillée avant Amélie, je me glissai discrètement dans le salon pour allumer le feu dans la cheminée. Malgré mes efforts, il n'en fallut pas davantage à la jeune fille pour se lever d'un bond.

— Laissez, Louise ! m'ordonna-t-elle en attachant ses cheveux blonds à la va-vite. Je vais l'faire.

— Amélie, chuchotai-je, il n'est pas encore l'heure. Tu peux te recoucher. Je pensais m'occuper de quelques tâches pour te permettre de te reposer. Tu prends si bien soin de MAL et de moi que cela me fait plaisir de te rendre la pareille.

— J'peux pas, murmura-t-elle.

— Bien sûr que si. Regarde !

Je lui pris doucement la main, l'accompagnai vers son lit d'appoint encore chaud, et l'encourageai à se recoucher.

— Je vais chercher de l'eau et le journal, dis-je en la bordant. Rendors-toi.

Pour conclure, je lui embrassai le front et la laissai sombrer, bercée par le léger craquement du bois qui s'embrasait.

Dehors, les rues baignaient dans un brouillard si épais que je ne voyais plus mes pieds. Le ciel gris se confondait avec cette nappe vaporeuse où seules émergeaient les bâtisses de pierre. Même les ombres avaient disparu, avalées tout entières par cette créature diaphane. J'en aurais presque soupiré de soulagement.

Je me hâtai de rejoindre les quais et achetai un exemplaire de la *Gazette* au premier marchand ambulant que je croisai. Il me remercia d'un signe de tête, les doigts sur la visière de sa casquette en laine, puis repartit en tractant sa lourde charrette.

Quant à moi, il ne me fallut que quelques secondes pour parcourir le nouvel article du journaliste, étalé en première page.

LA NOUVELLE MARQUISE DE BRINVILLIERS : LE MYSTÈRE S'ÉPAISSIT

L'affaire de l'Empoisonneuse qui hante les rues de Paris continue de faire parler d'elle alors que de nouveaux détails émergent.

Selon nos sources, l'enquête approfondie menée par les autorités a permis de découvrir des liens troublants entre les victimes des empoisonnements et certains cercles influents de la haute société parisienne. Ces informations ont révélé que l'une des précédentes victimes, Élise Marchant, était non seulement une ouvrière engagée dans la lutte pour l'amélioration des droits, tout en étant proche de certains membres éminents de notre société.

Cette connexion inattendue a suscité des interrogations sur les motivations de la Nouvelle Marquise de Brinvilliers de même que sur la véritable portée de son action. Certains Parisiens spéculent sur un complot visant à déstabiliser les mouvements progressistes de la ville, tandis que d'autres évoquent des rivalités cachées au sein même des cercles aristocratiques.

Dans le même temps, notre journal a appris que les autorités ont intensifié leurs efforts pour identifier et appréhender l'Empoisonneuse, suivant de près chaque piste et interrogeant des suspects potentiels. Une initiative sans nul doute imposée par le préfet qui exhorte la population à rester vigilante et à signaler tout comportement suspect. Il reste à souhaiter que l'affaire se règle sans plus tarder.

C. Grévy

Comment l'inspecteur avait-il établi le lien entre les victimes aussi vite ? Et pourquoi Clément était-il le premier au courant ? Je fixais l'article, incapable de me défaire de cette sensation désagréable d'être la cinquième roue du carrosse. *Depuis que le préfet a mis son nez dans cette affaire, je suis constamment la dernière au courant !*

Alors que je revenais vers le cabinet, les bras chargés des seaux d'eau achetés en chemin, je déroulai le fil de ma pensée. Comment une ouvrière pouvait-elle avoir des liens avec la noblesse ? Ce n'était pas si courant pour des personnes de basse extraction. C'était même plutôt rare, à moins d'être domestique ou employée pour des services, mais Élise avait un emploi qui l'occupait à plein temps, en plus de son activité au sein des Olympiennes.

Les bras encombrés, je poussai la porte du porche avec mon dos, manquant répandre de peu le précieux liquide en faisant face à l'inspecteur.

— Laissez-moi vous aider, Louise, demanda-t-il en tendant le bras.

J'acceptai d'un signe de tête et, ensemble, nous montâmes au dernier étage. Amélie s'activait déjà, son lit d'appoint replié et ses manches retroussées. Elle agitait la poêle en fonte au-dessus du feu, grillant plusieurs tranches de lard qui répandaient leur parfum dans tout le logement. Mon ventre gargouilla, l'inspecteur se moqua.

— Je vous trouve bien taquin pour un ami qui ne m'a pas informée de l'avancée fulgurante de sa carrière, ainsi que de son enquête actuelle, bougonnai-je.

Ainsi mouché, il se racla la gorge et m'offrit une grimace contrite.

— Les événements se sont précipités. Hier, je n'étais qu'un inspecteur de quartier, aujourd'hui, je suis « l'homme de la situation ».

— Cela n'a pas l'air de vous plaire, déclarai-je.

— Je suis certain que vous me rejoindrez sur l'incohérence de cette décision. Je ne suis pas idiot, Louise. Même si j'ai largement prouvé mon implication et mes compétences, je n'aurais jamais dû passer devant un commissaire sur cette enquête. Elle est bien trop exigeante. La question est donc : pourquoi moi ?

Exactement ! Quelque chose nous échappait, mais je fis de mon mieux pour ne rien montrer de mon inquiétude.

— Si vous-même n'en avez aucune idée, je crains de ne pas être très utile. Voudriez-vous que je tire les cartes ?

— À l'occasion, peut-être, déclina-t-il d'un air las. Pour le moment, la priorité est d'arrêter l'Empoisonneuse. Cette enquête n'a ni queue ni tête. Je trouve des liens, mais toujours pas de mobile.

— L'avantage est que nous pouvons mutualiser le fruit de nos recherches, à présent.

— Vous m'ôtez les mots de la bouche ! M'acceptez-vous à nouveau comme votre partenaire, Louise ?

— Évidemment, Pierre, lui dis-je en souriant.

Il m'avait fallu plusieurs semaines de collaboration pour enfin réussir à l'appeler par son prénom. L'inspecteur était l'un des rares hommes avec qui je me sentais totalement en confiance, mieux, en qui j'avais toute confiance.

Depuis que j'étais entrée au service de MAL, il m'avait toujours témoigné beaucoup de respect, bien plus que l'on en réserve à une domestique. Et, quand il avait dû faire équipe avec moi pour la première fois – à défaut de pouvoir travailler avec MAL – il ne m'avait jamais rabaissée, au contraire. J'étais sa partenaire, je me sentais comme telle.

Pourtant, il me posait la question de savoir si *moi*, je l'acceptais à mes côtés. Il ne prenait pas notre collaboration pour acquise, il me respectait en tant que personne. Pierre Brandicourt était ainsi, bienveillant, empathique et prévenant.

— Racontez-moi tout ce que vous savez ! l'encourageai-je en sortant mon jeu de cartes de ma poche.

Je le mélangeai en écoutant l'inspecteur dérouler son discours.

— J'ai passé la journée d'hier à interroger l'entourage de la dernière victime, le comte de Prévert. Aristocrates, domestiques, partenaires professionnels, tous se sont accordés à dire que l'homme avait tout pour plaire. Personne ne semblait avoir de griefs à formuler à son encontre. Et pourtant, lorsque je parlais de ses éventuels ennemis, les regards devenaient fuyants, les bouches se fermaient. Votre don pour lire les visages m'aurait été précieux, soupira-t-il en repensant à cette journée.

— Vous avez fini par trouver, si je m'en fie à ce qu'écrit Clément, affirmai-je en désignant le journal jeté négligemment sur la table bouillotte.

— Clément ?

Je m'empourprai violemment, muette, la salive tout à coup coincée dans ma gorge. *Bien joué, Louise !* L'inspecteur ne fit aucune remarque. Il se contenta de m'observer une seconde supplémentaire avant de décréter que le sujet ne le concernait en rien.

— J'ai trouvé parce que les nobles sont les pires commères qui soient, reprit-il en chuchotant.

J'explosai de rire, attirant Amélie dans le salon. Elle me fixa d'un air sceptique. L'inspecteur, lui, souriait, satisfait de sa boutade. Je ne pouvais lui donner tort. J'avais, à mes frais, appris que les riches, qui s'ennuyaient plus que de raison, s'occupaient en médisances et ragots.

— Abrégez le supplice, Inspecteur. Qu'ont-ils révélé ?

— Élise Marchant aurait été aperçue à plusieurs reprises dans des réceptions mondaines… au bras de Marie-François Auriol, lâcha-t-il, dramatique.

— Le directeur de la Savonnerie ? m'étonnai-je. Mais enfin… cela n'a aucun sens ! D'après ce que j'ai appris de ma visite à la manufacture, Élise ne portait pas cet homme dans son cœur.

— En êtes-vous certaine ?

— Eh bien, votre révélation m'en fait douter, je dois bien l'avouer…

— Que vous souffle votre instinct, Louise ? me demanda-t-il le plus sérieusement du monde.

— Je n'y crois pas. Élise était une femme indépendante, membre éminent des Olympiennes. De plus, j'ai cru comprendre entre les lignes qu'elle aimait les femmes. J'ai du mal à l'imaginer s'afficher avec un homme tel que le directeur Auriol.

— Dans ce cas, nous allons creuser cette piste, affirma-t-il sans remettre en cause mon ressenti. J'ai, de toute évidence, quelques questions à poser à ce monsieur.

— Je suis sûre qu'il sera ravi de me revoir, plaisantai-je.

Pierre haussa un sourcil, mais au moment où il s'apprêtait à me questionner, quelqu'un frappa à la porte de l'appartement. Amélie se précipita pour ouvrir à Clément qui pénétra gaiement dans le salon. Il s'arrêta en apercevant l'inspecteur. Durant une fraction de seconde, le temps sembla s'arrêter, figé dans ce regard que les deux hommes se portaient. Un brin de surprise, une pointe de suspicion, un semblant de bravade.

— Bonjour, Louise, furent les premiers mots du journaliste et pourtant, il me regarda à peine. Inspecteur Brandicourt, je suis étonné de vous trouver ici de si bon matin.

— Je pensais la même chose, rétorqua Pierre d'un ton placide. Quel vent vous amène, monsieur Grévy ?

— Je venais informer mademoiselle Louise des récentes avancées dans l'enquête.

— Intéressant, répondit l'inspecteur.

Vraiment ? De quelle façon ?

— Je suis navrée, Clément, m'excusai-je. Je dois m'entretenir avec l'inspecteur. Puis-je passer vous voir plus tard ?

— Bien sûr. Vous savez où me trouver.

Il nous salua d'un signe de tête, vissa sa casquette sur ses cheveux ébouriffés et repartit comme il était venu, sans fanfare. Pierre, une fois de plus, ne fit aucun commentaire. Il n'en avait pas besoin, je lisais sur son visage trop de sentiments pour y rester hermétique. J'imaginais ses questions : que se passe-t-il entre vous ? Pourquoi ce jeune homme vient-il chez vous, si tôt, sans que cela ne choque personne ? Paul est-il au courant ?

Lorsqu'il sortit de sa sacoche en cuir le dossier qu'il avait probablement réalisé pour l'enquête, je me demandais si les questions qui me hantaient étaient véritablement les siennes ou si elles n'étaient le fruit que de ma propre culpabilité.

— Vous souvenez-vous des recherches que je menais quand vous êtes venue me voir au bureau ?

— Celles qui concernaient la louve ?

— Tout à fait ! J'ai découvert que la Louve est le nom d'une contrebandière. Elle opère au sein de la Rose Noire, principalement dans les quartiers les plus mal famés de la ville, et sa réputation la dépeint comme une femme aux mœurs peu scrupuleuses.

— Voilà qui est encourageant. Laissez-moi deviner ! Vous la croyez liée à l'import de poison.

— Comment…

— Attendez-moi un instant, je vous prie, le coupai-je en partant chercher le carnet de l'apothicaire dans ma chambre.

Je lui expliquai la teneur de mes échanges avec ce dernier, ma lecture édifiante de son journal, puis désignai le croquis de la fleur hachurée dans la marge.

— C'est bien ce que je craignais, affirma-t-il. Vous souvenez-vous de Mayo, le chef des contrebandiers ?

Je hochai de la tête sans m'étendre.

— Dans ce cas, poursuivit-il, vous vous souvenez sûrement combien il a en horreur toutes les figures d'autorité, plus encore depuis l'affaire de Suzanne. Mes collègues n'ont plus réussi à mettre un pied sur la butte sans se heurter aux hommes de Mayo.

— C'est donc une aubaine que je sois en bons termes avec ce dernier, déclarai-je avec désinvolture pour le seul plaisir de voir la stupeur se dessiner sur les traits de l'inspecteur.

— Je ne sais pas si je dois m'en inquiéter ou m'en réjouir, avoua-t-il sans détour.

— Oh ! Ne vous y trompez pas ! Tout ce qui se dira entre Mayo et moi, qui ne concernera pas directement l'enquête, restera entre lui et moi. Ainsi vous ne saurez être pris à partie.

Il fronça les sourcils, plus perplexe encore. Comme l'avait si bien dit Clément, l'avantage de n'être ni membre des forces de l'ordre ni de la Rose Noire était que je pouvais naviguer entre les deux univers.

Tant que vous ne faites aucun faux pas, sembla me dire le regard implorant de l'inspecteur.

LE DÉ

Incertitude et acte de foi le Dé augure,
mais aussi promesse de changement si le pari figure.

Je poussai la porte de la guinguette, encombrée de corps chauds, me faufilai entre les tables jusqu'au comptoir où une femme à l'air revêche me scruta de la tête aux pieds. Je pris place sur l'un des tabourets hauts, commandai un verre de la boisson la plus forte assortie d'une entrevue avec le patron. La serveuse, dans un geste habitué, versa le liquide transparent que m'avait offert Mayo lors de ma dernière visite. Elle me couvrit de ses œillades appuyées, puis elle s'éloigna vers la réserve avant d'en revenir seule – toujours aussi silencieuse.

J'attendis. Longtemps. Assez longtemps pour envisager le verre qui me faisait face comme une alternative acceptable à l'ennui qui m'habitait. Au moment où mes lèvres recouvrirent le liquide transparent, Mayo daigna enfin me faire l'honneur de sa présence. D'un mouvement de tête, il congédia son employée.

— Je viens pour *elle*, déclarai je tout bas en poussant un papier sur le comptoir.

Il le saisit, le déplia à même le bois et le sourire que je vis fleurir sur ses lèvres me glaça le sang. Il repartit dans la réserve pour rapporter une bouteille en verre brun, recouverte de poussière et de toiles d'araignée. Il la posa entre nous, me laissant admirer l'animal qui y baignait : un scorpion.

Jamais je n'en avais vu ailleurs que dans les livres de la bibliothèque de MAL, sur les plus hautes étagères de son cabinet. Ce n'était pas la lecture qui m'avait le plus marquée dans tout l'attirail de devineresse que comptait son office, mais j'y avais appris la dangerosité de cet arachnide[1] venimeux. Mieux valait ne pas s'approcher du dard au bout de son abdomen au risque de ne pas s'en relever.

J'étais presque certaine que Mayo avait attendu que mon teint vire au vert avant de retirer le bouchon de la bouteille et de m'en servir une rasade dans un godet à peine plus gros qu'un dé à coudre. Le liquide opaque ne m'inspirait aucune confiance, pas plus que le parfum rance, légèrement amer qui s'en dégageait. Le contrebandier me fixait, comme à son habitude, une lueur de défi dans les yeux.

— Je vais te faire une proposition, fillette. Une sérieuse, alors prends bien le temps de la réflexion.

Mon ventre se contracta, tandis que je hochai la tête.

— Si tu as le cran d'affronter la Louve de la Rose Noire et que tu en sors vivante, il y aura une place pour toi dans le réseau. Une vraie, sans date de péremption.

---

1. **Pour briller en société :** d'après le magazine Géo, on considère que 4 500 personnes environ meurent chaque année dans le monde suite à une piqûre de scorpion. Cela le place au troisième rang des animaux les plus meurtriers, derrière le moustique et le serpent, mais très loin devant le requin. Alors… boiriez-vous le contenu de cette bouteille ?

Pour sceller cette promesse, il vida son godet d'un trait. La grimace qu'il tira m'inquiéta.

Mayo ne grimaçait pas.

Mayo supportait toutes les boissons.

Mayo voulait ma mort, c'était certain !

Mais poussée par mon envie de démasquer l'Empoisonneuse et, accessoirement, de prouver que j'avais plus de verve que l'on ne m'en prêtait, je bus à mon tour.

Durant un instant, je ne vis plus rien que des points lumineux qui dansaient sur ma rétine. Le bruit de la salle me parvint étouffé alors que ma gorge, ce brasier indomptable, m'empêchait d'articuler. Je portai la main à mon front pour en essuyer la moiteur. Mon cœur battait fort contre mes tempes. Je n'avais plus conscience de ce qui m'entourait. Peut-être étais-je morte. Peut-être l'au-delà ressemblait-il à cette ouate qui m'enveloppait. Ou bien étais-je en enfer, purgeant tous mes péchés ? Le monstre de ténèbres avait-il gagné ? M'avait-il engloutie tout entière ?

Était-ce là le présage funeste qu'avait vu Amélie dans les cartes ?

Finalement, un picotement familier au bout de mes doigts me ramena à la réalité. J'entendis un rire sonore claquer comme un coup de fusil et me retins au comptoir pour éviter de chuter. Lorsque j'en eus la force, je relevai la tête vers le contrebandier.

— Tu es de bonne constitution, fillette ! ricana Mayo. D'autres ont tourné de l'œil.

Quel exploit ! ironisai-je.

Il poussa le papier à son tour contre le bois du comptoir. Je l'attrapai sans regarder avant de m'enfuir aussi vite que mes jambes cotonneuses me le permettaient, laissant derrière moi les derniers rires du tenancier.

Sur le pavé humide, j'offris mon visage à la pluie, trop heureuse de cette fraîcheur providentielle. Puis je baissai les yeux vers la note.

Port aux Pierres, près du pont
de la Concorde, minuit.

Mon cœur battait à tout rompre. Ma tête tournait encore alors que ma robe absorbait la pluie. Je serais bientôt trempée jusqu'à l'os, mais je voulais m'entretenir avec Clément. Je n'aimais pas la façon dont je l'avais congédié, plus tôt.

Un pas après l'autre, prenant garde de ne pas me rompre une cheville sur le sol instable, je me dirigeai vers la Gazette. Quand, enfin, j'arrivai devant le bâtiment, j'avais regagné la pleine maîtrise de mes moyens… à défaut de bien présenter. Je tentai d'ignorer l'image que je renvoyais – celle d'une servante qui dégoulinait littéralement sur le parquet. Fort heureusement pour moi, le rédacteur en chef était absent.

Clément aussi.

— Êtes-vous Louise ? me demanda un homme dont les lunettes ne semblaient pas vouloir tenir sur son nez.

Il ne cessait de les remonter avec son index.

— C'est bien moi.

— J'ai un message pour vous de la part de Clément. Il a laissé quelque chose pour vous « sous les combles ». J'espère que ça vous parle parce qu'avec lui, rien n'est moins évident.

— C'est bien noté, je vous remercie.

— Pas de quoi ! Bonne journée ! dit-il en remontant à nouveau ses lunettes avant de replonger dans la lecture de ses feuillets.

J'avais si froid que je me hâtai de rejoindre le grenier du musée du Louvre. Après avoir pris soin de vérifier que personne ne se trouvait dans le couloir, j'appuyai sur le mur qui s'ouvrit dans un déclic à peine audible. Je m'engouffrai dans le passage, repoussai le battant derrière moi. La pièce était vide. Aucune trace de Clément.

Je m'approchai à tâtons du bureau près de la lucarne jusqu'à atteindre la lampe et le briquet dont je choquai la pièce d'acier contre la pierre, créant ainsi quelques étincelles qui, après plusieurs tentatives, enflammèrent la mèche de chanvre imbibée de suif. Je m'assis sur le tabouret de bois, mes mains toutes proches du verre qui se réchauffait déjà, et je restai ainsi de longues minutes à fixer la flamme vacillante. Ma tête semblait aussi vide que mon corps était gelé, mais à mesure que ce dernier revenait à la vie, mes pensées suivaient le mouvement.

L'homme aux lunettes tombantes avait parlé d'une « chose » que Clément aurait laissée ici à mon intention. Je saisis la lampe par son anse métallique et la tendis devant moi pour éclairer chaque recoin du repaire. Des piles de journaux encombraient le sol, un vieux matelas taché reposait contre le mur et dans les trous de la charpente, j'aperçus des fleurs qui séchaient, la tête en bas. Sur le petit secrétaire, des feuilles de papier. Sous les feuilles, une enveloppe à mon nom. Une enveloppe faite d'un papier épais, cachetée à la cire, estampillée d'un emblème qui ne m'était pas familier. Curieuse, je glissai mon ongle sous le sceau et ouvris le pli.

Une invitation.

À un bal de charité.

Dans trois jours.

Signée du comte de Montfort.

Qu'était-ce donc que cette plaisanterie ? Je farfouillai dans les papiers sur le secrétaire en quête d'une réponse, sans succès. Clément n'avait pas laissé d'autre message que mon prénom rédigé avec soin sur un papier granuleux. Je ne comprenais pas.

L'on n'invite point les domestiques à des bals.

Je me retournai précipitamment en percevant le cliquetis caractéristique de la porte dérobée. Clément apparut à contre-jour dans l'encadrure de cette dernière. Il la referma rapidement avant de rester immobile dans l'ombre de la charpente que la faible lumière de la lampe à huile n'éclairait pas. Quand enfin il approcha, je remarquai son souffle court. Avait-il couru pour me rejoindre ?

Son regard me laissait croire que oui, quelque part entre la joie pure et cet éternel défi. Clément Grévy vivait l'adrénaline vissée au corps. Chaque jour semblait être pour lui une fabuleuse aventure.

— J'avais peur que vous ne soyez déjà repartie, me confia-t-il.

— Je suis arrivée il y a peu.

— Vraiment ? Morel m'a indiqué votre passage au journal, voilà une bonne heure de cela.

— Une heure ? m'écriai-je, ahurie, avant de plaquer ma main sur ma bouche de peur d'avoir alerté un fonctionnaire.

Je n'avais pas réalisé que je m'étais à ce point perdue dans la contemplation des flammes.

— Je dois retourner au cabinet, affirmai-je soudain pressée, mais je ne partirai pas sans avoir une explication pour ceci.

Je secouai l'invitation qui ondula en ombres chinoises sur la pente du toit.

— *Ceci,* reprit Clément, est exactement ce qui semble être.

— Où l'avez-vous volée ? Et pourquoi ?

— Je ne l'ai pas volée.

Il disait vrai et cela l'amusait grandement.

— J'ai réussi à nous obtenir une invitation pour ce bal grâce à un ami.

— Un ami ? Quel ami peut ainsi vous offrir un laissez-passer dans les plus hautes sphères de la société ? Même moi je sais qui est le comte de Monfort ! Ce n'est pas un simple bourgeois. Toute la fine fleur parisienne sera à ce bal, m'horrifiai-je en imaginant les mille et une façons de me rendre ridicule dans pareille situation.

— Exactement ! s'enthousiasma le journaliste, inconscient de ma panique naissante. Pensez à toutes les réponses que nous pourrions obtenir.

— Enfin, Clément ! On ne peut se rendre à ce bal et interroger impunément les invités. Nous serons jetés avant la première heure… voire pire.

Il réduisit l'espace entre nous jusqu'à prendre mes mains dans les siennes. Cela ne fit que me perturber plus encore. Mon cœur et mon esprit se livraient un combat sans merci, brandissant tantôt la fourche de la culpabilité, tantôt celle de la frénésie.

— Tentons notre chance, Louise ! Cette occasion ne se représentera peut-être plus. Il nous faut la saisir.

Fichtre ! Il avait raison. Et le tourbillon n'en était que plus déstabilisant.

— Je viendrai vous chercher rue de Tournon vers vingt et une heures, le soir du bal, insista Clément face à mon indécision.

Il me faudrait me laver de la tête aux pieds, réapprendre à danser dans le salon avec MAL, oublier mes manières de servantes. Surtout, il me fallait une robe !

Je fermai les yeux en inspirant profondément.

— Je dois y aller, affirmai-je à nouveau.

Je retirai mes mains de celles du journaliste, le contournai et quittai sa cachette, ce cagibi sous les toits… son repaire. Dans l'escalier que je dévalais, je tentai de reprendre le contrôle de mes émotions, de réfléchir de façon logique. Le feu au creux de ma poitrine, je le connaissais. C'était celui de la compréhension qui creusait son chemin vers ma conscience, tel un serpent sortant doucement de son hibernation. Je sentais la solution de l'enquête s'esquisser en toile de fond, encore trop floue pour que j'en distingue la forme, mais suffisamment présente pour faire naître l'impatience.

Clément avait dit vrai. J'étais restée longtemps sous les combles, absorbée par la contemplation des flammes. J'étais affreusement en retard pour les consultations de l'après-midi, mais quitte à l'être, autant me rendre de suite à l'atelier d'Hippolyte Leroy.

Je remontai la rue Richelieu jusqu'à la boutique où plusieurs femmes entraient et sortaient, vêtues richement et flanquées de leurs domestiques qui portaient leurs paquets encombrants. Je me glissai à leur suite et me dirigeai avec détermination vers le fond de la pièce, ignorant les jeunes filles qui s'extasiaient devant des rubans, et les mères qui flattaient tel ou tel tissu. Derrière le rideau de velours poudré qui séparait la grande salle de l'arrière-boutique encombrée de mannequins, de patrons, de ciseaux et autres aiguilles, je trouvai celui que je cherchais.

Je murmurai son prénom pour ne pas attirer l'attention de son employeur, le célèbre modiste qui s'entretenait avec ses clientes derrière moi. Paul se retourna et, comme chaque fois qu'il me voyait, il sourit. Il se précipita pour tirer le rideau.

— Que fais-tu ici ? me demanda-t-il, inquiet. Tout va bien ?

— J'ai besoin de ton aide, répondis-je sans détour. Je suis invitée à un bal, Paul ! Mais je ne sais pas quoi porter.

Ma panique reprit le dessus à cette idée alors que l'incrédulité la plus totale se dessinait sur le visage de Paul.

— Un bal ?

— Oui.

— Une robe ?

— Oui.

— Je vois, souffla-t-il.

— Vraiment ?

— Absolument pas, eut-il l'honnêteté d'avouer, m'arrachant un sourire amusé.

Je lui expliquai la situation dans les grandes lignes, l'enquête, les connexions entre les victimes, les ponts entre les bas-fonds de Paris et la haute société. Il m'écouta, aussi impassible que possible, mais ses doigts tricotaient autour de la chaîne qui pendait à son gousset, et le coin gauche de ses lèvres remontait à intervalles réguliers. Essayait-il de m'imaginer dans un décor fastueux, au milieu des étoffes légères et des bulles de champagne ? Cela l'amusait-il ou, au contraire, avait-il peur ?

Moi, j'avais peur.

— Je vais créer une armure pour toi, me lança-t-il alors en glissant une mèche derrière mon oreille. Une robe de bal pour que tu puisses mener ton enquête le plus sereinement possible.

— Une armure…

— C'est précisément ce que viennent chercher toutes les personnes qui passent le seuil de l'atelier. Ne crois pas que ces dentelles et ces jupons sont de simples vêtements. Rien n'est laissé au hasard lorsque l'on se perche aussi haut dans la société.

— Intéressant choix de mots. Le problème est que le bal a lieu dans trois jours.

— C'est court, mais pas impossible. Puis-je venir chez toi, demain matin ?

— Bien sûr.

Il embrassa délicatement mes doigts, puis me laissa repartir, rougissante.

Ce ne fut qu'une fois arrivée au cabinet de MAL que je réalisai avoir oublié de dire à Paul que j'aurais un cavalier pour le bal… et que ce ne serait pas lui.

Minuit sonnerait bientôt à la comtoise[1].

— N'intervenez que si je suis sur le point de… eh bien… de mourir, disons-le franchement, ordonnai-je

1. **Pour briller en société :** originaire du Haut-Jura, la « comtoise » est une horloge dite « de parquet » (sur pied). Mais c'est avant tout le mouvement qui permet de reconnaître une horloge comtoise. Invention des frères Mayet de Morbier à la fin du XVIIe siècle, ledit mouvement, appelé « cage fer », comporte deux rouages indépendants pour les heures et la sonnerie, placés dans une cage en fer.

à l'inspecteur Brandicourt alors que nous rejoignions le port aux Pierres.

— Louise, soupira-t-il.

— Nous en avons suffisamment débattu, le coupai-je, sentant l'angoisse me gagner peu à peu. On ne peut impliquer la police au risque de ne pas obtenir les informations détenues par la Louve. Si vous voulez des réponses pour arrêter l'Empoisonneuse, nous le ferons à ma manière, cette fois-ci.

— *Cette fois-ci ?* se moqua-t-il. Dois-je vous rappeler celle où vous avez proposé une séance de nécromancie ?

— Ce ne sera pas nécessaire, affirmai-je au souvenir de cette tentative hasardeuse.

— Je m'inquiète pour vous, voilà tout. Les contrebandiers ne sont pas tous des enfants de chœur. Cette Louve, en particulier, semble inspirer la terreur chez ses pairs.

— Si cela peut vous rassurer, Inspecteur, je m'inquiète pour moi également. Je ne suis pas totalement dénuée de bon sens. Je sais dans quoi je m'engage et les raisons pour lesquelles je le fais. Ayez confiance !

Cette dernière injonction sonnait davantage comme un encouragement à ma propre personne. Je tremblais comme une feuille en traversant le pont de la Concorde, juste devant la place du même nom[1]. L'inspecteur devait rester caché à portée d'oreilles pour ne rien manquer de l'échange et intervenir au besoin.

---

1. **Pour briller en société :** entre le milieu du XVIIIe siècle et nos jours, l'esplanade a connu de nombreux changements de nom, au gré des événements politiques majeurs traversés par la France, s'appelant successivement : place Louis XV, place de la Révolution, place de la Concorde, place Louis XVI et, de nouveau, place de la Concorde depuis 1830. (Je ne vous raconte pas l'embrouille durant mes recherches !)

Pour ma part, je m'approchai de la Seine en contrebas, et patientai en grattant la peau autour de mes ongles. Le fleuve clapotait dans l'obscurité et s'écrasait en vaguelettes contre la pierre du pont. Je ne pouvais m'empêcher de penser à cette figure que l'on surnommait la Louve. Qu'avait-elle fait pour hériter d'un tel pseudonyme ? Elle aussi était-elle habitée par un monstre de ténèbres ? Allait-elle me dévorer ? J'avais de plus en plus de mal à me détacher de la prédiction d'Amélie. Elle me collait à la peau comme un spectre gluant.

J'arrachai une peau de mon pouce avec mes dents jusqu'au sang, jetant des regards autour de moi, mais malgré mes sens en alerte, je n'entendis pas la contrebandière approcher. La surprise étouffa le cri dans ma gorge.

La femme me dépassait d'une tête et portait un costume atypique : un pantalon ample fourré dans de hautes bottes à lacets, un veston en cuir par-dessus une chemise blanche, une longue cape rigidifiée par une épaulette sur son côté gauche, et un vrai tricorne ! La moitié haute de son visage était dissimulée derrière un masque de loup doré qui cachait même la couleur de ses iris sous deux voiles opaques cousus dans l'ouverture des yeux.

J'étais subjuguée par sa prestance, sa silhouette élancée, tout comme l'ovale de son menton. Était-ce celle dont tout le monde semblait avoir peur ? Si elle était effectivement impressionnante, elle n'éveillait en moi aucune répulsion, seulement le frisson de l'intimidation.

— Bonsoir… soufflai-je, je suis Louise.

— Je sais qui vous êtes. Que voulez-vous ? demanda-t-elle avec méfiance.

— Je suis ici pour en savoir plus sur la Nouvelle Marquise de Brinvilliers, sur le poison qu'elle utilise, sur les nouveaux contrebandiers arrivés récemment… bref, sur tout ce qui pourrait être lié aux meurtres qui secouent la capitale.

Les épaules de la Louve s'agitèrent, d'abord doucement, puis plus fort lorsqu'elle éclata de rire.

— Mayo m'a dit que vous aviez du cran, déclara-t-elle, un sourire narquois sur les lèvres. Je crois plutôt que vous manquez de jugeote si vous pensez pouvoir venir ici et me poser des questions comme si j'étais votre amie.

Reste calme, Louise.

— Je ne vous considère ni comme une amie ni comme une ennemie. Je suis là pour comprendre ce qui se passe dans cette ville, et je sais que vous avez des réponses.

La contrebandière avança lentement dans ma direction. Je pris sur moi de ne pas bouger, de fixer les deux fentes noires qui, si elles ne me montraient rien de l'expression de la Louve, ne m'en paraissaient pas moins menaçantes. Je commençais à comprendre d'où venait la réputation de cette femme. Elle se tenait silencieuse, me toisait sans que je ne la voie vraiment. Toute forme d'espoir semblait déserter mon corps. Je n'avais aucun point d'accroche sur ce personnage, aucun moyen de décrypter son visage ou les mouvements involontaires de son corps caché derrière son accoutrement.

— Des réponses ? Peut-être. Mais ce n'est pas moi qui vais vous les donner. Vous n'avez rien à faire dans mes affaires.

— Ces affaires, insistai-je, impliquent des victimes. Trois personnes y ont déjà perdu la vie. Je suis prête à tout pour trouver leur assassin. À tout.

Elle me fixa longuement tandis que j'observais sa bouche fine qui bougeait à peine. Cette femme, j'en étais certaine, avait l'habitude de masquer ses émotions, de rester stoïque face à ses adversaires.

— Vous êtes bien courageuse, Louise, mais je crains que vous ne soyez pas prête pour ce que vous pourriez découvrir, conclut-elle dans un demi-sourire.

— Peu importe ! rétorquai-je, agacée de ne pouvoir lire en elle. Je dois savoir. Si vous ne voulez pas m'aider, je trouverai un moyen d'apprendre la vérité par moi-même.

— Par vous-même ? Ne me faites pas rire ! Je sais que votre partenaire se tient tout près, murmura-t-elle en regardant vers la cachette de l'inspecteur. Si je n'ai encore rien fait, c'est uniquement par respect pour Mayo. Mais sachez une chose, Louise : les membres de la Rose Noire sont solidaires et loyaux. Si je vous trouve à nouveau sur mon chemin, j'enverrai votre précieux inspecteur couler par le fond, dans les eaux vaseuses de la Seine. M'avez-vous bien comprise ? Dans ce monde, il n'y a pas de place pour les faibles.

Elle se retourna en un ample mouvement de cape et disparut dans la nuit. Curieusement, ma première pensée fut pour le chef des contrebandiers. J'avais affronté la Louve et j'en étais sortie vivante. Cela faisait-il de moi un membre de la Rose Noire ou le fait d'avoir impliqué l'inspecteur avait-il, de fait, annulé la proposition ?

Pierre me rejoignit au pas de course, son chapeau sous le bras et son parapluie dans l'autre.

— Qu'avez-vous découvert ?

— Rien, soufflai-je en fixant toujours l'endroit où la Louve avait disparu.

— Rien ? s'étonna-t-il.

— Je suis navrée, Inspecteur. Je crains d'avoir surestimé mes capacités.

Il suivit mon regard, mais ne rencontra que le vide, et lorsqu'il posa de nouveau ses yeux sur moi, je sentis son inquiétude.

— Répétez-moi ses paroles, proposa-t-il. Peut-être y a-t-il quelque information à déceler en creux.

Je m'exécutai sans espoir, si bien que l'expression désemparée de mon partenaire ne m'atteignit pas outre mesure.

— Ce n'est qu'un cul-de-sac, Louise, me réconforta-t-il. Cela arrive plus souvent qu'on l'imagine dans cette profession. Nous avons d'autres pistes à suivre. Ne vous inquiétez pas.

J'acquiesçai, trop fatiguée pour entrer dans un débat stérile. Pierre avait raison, pourtant je ressassais les paroles de la Louve.

« Il n'y a pas de place pour les faibles ».

LE CŒUR

Bonheur et amour, le Cœur symbolise.
Émotions, passions et dévotions, il cristallise.

Lundi 25 novembre 1805
4 frimaire de l'an XIV

J'étais assise au bureau, dans le salon, occupée à rédiger le carnet de comptes du cabinet avant que les consultations ne commencent, lorsque Paul frappa à la porte. Amélie étant partie au marché, je lui ouvris et l'invitai à s'installer sur le fauteuil près de la cheminée. Puis je me précipitai vers la boîte métallique accrochée au mur, en tirai un spill[1] que j'embrasai dans l'âtre pour ensuite allumer le poêle de la cuisine. J'y posai une casserole remplie d'eau, disposai deux tasses sur un petit plateau et patientai jusqu'à ébullition. Je versai alors le liquide brûlant sur les fleurs de camomille séchées, puis m'empressai d'emporter le tout dans le salon.

---

1. **Pour briller en société :** un spill est un copeau tout léger qui s'enroule sur lui-même lorsque le menuisier rabote son bois. On s'en servait pour répandre (du verbe anglais *spill*) le feu d'un endroit à un autre. Ce qui est plutôt pratique quand on sait que les allumettes n'existaient pas avant 1844 et les briquets modernes (au gaz ou à l'essence), pas avant 1903.

Une fois passées les banalités d'usage sur la qualité de nos sommeils respectifs et le temps maussade des derniers jours, Paul se leva. Il me tendit la main pour m'enjoindre à faire de même, et sortit de sa sacoche un carnet, une plume et de l'encre.

— Une cliente a changé d'avis après que nous lui avons confectionné une première robe. Je me suis entretenu avec monsieur Leroy et il m'a permis de m'en servir à condition de la rapporter après le bal. En faisant quelques ajustements, elle t'ira à ravir, j'en suis certain. Et cela ne me demandera que peu de travail.

— Quel soulagement ! soupirai-je. Merci mille fois, Paul.

— Tout le plaisir est pour moi, mademoiselle Louise, répondit-il en courbant l'échine.

Je lui souris jusqu'à ce qu'il extirpe de sa poche un mètre ruban. Le sang quitta mes joues avant d'y revenir violemment.

— Puis-je ? s'enquit-il.

Je me contentai d'acquiescer.

Dans l'atmosphère feutrée de la pièce, baignée par la douce lueur des flammes, Paul s'appliquait à prendre mes mensurations avec une délicatesse exquise. Ses doigts agiles dansaient le long du ruban, caressant tendrement le creux de ma taille. Chaque contact chargeait l'air d'une énergie vibrante, une tension palpable, une symphonie de désirs inavoués. Mes joues s'empourprèrent sous l'intensité de cette proximité troublante. Mon cœur tambourinait dans ma poitrine. J'étais là, tremblante d'émoi et de peur d'être surprise dans cette intimité.

— Si tu es mal à l'aise, tu peux fermer les yeux,

susurra-t-il à mon oreille d'une voix douce.

Un frisson me parcourut l'échine, délicieusement incontrôlable. Je détournai le regard, concentrée sur ses doigts qui ne cessaient d'effleurer ma peau, sous les boutons de mes poignets, derrière celui de mon col, sur ma nuque.

Mon corps s'embrasait.

Les gestes de Paul étaient empreints d'une tendresse infinie. Lorsqu'il acheva de prendre les mesures, il recula légèrement pour me contempler. Ses yeux étincelaient d'un éclat fiévreux alors qu'il imaginait sûrement la robe de bal qu'il allait me confectionner.

— Tu seras somptueuse, Louise, murmura-t-il entre les crépitements du feu.

Un nouveau frisson me saisit et la chaleur dans mon ventre me rappelait – si cela était nécessaire – combien Paul m'attirait. Combien je mourais d'envie qu'il m'enlace et m'embrasse. Combien je rêvais de glisser ma main dans ses boucles brunes. Mais au moment où je me rapprochai de lui, poussée par l'audace et le désir, un écho de pas retentit dans l'escalier. Amélie était de retour.

Un sourire malicieux flotta sur les lèvres de Paul avant qu'il ne les éloigne de moi, me laissant frustrée et pantelante. L'air semblait suspendu entre nous, tissé de promesses muettes et de désirs inassouvis. Lorsqu'Amélie poussa la porte, je n'étais plus qu'une boule incandescente, une braise ardente rougie par le souffle de l'apprenti modiste.

Si la jeune chiromancienne perçut la tension entre nous, elle n'en dit rien et s'affaira aussitôt à ranger dans la cuisine le contenu de son panier en osier.

— Je reviendrai après-demain te porter la robe, déclara Paul en déposant un léger baiser sur l'angle de ma mâchoire, juste sous mon oreille.

Il jouait avec mes nerfs !

Longtemps après son départ, je restai plantée dans le salon tel un arbre sans racines, figé dans l'immobilité, attendant que la vie s'écoule autour de moi.

Ce fut Amélie qui me tira de ma transe pour savoir ce que la presse annonçait à propos de la Nouvelle Marquise de Brinvilliers. Je trouvai les journaux qu'elle avait rapportés du marché sur la table bouillotte débarrassée des tasses que nous avions vidées avec Paul. Quand avait-elle fait l'échange ? La fatigue me faisait-elle perdre la notion du temps ? Ou bien était-ce ces garçons qui me tournaient la tête ? Si la seconde option s'imposait, il était temps pour moi de me secouer. Je n'avais pas de temps à perdre.

Une fois de plus, l'article de Clément s'étalait en première page de la *Gazette*. Je le lus à voix haute pour Amélie.

LE BAL DE CHARITÉ DU COMTE DE MONTFORT : UN ÉVÉNEMENT SOUS LE SPECTRE DE L'EMPOISONNEUSE

Dans l'effervescence des salons aristocratiques, l'annonce du bal de charité annuel organisé par le prestigieux comte de Monfort fait grand bruit. Reconnu comme l'événement le plus attendu de la saison, ce bal se voit pourtant menacé par l'ombre de la Nouvelle Marquise de Brinvilliers.

Malgré les rumeurs persistantes et les murmures inquiets qui circulent dans les couloirs des manoirs, le comte est déterminé à ne pas laisser la peur dicter ses actions. Les invitations au bal continuent d'être envoyées et les préparatifs vont bon train dans l'espoir de faire de cette soirée un moment de joie et de solidarité.

Les invités seront-ils de la partie ? Certains se demandent si la sécurité sera suffisante pour les protéger des sinistres desseins de l'Empoisonneuse, et beaucoup hésitent à répondre à l'appel du comte de Monfort malgré la noblesse de sa cause.

Alors que la date du bal approche à grands pas, une question s'impose : qui osera défier la Nouvelle Marquise de Brinvilliers et danser sous les étoiles de Paris ?

C. Grévy

Cet article ne révélait rien de substantiel sur l'enquête. Il ne faisait que mettre de l'huile sur le feu, selon moi. Quelle idée d'attiser ainsi le défi chez notre adversaire ! L'assassin pourrait justement trouver très à-propos de s'infiltrer au bal et d'empoisonner les invités. Je soupirai de frustration. Ce journaliste allait me rendre chèvre ! Lui et ses idées abracadabrantes finiraient par me perdre.

En attendant, je devais trouver un moyen de survivre à ce bal et d'en apprendre davantage sur les liens qui unissaient les victimes. Si je trouvais le mobile, je trouvais l'assassin. Pour le moment, tout me semblait encore décousu, comme si ces meurtres n'avaient aucun sens.

Je priais pour qu'il y en ait un. Sinon, cela voudrait dire que la Nouvelle Marquise de Brinvilliers tuait au hasard. Comment anticiperais-je ses mouvements alors ? Même les cartes ne me seraient d'aucune utilité. Non ! Il fallait qu'un mobile existe. Solide. Tangible. Indéniable.

Il le faut.

— C'est à c'bal que vous allez ? demanda Amélie.

Elle connaissait déjà la réponse, et son visage, loin d'attendre une confirmation de ma part, me suppliait de modifier mes intentions. Sauf que Clément avait raison, je ne pouvais passer à côté d'une telle opportunité. Et ce malgré la peur qui ne me quittait plus, malgré l'inquiétude de mes proches, malgré ma méconnaissance de ce milieu luxueux où les manières saillaient comme des lames tranchantes, et les robes froufroutantes incarnaient des armures de combat.

Amélie avait besoin d'être rassurée. Elle avait envie que je lui dise à voix haute, en la regardant dans les yeux, en y mettant mon cœur, que je serais prudente. Pour le reste, elle tracerait son propre chemin, apprendrait à avancer avec ses craintes, à faire le tri dans ses émotions et à se débarrasser de ce qui l'entrave. Ce serait un long procédé qui, je le savais, la pousserait à réclamer sa dose d'amour.

Et je serai présente pour toi.

— N'aie crainte, lui soufflai-je. Paul me prépare une armure.

Elle me fixa de son air sceptique qui se fendit d'un sourire timide. Je l'interprétai comme un signe d'espoir. Après tout, une armure était prévue pour nous protéger des coups.

Espérons que celle-ci sera aussi efficace contre les empoisonnements !

— J'peux vous tirer les cartes ?

J'aurais préféré décliner, sa précédente prédiction me collant encore à l'âme, mais une fois de plus, je pliai sous le poids de son regard implorant.

— Bien sûr. Où préfères-tu t'installer ?

— Dans la cuisine, avoua-t-elle du bout des lèvres.

C'était la pièce où elle se sentait le plus à son aise. J'aimais profondément l'idée qu'elle soit libre de choisir où s'épanouir dans sa pratique de la cartomancie. Selon moi, cela participait à se mettre dans les bonnes conditions. Nous prîmes donc place sur les chaises en bois autour de la table et Amélie me demanda de mélanger les cartes d'un ancien jeu de MAL.

Je m'exécutai en pensant à ce bal, aux invités, aux secrets, aux pièges qui se tendraient. J'imprégnai les lames de mon énergie et de mes questions. Trouverais-je de nouveaux indices pour l'enquête ? Réussirais-je à faire honneur à la robe de Paul, à l'invitation offerte par Clément, aux valeurs des Olympiennes ? Serais-je une femme qui s'élève ou qui coule par le fond de la Seine ?

Puis je tendis le tas bien ordonné à Amélie qui le saisit avec précaution, concentrée sur sa mission. Elle retourna une première carte, une seconde puis une troisième et, alors que je pensais qu'elle s'arrêterait ici, elle en plaça une quatrième au-dessus, et une dernière en dessous.

Un tirage en croix.

Visiblement, elle tenait à atténuer son angoisse… ou la mienne, mais le message qui s'étalait sous nos yeux n'avait rien de très encourageant.

Au centre, la Reine de carreau, celle du chemin qui se sépare.

— Votre question portait sur l'amour ? demanda Amélie, scolaire et sérieuse.

— Non ! répondis-je aussitôt.

— Le travail, dans ce cas. J'dirais qu'un choix s'impose. P't-être la fin d'une collaboration ?

Je ne voulais pas imaginer de quel partenariat il s'agissait, car aucune des réponses ne me satisfaisait. Amélie, elle, paraissait inquiète. Sûrement m'imaginait-elle déjà sur le départ. Je regardai rapidement les cartes qui entouraient cette Reine pour évaluer le message dans son ensemble. Une carte seule ne voulait rien dire.

— Le huit de cœur en haut parle de c'qui vous retient, récita-t-elle. Vous êtes déprimée ?

Cette lame à l'image de la lune pouvait parfois offrir sa lumière, parfois son ombre. Elle était capable du meilleur comme du pire en termes d'émotions. Amélie avait raison, le marasme m'entourait. Ce huit de cœur m'entravait, mais à cet emplacement il pouvait également dire que je n'étais pas au clair avec mes propres désirs.

— Vous inquiétez pas, souffla la chiromancienne en me couvant de son regard doux. Le neuf de pique dans vos atouts m'dit que vous r'prendrez la main sur la situation, hein ?

J'acquiesçai pour l'encourager, mais ce neuf de pique serait-il suffisant ? Ces deux cartes qui encadraient celle du choix n'étaient-elles pas l'allégorie de la dualité, ce bien et ce mal qui sommeillaient en chacun ?

Amélie était peut-être du même avis, car elle se mordillait les lèvres, les sourcils froncés.

— Vous êtes préoccupée par une conversation professionnelle, on dirait. C'est ce que dit le sept de carreau dans votre passé.

Encore une fois, ses yeux me renvoyèrent une interrogation muette et craintive.

— C'est effectivement ce que suggère cette carte, mais regarde, la guidai-je en désignant la Reine de carreau au centre. Si tu la couples avec celle-ci, qu'en déduis-tu ?

— Que l'dialogue vous invite à faire un choix ?

J'acquiesçai à nouveau.

— Vous savez de quelle conversation il s'agit ? s'enquit-elle, curieuse.

— Elles n'ont pas manqué, récemment, éludai-je.

Mayo et sa proposition d'intégrer la Rose Noire. L'inspecteur qui réaffirmait son envie de travailler à mes côtés. Clément et notre enquête. Josépha qui m'invitait à rejoindre les Olympiennes. MAL qui m'encourageait à poursuivre mon propre chemin. Et Paul qui me proposait de faire appel à ses capacités de déductions pour percer de nouveaux messages codés. J'avais reçu plus de propositions qu'il ne m'en fallait pour le reste de ma vie !

— Eh bien ! s'enthousiasma Amélie. Peu importe la nature de ce choix, j'suis sûre qu'il sera heureux avec l'As de trêfle dans votre futur.

Elle me souriait de toutes ses dents, sincèrement heureuse. Je me perdis un instant dans ce rayon de soleil, puis le claquement des talons de MAL attira mon attention et celle d'Amélie. Notre mentore se tenait devant nous, bras croisés sur sa poitrine.

— Rappelez-moi la première chose à faire lorsque vous tirez les cartes !

— Chercher les cartes maîtresses, soufflai-je en reportant mon regard sur les lames.

MAL s'approcha de la table, posa son index impeccable sur l'As de trèfle… et ses yeux sur moi.

— Que tu le veuilles ou non, reprit-elle en glissant vers le sept de carreau, même si tu freines des quatre fers, le chemin se sépare déjà, Louise.

Amélie ne quittait pas MAL des yeux. Elle paraissait aussi absorbée qu'un peintre qui tenterait de graver le sujet de son admiration sur sa rétine. Pour ma part, je les gardais fixés sur la Reine de carreau qui ne trompait personne : un changement de partenaire s'annonçait bel et bien.

L'inspecteur s'en vint en fin de journée pour m'annoncer une nouvelle qui nous offrait l'occasion d'interroger de nouveau le directeur de la Savonnerie.

— Il se trouve que monsieur Auriol s'était récemment attiré les foudres du comte de Prévert puisque les deux hommes se disputaient l'acquisition d'un même terrain. Le comte de Prévert souhaitait y construire un hôpital pour les personnes défavorisées. Le directeur, lui, avait pour ambition d'étendre son entreprise. Actuellement, le terrain en question est un champ en jachère à l'est de la ville, dans les murs, et appartient au comte de Montfort. Il sera mis en vente lors du bal de charité.

— Pensez-vous que cela soit une raison suffisante pour assassiner le comte ?

— Je vous assure qu'il faut moins que cela pour motiver le meurtre, alors oui, c'est une possibilité, mais ne sautons pas aux conclusions. Allons d'abord interroger le directeur ensemble.

— Je dois vous avouer une chose à ce propos…

Je lui fis part dans les grandes lignes de ma fausse purification de la Savonnerie, passant sous silence mon piètre jeu de comédienne. Il explosa d'un rire sonore qui me cueillit comme une fleur. Je l'avais rarement vu se lâcher de la sorte. Soit la vision de ma personne agitant des feuilles brûlées dans la manufacture l'amusait au plus haut point, soit il était très fatigué et ses nerfs lui faisaient défaut. Étant donné les cernes creusés sous ses yeux, je penchais pour la seconde solution.

Et sans doute un peu de la première. Un peu.

— J'ai une idée ! s'exclama-t-il, le sourire aux lèvres et la larme à l'œil. Une idée qui fera appel à votre désormais célèbre don pour la comédie.

— Ne vous moquez pas ou mon courroux sera terrible ! ajoutai-je, empruntant la voix des pires prédictions de MAL.

L'inspecteur mima un tremblement de terreur et, hilares, nous partîmes vers la Savonnerie.

LE VAISSEAU

D'un tout proche voyage, Vaisseau est messager.
Serez-vous prêt à bouger ?

— Comment se portent votre femme et votre fils ? m'enquis-je tandis que nous entrions dans le faubourg Saint-Marcel.

— Je passe tant de temps à courir après cette Nouvelle Marquise de Brinvilliers que je ne les vois presque pas. À ce rythme, Henry ne me reconnaîtra plus, je le crains.

— Je suis navrée de l'entendre.

— Eh bien, c'est une réalité qu'il convient de ne pas négliger lorsque l'on s'engage sur la voie de la justice, confessa-t-il d'un air appuyé.

Vu l'allure que prend ma vie sentimentale, j'ai peur que ce ne soit bientôt plus un problème...

Je soupirai. Je n'avais pas envie d'y penser. Heureusement, nous arrivâmes devant la manufacture dans un silence à peine troublé par les cheminées qui ronronnaient et crachaient leur épaisse fumée noire.

L'inspecteur poussa l'immense porte d'entrée et se glissa dans le tout aussi impressionnant hall où il secoua une cloche en laiton posée sur le guéridon. Aussitôt l'intendant sortit de la première salle à notre droite. Il salua l'homme avant de m'apercevoir. Son mépris me laissa presque indifférente. *Presque.* Il était terrible de constater que je m'étais habituée à ces réactions. Terrible de n'exister que dans le regard des autres – ou de ne pas exister, en l'occurrence. J'étais lasse.

Je suivis néanmoins les deux hommes à travers le bâtiment vide de ses ouvrières. Dans le grand atelier, les navettes en bois étaient inertes, les fils ne se croisaient pas plus que les peignes ne tassaient. Les amulettes, elles, toujours disséminées dans la salle, soulageaient les âmes des vivants qui allaient et venaient. Qu'en était-il de celles des morts ? Le directeur aurait-il l'audace de mentir ? Refuserait-il le repos à Élise, Virginie et André ?

L'inspecteur n'avait pas l'air enclin à laisser un tel destin s'accomplir. Il entra à la suite de l'intendant sans attendre la validation du grand patron. Ce dernier peinait à se tenir droit sur son fauteuil. Il s'épongeait toujours le front et le cou avec son mouchoir en coton de qualité.

Le corps exprime ce que les lèvres ne veulent avouer.

— Inspecteur Brandicourt, se présenta Pierre en hochant la tête d'un signe poli. Je suis chargé de l'enquête sur la Nouvelle Marquise de Brinvilliers.

Le directeur frémit en entendant ce sobriquet. J'en voulais toujours à la *Gazette* de l'avoir affublée d'un tel nom. Cela ne donnait que trop d'importance à cette personne et accentuait la terreur des habitants.

— Que puis-je pour vous, Inspecteur ?

— J'ai plusieurs questions à vous poser, répondit-il tandis que je sortais mon jeu de cartes des plis de ma robe et les mélangeais sans quitter des yeux le directeur.

— Je vous écoute, assura-t-il, les mains croisées devant lui sur son bureau.

Il ne nous avait pas invités à nous asseoir, mais Pierre ne s'en formalisa pas. Quant à moi, j'étais bien trop habituée à ce que l'on m'ignore. Néanmoins, le directeur Auriol avait parfaitement conscience de ma présence, comme le suggéraient ses coups d'œil incessants dans ma direction. Ou plutôt dans celle des cartes qui glissaient habilement entre mes doigts. Il appréhendait ce qu'elles révéleraient. Il avait peur de voir ses secrets dévoilés.

Je le comprenais.

L'inspecteur aussi. Raison pour laquelle il m'avait demandé d'user de mes compétences de façon… ostentatoire. Nous nous étions accordés pour montrer au directeur que tout ce qui sortirait de sa bouche serait étudié au peigne fin. Il allait devenir l'un de ces tapis si chers à son cœur. Nous allions le tresser, le tasser, l'épingler jusqu'à ce que se dessine son dessein.

— Entreteniez-vous une relation amoureuse avec Élise Marchant ? attaqua aussitôt l'inspecteur.

Auriol manqua de s'étouffer avec sa propre salive, toussa encore et encore, ramenant un peu de couleur sur ses joues cireuses.

— Comment…

— Contentez-vous de répondre à mes questions, monsieur, le coupa l'inspecteur.

Auriol se ratatina dans son siège, puis hocha la tête.

— Depuis combien de temps la côtoyiez-vous ?

— Quelques semaines, tout au plus.

— L'avez-vous forcée d'une quelconque manière ?

— Pardon ?

La terreur déforma ses traits et ses yeux ne savaient où se fixer entre mes cartes et le visage de Pierre. S'il y avait bien une chose que ce dernier exécrait, c'était la domination perverse de certains hommes sur les femmes. Je savais que son attitude pouvait changer en une fraction de seconde si le directeur avouait s'être comporté de la sorte avec Élise.

— Pas du tout ! C'est elle qui est venue à moi !

C'était vrai, à ma plus grande surprise. Je continuai donc de mélanger mes cartes, comme nous en étions convenus avec l'inspecteur. Tant que Marie-François Auriol était honnête, je n'intervenais pas.

— Cela vous est-il familier d'entretenir ce type de relation avec vos employées ? continua l'inspecteur, poussant le directeur dans ses retranchements.

— Non ! s'indigna ce dernier. C'est la première fois.

Mensonge.

Je retournai la première carte du tas. Valet de pique.

Voyez-vous cela.

Le directeur me fixa, les yeux écarquillés, et Pierre se rapprocha du bureau. Auriol se tamponna le front.

— Ne jouez pas à ce jeu avec nous, gronda Brandicourt. Qui était votre précédente amante ?

— Euh… Une… Alice, bafouilla-t-il, rougissant.

— Où se trouve cette femme ?

— Je ne sais pas. Je n'ai pas gardé contact avec elle.

— Vraiment ? ne pus-je m'empêcher d'intervenir.

Il me fixa à nouveau, au bord de l'évanouissement, mais je n'en avais cure. Je posai le Valet de pique sur les feuilles éparpillées devant lui.

— L'avez-vous chassée de la manufacture parce qu'elle attendait votre enfant ?

— Com…

— Avez-vous tué Élise Marchant ? continua l'inspecteur qui espérait profiter du trouble du directeur pour obtenir des réponses.

— Non.

Ce n'était pas totalement vrai. Je grimaçai. Il n'en fallut pas davantage à Pierre pour s'enfoncer dans la brèche tandis que je reprenais le brassage de mes cartes.

— Mais vous savez ce qui s'est passé. Vous y avez participé. Avouez !

— Non ! s'écria-t-il.

Si.

— Qui couvrez-vous ? demandai-je en retournant une carte sans même la regarder.

Il avait peur. Peur au point de se liquéfier sur son fauteuil en cuir noir. Peur au point de ne plus trouver les mots pour se défendre. Peur de la guillotine qui l'attendait si l'inspecteur prouvait son implication dans le meurtre d'Élise. Il secouait la tête comme un enfant qui apprend à dire non.

— Je ne vous dirai rien de plus. Je ne sais rien de ces meurtres et je n'ai pas à rougir de ma relation avec mademoiselle Marchant. Maintenant, je vous demande de quitter mon bureau.

— Laissez-moi vous expliquer une chose, monsieur Auriol, tonna l'inspecteur. Cette affaire est devenue capitale pour le préfet. Je n'ai aucunement l'intention de quitter cet établissement sans que vous ayez répondu à *toutes* mes questions. Est-ce clair ? Ou préférez-vous que je vous fasse ferrer pour terminer cette conversation au commissariat ?

Je me retins de sourire. Difficilement. Car l'homme n'était plus que l'ombre de lui-même.

— Vous étiez en concurrence avec le comte de Prévert pour l'achat d'un terrain à l'est de la ville, déclara l'inspecteur. Comment qualifieriez-vous les relations que vous entreteniez avec cet homme ?

— Ce n'était un secret pour personne que nos ambitions divergeaient, mais je ne l'aurais pas tué pour un terrain. Je ne suis pas fou !

— L'auriez-vous fait pour une femme ? insistai-je en décelant une nouvelle fois la demi-vérité dans ses paroles.

— Absolument pas.

Pas pour une femme, en effet.

Je repris le mélange ; Pierre, la main sur l'interrogatoire.

— Quand avez-vous vu le comte pour la dernière fois ?

— Je ne sais plus, avoua-t-il. Sûrement lors d'une soirée mondaine, mais je serais bien en peine de vous dire laquelle. Peut-être une réception chez le comte de Monfort ? C'est souvent chez lui que toute la haute société se divertit.

— Quelle était la nature de vos relations avec la première victime, Virginie François ?

— Uniquement professionnelle, répondit-il aussitôt.

Vrai.

— J'aimerais que vous me transmettiez une liste de tous les produits que vous utilisez à la Savonnerie, ainsi que les noms de vos fournisseurs.

Il y eut une seconde de flottement, le temps d'un battement d'ailes durant lequel le directeur se figea, telle une statue de marbre. Puis, il reprit vie, comme si de rien n'était, comme si son trouble avait pu passer inaperçu. Il se leva, se dirigea vers une armoire d'où il sortit un grand cahier à la couverture vert bouteille qu'il tendit à l'inspecteur sans un mot. La sueur coulait le long de son cou. Je grimaçai à nouveau. Ce n'était pas évident de lire le visage d'une personne souffrante. Je n'arrivais pas toujours à déterminer si les mouvements incontrôlables étaient imputables à la douleur ou au mépris.

— Nous avons terminé pour le moment. Je reviendrai vers vous très bientôt, conclut mon partenaire, laissant planer le mystère sur la teneur de sa prochaine visite.

Le directeur acquiesça, faute de mieux. Quant à moi, je rangeai mes cartes dans ma poche et suivis l'inspecteur. Nous redescendîmes l'escalier métallique, traversâmes l'atelier où des têtes se relevèrent pour nous regarder partir. J'attendis d'être dehors pour exprimer le fond de ma pensée.

— Je ne pense pas qu'il soit l'Empoisonneur, mais il est clair qu'il en sait plus qu'il ne veut bien le dire.

— C'est aussi mon avis et j'espère trouver un indice dans ces relevés, dit-il en agitant le registre. Je n'ai aucun autre moyen de relier le directeur aux meurtres. Pourtant, depuis que le comte de Prévert a été assassiné, je suis convaincu que la Nouvelle Marquise de Brinvilliers se cache parmi la noblesse.

Je fronçai les sourcils.

— Si c'est le cas, pourquoi avoir tué Élise et Virginie ?

— Je ne sais pas encore pour mademoiselle François, mais il semble que mademoiselle Marchant avait réussi à mettre un pied dans ce cercle restreint par l'intermédiaire du directeur Auriol. Reste à savoir quelles étaient ses intentions, et si Virginie François avait, elle aussi, un lien insoupçonné avec l'aristocratie parisienne.

Je soupirai en levant les yeux vers le ciel.

Reprenons...

— Nous avons trois victimes, issues de milieux sociaux différents, tuées par une lame empoisonnée. Une seule coupure au creux du poignet. Trois victimes sans lien apparent de prime abord. Virginie était discrète, proche de son père. Élise, de son côté, n'hésitait pas à s'impliquer dans la lutte ouvrière et dans celle, plus vaste, pour les droits des femmes. Selon la rumeur, elle entretenait une relation intime avec le directeur de la manufacture. Directeur qui se disputait un terrain avec la troisième victime, le comte de Prévert, philanthrope et apprécié de ses pairs.

— C'est un bon résumé, affirma l'inspecteur. Et malheureusement, nous n'avons pas de piste solide pour épingler une liste de suspects en miroir de ces victimes. En dehors, peut-être, de ce directeur pas très net.

— C'est un euphémisme, grognai-je. Ceci dit, j'ai de sérieux soupçons concernant Félicitée, la meneuse des Olympiennes. Elle était proche d'Élise et elle semble avoir des difficultés à gérer sa colère.

— J'en prends note. Autre chose ?

— Plus je lis son carnet, plus je doute de la santé mentale d'Honoré de Fallières, l'apothicaire. Il voue une fascination déconcertante à la vraie marquise de Brinvilliers et ses connaissances en matière de poison ne sont plus à prouver.

— Connaissait-il les victimes ? s'enquit l'inspecteur.

— Oui, même s'il a affirmé le contraire. De plus, il semble prendre l'affaire à cœur.

Pierre hocha la tête, m'écoutant patiemment dérouler le fil de mes pensées avant d'enchaîner :

— De mon côté, me confia-t-il, j'aimerais réinterroger la Louve. Je ne peux m'empêcher de penser que cette femme jouit d'une place de choix. En tant que contrebandière, elle est probablement en lien avec certains aristocrates. Ainsi qu'avec la pire racaille de la capitale. Elle connaît les rues par cœur, les passages secrets certainement mieux encore.

— Et elle vous a menacé de mort si vous fourriez votre nez dans ses affaires…

— Pardon ?

— J'aurais préféré ne rien vous en dire, avouai-je embarrassée, mais si vous prévoyez d'approfondir votre enquête à son sujet, j'aime autant vous prévenir.

— Voilà donc ce que vous me cachiez après votre entrevue avec elle.

Je lui offris mon sourire le plus pénitent. Il me répondit par un soupir profond.

Sur le chemin du retour vers le cabinet, je ressassais toutes les informations que nous avions en notre possession et les quelques bribes de messages interprétés dans les cartes. J'allai même jusqu'à chercher une signification à mon rêve étrange puisque MAL m'avait toujours encouragée à le faire. Les feux follets, le serpent, la croix, le cœur palpitant et la Dame de trèfle qui perdait sa tête.

— À quoi pensez-vous, Louise ? s'enquit l'inspecteur.

— Une chose m'échappe. Une chose déterminante.

Je la sens, elle est là, aux frontières de ma conscience. Ah ! Que c'est énervant !

Cette fois, l'inspecteur rit de bon cœur.

— Cessez d'y penser ! Plus vous chercherez à l'attraper, plus elle vous filera entre les doigts.

— Je vous remercie pour ce conseil avisé, boudai-je.

Je n'arrivais pas à lâcher prise, néanmoins. Mon être ne semblait animé que par la volonté de faire la lumière sur ces meurtres. Je ne trouvais la paix ni dans les tâches quotidiennes ni dans mes rêves. Mais alors que nous arrivions en haut de la rue de Tournon, l'ami de MAL remontait en sens inverse. À coup sûr, il sortait d'une consultation avec ma mentore. Pour la troisième fois en quelques jours.

— Conseiller Artan ! Quel plaisir de vous voir, s'enthousiasma Pierre en lui serrant la main.

— Inspecteur Brandicourt ! répondit l'homme avec un sourire sincère quoique teinté d'une fatigue évidente. Le plaisir est partagé, soyez-en assuré. Comment se déroule votre enquête ? Allez-vous bientôt mettre la main sur cette Empoisonneuse ?

— Je m'y emploie, Conseiller. Je m'y emploie. Oh ! Je manque à tous mes devoirs. Je vous présente mademoiselle Louise, l'assistante de mademoiselle Lenormand.

— Nous avons effectivement eu l'occasion de nous croiser, dernièrement, affirma-t-il dans un geste doux de la tête. Je suis ravi que les présentations soient officielles. Enchanté de faire votre connaissance, mademoiselle.

— Tout l'honneur est pour moi, conseiller Artan.

— Je suis navré de ne pouvoir prolonger cette conversation. Je suis attendu au palais des Tuileries.

Bonne soirée à vous deux.

L'inspecteur lui serra à nouveau la main tandis que j'effectuais une légère révérence. La silhouette de l'homme disparut avec son écharpe bleue à l'angle de la rue.

Je devançai mon partenaire d'un pas pressé, traversai la cour pavée, pénétrai dans l'immeuble et entrai tel un boulet de canon dans le cabinet de MAL.

— Que se passe-t-il au sein du Conseil de l'Empereur ? demandai-je à brûle-pourpoint.

— Le bonsoir à toi également, plaisanta-t-elle, sans que son sourire n'atteigne ses yeux.

Les cartes étaient toujours étalées devant elle. D'ordinaire, il ne lui fallait pas tant de temps pour les ranger après une prédiction. J'approchai de la table circulaire recouverte de sa nappe en dentelle blanche dans l'idée de savoir ce qui tourmentait ma mentore, mais ce mouvement la fit reprendre pied. Elle ramassa les lames d'un geste habitué, aligna le tas en le tapant doucement contre la surface plane, puis le posa au centre.

— Que se passe-t-il ? répétai-je d'une voix plus douce. Pourquoi ne me dis-tu rien ?

— Pour être honnête, je ne pensais pas avoir besoin de le faire, Louise.

Que veut-elle dire ?

— Tu es toujours si attentive et perspicace, insista-t-elle. Alors, pourquoi n'as-tu rien vu ?

Je l'écoutais, malgré le sang qui pulsait contre mes tempes et ma respiration sifflante. Je l'écoutais, persuadée qu'elle allait me donner la réponse à cette question qui me hantait à présent.

— Laisse-moi être claire, puisque tu fais l'autruche, décréta MAL. Tu te crois obligée de veiller sur les autres au détriment du bon sens, voire de tes propres désirs. Je sais ce que tu penses au fond de toi, mais ce n'est pas la réalité, Louise. Tu n'as pas à « mériter » l'affection de qui que ce soit, moins encore la mienne. Je serai toujours là. Aussi longtemps que ce corps me portera, je serai à tes côtés. Quoi que tu fasses et où que te mènent tes folles aventures, nous resterons une famille, toi, Amélie et moi.

Ma famille…

Derrière mes paupières closes voguait un bateau aux larges voiles immaculées, poussé par un vent qui ne soufflait jamais sur la capitale. Sur son fanion qui claquait furieusement : dix piques, la promesse d'un changement, l'invitation au voyage.

Et sur mes joues, les larmes.

MAL se leva avec élégance et posa ses mains sur mon visage pour essuyer les traînées humides. À travers mon regard brouillé, je vis son expression déchirée entre l'inquiétude et la bienveillance. Elle aussi semblait fatiguée. L'était-elle depuis longtemps ? Je n'aurais su le dire et cela me brisa le cœur. Quand avais-je cessé de faire attention aux détails, ceux de ses cernes creusés, de ses paupières gonflées, de ses cheveux désordonnés ? Quand la peur de perdre tout ce qui m'était cher avait-elle pris le pas sur ma conscience professionnelle ?

— Entretiens-tu une relation amoureuse avec le conseiller Artan ? lui demandai-je en reniflant.

Elle rit doucement et ses yeux se perdirent quelque part à l'horizon, derrière la fenêtre maculée de gouttelettes.

— Toute relation entre une femme et un homme n'est pas nécessairement amoureuse, éluda-t-elle. Il arrive que les sentiments s'installent ailleurs, à mi-chemin entre l'amour d'un époux et celui d'un frère. Cela s'appelle l'amitié, Louise.

Elle me taquinait bien sûr, et je lui offris de grâce ma plus belle moue désillusionnée. Je savais parfaitement ce qu'était l'amitié. J'avais peu d'amis, que j'avais d'ailleurs délaissés ces derniers temps du fait de mon emploi du temps chargé, mais j'étais encore capable de reconnaître les signes.

— Pourquoi est-il venu si souvent au cabinet ces derniers jours ? insistai-je.

MAL se ferma. Elle perdit les quelques couleurs qui illuminaient son visage, sa gorge se serra, mais ses lèvres restèrent scellées. Les rides entre ses sourcils s'engagèrent en un rictus angoissé. Elle avait peur. Comme tout Paris, semblait-il. Et, même si elle n'avouait rien, ma mentore *savait* que je lisais en elle. Alors elle releva la tête et décida d'appliquer ses propres conseils.

LES OISEAUX

Négociation compliquée,
les Oiseaux peuvent annoncer.

— Je crains qu'une sombre histoire se trame dans les rangs du Conseil, murmura MAL. Une histoire qui finira mal.

Je la laissai me parler des inquiétudes du conseiller Artan quant aux complots qui agitaient les hautes sphères politiques. Cela n'était pas inhabituel que les conseillers se disputent les faveurs de l'Empereur, mais les enjeux de certains semblaient avoir changé. Jospeh Artan cherchait à les comprendre pour anticiper un tournant prochain dans la ligne de conduite du pays.

Je lui souhaitais bien du courage dans cette entreprise. M'était avis que prédire les actions des conseillers était aussi difficile que de suivre celles de l'Empereur. En août dernier, par exemple, Napoléon Bonaparte avait mobilisé la Grande Armée pour attaquer l'Allemagne alors que celle-ci se préparait initialement à envahir l'Angleterre. Les plans du souverain avaient changé si rapidement face à la menace de la Coalition que nous le savions tous capable d'un retournement de dernière minute, d'où les séances répétées du conseiller Artan auprès de la célèbre cartomancienne.

Laquelle ne partageait avec moi que ce qu'elle voulait bien. Je décelai les omissions dans ses respirations, mais peu m'importait. J'avais envie d'être là pour elle comme elle l'avait été pour moi ces trois dernières années. Je n'avais pas besoin de tout savoir.

Évidemment, je ne pouvais m'empêcher de tirer des fils entre cette histoire et celle des meurtres perpétrés par l'Empoisonneuse. Était-ce une simple coïncidence que les conseillers complotent au moment précis où la capitale était menacée par un dangereux criminel ? En profitaient-ils ou en étaient-ils à l'origine ? Dans un cas comme dans l'autre, quel serait leur objectif ?

MAL termina son discours en soupirant de lassitude. Elle regonfla les rideaux de soie qui encadraient la fenêtre, puis ses cheveux, dont les boucles s'échappaient de son chignon haut. Enfin, elle hocha la tête satisfaite, me signifiant la fin de notre conversation.

C'est en revenant sur mes pas que j'aperçus l'inspecteur adossé au mur du couloir. D'un signe de tête, je l'encourageai à me suivre dans l'escalier. L'appartement était vide. Je m'attelai donc à raviver les flammes dans la cheminée, puis à préparer une boisson chaude.

— Je suis navré d'avoir espionné votre conversation, déclara Pierre alors que je m'asseyais à ses côtés sur le second fauteuil près de l'âtre.

— Je vous pardonne, répondis-je aussitôt. Je dois avouer que j'aurais fait la même chose si je vous avais vu partir à la hâte.

Je trempai mes lèvres dans le liquide fumant, les yeux perdus dans les flammes devant moi.

— J'ai fait un rêve, murmurai-je ensuite, comme un aveu dans ce jour qui déclinait.

— Quel genre de rêve ? s'enquit l'inspecteur, curieux.

— Un de ceux dont on se réveille déboussolée, mais qui restent gravés dans la conscience des jours durant. J'y ai vu des cartes, des symboles, et parmi eux un lion renversé surmonté d'une couronne.

— Un lion ? répéta-t-il.

Je hochai la tête. Un lion, oui. Comme celui qui ornait les boutons de manchette des conseillers de l'Empereur.

— Pensez-vous que cela ait un lien avec le récit que vient de faire Marie-Anne ?

— Je mentirais en assurant le contraire, avouai-je, même si je n'arrive pas encore à le comprendre. Pensez-vous que ce soit une piste à explorer ?

— Pour être tout à fait honnête avec vous, non. Pas dans l'immédiat, du moins. Il faut que vous compreniez qu'on ne peut attaquer les conseillers sans attaquer l'Empereur lui-même. Si nous le faisons, il nous faudra une preuve solide… plusieurs seraient idéal !

La panique que je lisais sur son visage faisait écho à la mienne. Attaquer l'Empire ? Quelle folie ! Je priais toutes les entités mystiques existantes pour ne pas en venir à une telle extrémité.

Amélie rentra, les bras chargés de linge. Elle posa son panier au sol avec précautions avant de fouiller dans sa poche pour en sortir une lettre qu'elle me tendit.

— Ceci est arrivé pour vous par coursier, m'expliqua-t-elle avant de disparaître avec son chargement.

Ni nom ni cachet, juste un papier soigneusement plié. La patience n'étant pas mon fort, je l'ouvris aussitôt.

— C'est un message de Josépha, annonçai-je. Il semblerait que plusieurs Olympiennes se rejoignent aujourd'hui.

— En donne-t-elle la raison ?

— Non, et le lieu est à nouveau codé.

Je tendis le papier à l'inspecteur qui l'éloigna de son visage pour lire les petites lignes.

Dans le silence de la nuit,
où les Ombres se meuvent avec grâce,
entre les pages d'un livre oublié,
un rendez-vous prend place.
Au clair de lune, sous le regard des étoiles,
viens, chère amie,
t'abreuver en ma compagnie.

— Je pense pouvoir dire sans trop me tromper que la réunion aura lieu à la nuit tombée, déclara-t-il, le sourire aux lèvres.

— Quel brillant détective vous faites ! Je suis impressionnée, me moquai-je à mon tour. Après les Fantômes, ce sont les Ombres qui se parent d'une majuscule. Cela vous évoque-t-il un endroit particulier ?

— J'ai peur que non. Comment avez-vous élucidé la précédente énigme ?

— C'est Paul qui l'a fait, avouai-je en reportant mon regard sur le message.

— Peut-être serait-il utile de lui soumettre ce nouveau mystère ?

— Il se fait déjà tard, rétorquai-je, et nous serions tous deux bien inutiles si nous devions toujours quémander la réponse auprès de nos proches.

— Ne croyez pas cela, Louise, souffla-t-il. Nous resterons humbles en continuant à trouver de l'aide chez notre prochain. Et efficace, soyez-en sûre. Car l'important n'est pas la manière dont nous résolvons l'énigme, mais le fait que nous y parvenions.

Mouchée.

— Dans ce cas, dis-je en me levant, ne perdons pas de temps.

Je me dirigeai vers la cuisine où Amélie s'activait au-dessus des fourneaux pour la mettre à contribution.

— P't-être une librairie ? suggéra-t-elle lorsque je récitai les mots « pages » et « livre ».

— Possible, mais laquelle ?

— Mademoiselle saura sûrement. Après tout, elle est aussi écrivaine !

— Tu as raison. Je vais la solliciter de ce pas.

Je dévalai les marches jusqu'au rez-de-chaussée, poussée par l'urgence du délai. La nuit tombait déjà. Je collai l'oreille au battant pour constater qu'elle s'entretenait encore avec une cliente. Je patientai, trépignai plutôt. L'inspecteur, lui, ne m'avait pas suivie. Sûrement prenait-il des notes sur notre entrevue avec le directeur Auriol. Ou bien s'était-il déjà plongé dans le registre de ce dernier ?

Une femme enceinte sortit enfin du cabinet, les yeux rougis d'avoir pleuré. Elle me salua d'un signe de tête avant de quitter le bâtiment. Elle n'avait visiblement pas aimé la réponse à ses questions. J'entrai à sa suite, fonçai droit vers la table où je posai le message de Josépha.

— Qu'en penses-tu ? lui demandai-je sans explications.

MAL se pencha, prit le temps de la réflexion et releva la tête vers moi.

— Et toi, qu'en penses-tu ?

— Je ne sais pas. Il s'agit probablement d'un endroit isolé, discret, pouvant accueillir tout un groupe. Amélie a émis l'hypothèse d'une librairie.

— Continue.

Je réprimai un grognement de frustration. Je voyais sur son visage qu'elle connaissait la réponse. Mais lorsqu'elle était trop simple, MAL s'ennuyait, alors elle inventait toujours mille et une façons de faire durer le plaisir.

Je relus le mot.

— Les livres, les pages, le silence de la nuit.

Un endroit calme.

— Les Ombres se meuvent avec grâce…

Qui sont ces Ombres ? Se meuvent-elles comme mon monstre de ténèbres sur les murs de la ville ?

— Viens t'abreuver en ma compagnie.

T'abreuver… des livres…

— Ce n'est pas une librairie ! m'exclamai-je en comprenant enfin. C'est un salon de thé !

Un endroit où il était possible de lire ou de discuter autour d'une boisson chaude. Un lieu qui, comme tant d'autres dans la capitale, pouvait se prêter au jeu des rencontres nocturnes, à l'abri des regards.

— Pas n'importe quel salon de thé, termina MAL. Celui-ci se situe près de la Ferronnerie, de l'autre côté de la rive. Tu le trouveras sous le nom du *Pavillon des Ombrelles.*

Je soupirai de soulagement. C'était idiot, car j'avais bien d'autres possibilités pour interroger Félicitée et ses consœurs. Des possibilités qui prouveraient que je n'étais pas l'une des leurs.

C'était bien là le problème.

Comme avec Mayo et la police, je me trouvais au centre, à cheval entre les mondes. J'étais sur ce bateau vu en rêve, prête à naviguer, sans encore connaître ma destination. Les paroles de MAL résonnaient encore contre mes côtes : « Que tu sois ici ou que tu partes dans de folles aventures, nous resterons une famille, toi, Amélie et moi. »

M'encourageait-elle à partir après m'avoir recueillie ? Pourquoi cette pensée m'arrachait-elle des frissons ? Pouvais-je laisser ma mentore, celle qui m'avait tout appris et donné sans concession, pour vivre une vie différente de celle-ci ? En avais-je envie ?

Quelque part au fond de moi, la petite fille des rues rêvait de voir au-delà du Mur, par-delà la butte de Montmartre. Elle voulait découvrir de nouveaux horizons. Mais je n'étais plus cette enfant. J'avais un toit aujourd'hui, une famille, des amis et un travail qui me plaisait. Pourquoi diable m'en irais-je ?

Identifier l'Empoisonneuse, voilà ce que je devais faire.

Je remontai l'escalier de l'immeuble en courant, faisant fi de madame Lebœuf qui sortit sur le palier pour savoir d'où venait le vacarme. Ce n'était que moi et mes talons. Je lui lançai un « je suis désolée » sans m'arrêter et ouvris la porte de l'appartement d'un coup sec.

— Je sais où aller ! m'exclamai-je.

— Ah ! Fort bien, répondit l'inspecteur en levant les yeux du registre. Je vais vous laisser vous préparer, dans ce cas, et en profiter pour retrouver ma famille.

J'acquiesçai. Il avait besoin de passer du temps avec sa femme et son fils ; moi, d'aller seule retrouver les Olympiennes.

Le nom du *Pavillon des Ombrelles* se détachait en lettres finement sculptées sur l'enseigne en fer forgé. Aucune lumière n'éclairait l'intérieur du salon de thé, derrière sa grande vitrine à laquelle je collai mon visage, près des rideaux en brocart. Sur les tables en marbre entourées de chaises garnies de coussins en velours, j'avisai les vases en verre qui attendaient leurs bouquets de fleurs fraîches, ainsi que les services en porcelaine prêts à accueillir les convives. Tout était en place pour le lendemain.

Je frappai à la porte, inquiète à l'idée de m'être trompée. Personne ne vint m'ouvrir. Je restai un moment face à la devanture peinte de rose et de vert, puis l'on me héla discrètement, un peu plus loin dans la rue. J'approchai à pas de loup pour découvrir Josépha dont la tête dépassait de la palissade en bois qui prolongeait le salon de thé.

— Continue un peu plus loin. Il y a une porte dans la clôture, murmura-t-elle avant de disparaître.

Je suivis ses instructions et, quelques secondes plus tard, j'entrai à sa suite dans l'arrière-boutique où des femmes se passaient une bouteille en verre fumé. Elles y burent chacune une lampée à même le goulot, jusqu'à ce que la boisson revienne à son point de départ, dans les mains de Félicitée.

Elle me porta un regard qui en disait long sur son déplaisir de me voir en ces lieux. Rien qui ne me fasse fuir pour autant. Je m'assis sur l'une des chaises libres, Josépha à mes côtés.

— Il faut saisir cette chance, assura-t-elle. Infiltrons deux ou trois d'entre nous à ce bal et exposons leurs pratiques corrompues et oppressives !

— L'idée est bonne, mais n'entre pas qui veut dans ces soirées mondaines, rétorqua une femme à la peau parsemée d'éphélides.

— Si l'on se fait prendre, c'est la prison assurée, renchérit une autre.

— Il n'y a pas de fumée sans feu, reprit Félicitée. Si nous souhaitons vraiment faire évoluer la place des femmes dans notre société, il nous faudra prendre des risques.

— Tu dis cela parce que ce n'est pas toi qui iras à ce bal, grogna la rousse.

— Si je ne m'y rends pas moi-même, c'est uniquement parce qu'Auriol sait qui je suis. Mais Louise y sera ! conclut-elle en me désignant de la main. La laisserez-vous y aller seule, mes sœurs ?

J'étais coite. Tous les regards se tournèrent vers moi, certains curieux, d'autres sceptiques. Le mien devait ressembler à celui du lièvre pris dans le collet. J'avais la désagréable impression d'avoir été piégée. Josépha fixait la meneuse des Olympiennes, le rouge aux joues.

— Nous devons nous battre pour offrir à nos filles une meilleure éducation et de bons emplois. Nous vivons dans une société qui ne nous reconnaît ni politiquement ni humainement. Marie arrive à la Savonnerie avec des blessures et des hématomes différents chaque semaine, mais son mari n'est pas inquiété. Parce qu'il est « normal » qu'un homme violente sa femme pour la faire entrer dans le « droit chemin ».

— Ce n'est pas juste ! s'insurgea une Olympienne à lunettes.

— Non, en effet. C'est pourquoi il est crucial d'impliquer chaque femme dans notre cause, en particulier celles qui auront du poids auprès de leurs époux influents. Nous pouvons manifester, rédiger des pétitions ou contacter la presse, mais cela ne sera pas suffisant. Allons plus loin ! Prenons des risques !

Les Olympiennes hochèrent de la tête. Le discours de Félicitée s'insinuait en chacune d'elles comme le chant des sirènes attirait les pêcheurs. Bientôt, deux femmes se portèrent volontaires pour infiltrer le bal du comte de Montfort. La première, malgré ses vêtements de moyenne qualité, présentait fort bien. Son cou délicat et son regard volontaire lui conféraient une aura conquérante. Nul doute qu'elle ferait des merveilles, vêtue d'une robe à la mode. Elle s'approcha de moi d'une démarche qui ne laissait plus aucun doute sur ses origines. Cette personne n'était pas née dans les bas-fonds, elle avait connu les salons tapissés, les lustres à pampilles et les couverts en argent.

— Bonsoir, je m'appelle Adélaïde.

— Enchantée, répondis-je en une légère révérence. Je suis Louise.

Elle sourit et son regard me rappela celui d'Ismérie Brandicourt, à la fois doux et espiègle. Un mélange savoureux qui mettait tout de suite à l'aise.

— Dites-moi, Louise. Loin de moi l'idée de me montrer impolie, mais ma curiosité me pousse à vous poser la question. Comment avez-vous obtenu une invitation pour le bal de charité ?

— Je comprends votre surprise. Il se trouve qu'un *ami* m'a demandé de l'accompagner.

— Je vois, souffla-t-elle, presque déçue.

Probablement avait-elle imaginé une réponse plus romanesque, un vol ou une double vie peut-être.

— J'espère que vous me permettrez une question en retour, susurrai-je.

— Laissez-moi deviner, glissa-t-elle sans se départir de son sourire bienveillant. Vous aussi vous brûlez de savoir comment Félicitée se débrouille pour nous obtenir des billets d'entrée ?

— Je crois que c'est le maître-mot de cette réunion, concédai-je, amusée.

— En effet, et malheureusement, je crains que vous ne soyez aussi frustrée que moi, car les secrets de Félicitée sont les mieux gardés de Paris. Aucune de nous n'a envie d'aller y creuser.

Cet aveu, murmuré après un regard vers la meneuse, me laissait perplexe. Félicitée était-elle crainte à ce point par sa communauté ? J'avais du mal à imaginer ces femmes se rassembler autour d'une figure aussi violente et oppressante que les hommes qu'elle accusait. Pourtant, force m'était de constater que l'angoisse couvait sous la surface, dans les regards en coin, les bégaiements, les sourcils relevés et rapprochés. Si la lutte pour leurs droits maintenait leur cohésion, la peur cristalliserait leur rancœur. L'avenir seul nous dirait ce qu'il adviendrait des

Olympiennes. Pour ma part, il était hors de question de servir de pantin à Félicitée.

Comme attirée par cette pensée, la meneuse s'avança vers moi, forçant Adélaïde à s'éloigner sans demander son reste.

— Merci d'être venue ce soir, déclara-t-elle sans y croire complètement.

Je l'avais aidée – à mes dépens – à convaincre ses consœurs, mais elle aurait préféré ne pas m'impliquer.

— Comment l'avez-vous su ? demandai-je sans détour.

Elle sourit, prétentieuse, dominante, presque carnassière.

— Je connais beaucoup de monde.

— Si vous pouvez inviter qui bon vous semble à ce bal, c'est effectivement que vous connaissez les *bonnes* personnes.

— Vous êtes débrouillarde, je ne peux pas le nier, mais saurez-vous rester droite dans la tempête ? Réussirez-vous à regarder votre oppresseur dans les yeux lorsqu'il soutiendra que votre place n'est pas ici ?

Je cillai, incapable de retenir ce geste instinctif en me souvenant de mon agression, l'an passé. Le sourire de Félicitée s'étira plus encore.

— Restez avec nous, Louise ! Nous nous protégeons les unes les autres, nous faisons front ensemble. Ne faites pas bande à part ou vous serez dévorée vivante par les loups affamés.

Tout son être me parlait, de ses épaules ouvertes, jusqu'à sa poitrine gonflée et brandie tel un étendard.

Son menton était fier. Son regard était fier.

Et ses poings, serrés à en faire pâlir ses jointures, l'étaient tout autant.

Félicitée avait tant de colère en elle que son corps semblait prêt à tous les combats. Je la comprenais, dans une certaine mesure. Jusqu'où irais-je pour défendre mes convictions, mes amis, ma famille ? La flamme noire au fond de moi brûlait parfois de s'étendre, d'embraser la ville, de réduire en cendres les injustices.

Et là où les flammes couvaient, l'ombre grandissait.

LE MONSIEUR

Ce monsieur est-il bien entouré
ou annonce-t-il future échauffourée ?

Mardi 26 novembre 1805
5 frimaire de l'an XIV

MAL se tenait au-dessus de son bureau dans le salon de notre appartement. Elle fixait les cartes qu'elle venait de tirer comme si elle attendait que celles-ci lui parlent… lui parlent pour de vrai. Elle ne souhaitait pas interpréter les messages, elle désirait une réponse claire. Il n'en fut rien. Les lames inertes restèrent muettes, et ma mentore les ramassa d'un geste fébrile avant de les battre à nouveau, puis d'effectuer un autre tirage. Cela l'accapara des heures durant.

Au bout d'un temps, Amélie posa sur un coin du bureau un plateau agrémenté d'une tranche de pain, d'un peu de ragoût et d'un verre de vin. MAL n'y toucha pas. Elle semblait perdue dans ses pensées, uniquement concentrée sur le sujet de ses préoccupations. À n'en pas douter, cela concernait le conseiller Artan.

N'y tenant plus, je m'approchai d'elle et me raclai la gorge pour signaler ma présence. *Aucune réaction.* Je claquai des doigts devant son visage et, enfin, j'obtins un semblant de lucidité de sa part. Elle leva les yeux vers moi, hagarde. Ni contrariée, ni curieuse, seulement déboussolée. L'angoisse me saisit. Jamais je ne l'avais vue ainsi.

— Bon sang, MAL ! Vas-tu te décider à me dire ce qui se passe ?

— Rien qui ne te concerne, répondit-elle d'un ton neutre avant de reporter son attention sur ses cartes.

— Je crois que cela me concerne, au contraire, m'agaçai-je. Que cela concerne Amélie également. Tu n'as pas ouvert le cabinet aujourd'hui et tu es assise ici depuis l'aube. N'est-ce pas toi qui me disais hier que nous étions une famille, que nous pouvions compter les unes sur les autres ? Pourquoi es-tu si peu encline à suivre tes propres conseils ?

Elle se mura dans un silence épais. Sa bouche ne formait plus qu'une ligne disparaissant presque de son visage. Ses yeux s'agitaient, passant d'une carte à une autre dans un ballet inquiétant. Ses mains tremblaient. La veine sur son cou pulsait au rythme effréné de son cœur. Je connaissais si bien ma mentore que je la savais partie ailleurs, hors de ma portée.

Abattue, je pris le journal du jour et m'enfermai dans ma chambre. Je jetai le quotidien sur mon lit, agrippai mes cheveux encore libres et grognai tel un animal pris au piège. La perspective du bal, le soir même, me rendait suffisamment nerveuse pour ne pas avoir en plus à m'inquiéter du comportement de MAL. De quoi avait-elle si peur pour ne pas se confier ? Quels obscurs secrets cachait-elle ?

En première page de la *Gazette* s'étalait un article entier consacré au bal de charité organisé par le comte de Montfort et, cette fois, ce fut un gémissement de panique qui s'éleva de ma gorge serrée. Je n'avais aucune envie de m'y rendre, moins encore depuis que les Olympiennes m'avaient en partie associée à leurs manigances obscures. Je ne me sentais pas l'âme d'une espionne.

Devrais-je leur rappeler mes pathétiques prestations de comédienne ?

Tandis que la une du journal flattait le comte de Montfort de toutes les manières, Clément Grévy et son Empoisonneuse avaient été relégués en seconde page, probablement pour ne pas ternir « l'événement de la saison ».

Agacée, je délaissai finalement le feuillet au profit du carnet de l'apothicaire, et alors que j'en parcourais les pages jaunies, chaque mot me frappait. Chaque ligne me malmenait.

« Dans l'obscurité des ruelles tortueuses, le poison murmure son chant funeste, insidieux et impitoyable », lisais-je, mes doigts glissant sur le papier usé.

Des noms familiers se détachaient, ils évoquaient les tragédies qui avaient secoué la ville au fil des siècles. Les empoisonnements célèbres de Catherine Deshayes, surnommée *la Voisin*, ou de Marie-Madeleine-Marguerite d'Aubray, *la marquise de Brinvilliers*, s'imbriquaient dans ma tête, comme autant de pièces d'un puzzle sanglant.

Chaque meurtre, chaque empoisonnement, chaque destin brisé était consigné dans les pages du carnet, comme autant de cicatrices dans la chair de l'Histoire. Pourtant, au-delà de l'horreur de ces événements passés, je commençais à entrevoir un fil conducteur, une toile invisible tissée à travers les âges. Les motifs, les méthodes, les cibles : tout semblait converger vers une même conclusion, un même dénouement sinistre. Les fantômes du passé murmuraient à mes oreilles.

Je quittai ma chambre, prête à reprendre ma « conversation » avec MAL… qui avait disparu.

— Où est-elle ? demandai-je à Amélie.

— Elle est sortie, soupira-t-elle en pliant le linge.

— Je suppose qu'elle ne t'a pas dit où elle se rendait.

Amélie secoua la tête, les mains crispées sur une chemise en lin d'un blanc qui tirait aujourd'hui sur le gris.

— Quelle bourrique ! m'exaspérai-je.

J'étais si pleine de volonté inassouvie que la frustration me gagna. Que pouvais-je entreprendre pour utiliser cette énergie de manière utile ?

Toc ! Toc ! Toc !

Pourvu que ce soit l'inspecteur !

J'ouvris la porte d'entrée.

— Paul !

— Louise, répondit-il, le sourire aux lèvres et des paquets sous le bras.

Je me décalai pour le laisser entrer. Il portait une veste en soie noire parfaitement coupée, aux revers étroits et aux boutons de manchette dorés, par-dessus une chemise d'un blanc éclatant. Sous la veste, un gilet orné de détails brodés. Quant à son pantalon ajusté, il disparaissait dans de hautes bottes de cuir ciré. L'ensemble, surmonté de son haut-de-forme, flattait sa silhouette et ses épaules qui s'étaient récemment élargies.

Il avança vers le salon, posa ses encombrantes boîtes ainsi que son chapeau sur l'un des fauteuils avant de saluer Amélie d'un signe de tête. La chiromancienne lui retourna la politesse, puis s'éclipsa – non sans m'avoir souri au passage. Elle avait abandonné le linge et ses tâches ménagères pour descendre s'occuper d'une quelconque mission au rez-de-chaussée.

J'étais seule avec Paul.

Et mon énergie débordante.

— Comment te portes-tu ? me demanda-t-il.

Je grimaçai sans pouvoir répondre, encore secouée par le mal-être de MAL, l'article de Clément et la lecture du carnet de l'apothicaire – sans parler de la perspective de ce bal qui me donnait des sueurs froides.

— Je vois, poursuivit-il. Ne t'inquiète pas. Tout va bien se passer.

— Comment peux-tu en être sûr ?

— Une intuition…

Je captai le frémissement au coin de ses lèvres. Il contenait son amusement.

— Ce n'est pas drôle, Paul ! m'indignai-je.

— En effet.

— Tu souris.

— Non.

— Si.

— Veux-tu bien cesser de voir le mal en toute chose ? Et de fouiller dans mon esprit, par la même occasion. Il m'est impossible de te faire une surprise sans que tu ne me coupes l'herbe sous le pied.

— Une surprise ?

— Je ne dirai rien, Louise. Maintenant, j'aimerais te montrer ta robe de bal. Es-tu prête ?

Absolument pas.

— Oui.

Il retira le couvercle de la grande boîte rectangulaire, le déposa délicatement contre le pied du fauteuil, puis déplia le vêtement. La mousseline vert pâle s'échappait de ses mains en une cascade ondoyante. Simple et élégante, elle donnait presque raison à Paul : avec elle, je n'aurais pas peur de me jeter dans la mêlée.

— Enfile-la ! me proposa-t-il doucement avant de se retirer dans la cuisine.

Je me dévêtis, ne gardant plus sur moi que ma chemise de corps et mon jupon[1]. Puis, par des gestes prudents, je m'habillai de ce somptueux fourreau. Je glissai mes bras dans les manches longues, laissai retomber les jupes et posai la main sur ma poitrine pour retenir l'ensemble le temps que Paul m'aide à la nouer.

Je l'appelai sans me retourner, les yeux rivés vers la fenêtre. Je me sentais si vulnérable, à moitié déshabillée au milieu du salon. Heureusement, mes cheveux tombaient en une cascade auburn et masquaient le rouge de mes joues. Paul s'approcha sans se presser.

Admire-t-il la vue ou me laisse-t-il le temps de me préparer à ce qui va suivre ?

Mais comment ? Comment aurais-je pu ne pas frémir sous ses doigts qui étreignirent le tissu pour crocheter

---

1. **Pour briller en société** : je me dois de vous dire que, jusqu'au milieu du XIXe siècle, les femmes ne portaient pas de culotte – hormis les vieilles dames, les malades et les servantes qui, du fait de leurs missions, risquaient d'exposer leur intimité à tous les vents ! La culotte était, à l'époque, un vêtement d'homme aisé qui descendait jusqu'aux genoux et se portait avec des bas.

chaque bouton dans mon dos ? Comment aurais-je pu réprimer les sursauts qui me parcouraient l'échine, profonds et violents ? Comment aurais-je pu empêcher l'arrêt de mon cœur lorsque le souffle de Paul chassa les mèches sur ma nuque ?

Il aurait pu prendre toutes les dispositions, jamais je n'aurais réagi autrement. Mon corps appelait le sien. Son âme et la mienne se répondaient sans que les mots ne soient nécessaires. Nous nous tenions là, au milieu de cet appartement, mais je nous imaginais ailleurs, dans un lieu que notre seul désir aurait créé. Un lieu où il aurait dénoué ce ruban sous ma poitrine au lieu de l'attacher. Un lieu où ses doigts, qui glissaient sous mon col pour ajuster la dentelle, auraient préféré s'attarder sur mes épaules dénudées. Un lieu où nous aurions dansé à notre propre bal.

Il se déplaça pour me faire face et admirer le tombé de la robe dans la lumière de la fenêtre. Je sentais le feu de mon visage, en miroir du sien.

— Tu es magnifique, Louise, murmura-t-il.

Je n'arrivais pas à parler tant j'étais hypnotisée par la lueur qui brillait dans ses yeux. Était-ce moi qu'il observait ainsi ou la guerrière dans son armure ?

Y a-t-il une différence ? demanda ma flamme noire.

— Merci, réussis-je à articuler. Elle est splendide. Je prendrai soin de ne pas l'abîmer.

— J'ai apporté de quoi compléter ta tenue, affirma-t-il en se dirigeant vers une boîte ronde dont il sortit une paire d'escarpins en satin agrémentés de boucles argentées.

Jamais je n'avais chaussé telles merveilles ! Lorsque

Paul les referma autour de mes chevilles, j'eus le sentiment d'être une autre femme. Il s'éloigna à nouveau pour sortir de la dernière boîte un peigne d'argent surmonté d'émeraudes.

— Ceci est un cadeau de la part d'Ismérie, m'expliqua-t-il avant que je n'aie posé la question. Elle a ouï dire que tu te rendais au bal de charité du comte de Montfort et trouvait, je cite : « parfaitement inadmissible de ne pas mettre ta si belle chevelure en valeur ».

Je ris. Enfin, la tension dans mon corps s'échappait ! Je n'étais pas seule. Chaque fois que le doute me rongeait, mes amis et ma famille me le rappelaient. J'avais de plus en plus conscience de ce manque flagrant de confiance en moi. Peut-être ne me quitterait-il jamais. Cela n'avait pas d'importance si je me souvenais d'avancer lorsqu'il m'enserrait le cœur, si je prenais le temps d'apprécier mes victoires, de les faire miennes, d'en être fière. Je n'avais pas besoin de briller dans les yeux des gens que j'aimais. Je pouvais savourer leur présence réconfortante. Même si je devais reconnaître que le regard que me portait Paul en cet instant me rendait fébrile.

— J'irai la remercier dès demain, promis-je à voix haute.

— Peut-être pourrions-nous y aller ensemble, proposa Paul. Cela fait trop longtemps que je ne l'ai pas défiée au brelan.

— Je suis certaine qu'elle sera ravie de nous montrer que malgré son âge avancé, elle reste une adversaire redoutable.

— Oh ! Je n'en doute pas, grimaça-t-il en se souvenant probablement de ses défaites contre la mère de l'inspecteur. Pour le moment, contentons-nous d'être à l'heure au bal.

— *Nous ?* répétai-je.

— C'est la surprise dont je te parlais plus tôt. Je t'accompagne, Louise.

— Pardon ?

— Monsieur Leroy a reçu une invitation. Ne pouvant s'y rendre lui-même, il m'a demandé d'y aller. Comprends-tu ce que cela signifie ? Il me fait suffisamment confiance pour endosser la réputation de l'atelier à sa place !

— Je suis… heureuse pour toi, Paul.

C'était vrai, même si l'angoisse me rattrapait aussi vite qu'un cheval au galop. Paul au bal… avec Clément… et les Olympiennes… et toutes mes questions pour trouver l'Empoisonneuse.

— Tout va bien ? chuchota Paul en prenant ma main.

— Oui… J'étais perdue dans mes pensées. Je suis désolée. Je vais terminer de me préparer et nous pourrons y aller.

— Veux-tu que je t'aide ? demanda-t-il, le sourire aux lèvres.

Ne me regarde pas de la sorte ou je ne réponds plus de moi.

Il continua pourtant, le fourbe. Paul avait cela en lui. Il était capable de m'envelopper de tendresse un instant, pour m'enflammer celui d'après. Incapable de résister, je me transformais tour à tour en boule de coton, puis en braise ardente.

— Je vais me débrouiller, affirmai-je en tournant les talons avant de changer d'avis.

Devant le miroir de la coiffeuse, dans la chambre de MAL, je me poudrai le visage maladroitement. Lorsque je fus à peu près satisfaite du rendu, je m'occupai de mes cheveux indisciplinés. Comme souvent, ils avaient décidé de mener leur propre combat. Je peinais à les ordonner lorsque Amélie frappa à la porte.

— J'peux vous aider ? s'enquit-elle.

— Par pitié, oui ! soupirai-je laissant retomber mes bras le long de mon corps.

Elle les brossa avec soin, les lissa dans des gestes doux et précis, puis sans que je ne m'en rende compte, elle les noua en une coiffure simple, mais élégante, dans laquelle elle glissa le peigne d'Ismérie.

— Tu es vraiment douée ! la félicitai-je en observant mon reflet de profil.

— Et toi, très jolie.

J'écarquillai les yeux, pivotai aussitôt, le sourire aux lèvres.

— Tu m'as tutoyée !

— N'en faisons pas une affaire, rougit-elle.

— Si tu savais combien je suis heureuse, Amélie.

J'enveloppai ses mains dans les miennes. Elles étaient chaudes, comme un petit oiseau. Un oiseau qui s'envolait pour la première fois.

— Si tu te dépêches pas, Paul partira sans toi au bal, se moqua-t-elle avec douceur.

— Il n'oserait pas, ripostai-je sur le même ton.

— P't-être pas, en effet.

Elle se fendit d'un sourire délicat, affectueux, tandis que je me relevai en prenant soin de ne pas accrocher ma robe dans les pieds de la chaise.

— Pourrais-tu me rendre un service, s'il te plaît ? lui demandai-je.

— Pour sûr.

— Pourrais-tu donner un message à Clém… monsieur Grévy de ma part, s'il te plaît ? Il va venir me chercher, mais… eh bien, confessai-je, gênée, sans réussir à terminer ma phrase.

Elle hocha pourtant de la tête.

Dans le tiroir de la coiffeuse, au milieu des peignes, des épingles à cheveux et des fards à joues, je trouvais du papier, une plume et l'encre. Je m'empressai d'écrire ma note.

Rejoignons-nous sur place.
L.

Clément comprendrait. Du moins, je l'espérais.

Je pliai le papier en quatre et le confiai à Amélie avant de retourner au salon. Paul me fixa en silence, une esquisse de sourire au coin des lèvres. Ses yeux brillaient et je crus même déceler une légère rougeur sur ses pommettes. Alors c'était cela, la sensation de pouvoir conquérir le monde ? Je devais avouer qu'elle était grisante.

Il me tendit le bras pour que je m'y accroche et, ainsi liés, nous descendîmes l'escalier de bois. Dehors, une calèche nous attendait. Il m'aida à y monter tandis que je prenais garde de ne pas salir la robe sur le marchepied boueux. Je m'installai sur la banquette en cuir, à l'abri du vent sous la capote en toile, Paul à mes côtés, puis le véhicule s'élança sur le pavé.

— Es-tu nerveuse ? s'enquit-il, posant sa main sur les miennes que je maltraitais.

— Si peu, répondis-je avec ironie.

— Est-ce la perspective de danser avec moi qui t'inquiète à ce point ? Je t'assure que mon pas est léger et que je maîtrise les bases de toutes les danses à la mode dans les salons.

— Me voilà rassurée !

— Je sais que tu te rends au bal avec des intentions professionnelles, reprit-il avec sérieux, mais rien ne nous empêche de profiter de cette occasion unique pour nous divertir.

Je souris en fixant le chemin devant nous. J'aurais aimé pouvoir envisager cette soirée comme divertissante et jouir de la présence de Paul dans un cadre luxueux.

J'aurais vraiment aimé…

LE RENARD

Ruse et complot annonce ce Renard.
Méfiez-vous de ce fieffé papelard !

Des valets en queue-de-pie gardaient l'entrée du manoir, devant de hautes grilles en fer forgé, laissant entrevoir un long chemin bordé d'arbres majestueux. Le cocher s'y engouffra et nous déposa sur le perron de la demeure du comte de Montfort. Je n'eus pas le loisir d'admirer dans le détail les jardins impeccablement entretenus où les cyclamens exhalaient un parfum particulièrement odorant, car le brouhaha des voix nous appelait déjà.

J'ajustai ma cape avec nervosité, les yeux rivés sur l'imposante façade. Le mur lisse entrecoupé de pilastres aux chapiteaux corinthiens voyait s'ouvrir en son centre une large porte d'entrée en bois massif richement sculptée.

Paul, toujours prévenant, m'offrit à nouveau son bras et ensemble nous gravîmes les quelques marches de pierre sur lesquelles mes talons claquaient. Je délaissai la contemplation des balcons en fer forgé, ornés de motifs floraux, qui s'avançaient légèrement devant les fenêtres du premier étage. Je ne m'attardais pas sur la vue imprenable qu'ils devaient offrir.

Dans l'entrée, de nouveaux serviteurs nous délestèrent de notre carton d'invitation, ainsi que de nos manteaux, avant de nous ouvrir les portes avec courtoisie. Je pénétrai alors dans un couloir si vaste et si richement décoré de tapisseries et de lustres étincelants que je crus presque être revenue au palais des Tuileries. Opulence et raffinement furent les premiers mots qui me vinrent à l'esprit en observant les meubles d'époque et les œuvres d'art accrochées aux murs.

Un majordome nous guida à travers le dédale jusqu'à atteindre enfin la salle de réception. À grand renfort de gestes maniérés, il nous invita à y entrer. Je peinais à garder ma bouche fermée et à ne pas m'extasier devant le spectacle – parquet de bois lustré et peint d'arabesques blanches, colonnes sculptées, fresques murales, buffet garni et invités de marque. L'atmosphère baignée par la lueur des chandeliers et le son de la musique se prêtait aux rapprochements et aux confidences. *Peut-être serait-ce plus facile que je l'imaginais.* J'inspirai profondément, consciente de la préciosité de l'instant.

— Ah ! Monsieur Lenoir ! s'exclama un homme à la stature si souveraine qu'il ne pouvait s'agir que du maître des lieux.

Paul, rayonnant de fierté, échangea quelques mots avec lui. Grand et bien bâti, le comte de Montfort s'imposait par son allure. Une fine barbe bien entretenue soulignait sa mâchoire carrée. Sa coupe courte et soignée flattait ses tempes grisonnantes. Quant à ses yeux, ils étaient d'un bleu si profond qu'il s'en dégageait une intensité captivante. Le comte renvoyait l'image d'un homme habitué à être au centre de l'attention, à diriger.

— Mademoiselle, me salua-t-il en me tendant la main. Je ne crois pas que nous ayons eu le plaisir d'être présentés.

Je glissai mes doigts sur sa paume, il les baisa tandis que je réprimais un frisson. Nous n'avions pas été présentés, mais il savait qui j'étais. Je le devinais à son air mutin.

— Louise, pour vous servir, monsieur le comte, déclarai-je en une révérence appuyée.

— Louise m'accompagne, crut bon d'ajouter Paul. Elle est…

— La protégée de Marie-Anne, termina notre hôte.

Au moins, la comédie n'aura pas duré. Je pris bonne note des expressions du comte, de la façon dont se creusaient ses joues lorsqu'il souriait, ses rides lorsqu'il fronçait les sourcils, son nez lorsque le mépris le submergeait. J'avais appris, depuis bien longtemps, qu'il fallait se méfier des hommes qui possédaient tout… car ils avaient beaucoup à perdre. Et pour se protéger, ils avaient à leur disposition un arsenal d'outils, dont des masques derrière lesquels ils se cachaient. Pour voir la vérité sous ces derniers, il me fallait être deux fois plus attentive.

Je retins également qu'il avait appelé MAL par son prénom, comme s'il la connaissait personnellement. Jamais elle ne m'avait parlé de lui – pas plus qu'elle ne m'avait parlé du conseiller Artan. Évidemment que MAL avait eu une vie avant de me recueillir. Bien sûr qu'elle n'avait pas à m'en raconter tous les détails. Au fond, ce qui m'ennuyait, c'était que je croyais parfaitement la connaître. J'avais compris, ces dernières semaines, que cela n'était pas tout à fait le cas. Cette pensée m'attrista plus que de raison.

— Profitez de la soirée ! conclut le maître des lieux en ouvrant le bras vers la piste de danse.

Alors que nous avancions à travers la salle, Paul me murmura à l'oreille les noms et les statuts des invités que nous croisions. Sa voix feutrée se mêlait au murmure des conversations et au son de la musique qui flottait dans l'air.

— Voici le marquis de Villeneuve, un fervent partisan de l'Empereur, m'indiqua-t-il, désignant un homme au regard vif. Il semble avoir une grande influence dans les milieux politiques parisiens.

Mon regard se posa sur ledit marquis, sur les signes de son rang et de son pouvoir. Je me demandai si son influence pouvait avoir un lien avec les meurtres. Qui dans cette assemblée avait une raison de tuer Élise, Virginie et André de Prévert ?

— Là-bas, poursuivit Paul, désignant une femme élégamment vêtue, c'est la baronne de Beaumont. Elle est réputée pour être une mécène des arts, mais certains disent qu'elle a des accointances avec le milieu de la contrebande.

Intéressant.

De par son métier, Paul s'avérait être un merveilleux informateur. Je me promis de tenir la baronne à l'œil. Elle de même que tous ces aristocrates qui, d'une manière ou d'une autre, présentaient moult connexions avec mon affaire. Un marquis, une baronne, deux conseillers de l'Empereur, le directeur d'un musée, celui d'un théâtre, ou encore le responsable des Affaires étrangères. J'avais la désagréable impression de nager en eaux troubles, parmi des bêtes aux crocs acérés.

« Ne faites pas bande à part, ou vous serez dévorée vivante par les loups affamés. »

« Vous mettez les pieds dans un nid de vipères ! Et elles sont plus venimeuses que vous. »

« Votre don pour voir les gens vous rendra vulnérable. »

— Je vais nous chercher un verre, conclut Paul après avoir fait le tour de la piste et des invités qui s'y trouvaient.

Je pris alors le temps d'observer ce qui m'entourait, au-delà des convives. J'avais envie de me souvenir de cette soirée dans les moindres détails, jusqu'aux pétales de cette fleur blanche majestueuse qui remplissait les hauts vases de porcelaine disséminés autour de la salle.

— *Lilium candidum,* déclara une voix à mon oreille.

Je frémis avant de me tourner vers une femme somptueuse dans sa robe de soie d'un vert aussi vibrant que celui de ses iris. Elle attirait les regards des hommes qui semblaient l'envisager comme une proie. Sûrement l'était-elle puisqu'aucun anneau ne cerclait son annulaire. Ses yeux brillaient d'une lueur malicieuse, sa bouche luisait d'un rose délicat qui rehaussait sa peau hâlée. Elle exhalait un parfum capiteux, presque envoûtant.

— C'est une variété de lys, précisa-t-elle, peu troublée par les regards concupiscents de ses prétendants. Elle ne pousse pas à cette saison, exception faite de sa culture sous serre. Vous n'en verrez que dans ce genre d'événement.

— Est-ce du mépris que je perçois dans votre voix ? demandai-je, audacieuse.

Elle me fixa, stupéfaite. Puis la surprise céda la place au plaisir. Je reconnus son sourire en coin ainsi que la lueur dans son regard. J'avais le même lorsque j'affrontais Ismérie au brelan.

— Je suis d'avis de laisser la nature faire son œuvre, affirma-t-elle. Les lys sont des fleurs au parfum puissant qui peut emplir une salle à lui seul. Sentez-vous son parfum, mademoiselle ? me demanda-t-elle, sérieuse.

J'approchai mon nez du bouquet le plus proche, sans que ledit parfum ne soit aussi fort qu'elle le soulignait.

— Exactement ! reprit-elle devant ma mine dubitative. On a retiré leur pistil pour éviter qu'il ne donne la migraine aux invités.

Elle s'exprimait d'un ton neutre tel un professeur. Pourtant ses sourcils s'abaissaient et se rapprochaient en descendant vers son nez. Ses lèvres se tendaient. Son menton saillait vers l'avant.

Sa colère grondait sous la surface.

— Je suis navrée, susurrai-je, je n'ai pas retenu votre nom.

— Ne le soyez pas. Je ne vous l'ai pas donné. Élisabeth Dubois, se présenta-t-elle en me tendant la main.

Je fixai cette dernière un instant avant de comprendre ce que cette étrange femme attendait de moi. Je glissai alors mes doigts contre sa paume et elle les serra en une poignée assurée. Un regard en coin me confirma que les règles de la bienséance avaient été bafouées. Des femmes chuchotaient entre elles en nous désignant. Élisabeth Dubois, elle, rayonnait.

Elle était indescriptible, à la fois élégante, incarnant la perfection de l'aristocratie parisienne, et aussi insaisissable que mes rêves. Comme tous les membres de cette bonne société, elle cachait sa nature derrière les manières d'une femme de rang.

Comment vais-je réussir à discerner ce qui est de l'ordre de l'individualité de ce qui peut être un indice concernant l'Empoisonneuse ?

— Êtes-vous herboriste pour en savoir autant sur le lys ? m'enquis-je pour tenter de percer le mystère que représentait Élisabeth Dubois.

Je crus déceler un soupçon de tristesse dans le sourire qu'elle afficha.

— Lorsque vous ne pouvez quitter votre demeure sans un chaperon qui rapporte vos moindres faits et gestes, vous trouvez en la lecture une activité salvatrice.

— Je n'en doute pas une seconde, lui assurai-je. Auriez-vous le cœur de partager d'autres de vos découvertes ? Je dois vous avouer que cette perspective m'attire davantage que les causeries de chiffons qui me laissent de marbre.

— Je vous promets de me rappeler à votre bon souvenir. Pour le moment, je vais vous laisser en plus charmante compagnie, murmura-t-elle en regardant par-dessus mon épaule.

Je me souvins de Paul, des boissons, et alors que je me retournai pour l'accueillir, je fis face à Clément vêtu d'un costume noir impeccable. L'espace d'un instant, j'oubliai le journaliste aux mains noircies et à la casquette élimée pour découvrir un homme nouveau aux cheveux peignés. Il me fixa, s'apprêtant sûrement à me demander la raison de mon désistement.

— Louise, vous êtes époustouflante ! déclara-t-il finalement, le regard brûlant.

— Je vous retourne le compliment, bredouillai-je, prise au dépourvu.

— N'est-ce pas incroyable ce que quelques morceaux de tissus bien assemblés peuvent avoir comme pouvoir sur la perception que nous avons des personnes qui nous entourent ?

Certainement...

En ce sens, Paul était un magicien. Je le cherchai du regard, mal à l'aise. Il s'entretenait près du buffet avec une femme aux cheveux gris relevés en un délicat chignon. Il tenait dans ses mains deux verres, mais m'était avis que je ne le goûterais pas tout de suite tant il avait l'air absorbé par sa conversation.

— M'accorderiez-vous cette danse ? demanda Clément en tendant le bras.

Non.

Je posai pourtant ma main sur la sienne et le suivis sur la piste, au milieu de ces couples si richement vêtus. Je paniquai à l'idée de me rendre ridicule, de dévoiler mon imposture. Ils comprendraient bientôt que la jeune fille derrière son armure n'était en fait qu'une domestique en haillons.

Ce n'était rien à côté de ce qui se joua réellement.

Clément plaça sa main contre mon dos, se plaqua contre moi, mêla son souffle au mien et m'entraîna dès les premières notes de violon dans une valse qui me fit perdre pied. Je ne touchai plus le sol, ne maîtrisais plus rien. Ni mon cœur affolé ni mes mouvements, jugulés. Je n'étais qu'un pantin entre ses doigts.

— Respirez ! chuchota-t-il en souriant.

Vous êtes trop proche pour cela.

— Ne vous moquez pas, eus-je tout de même la lucidité de rétorquer. Je ne suis pas habituée à me mouvoir de la sorte.

— Vous êtes parfaite.

Je ne l'étais pas, mais lui le croyait. Il le croyait *vraiment*. Le décor tournait autour de nous, lignes fuyantes, tourbillon de couleurs. J'avais la nausée et le cœur serré.

Pourvu que cela cesse sans tarder !

— Avez-vous appris des nouvelles intéressantes avec l'inspecteur ? s'enquit-il.

Je m'accrochai à cette question comme à une bouée.

— Élise et le directeur de la Savonnerie se fréquentaient.

— Curieuse combinaison, reconnut-il, intrigué.

— N'est-il pas ? Je ne me l'explique toujours pas.

— Peut-être était-ce l'appât du gain ? Élise Marchant aura trouvé en l'homme d'affaires un bon parti prêt à l'entretenir.

Je fronçai les sourcils. Clément ne pouvait pas réellement penser ainsi. Il plaisantait. Forcément. Un doute affreux me saisit. Et si l'Olympienne avait effectivement laissé ses valeurs de côté pour assurer son avenir. À coup sûr, cela n'aurait pas plu à Félicitée qui aurait vu d'un mauvais œil que l'une de ses « sœurs » fasse « bande à part ». *A fortiori* avec le directeur Auriol. Mais cela n'expliquait pas les meurtres de Virginie et du comte de Prévert.

— C'est un spectacle fascinant que de vous voir réfléchir, déclara Clément.

Il me couvait d'un regard empreint de révérence. J'aurais pu croire que ce n'était que l'effet de ma tenue, mais il m'avait vue nettement moins apprêtée. Il savait qui j'étais sous l'armure. Il brûlait du même feu.

Heureusement, la musique s'arrêta, notre danse également. Je reprenais pied, percevant à nouveau le brouhaha autour de moi et le contour des êtres. Sur le bord de la piste, Paul se tenait droit. Nos regards se croisèrent. Le mien, honteux, le sien, impénétrable.

— Merci pour la danse, murmurai-je dans un mouvement de tête avant de m'éloigner aussi dignement que possible.

Paul me tendit l'une des coupes qu'il tenait encore dans ses mains. La seconde avait diminué de moitié et, faisant fi des convenances, je bus une très longue gorgée de limonade à mon tour.

— Dois-je m'inquiéter ? se demanda Paul en fixant Clément qui conversait avec le comte de Montfort.

— Non, tranchai-je, vidant mon verre en une seule autre gorgée.

— Cette réponse, poursuivit-il en prenant ma coupe vide pour la poser avec la sienne sur le plateau d'un domestique qui passait, n'est pas rassurante. Que se passe-t-il, Louise ?

Rien dont je ne veuille te parler.

Il soupira et me tendit la main à son tour. Je le suppliai du regard, en vain. De retour sur la piste, il se plaça devant moi en un geste maîtrisé, puis me laissa venir à lui. Son contact sur mon dos n'avait rien à voir avec celui de Clément. Son soutien était doux et ferme à la fois. Il me guidait en sa qualité de cavalier sans avoir besoin de maîtriser chacun de mes mouvements.

Je ratai plusieurs pas.

Il me sourit.

Et pendant quelques minutes, nous étions à nouveau seuls dans notre univers.

— Je sais que d'autres hommes poseront les yeux sur toi, chuchota-t-il à mon oreille, mais aucun ne te verra comme je te vois. Certains te voudront pour tes talents, d'autres pour ta beauté et d'autres encore pour ta part d'ombre, pour cette aura de mystère qui t'enveloppe.

Mon ventre se contracta à la mention de ma flamme noire.

— Moi, je te vois tout entière, Louise.

Je tressaillis. Comment pouvait-il me faire une telle déclaration au milieu de ces inconnus ? Surtout, comment pouvais-je y répondre ? Ma voix tentait sans succès de se frayer un chemin à travers ma gorge serrée. Rien n'y fit. Je restai muette.

Paul, dont la fossette creusée me narguait, me fixait avec intensité. La musique mourut sur trois notes aiguës, mais mon cavalier ne me lâcha pas. Il me garda près de lui, pencha ses lèvres vers mon oreille alors que les danseurs évacuaient la piste.

— Tu es libre de ton destin, Louise. Qu'il soit avec ou sans moi, j'espère que tu resteras toi-même.

Il se redressa, m'offrit son bras pour me soutenir jusqu'au buffet où je pris un nouveau verre de limonade.

Fichtre ! Pourquoi n'arrivais-je pas à ignorer les mots de Paul pour me concentrer sur mon enquête ? Pourquoi ne pensais-je qu'à retourner sur cette piste que j'exécrais ?

J'avalai une minuscule tourte pour apaiser mon vertige. Il ne manquerait plus que je perde la maîtrise de moi-même pour parfaire le tableau ! En relevant la tête, j'aperçus Adélaïde. Elle conversait et riait avec une aisance naturelle. Je profitai de cette diversion pour fausser compagnie à Paul qui ne se retint pas de rire.

Lorsqu'elle me vit, l'Olympienne prit congé de son interlocutrice.

— Bonsoir, Louise. Je suis heureuse de vous voir. Avez-vous trouvé ce que vous étiez venue chercher ?

— Pas encore. De votre côté, je vois que vous mettez du cœur à l'ouvrage, dis-je en découvrant Flavie occupée à convaincre une vieille aristocrate à grand renfort de moulinets des bras.

Cette dernière paraissait tout à la fois affolée et fascinée par l'Olympienne. Je ris sous cape, à l'instar d'Adélaïde.

— Je ne comprends pas pourquoi Félicitée l'a envoyée ici, avoua-t-elle.

— Que voulez-vous dire ?

— Regardez discrètement à l'angle de la pièce.

Deux domestiques hochaient du bonnet face au comte de Montfort qui désignait Flavie d'un signe de tête. Ils disparurent au pas de course sans que personne ne s'en inquiète. Nul ne prêtait attention aux domestiques. Jamais. Sauf Adélaïde qui prit soin de rester loin de Flavie.

— Ne devrions-nous pas la prévenir ? m'enquis-je.

— Il est trop tard pour cela. Le comte a déjà remarqué son manège et si nous nous approchons d'elle, nous serons logées à la même enseigne.

Elle avait l'air bien au courant des usages de la haute société.

— Vous êtes issue de ce milieu, n'est-ce pas ? ne pus-je m'empêcher de demander.

— Chassez le naturel, il revient au galop, énonça-t-elle, le regard triste.

Elle ne donna pas plus de détails. Je ne lui en demandais pas non plus. Félicitée s'était servie de moi pour motiver ses sœurs à venir au bal. Elle ne m'avait pas confié de mission, même si les Olympiennes avaient pu le croire. Ce qui me poussa à creuser la question.

— Qu'attendait Félicitée de votre part à toutes les deux ?

— Rien de plus que ce qu'elle a annoncé lors de la réunion.

Si je me fiais à ses doigts qui pianotaient sur sa coupe en cristal, Adélaïde n'avait pas été envoyée avec les mêmes directives que celles données à Flavie.

— Vous mentez, déclarai-je.

Elle me regarda, puis secoua la tête en souriant.

— Je comprends pourquoi elle se méfie de vous. En ce qui me concerne, que vous soyez présente ici ce soir m'est parfaitement égal. Mais j'ai tiré un trait sur mon passé il y a trop longtemps pour mettre en péril tout ce que j'ai construit depuis. Cessez de creuser, Louise.

— Vous êtes déjà la seconde personne à me menacer, déclarai-je, irritée, alors laissez-moi vous dire une chose. J'ai peut-être l'air d'une enfant, mais je n'en suis plus une. Si les Olympiennes ont quoi que ce soit à voir avec les meurtres d'Élise Marchant, Virginie François et André de Prévert, comptez sur moi pour le découvrir.

Je soutins son regard ourlé de bleu sur son visage de porcelaine. Que voulait-elle tant cacher ? Qu'avait-elle « construit » qui vaille de risquer la prison ?

Je l'observai s'éloigner et croisai les yeux verts d'Élisabeth Dubois. Elle me fixait intensément. Son sourire, loin de ceux timides de ses congénères, s'étirait en une expression de plaisir pur.

Un plaisir joueur.

LE CERCUEIL

Gare au Cercueil s'il est proche !
C'est maladie ou mort en approche.

— Vous êtes intrigante, Louise, affirma Élisabeth en avançant, un verre à la main. Vous l'a-t-on déjà dit ?

— Plus que de raison, confirmai-je, irritée.

— Je vous propose un jeu. Si vous arrivez à déceler les mensonges dans les prochaines conversations, je vous promets une entrevue avec une personnalité de votre choix.

— À quelle personnalité faites-vous allusion ?

Pour toute réponse, elle sourit. L'idée était stupide. Si je contrariais la mauvaise personne, je serais au mieux jetée dehors, au pire le discrédit en reviendrait entièrement à Paul qui s'était présenté comme mon accompagnateur. Je ne pouvais pas risquer de ternir sa réputation, ni celle d'Hippolyte Leroy, encore moins celle de MAL. Et pourtant… La fougue d'Élisabeth Dubois m'enivrait. Elle touchait à cette enfant des rues qui avait si souvent joué sa pitance aux jeux de cartes.

— Marché conclu, m'entendis-je prononcer.

— Parfait !

Elle jubilait avec panache, le menton haut, alors qu'elle m'entraînait déjà dans son sillage vers un groupe de trois hommes.

— Messieurs, les salua-t-elle d'un signe de la tête.

Elle avait totalement changé d'attitude, abandonnant son air conquérant au profit de celui de la jeune fille crédule qu'elle n'était sûrement pas. Et le piège se refermait sur ces gentilshommes dont les sourires victorieux s'élargissaient déjà.

— Marquis, je suis ravie d'échanger enfin quelques mots avec vous, dit-elle d'une voix enjôleuse. Je suis récemment allée voir l'exposition dont vous êtes le mécène. Une pure merveille !

Le marquis, un homme d'âge mûr à la stature imposante, répondit avec un sourire diplomatique.

— Mademoiselle Dubois, le plaisir est partagé. D'autant que vous me flattez.

— Il faut beaucoup de goût pour apprécier l'art à sa juste valeur, poursuivit-elle dans un regard appuyé.

Les deux autres hommes cachaient mal leurs mines narquoises. Ils irradiaient d'arrogance et de jalousie. Élisabeth les ignora totalement, ce qui n'échappa pas au marquis. Il s'approcha légèrement de la jeune femme et lui glissa :

— Je serais ravi de vous présenter les pièces uniques qui composent ma collection privée.

— Je ne manquerai pas de vous le rappeler, assura-t-elle sans une once de malaise dans la voix, une fois que l'Empoisonneuse sera arrêtée. Je dois vous avouer que je ne suis pas tranquille de la savoir dehors.

— N'ayez crainte ! J'ai confiance en l'Empereur. Je suis certain qu'il met tout en œuvre pour arrêter cette femme.

S'il mentait sur sa prétendue fidélité à Napoléon, il paraissait toutefois convaincu que la chasse à l'assassin était en cours. Élisabeth hocha la tête avec intérêt.

— Les jeux de pouvoir sont toujours fascinants à observer, insista-t-elle en touchant rapidement le bras du marquis. D'ailleurs, je suppose que vous avez entendu parler des rumeurs qui circulent dans les quartiers populaires. Certains prétendent qu'il pourrait y avoir un lien entre les meurtres et des soirées privées qui auraient eu lieu dans notre bonne société. Des soirées… vénériennes[1], conclut-elle à voix basse.

Pardon ?

Le marquis, comme moi, parut un instant décontenancé, mais dissimula son émoi derrière un sourire ambigu.

— Mademoiselle Dubois, les rumeurs sont monnaie courante dans les salons parisiens. Je ne m'attarde pas sur ces ragots. Ce sont des affaires de femmes, ajouta-t-il, faisant rire ses acolytes qui ne lâchaient pas Élisabeth du regard. Néanmoins, je suis certain que les autorités compétentes sauront régler ces affaires avec efficacité.

La jeune femme acquiesça poliment, puis s'éloigna après avoir salué ces messieurs. Lorsque nous les eûmes suffisamment distancés, elle m'interrogea.

— Le marquis n'est pas loyaliste, comme il aime le prétendre, affirmai-je. S'il peut contrer l'Empereur, il le fera, sans aucun doute. Il n'est pas non plus hermétique aux rumeurs.

---

1. **Pour briller en société** : ne voyez aucune « vénération » derrière ce terme, au contraire… Les maladies vénériennes sont des infections contagieuses, transmissibles par voie sexuelle. (C'est dire la qualité desdites soirées…).

— Oh ! De cela, je ne doutais pas. Ces gentilshommes n'en ont que le nom. Je puis vous assurer qu'ils s'épanchent très largement dans leurs fumoirs sur ces « rumeurs de bonne femme ». Ce qui m'intéresse, Louise, c'est de savoir s'il était au courant.

— Oui, affirmai-je. Et maintenant, il vous a à l'œil. Il n'a pas du tout cru à votre prétendue ingénuité.

— Peu m'importe ! Je n'ai pas la volonté de lui plaire.

— Il pourrait vous jouer un mauvais tour s'il sent que vous le menacez.

Élisabeth se retint *in extremis* de sourire. Ce que je disais l'amusait. Profondément. Elle n'avait pas peur du marquis. En vérité, elle semblait n'avoir peur de personne. Elle ressemblait à MAL qui n'avait jamais peur de dire ses quatre vérités à ses clients – qu'ils soient influents ou non.

— Conseiller Alain, conseiller Carnot, salua-t-elle les deux hommes en passant devant eux.

— Mademoiselle Dubois, répondit aimablement le premier tandis que le second se contenta d'un signe raide de la tête, les yeux rivés sur une vieille femme, au loin.

Cette dernière lui portait un regard hautain et tandis que nous poursuivions notre chemin, Élisabeth éclaira ma lanterne.

— La comtesse de Polignac est ma tutrice. Elle est aussi respectée que le comte de Montfort, au grand dam de certains… dit-elle sans s'étendre. Passons à la suite, voulez-vous ?

J'acquiesçai, subjuguée. Nous nous approchâmes cette fois d'une femme esseulée que je reconnus comme étant la baronne de Beaumont. Je restai en retrait pour que les deux aristocrates puissent converser à leur guise.

— Baronne, quel plaisir de vous croiser ici ce soir ! J'espère que vous profitez de cette magnifique soirée autant que moi.

— Élisabeth ! C'est toujours un plaisir de participer aux bals du comte de Montfort. Cela me donne l'occasion de mettre à jour mes informations sur les affaires en cours, si vous voyez ce que je veux dire.

Élisabeth rit suffisamment fort pour prétendre à la connivence, tout en évitant qu'on ne lui prête une réputation de mijaurée. Et je devais reconnaître qu'elle maîtrisait l'exercice à la perfection.

— J'étais certaine que vous étiez *la* personne à voir pour parler des rumeurs qui circulent.

— Sans les ragots nous nous ennuierions grandement ! D'ailleurs, saviez-vous que la récente faillite du baron de Rougemont n'était pas due à une mauvaise gestion comme il aime le revendiquer, mais à des paris désastreux aux courses qu'il finançait en secret ?

— Voilà un penchant pernicieux, acquiesça Élisabeth.

— N'est-ce pas ? se moqua la baronne derrière sa main. Mais l'affaire qui met la cour en émoi reste celle des bijoux volés de la duchesse de Clermont ! Il paraît qu'ils ont été retrouvés dans le manoir d'un conseiller de l'Empereur, impliquant une affaire de chantage.

— Je ne peux le croire ! s'exclama la jeune femme.

J'étais impressionnée par ce que je lisais sur le visage d'Élisabeth Dubois. Ou plutôt… par ce que je n'y lisais pas. Si je n'avais pas été mise dans la confidence, je n'aurais pas décelé tout de suite le mensonge, ni dans le son de sa voix ni dans ses sourires enthousiastes. Cela ne faisait que confirmer ce que je pensais plus tôt :

elle s'amusait. Quoi que fût venue faire cette femme à ce bal, cela la mettait en joie.

— J'ai ouï dire, reprit-elle, que les tensions entre les classes sociales s'intensifiaient. Peut-être cette affaire de bijoux le confirme-t-elle.

— De récents scandales ont fait grand bruit, en effet, confia la baronne, sérieuse. Le directeur Auriol est d'ailleurs au cœur des conversations ces temps-ci.

— Un homme de sa condition avec une fille de basse extraction, s'indigna faussement Élisabeth. Il est parfois surprenant de découvrir ce qui se cache sous la surface.

— Ma foi ! Il a la chance d'être bien entouré, assura-t-elle en fixant un groupe d'hommes composé du comte de Montfort, de deux conseillers de l'Empereur et d'un militaire en uniforme.

— J'imagine que vous avez raison et cela me questionne, enchaîna Élisabeth, plus sincère qu'elle ne l'avait été jusqu'ici. Je me demande parfois jusqu'où vont ces secrets et quelles conséquences ils pourraient avoir sur notre société. Ne pensez-vous pas qu'il est temps que la vérité éclate au grand jour ?

— Méfiez-vous, Élisabeth ! La vérité peut parfois être bien plus dangereuse que les mensonges. Par exemple, si l'affaire du conseiller de l'Empereur venait à être connue du grand public, cela pourrait ébranler les fondements mêmes de notre gouvernement. Ou imaginez les conséquences si l'origine de la fortune de certains nobles, bâtie sur des entreprises illégales, était dévoilée. Il est peut-être préférable de laisser certains secrets enfouis.

— Peut-être avez-vous raison, Baronne. Néanmoins, je reste persuadée qu'elle finit toujours par se frayer un chemin, tôt ou tard. Et quand elle le fait, la vérité peut changer le cours de l'Histoire.

— Voilà une perspective intéressante… Même si, pour l'heure, je préfère me concentrer sur les plaisirs de cette soirée. Pas vous ? D'ailleurs où est ce cher Marie-François ? demanda la vieille femme en scrutant l'assemblée.

— Je crains qu'il ne soit alité, lui confia Élisabeth.

— Seigneur ! Pauvre homme ! Quel gâchis de manquer pareille occasion ! Cela dit, je comprends qu'il préfère rester caché chez lui…

Les deux dames rirent à nouveau tandis que je prenais un énième petit four sur le gargantuesque buffet. L'un des domestiques me regarda d'un air méprisant, auquel je répondis en enfournant une nouvelle mignardise. Je n'allais tout de même pas me priver ! De plus, se fondre dans la masse des invités amassés autour de la table m'offrait la couverture parfaite pour jouer le jeu d'Élisabeth Dubois.

D'ici, j'entendais tout, et voyais parfaitement que la baronne ne trouvait aucunement intéressante la « perspective du changement ». Au contraire, elle en avait peur. Il fallait dire que sur l'échelle de la bonne société, elle se trouvait tout en bas, très loin derrière le comte de Montfort, le marquis de Villeneuve ou la comtesse de Polignac. Si la vérité éclatait à propos des meurtres et que des secrets s'en trouvaient dévoilés, la baronne pourrait perdre les privilèges intrinsèques à ses terres – ou à feu son époux, si j'en jugeais par la subtile marque à son annulaire.

Sûrement était-ce la raison pour laquelle elle « mettait

à jour ses informations » sur les rumeurs qui secouaient la capitale. Le savoir était le pouvoir. Et lorsque l'on manquait d'argent pour s'imposer dans les hautes sphères, ne restait alors que les secrets. De combien de confidences la baronne était-elle détentrice ?

Les deux femmes entamèrent un tour de salle, m'obligeant à bouger d'autant pour continuer à suivre leur conversation. Dans ma précipitation, je me heurtai à Clément qui manqua de renverser son verre.

— Oh ! Je suis navrée !

— Ne le soyez pas. La catastrophe a été évitée, plaisanta-t-il. Celle-ci, tout du moins. Je ne sais pas pour vous, mais je trouve cette soirée d'un ennui mortel. Depuis mon arrivée, j'ai assisté à un accident de corset trop serré, une déclamation poétique qui m'a fait lever les yeux au ciel, une vague ébauche de projet artistique et des rumeurs sans fondements.

— Quelle a été la réponse ? m'enquis-je.

— Je vous demande pardon ?

— Le poème ! Comment a réagi l'intéressée ?

— Elle est tombée en pâmoison devant le bellâtre, évidemment. Je vous l'ai dit, c'est d'un ennui mortel.

Je masquai mon sourire derrière ma main.

— Pour ma part, renchéris-je, j'ai surpris deux baisers volés derrière les rideaux, au fond de la salle.

— Veinarde ! s'exclama-t-il avec ironie. Je ne sais si je vais m'éterniser. J'ai échangé quelques mots avec le comte de Montfort pour mon article, ma mission est remplie.

— N'étions-nous pas censés enquêter sur les meurtres ?

— Vous avez raison, soupira-t-il. Loin de moi l'idée de me dérober, mais je suis las de toutes ces sauteries. Je n'ai plus la patience de faire des courbettes à des hommes idiots ou des femmes sans relief.

— Vous me vexez, mentis-je, le sourire aux lèvres.

— Je sais bien que non, Louise. Mais laissez-moi vous le dire sans manières : si vous n'étiez pas présente, voilà bien longtemps que je me serais enfui.

Je perdis aussitôt mon sourire. J'étais mal à l'aise tout à coup, comme s'il venait de toucher une corde sensible qui s'agitait à présent dans mon corps. Elle s'entortillait sur elle-même tel un asticot agonisant.

Regarde les choses en face, Louise !

— Dites-moi, reprit-il sans transition, qu'avez-vous découvert ?

— À part des bourgeois paniqués à l'idée de perdre leurs privilèges ? Absolument rien, j'en ai peur.

— Je ne saurais le croire. Je suis certain que vous avez noté plus de détails que vous ne semblez le croire.

Son regard d'émeraude m'empêchait de réfléchir. Tout se mélangeait, le chemin pavé, l'odeur des cyclamens dans le jardin, l'absence de celui des lys, les rumeurs, les sourires, la limonade, la danse, *les* danses, le buffet, la menace d'Adélaïde, les frasques de Flavie, le comte qui la démasque, les petits fours, les regards en coin, le mépris, Élisabeth Dubois, Paul, les tissus vaporeux, l'absence du directeur Auriol.

— L'absence du directeur… repris-je à voix haute.

Le journaliste m'observait, un sourcil relevé et son sempiternel sourire au coin des lèvres.

— Il aurait dû être là, affirmai-je, puisqu'il briguait le terrain mis en vente par le comte de Montfort.

— Vous avez raison, approuva Clément, cherchant

l'homme du regard dans la foule, en vain. Peut-être est-il souffrant ?

— C'est ce qui se dit, en effet. Il n'avait pas l'air en bonne santé lors de mes dernières visites à son bureau, mais il y était malgré tout. Alors, pourquoi ne pas être venu ce soir ?

— Peut-être son état s'est-il aggravé. Ou bien, a-t-il eu l'intelligence de s'épargner de telles frivolités, ironisa-t-il.

— Vous et moi savons que cela n'aurait rien d'intelligent. S'il y a bien un événement auquel chacun se doit d'assister, c'est le bal annuel de charité organisé par le comte de Montfort.

— Ce n'est pas la seule personne à avoir décliné l'invitation du comte, affirma Clément. Honoré de Fallières n'est pas présent, lui non plus.

— L'apothicaire ? Pourquoi diable serait-il invité ?

— Êtes-vous sérieuse, Louise ? s'étonna Clément. Ne connaissez-vous pas la famille de Fallières ?

Je secouai la tête, vaguement vexée – et cette fois, pour de vrai – car lorsque le journaliste me raconta l'histoire de cette ancienne famille aristocratique, je m'insurgeai d'avoir été à ce point ignorante.

— Je suis navré, s'excusa-t-il, sincèrement. Je n'ai pas pensé un seul instant à vous en informer lors de notre visite à son office. Les de Fallières sont descendants des Bourbons. Ils ont joué un rôle important dans l'histoire de la noblesse française. Évidemment, les affaires controversées auxquelles ils ont été associés ont fait tomber en disgrâce plusieurs membres de la famille. C'est d'ailleurs ce qui a poussé Honoré à s'orienter vers sa carrière d'apothicaire.

— De quelles « affaires controversées » parlez-vous ?

— Des expérimentations alchimiques, plus ou moins répréhensibles.

— Et c'est maintenant que vous m'en informez ?! m'exclamai-je, tentant de contenir mon ahurissement.

— C'est une vieille histoire, se justifia-t-il dans un haussement d'épaules. Je pensais que vous le saviez. Depuis, les de Fallières ont été relégués au rang de parias de la société. Seuls quelques-uns, comme Honoré, ont gardé des liens avec de vieilles connaissances. D'habitude, il se plie au jeu, même s'il n'apprécie pas ces mondanités plus que moi.

— Ce n'est pas « une vieille histoire », Clément ! m'insurgeai-je à voix basse pour ne pas attirer l'attention sur nous. Vous avez lu, comme moi, le carnet de l'apothicaire. Cet homme voue une passion dérangeante à la marquise de Brinvilliers.

— Une tocade, tout au plus. Honoré est un homme profondément attaché à la vie humaine. C'est précisément la raison pour laquelle il a choisi d'ouvrir son officine.

Il disait vrai, du moins le croyait-il. Je n'étais pas de cet avis. Pour moi, l'admiration de l'apothicaire allait bien au-delà de la simple lubie passagère. Et le fait d'apprendre qu'il aurait dû se trouver parmi les invités, ce soir, accentua ce mauvais pressentiment.

— Ne vous inquiétez pas, Louise. Vous trouverez l'assassin, j'en suis persuadé.

Je n'eus pas le loisir de m'épancher sur cette certitude qui me laissa un goût âpre dans la bouche, car un homme entra soudain dans la salle de réception, à bout de souffle et en nage.

— L'EMPOISONNEUSE A ENCORE FRAPPÉ ! hurla-t-il.

Tous les regards se tournèrent vers lui d'un même geste. Les musiciens cessèrent de suivre leurs partitions, les hommes de sceller des accords politiques ou commerciaux, les femmes de se pâmer devant le premier parti digne de ce nom, et les domestiques de courir pour servir les précédents.

— Le conseiller Artan est mort !

LES ÉTOILES

Les Étoiles annoncent conseils et guérison.
Faites un vœu et explorez les lointains horizons !

Nous nous regardâmes avec Clément alors que la salle reprenait vie, donnant l'impression qu'un géant avait mis un coup de pied dans la fourmilière. Autour du comte de Montfort qui tentait vainement de calmer l'assemblée, des invités se précipitaient vers la sortie en criant comme si leur vie était instamment menacée.

— Je dois aller au journal, déclara Clément.

Je hochai la tête, faute d'une réaction plus adaptée. J'étais sous le choc. Le conseiller Artan, l'ami de MAL, avait été assassiné. Cela ne pouvait être une coïncidence. Était-ce ce qui avait mis ma mentore dans tous ses états jusqu'à lui en couper l'appétit ? Était-ce la raison pour laquelle elle avait disparu plus tôt ? Le cherchait-elle ? L'avait-elle trouvé ? L'avait-elle trouvé *mort ?*

Cette pensée m'arracha un frisson.

— Louise ! souffla Paul en posant sa main sur mon épaule.

Je sursautai, reprenant conscience au milieu du chaos tandis qu'il me couvait d'un regard navré.

— Je dois rentrer, lui dis-je. Je dois parler à MAL.

— Je te raccompagne.

Dehors, les carrosses se succédaient en une lente procession fuyante. Je ne pouvais pas attendre, coincée dans une calèche. Je devais bouger, sans quoi je craignais de perdre le contrôle. Je relevai alors mes jupes, descendis les marches du perron et m'engageai sur le chemin, doublant tous ces nobles bien au chaud dans leurs véhicules.

— Louise ! Attends ! m'interpella Paul, en revenant avec ma cape qu'il glissa sur mes épaules. Tu ne peux pas rentrer dans cette tenue. Tu vas te blesser les pieds et la nuit est glaciale.

— Tout vaut mieux que l'inaction, Paul.

— Ce n'est pas de ta faute, insista-t-il en me retenant par la main. Ce n'est pas de ta faute.

Mon menton tremblait. Je ne voulais pas en débattre ici, pas devant tous ces gens, pas dans cette tenue. Sauf que les larmes ne me laissèrent pas le choix. Elles brouillaient ma vue.

— MAL a perdu son ami, gémis-je.

— Ce n'est toujours pas de ta faute, répéta-t-il. C'est cette Empoisonneuse qui l'a tué. Pas toi.

— Mais je ne l'ai pas démasquée.

— Ce n'est pas ton unique responsabilité, Louise. Je comprends ton envie d'arrêter cette malfaitrice, ta détermination, ton investissement. Pour autant, ce n'est pas à toi de porter les conséquences de cette mission.

Je n'arrivais plus à contenir mes larmes. Elles roulaient sur mes joues, s'écrasaient sur ma poitrine. J'avais tant de peine pour Élise, Virginie, le comte de Prévert et le conseiller Artan, tant de peine pour leurs familles, tant de peine pour MAL. Je n'avais jamais connu mes parents, ni perdu un être cher et pourtant, cette seule pensée me valait des sueurs froides la nuit.

— Je t'entends, Paul. Je t'entends, mais pour le moment, je ne suis pas en mesure d'ignorer ma culpabilité. Elle me ronge de l'intérieur, tous les jours, pleurai-je, le poing serré contre ma poitrine.

Il me prit dans ses bras, m'enveloppa de sa chaleur rassurante et murmura d'autres mots d'amour.

— Je suis là pour toi.

Il glissa ses doigts dans mes cheveux, sous le peigne d'Ismérie.

— Je serai là quoi qu'il se passe, quoi que tu me dises. Je peux tout entendre, tout supporter, tout accepter. *Tout.* Partage ton fardeau avec moi, Louise. Libère-toi un peu de ce poids.

— MAL m'a fait confiance, murmurai-je. Elle ne m'a pas seulement recueillie, elle m'a donné l'espace pour m'épanouir. Elle m'a déchargée de mes tâches ménagères pour que je mène mes enquêtes, elle a cru en moi. Qu'ai-je fait en retour ? Je n'ai même pas été capable de protéger son ami.

Paul soupira. Mon oreille collée contre son torse percevait chaque battement de son cœur. Il pulsait avec force comme pour me sortir de ma torpeur, pour m'enjoindre à ne pas m'apitoyer sur mon sort.

Il avait raison.

Certainement.

Mais j'avais besoin de nettoyer mon âme, besoin des bras de Paul, de pleurer sur sa veste, sur toutes les choses que je n'avais jamais eues et n'aurais probablement jamais. Je savais qu'une fois mes larmes taries, ma volonté reprendrait le dessus, car j'étais faite de ce bois. En attendant, je me laissai aller à cette étreinte.

— Rentrons en calèche, proposa-t-il. Il ne se passera rien de grave pendant que nous patientons dans la file.

Il y croyait.

Il aurait été préférable qu'il se taise.

Lorsque le véhicule s'arrêta enfin rue de Tournon, personne ne dormait dans l'immeuble, comme en attestait la lueur des flammes qui dansaient derrière les fenêtres. Je descendis à la hâte, réussissant l'exploit de ne pas me tordre une cheville sur le pavé glissant avec ces chaussures inadaptées à la course. J'ouvris la porte d'entrée avec fracas. Tous les regards se tournèrent vers moi. Le couloir qui menait au cabinet était encombré de policiers qui patientaient en silence. Derrière eux, je reconnus la voix de Pierre Brandicourt.

— Qu'est-ce donc que ce remue-ménage, Inspecteur ? m'écriai-je en pénétrant dans la pièce.

Ses yeux s'agrandirent de surprise en découvrant ma tenue, puis il eut la décence d'afficher une moue penaude. MAL, elle, était amorphe. Aucune lueur ne brillait dans son regard, aucune vie n'animait ses mains pourtant si expressives d'ordinaire. Ne restait que la douleur.

— Le conseiller Artan est mort, Louise, annonça-t-il d'une voix calme.

— Je suis au courant, comme toute la haute société, grognai-je.

Ma tristesse avait une fois encore laissé place à ma

colère. Elle s'enflammait, consumait mes autres émotions pour faire place nette. Bientôt, ne subsisteraient que des cendres. Des cendres et une irrépressible envie de justice.

— Étiez-vous obligé de venir ainsi accompagné ? m'emportai-je en me doutant de la raison de sa visite.

— Je n'ai pas le choix. L'affaire est publique. Le préfet surveille chacun de mes faits et gestes. Et mademoiselle Lenormand est la dernière personne à avoir vu le conseiller vivant.

J'avais envie de m'en prendre à lui, bouc émissaire parfait. Je savais pourtant que s'il était ici, c'était par égard pour MAL et pour moi. Il aurait pu la ferrer et la conduire au bureau de police pour l'interroger comme une potentielle criminelle.

Paul me rejoignit, posa sa main sur mon épaule. Poings serrés, je tremblais – peut-être de froid, sûrement de frustration.

— Très bien ! Finissons-en ! m'exclamai-je en claquant la porte au nez des policiers qui ne perdaient pas une miette de l'échange.

Je traînai ensuite deux chaises à l'assise de velours jusqu'à la table circulaire où se trouvaient déjà MAL et l'inspecteur. Je m'assis avec eux, croisai les bras sous ma poitrine et levai le menton comme pour défier Pierre.

Il ne souriait pas. Son visage se tordait en un masque de dégoût mêlé de tristesse. Lui aussi connaissait le conseiller Artan. Lui aussi avait de la peine.

Mes bras retombèrent sur mes cuisses en même temps que ma colère mal orientée.

— Vous disiez que le conseiller était venu vous

consulter plusieurs fois, mais son nom n'apparaît pas dans vos registres. Pourquoi ? demanda-t-il à MAL.

— C'est un ami, dit-elle sans détacher ses yeux de la nappe en dentelle qu'elle fixait d'un air absent. Quand il en ressent… ressentait le besoin, il venait et je lui tirais les cartes entre deux clients. Il ne me payait pas.

Elle n'était pas vraiment présente, tout juste réussissait-elle à articuler. L'inspecteur, quant à lui, prenait soin de poser des questions claires et courtes.

— Combien de fois est-il venu ces dernières semaines ?

— Trois fois.

— À quel sujet avait-il besoin de vos conseils ?

Elle tressaillit et sa mâchoire se crispa au point d'en retenir toute réponse.

— MAL, soufflai-je en pressant sa main. Je suis si désolée…

Elle releva la tête pour la première fois. Elle n'avait que faire de la robe que je portais ou des sillons que mes larmes avaient creusés dans la poudre que je lui avais empruntée. Elle accrocha son regard au mien, ses lèvres tremblantes, et trouva la force de caresser ma joue.

— Laisse-moi t'aider, chuchotai-je. Je t'en prie.

Je comprenais ce que ressentait Paul, son bras tendu vers moi, ses supplications. J'étais poussée par le même désir.

— Il ne reviendra pas… gémit-elle.

— Non, acquiesçai-je, tout bas. Mais nous pouvons lui rendre justice.

Son corps vibra lorsqu'elle inspira profondément. Elle se redressa malgré tout, reprit la posture que nous lui connaissions tous, le dos droit et la tête haute. Ses iris ne brillaient toujours pas de leur éclat. C'était trop lui demander.

— Il avait peur, confia-t-elle, les yeux dans le vague. Peur des manipulations qu'il suspectait au sein du Conseil. Il venait à chaque fois avec des questions précises sur tel ou tel conseiller, mais je ne voyais… que la Mort. Et…

Elle réprima un sanglot qu'elle ravala tout net dès qu'il lui bloqua la respiration. Je la trouvais si forte de se tenir là, de réussir à nous parler, même de façon erratique.

Nous patientâmes dans le silence.

— … je n'ai pas réussi à le lui dire, avoua-t-elle si bas que je crus avoir rêvé.

MAL, celle qui annonçait aux plus grands hommes que leur destin serait aussi sombre qu'ils le craignaient, avait eu peur. Peur au point de se taire et de cacher ce que les cartes s'étaient acharnées à lui révéler.

Je me levai et la serrai dans mes bras.

— Oh ! MAL…

Elle s'agrippa à mon bras, secouée par plusieurs sanglots qu'elle réprima, à l'instar des précédents. Elle ne craquerait pas en notre présence, elle avait sa dignité.

Je me rassis près d'elle, encourageant l'inspecteur à poursuivre. Il hocha du bonnet.

— Que vous ont dit les cartes au sujet des supposés complots au sein du Conseil ?

— Joseph n'était pas idiot. Il savait que certains conseillers avaient à cœur de servir leurs ambitions personnelles. Il savait également que ses propres projets pour un Empire plus équitable n'étaient pas au goût de tout le monde, en particulier du conseiller Carnot.

Les cartes n'ont fait que renforcer ses soupçons.

J'étais déstabilisée. Jamais je n'aurais imaginé la voir dans un tel état.

— Le conseiller Carnot était présent au bal du comte de Montfort, précisa Paul.

— C'est vrai, confirmai-je.

— Aurait-il pu quitter la soirée sans qu'on ne le remarque ? demanda Pierre.

Je réfléchis au nombre de fois où je l'avais aperçu.

— J'en doute. Il y avait toujours une personne pour lui faire la conversation.

— Bien sûr, soupira-t-il. C'est précisément ce à quoi servent ces mondanités. En tant que conseiller de l'Empereur, je ne doute pas qu'il a été plus que sollicité, mais peut-être aura-t-il missionné un homme de main.

Cette réflexion me réveilla aussi sûrement que si l'on m'avait jeté un seau d'eau au visage.

— C'est cela ! m'écriai-je. Ils sont deux ! L'Empoisonneuse et son Marionnettiste. C'est tellement évident ! Pourquoi n'y ai-je pas pensé plus tôt ?

Je me frappai le front, agacée.

— Depuis le début, ces meurtres n'ont aucune logique, continuai-je. Nous nous échinons à trouver des liens entre les victimes et l'assassin, mais s'il n'y en avait pas ? Si justement, le lien *était* l'assassin ?

— Je vous suis, confirma l'inspecteur.

— Si nous trouvons le Marionnettiste, nous trouverons son « arme ».

— Suggérez-vous de nous attaquer à un conseiller de l'Empereur ? s'inquiéta Pierre.

— S'il le faut, oui.

Il se pinça l'arête du nez, comme à chaque fois qu'il paniquait. Paul soupira. Quant à MAL, elle resta inerte sur sa chaise.

— Cette affaire aura ma peau, grogna l'inspecteur en passant sa main sur son visage. Il nous faut des preuves, Louise. Solides et irréfutables.

Il réfléchissait à toute allure, ses yeux balayant l'espace devant lui sans rien observer de particulier. Puis il tourna la tête vers la porte close derrière laquelle ses subordonnés tendaient sûrement l'oreille, et reprit à voix basse :

— Marie-Anne, je crois savoir que Joseph Artan et André de Prévert entretenaient une relation amoureuse. Pouvez-vous le confirmer ?

— De longue date, en effet.

— Était-ce un secret ? m'enquis-je.

— Rien ne demeure éternellement secret, moins encore dans cette ville, admit MAL. Ils prenaient toutefois grand soin de ne pas ébruiter leurs sentiments. Ils ne participaient qu'à de très rares soirées entre personnalités triées sur le volet, même si, depuis la mort de la femme d'André, ils se voyaient plus régulièrement.

— Serait-ce possible qu'Élise et Virginie aient entretenu une relation similaire ? me demanda l'inspecteur.

— Je ne sais pas, avouai-je en secouant la tête. Elles étaient discrètes sur leur vie privée.

— Les cartes pourraient-elles nous aider ? insista-t-il.

Je me tournai vers MAL. Elle regardait à nouveau dans le vide. Ses doigts roulaient l'une de ses bagues avec insistance autour de son index. Elle n'était pas en mesure d'effectuer un tirage. Elle digérait l'impensable : son ami était parti, elle ne le reverrait plus.

Je rassemblai alors les cartes étalées sur la table en un tas bien ordonné que je mélangeai avec douceur. Était-ce une histoire d'amour contrarié ? Était-ce un crime de haine ? Virginie et Élise s'étaient-elles connues intimement ? Y avait-il bien un marionnettiste ? Comment le confondre ? Et qui était sa marionnette ?

Huit de carreau.

Dix de carreau.

Valet de trèfle.

Nous observions ces trois lames. Paul et Pierre avec perplexité, MAL sans les regarder vraiment, et moi avec frustration. Je ne décelais rien de plus que ce que nous suspections déjà.

— Le huit de carreau symbolise l'ouverture, l'accès et la résolution, expliquai-je. Dans le contexte professionnel qui nous intéresse, il pourrait indiquer que l'Empoisonneuse est actuellement engagée dans un projet de haute importance, une sorte de contrat. Un ancien contrat, si je me fie à sa position dans le passé.

Je glissai mon index sur la seconde lame et la tapotai.

— Celle-ci évoque sans conteste la connaissance, les secrets, les informations cachées. Selon moi, elle pourrait suggérer que l'Empoisonneuse est désireuse de montrer ses compétences et ses capacités. Soit en approfondissant ses connaissances, soit en mettant en lumière des aspects de son travail qui étaient jusqu'à présent méconnus ou sous-estimés. Quant à la dernière carte, elle incarne la discipline, le travail acharné et les défis à relever. Elle suggère que l'Empoisonneuse est prête à travailler dur et à affronter les obstacles pour atteindre ses objectifs. Elle semble déterminée à faire ses preuves et à démontrer sa valeur à travers ses actions, mais cela ne nous indique pas comment la trouver.

— Peut-être que si, rétorqua l'inspecteur. Si elle est désireuse de faire ses preuves en opérant pour le compte du conseiller Carnot, il s'agit sûrement d'une personne de son entourage. Une personne qui lui serait suffisamment attachée pour aller jusqu'à tuer.

Je ne le connaissais pas. Je l'avais vu pour la première fois, ce soir, lors du bal. J'étais incapable de savoir qui lui était proche à ce point. Mes mains tremblaient. Je rêvais de retirer cette robe et le peigne qui tirait mes cheveux à m'en donner la migraine.

Qui pouvait être l'Empoisonneuse ? Qui avait des liens avérés avec l'aristocratie ? Qui avait des choses à prouver ?

— Je vais recommencer le tirage en étant plus précise dans mes intentions, assurai-je en regroupant les cartes.

— Allons plutôt nous coucher, suggéra Pierre. La nuit a été longue et la journée de demain s'annonce pire encore.

Je regardai MAL qui ne réagissait toujours pas. Alors, vaincue, j'obtempérai. L'inspecteur se leva en s'appuyant sur ses genoux dans un geste fatigué. Il proposa de raccompagner Paul qui ne se fit pas prier et bientôt, le cabinet redevint silencieux.

♣♦♠♥

Mercredi 27 novembre 1805
6 frimaire de l'an XIV

Cette situation m'avait tant ébranlée que je n'avais pas trouvé le sommeil avant une heure avancée de la nuit. J'avais utilisé mon temps pour confectionner des amulettes, puis, lorsque mes yeux avaient brûlé d'avoir ainsi travaillé dans la faible lumière de la chandelle, je m'étais enfin endormie.

MAL somnolait encore lorsque je me levai. Avec Amélie nous décidâmes de ne pas la réveiller et de ne pas ouvrir le cabinet. De mon côté, je listai mentalement les tâches de ma journée, à commencer par rendre la somptueuse robe.

Je me dirigeai d'un bon pas, sous un soleil timide, vers l'atelier d'Hippolyte Leroy, lequel était bondé à mon arrivée. Les clientes s'y étaient retrouvées pour parler de la mort du conseiller Artan et du bal de charité qui avait été avorté avant que les enchères n'aient eu lieu. Je laissai traîner une oreille curieuse en progressant dans la foule jusqu'au fond de la pièce.

— Louise ?

— Bonjour, Paul. J'ai bien cru ne jamais arriver jusqu'à toi, avouai-je en me retournant sur la salle comble.

— Ne m'en parle pas. Je suis obligé de me cacher dans l'arrière-boutique pour ne pas être alpagué par ces dames. Certaines pensent qu'elles sont les prochaines sur la liste de l'Empoisonneuse, mais je comprends assez mal pourquoi elles ressentent le besoin de m'en faire part.

J'avais bien un avis sur la question. Un avis qui ne flattait pas le caractère desdites dames et qu'il valait mieux garder pour moi au risque qu'une de ces dernières ne m'entende et s'en offusque.

— Je t'ai rapporté la robe et les chaussures, lui dis-je plutôt en tendant les paquets.

— Ce n'était pas urgent. J'espère que tu ne t'es pas déplacée exprès.

— Pas uniquement, non. Je voulais surtout te donner ceci.

Je glissai discrètement dans sa main l'une des amulettes que j'avais confectionnées dans la nuit.

— La sauge nettoie les énergies négatives et purifie l'environnement, expliquai-je. Elle est également considérée comme un rempart contre le mal et la malchance. Ça peut paraître idiot, mais j'aimerais que tu la gardes sur toi, s'il te plaît. Avec cet assassin en liberté, on ne saurait être trop prudent.

Il m'attira dans un recoin de l'arrière-salle où personne ne pouvait nous voir et, sans crier gare, se pencha vers moi.

— Merci de veiller sur moi, souffla-t-il à mon oreille.

Mon cœur s'emballa.

Mon visage s'empourpra.

Et je crus bien oublier de respirer l'espace d'une seconde.

Lorsque Hippolyte Leroy héla Paul à travers l'atelier, je sursautai.

— Sors par la porte de derrière ! me conseilla-t-il alors qu'il retournait dans la grande salle.

Je me précipitai dans la rue. Le célèbre Hippolyte Leroy ne me portait qu'une affection toute relative depuis mon enquête, l'an passé. Je préférais ne pas jouer avec sa patience, au risque de porter préjudice à Paul.

Et puis, j'avais d'autres personnes à voir.

LE MASQUE

Ce Masque projette ou cache vos émotions.
Il est l'incarnation de votre création.

Les Parisiens étaient agités. Nombre d'entre eux lisaient le journal en marchant ou discutaient sans discrétion sur la mort du conseiller Artan. Cet assassin avait ébranlé les fondements du pays, il avait touché à l'Empire, et la peur s'enracinait.

Je payai un exemplaire de la *Gazette* à un vendeur ambulant et constatai que Clément avait retrouvé sa place en première page.

LA NOUVELLE MARQUISE DE BRINVILLIERS A ENCORE FRAPPÉ : UN CONSEILLER DE L'EMPEREUR ASSASSINÉ

Le conseiller Artan a été retrouvé mort dans sa résidence, alors que le bal du comte de Montfort battait son plein. Le corps de l'éminent homme politique aurait été découvert par l'un de ses domestiques.

Les premières constatations des autorités indiquent que le conseiller aurait succombé à un empoisonnement. Les circonstances exactes de sa mort demeurent floues, mais il est désormais largement admis que cet assassinat est l'œuvre de la Nouvelle Marquise de Brinvilliers qui terrorise la ville depuis plusieurs semaines.
Ce terrible événement a jeté une ombre funeste sur l'ambiance autrement festive du bal, transformant rapidement la soirée en un cauchemar pour les invités et son organisateur, le comte de Montfort. La présence de l'Empoisonneuse dans les parages a semé la panique parmi les participants, suscitant des interrogations sur la sécurité de l'événement.
La police a immédiatement réagi en interrogeant une suspecte, dernière personne à avoir vu le conseiller en vie. Cependant, la nature insaisissable de l'Empoisonneuse ajoute à la complexité de cette enquête, rendant la tâche des enquêteurs plus ardue.
Ce nouvel acte de violence souligne une fois de plus l'urgence à capturer l'Empoisonneuse. Le préfet appelle à nouveau à la vigilance de tous les citoyens et promet de redoubler d'efforts pour restaurer la sécurité dans les rues de Paris.

C. Grévy

— Comment avez-vous eu le temps de quitter le bal après l'annonce de la mort du conseiller, de courir chercher des informations et d'écrire cet article pour qu'il soit prêt ce matin ? lui demandai-je, devant son bureau. Et comment avez-vous su pour l'interrogatoire de MAL ?

— Pour tout vous dire, j'ai passé la nuit à la Gazette, déclara-t-il en bâillant à s'en décrocher la mâchoire. Quant à mes sources… Vous imaginez bien que le préfet met à notre disposition tous les moyens nécessaires pour que nous informions le peuple selon son bon vouloir.

— Vous disiez n'avoir aucune confiance en la police.

— C'est le cas, m'assura-t-il. Je ne suis pas borné pour autant. Mon objectif est d'avertir les habitants.

— Disons que si c'est vous qui le faites, c'est mieux pour votre carrière, n'est-ce pas ?

Il haussa les épaules, un demi-sourire au coin des lèvres. Je soupirai.

— Faites attention à vous, Clément, lui enjoignis-je. Qui que soit la personne derrière ces meurtres, elle est influente et n'hésitera pas à se débarrasser des importuns.

— Vous inquiéteriez-vous pour moi, Louise ? demanda-t-il, son sourire s'élargissant.

— Évidemment, m'insurgeai-je. Je ne souhaite à personne de mourir de la sorte.

Il rit.

— Lorsque vous dites que l'Empoisonneuse est influente, pensez-vous qu'elle soit aristocrate ?

Je me mordis l'intérieur de la joue. Je n'avais pas prévu de lui en parler. S'il lui prenait l'envie de se servir de cette information dans l'un de ses articles, cela pourrait pousser l'Empoisonneuse ou son Marionnettiste à agir. D'un autre côté, Clément n'était pas du genre à écrire un papier sans preuve.

— Ce n'est qu'une intuition, concédai-je alors.

Ses yeux brillaient. Il me regardait à nouveau comme si j'étais une espèce rare.

— Je suis curieux de savoir comment vous est venue cette *intuition.*

— Rien de très extraordinaire, un message des cartes associé à une analyse des quatre meurtres. Cette histoire de « Nouvelle Marquise de Brinvilliers » est un paravent ingénieux, selon moi. Ainsi incarnée, cette empoisonneuse devient le centre de l'attention, l'arbre qui cache la forêt.

— Avez-vous une idée de l'identité de cette *forêt ?*

— Non, mentis-je. Mais vous qui connaissez tout Paris, n'auriez-vous pas vu des partenariats inhabituels se tisser ?

— Ce n'est pas ce qui manque, si vous voulez mon avis. Pourriez-vous être plus précise ?

— Je cherche une personne qui ne serait pas nécessairement habituée des poisons et qui aurait grand besoin de faire ses preuves auprès de son partenaire. Peut-être pour gagner sa place au sein de la haute société ou pour montrer qu'elle est utile.

Voire qui souhaiterait intégrer le Conseil…

Clément haussa un sourcil étonné.

— Intéressante déduction, affirma-t-il, l'air songeur. Mais une fois encore, celle-ci représente la moitié de Paris. Je ne compte plus le nombre de bandits, nécessiteux ou filles de joie qui sont prêts à tout pour sortir de leur quotidien et éprouver la vie de château.

Je soupirai en fermant les yeux.

— Ne perdez pas espoir, Louise. Je suis certain que vous êtes sur la bonne voie et que vous trouverez bientôt le coupable.

Il le pensait sincèrement. Étrangement, cela m'angoissa

autant que ça me rassura. Une combinaison d'émotions que seul Clément Grévy suscitait chez moi. Je lui souris maladroitement, puis repris le chemin du cabinet. Je craignais de laisser MAL trop longtemps. Amélie veillait au grain, bien sûr, mais MAL étant MAL, je me méfiais de ses idées farfelues tout autant que de la culpabilité qui la rongeait depuis la mort du conseiller Artan.

Et j'avais raison…

Elle erra toute la journée dans l'appartement, en robe de chambre, s'asseyant tantôt à son bureau pour fixer ses cartes étalées sur le bois sans avoir été tirées, tantôt sur le fauteuil près de la cheminée. Elle s'enfermait dans un mutisme déconcertant. Plusieurs fois, je tentai de faire la conversation, sans succès. MAL n'était pas présente. Elle n'était qu'une coquille vide qui fixait les flammes sans les voir.

De fait, je me trouvais à tourner en rond à mon tour, tiraillée entre mon inquiétude pour ma mentore et celle de ne pas avancer dans l'enquête. Puis je me souvins de mon jeu avec Élisabeth Dubois.

Il est temps d'obtenir ma récompense !

Je me dirigeai donc vers le quartier le plus huppé de la capitale, situé entre les Tuileries, le Palais-Royal et la place Vendôme. Caractérisée par ses rues bordées de façades à colonnes, de corniches et de décorations sculpturales, cette partie du faubourg Montmartre reflétait le style de vie de la haute société de notre époque. À nouveau, je me surpris à lisser mes cheveux lorsque le domestique qui m'ouvrit me toisa. Il me demanda de patienter dans le hall, puis s'éloigna pour annoncer ma visite à sa maîtresse, la comtesse de Polignac.

J'étais impressionnée de me trouver dans sa villa qui, malgré le rang de sa propriétaire, m'apparut nettement moins ostentatoire que celle du comte de Montfort. Le luxe s'incarnait dans la noblesse du bois du buffet à ma gauche ou dans la qualité des tapisseries aux murs. Les quelques tableaux qui habillaient le corridor mettaient en scène des paysages tranquilles, des natures mortes ou des portraits de famille sous des lampes à huile aux abat-jour en verre dépoli. Cette décoration respirait la douceur et l'élégance.

— Louise ! s'exclama Élisabeth en venant à ma rencontre, faisant fi de la bienséance.

Le domestique qui m'avait ouvert la suivait d'un air pincé. Il n'aimait pas la familiarité avec laquelle la pupille de sa maîtresse s'adressait à moi. Elle, de son côté, l'ignora superbement et m'entraîna à sa suite dans une véranda végétalisée à l'arrière de la maison. Nous nous assîmes sur deux fauteuils en rotin qui grincèrent sous notre poids.

Aussitôt, une jeune fille apporta un plateau qu'elle déposa devant nous. Elle versa un liquide fumant dans deux tasses en porcelaine fine, ornementées de roses peintes à la main. Le parfum qui s'en dégagea me rappela celui de la pierre chauffée par le soleil. Je fermai les yeux un instant, envahie par la vision d'une plage de galets en plein été. J'imaginais l'odeur iodée de la mer, la caresse des embruns.

— C'est un thé de Ceylan[1], m'indiqua Élisabeth, m'obligeant à revenir dans la réalité. Il est rare d'en trouver

1. **Pour briller en société** : le nom de Ceylan (*Ceylon* en anglais) a été officialisé lorsque l'île d'Asie méridionale est devenue une colonie britannique à la fin du XVIIIe siècle. Ceylan proclame son indépendance le 4 février 1948, et après un changement de constitution en 1972, l'île prend le nom qu'on lui connaît aujourd'hui : Sri Lanka. (Anecdote à apprendre par cœur pour la resservir à la prochaine *tea party* !)

en France. J'espère que vous l'apprécierez.

Le thé était réservé aux personnes aisées qui seules pouvaient s'offrir ce produit de luxe. Savoir que celui que je m'apprêtais à boire était à ce point unique m'obligeait à en dire du bien et, surtout, à remercier mon hôte pour le privilège qui m'était accordé.

— J'imagine que vous venez réclamer votre dû, s'amusa la jeune femme.

— Je n'aurais pas formulé la chose ainsi, mais… oui, en effet.

— Je n'aime pas les manières, Louise. Vous l'avez sûrement remarqué. Lorsque je désire une chose, je me bats pour l'obtenir. Je suis donc plus que ravie de vous voir en ces lieux.

Je plongeai mes lèvres dans ma boisson pour pouvoir observer cette inconnue qui n'en était plus vraiment une. Sa posture décontractée, aussi raffinée soit-elle, laissait entrevoir un aspect de sa personnalité plus intrépide, presque provocant.

— Vous avez dit que si je réussissais à déceler les mensonges, vous m'offririez la possibilité de converser avec une personnalité de mon choix. Ai-je réussi le jeu ?

— Si vous êtes ici, c'est que vous le croyez, n'est-ce pas ?

— Effectivement.

— Je suis d'accord avec vous, confirma-t-elle en agitant doucement sa tasse pour faire tourner le liquide à l'intérieur.

Quelque chose dans son expression me laissait songeuse. J'avais l'impression qu'elle n'avait jamais cherché à savoir qui mentait, mais plutôt à me montrer qui le faisait.

— Avez-vous interrogé ces personnes… pour m'aider ?

— Cela vous étonnerait-il ?

— Oui, répondis-je, franchement. Personne n'agit gratuitement. Qu'attendez-vous de moi en retour ?

— Absolument rien. Pour le moment.

Je n'aimais pas la tournure que prenait la conversation. J'étais venue en pensant obtenir une révélation et je me trouvais face au Diable qui me tendait la main pour sceller un accord obscur.

— Si c'est ainsi, je préfère ne rien savoir, objectai-je en posant ma tasse à demi remplie sur la table basse en verre. Soit vous me dites clairement ce que vous souhaitez, soit je m'en vais.

— Je cherche la vérité, Louise. La vérité sur la mort de mes parents et pour ce faire, j'aurais probablement besoin de vos talents.

— Quand ?

— Je ne peux le dire précisément. Cela ne dépend pas que de moi.

Elle ne se départit pas de son air serein et volontaire, mais je captai le furtif pincement de ses lèvres. Elle négociait avec moi autant qu'avec elle-même.

— Je vous ai laissé le choix de votre interlocuteur comme preuve de ma bonne foi. À qui aimeriez-vous parler, Louise ?

J'avais longuement réfléchi à cette question la nuit dernière, durant mes heures d'insomnie. Je pensais tenir ma chance, mais voilà que l'opportunité venait avec son revers.

— Je veux m'entretenir avec la Louve, exigeai-je, le menton haut.

— La contrebandière ? s'étonna Élisabeth, prise au dépourvu.

— C'est cela ou rien.

— Ce n'est pas une mince affaire. En êtes-vous consciente ?

J'acquiesçai sans baisser les yeux, espérant paraître plus sûre de moi que je ne l'étais. Mon interlocutrice, elle, semblait chercher comment utiliser ma requête à son avantage. Certes, elle m'avait promis une entrevue avec la personne de mon choix, mais elle n'avait certainement pas imaginé devoir solliciter une trafiquante à la réputation de meurtrière.

— Si je réussis à organiser une rencontre avec cette femme, reprit l'aristocrate, accepterez-vous de m'aider en retour ?

Nous y voilà.

J'inspirai profondément, incapable de me détacher de ses yeux verts. Je compris à sa posture assurée qu'Élisabeth Dubois avait pris sa décision et qu'elle n'en démordrait pas plus que moi. La Louve était une membre éminente de la Rose Noire, pas une bourgeoise qu'elle pouvait solliciter à sa convenance. Comme elle l'avait dit, ce ne serait pas une mince affaire. Si elle s'acquittait de sa part du marché, je pouvais, de mon côté, lui accorder une concession.

— Je ne tuerai personne ni ne mettrai en péril la réputation de mes amis, précisai-je tout de même.

— Pour qui me prenez-vous ? s'amusa Élisabeth.

Peut-être m'en mordrais-je les doigts.

Peut-être pas.

Mais qui ne tentait rien n'obtenait rien.

— Marché conclu, affirmai-je, alors. À une condition : je ne veux pas d'une simple rencontre avec la Louve. J'exige une discussion où elle me révélera les informations dont j'ai besoin pour l'enquête.

Le sourire de mon interlocutrice s'élargit. Ce n'était pas l'expression de la joie, c'était celle de la chasseuse qui avait ferré sa proie.

Ce qui fait de moi la proie.

— Vous êtes maline, Louise. J'aime ça ! Je m'engage à vous conduire jusqu'à la contrebandière, ce soir, près du port aux Pierres.

Je fronçai les sourcils en reconnaissant le lieu de ma première rencontre avec la Louve.

— Vous la connaissez ! m'exclamai-je en comprenant.

— Je vous l'ai dit, Louise : lorsque je désire une chose, je me bats pour l'obtenir.

— Je n'apprécie pas de me faire mener en bateau, mademoiselle Dubois. Je suis ici pour rendre justice aux victimes de l'Empoisonneuse et empêcher cette dernière de récidiver. Je n'ai pas le temps de jouer.

— Pourquoi vous braquez-vous de la sorte ? J'ai besoin de votre talent pour déceler les mensonges. Vous avez besoin des miens pour accéder à la Louve. Nos ambitions vont dans le même sens.

— Pour le moment… Qu'en sera-t-il lorsque vous aurez obtenu ce que vous désirez ? Qui suspectez-vous de la mort de vos parents ? Vous ne me confiez que les informations qui vous plaisent. J'ai besoin de concret pour m'engager.

— Je vous comprends. Parlez avec la contrebandière et en fonction de ce qu'elle vous confiera, nous pourrons approfondir notre éventuel partenariat. Qu'en dites-vous ?

— Je serai près du pont, ce soir, à vingt-deux heures, tranchai-je. Si elle ne vient pas ou si elle ne me parle pas, vous pourrez considérer que nous n'aurons plus rien à nous dire.

— Vous ne le regretterez pas, assura-t-elle avec conviction.

Ça, c'est vous qui le dites.

Je tournai les talons en abandonnant ma tasse de thé hors de prix. J'étais énervée contre cette femme… mais aussi contre moi, je devais le reconnaître. Élisabeth Dubois me fascinait et cela m'agaçait au plus haut point, car je lui avais probablement donné les armes pour me piéger.

Le soir venu, j'étais en avance au rendez-vous. Je ne voulais prendre aucun risque. Emmitouflée dans mon châle, je traversai le pont de la Concorde et patientai.

Ce coin de la ville était mal éclairé, mais pourquoi l'Empire ajouterait-il des lampes sur le port aux Pierres alors que les bateaux ne livraient leurs marchandises que le jour ? Malheureusement pour moi, ce désert nocturne faisait du port le théâtre de commerces illégaux et de transactions douteuses. À quelques pas, au pied du pont, un groupe d'hommes s'échangeait des poignées de mains, validant des accords dont je ne voulais pas connaître la teneur. Je reculai vers l'ombre de la haie qui bordait le jardin des Champs-Élysées.

Trop tard.

Deux des hommes me hélèrent, le troisième s'enfuit.

— Ben alors, la petite souris ! Ce n'est pas un endroit pour sortir seule la nuit, ricana le premier.

— Sauf à vouloir s'encanailler, renchérit le second, goguenard.

Ils s'approchèrent jusqu'à me bloquer toute fuite. Leur haleine avinée me tira des haut-le-cœur.

— Laissez-moi tranquille ! éructai-je aussi fort que possible.

Ils rirent. Grassement. Cruels. Presque sadiques. Ils n'avaient aucune intention de s'arrêter. Je devinais sur leurs visages grivois le destin qu'ils me réservaient. Je reculai encore, jusqu'à sentir les branches des arbustes s'enfoncer légèrement dans mon dos. Je voulais que la nature m'emporte, qu'elle m'absorbe.

— N'y pense même pas, reprit le premier comme s'il lisait dans mes pensées.

Je fermai les yeux, tendue à l'extrême, la main serrée avec force autour du pieu en bois dans ma poche. *Sors-le ! Sers-t'en !* Mais rien n'y fit. J'étais tétanisée, ramenée un an en arrière.

— Elle vous a dit de la laisser, gronda une voix dans les ténèbres.

En rouvrant les yeux, je ne vis que l'éclat d'une lame dans la faible lueur de la lune.

— Et t'es qui, toi ?

La voix sortit de sa cachette, à l'angle de la place.

— Merde ! cracha le premier en prenant ses jambes à son cou.

Le second se gaussa à la vue de son acolyte qui détalait comme un lapin.

Lui ne savait pas à qui il faisait face.

Il aurait dû suivre son collègue. Ainsi, peut-être, aurait-il eu la vie sauve.

À la place, il bondit vers la Louve, les bras en avant dans une pitoyable tentative d'étranglement. J'aurais ri si je n'étais pas encore transie de peur. La contrebandière para l'attaque d'une seule main, dans un ample mouvement de cape, envoyant l'homme au tapis. Il grogna, se releva aussitôt et repartit à l'assaut, sortant lui aussi une lame de sa ceinture.

La femme lui assena un coup de poing dans l'épaule tout en crochetant la jambe de son adversaire avec la sienne.

Nouvelle chute.

Nouveau grognement.

— Mais t'es qui ? Bordel ! s'énerva-t-il en se relevant avec peine.

Elle ne répondit pas. Elle le toisait, imposante sous sa cape, effrayante derrière son masque de loup doré. L'homme n'en menait pas large, mais sa fierté le poussait à laver son honneur. Il tenta une ultime attaque qui se termina sur le poignard que la Louve avait brandi.

Dans un gémissement, il s'écroula.

Je le fixais, cherchant les mouvements de sa poitrine, en vain. Il n'était plus qu'une masse inerte, une ombre sur le bord de la Seine. Un corps sans vie. Un corps. Un mort. Il était… mort.

Par les cartes !

— Louise ! répéta la femme.

Je battis des paupières, incapable de détacher mes yeux de mon agresseur brisé.

— Vous vouliez me voir. Je vous écoute.

Je l'entendais me parler. Je crois même que je comprenais ce qu'elle me disait. Mais mon corps était bloqué.

— Bon sang ! Réveillez-vous ! Ce n'était qu'un vaurien. Il ne manquera à personne.

Je me retournai *in extremis* pour éviter de vomir sur ses hautes bottes, ne tenant pas à terminer de la même façon que ce « vaurien ».

— J'ai une information qui vous sera utile, continua-t-elle alors que je déversais le contenu de mon estomac sur l'herbe humide.

Elle soupira.

— Bon ! Je n'ai pas de temps à perdre avec ces simagrées. Cherchez du côté d'Alice Dupont, ordonna-t-elle avant de saisir la jambe de l'homme et de le traîner derrière elle comme s'il n'était qu'une brindille.

LA LUNE

Cette Lune cherche reconnaissance.
Mais gare aux projections de complaisance !

J'arrivai dans la rue de Tournon sans me souvenir de mon trajet. Je tremblais de froid et d'effroi. Tout ce qui me revenait de ce rendez-vous était un chapelet de questions.

Qui était cet homme ? Était-il si mauvais pour mériter la mort ? Avait-il une famille, des amis qui pleureraient sa disparition ? Saurait-on un jour ce qui lui était arrivé ou la Louve ferait-elle couler son corps par le fond comme elle avait menacé de le faire avec l'inspecteur Brandicourt ? Devais-je prévenir ce dernier ? Devais-je surtout ne pas le faire ? Qui protégeais-je en me taisant ? Serais-je encore capable de me regarder dans le miroir de la chambre de MAL après cela ? Comment se portait MAL ? Dormait-elle ? Et Amélie ? Qui était Alice Dupont ? Comment la trouverais-je sans avertir l'inspecteur ? M'en voudrait-il d'avoir fait bande à part ?

J'avais égrainé ces questions jusqu'à me trouver devant le porche de mon immeuble. Et maintenant que je lui faisais face, je n'osais plus entrer. J'avais peur que tout le monde devine ce qui s'était passé. Ce que j'avais fait. Ou ce que je n'avais pas fait, au contraire. Je craignais que cette fois, le monstre qui m'habitait ne soit définitivement visible par tous. Puis la voix de Paul résonna au creux de ma poitrine.

« Moi, je te vois tout entière, Louise. »

S'il me voyait réellement telle que j'étais, et que cela ne l'empêchait pas de m'aimer, pouvais-je alors m'accepter ? Pouvais-je apprendre à aimer toutes les parties de mon âme, quelle que soit leur couleur ? Si mon passé l'avait brisée, écartelée et en avait éparpillé les morceaux, il ne tenait qu'à moi de les recoller pour former une nouvelle Louise… une nouvelle moi.

Je connaissais mes peurs, mes doutes et mes faiblesses.

Je ne les reniais pas.

Je connaissais aussi mes aspirations et mes espoirs.

Ils me donneraient la force.

La force d'être la femme que je voulais devenir.

La force de forger mon propre chemin.

La force de pousser cette porte et de franchir le seuil de ma maison la tête haute. Parce que j'avais été témoin d'une tragédie, je n'en étais pas l'instigatrice ni la protectrice. J'étais simplement sous le choc, incapable de savoir ce qu'il convenait de faire. J'avais le droit de rentrer chez moi, de panser mes plaies, de réfléchir et de prendre ma décision demain.

J'avais le droit de soutenir MAL qui pleurait dans son cabinet. Le droit d'entourer ses épaules de mes bras, de la serrer fort contre moi, de laisser mes larmes se mêler aux siennes. J'avais le droit de m'accrocher à elle comme elle s'accrochait à moi, de partager sa peine pour qu'elle lui soit moins lourde, de fredonner pour alléger nos angoisses.

Car nous étions une famille.

— Il est tard, murmurai-je, ma tête posée sur la sienne. Viens te coucher.

Elle refusa silencieusement, alors j'embrassai ses cheveux et la laissai attablée devant ses cartes, ses chandelles, ses livres, sa boule de cristal, ses runes, sa coupelle d'eau et son miroir. Je fermai la porte de son cocon en tentant d'ignorer les preuves de son désarroi. Elle avait besoin, comme moi, de trier ses pensées, de dire au revoir à son ami et à la culpabilité qui la terrassait.

Je montai les marches, une par une, avec difficulté, comme si je luttais contre une force invisible. J'arrivai malgré tout au dernier étage, actionnai la poignée, puis poussai le battant qui s'ouvrit dans un léger grincement. Dans le salon, une flamme brillait encore, signe qu'Amélie veillait. Assise sur son petit lit d'appoint, elle tirait les cartes.

Lorsque j'entrai dans la pièce, elle leva les yeux vers moi. Elle aussi s'interrogeait. Je reconnaissais l'histoire qui s'inscrivait sur son visage. Je n'avais pas les mots pour la rassurer. J'aurais menti si j'avais ouvert la bouche. Je m'assis donc sur le bord de son lit et la pris dans mes bras à son tour. Elle s'agrippa au dos de ma robe avec force.

— Elle ira mieux, soufflai-je quand je m'en sentis capable.

— Et toi ?

— J'irai mieux également.

Je reculai, pressai ses épaules, puis caressai sa joue rougie par notre embrassade.

— Me crois-tu ? lui demandai-je à voix basse.

Elle hocha la tête.

— Comment te sens-tu ? enchaînai-je.

Elle se mordilla la lèvre, luttant intérieurement pour savoir ce qu'il convenait de dire.

— Sens-toi libre de me parler, Amélie.

— J'arrive pas à lire les cartes, avoua-t-elle en baissant les yeux. Je crois que j'vois juste mes angoisses. Tous les messages sont horribles. Ils parlent de séparation et de solitude.

— Nul ne sait de quoi demain sera fait. Les séparations ne sont pas toujours néfastes. Elles sont même parfois nécessaires. Et, soit dit entre nous, conclus-je sur le ton de la confidence, même si je ne suis pas encore une cartomancienne aguerrie, je suis certaine que je le deviendrai. Tout comme toi.

Elle parut soulagée. Un peu. Suffisamment pour abandonner son jeu de cartes sur le bureau et se glisser sous la couverture. Je fis de même dans mon propre lit, trop heureuse de m'endormir sur cette journée.

Des pans de velours bleu encadraient un chemin à damier sur lequel j'avançais sans bruit. Mes chaussures ne claquaient pas sur le carrelage. J'entendais à peine le bruit de ma propre respiration. Je n'aurais su dire ce qui me poussait en avant. Un appel peut-être. Un sentiment indéchiffrable. Quoi qu'il en soit, je progressai d'un bon pas jusqu'à une minuscule porte entourée d'obscurité. Elle donnait l'impression que derrière, il n'y aurait que le vide.

Je m'agenouillai pour saisir la poignée que je tournai délicatement. Un cliquetis sonore résonna dans l'air, suivi d'un grincement sinistre dans les ténèbres.

Puis la lumière.

Des étagères chargées de livres aux couvertures de cuir.

Un feu crépitant dans une cheminée.

Deux fauteuils tassés par le temps.

Et un homme.

— Marie-Anne ? demanda-t-il.

Je secouai la tête en avançant dans la pièce.

— Mademoiselle Louise ? s'étonna-t-il. Que faites-vous là ?

— Je ne le sais pas vraiment.

— Je ne le sais pas plus que vous.

J'étais soudain assise sur le second fauteuil. *Depuis combien de temps ?*

— Cela me paraissait évident et pourtant… ce n'était qu'un mensonge.

— Quoi donc, Conseiller ?

— Le lion inversé.

Il était debout au fond de la salle, à présent, tassant le tabac dans sa pipe en bois. *Quand s'est-il levé ?*

— J'ai tenté de lui dire, mais elle ne m'entendait pas. Vous êtes la seule à y parvenir, semble-t-il.

— De qui parlez-vous ?

— De Marie-Anne ! M'écoutez-vous, mademoiselle ?

— Bien sûr.

Je crois.

Je ne sais plus.

Où.

Je.

Suis.

— Il est puissant, poursuivit le conseiller, sa pipe dans une main, l'autre sur le manteau de la cheminée. Plus puissant que je l'imaginais. Son influence va bien au-delà de sa demeure. Au-delà de Paris, même !

— Qui donc ?

Il soupira.

— Je crains que la communication ne soit pas très bonne. Je vais essayer d'être clair et concis. Dites à Marie-Anne que je vais bien. J'ai retrouvé André et… ce n'est pas si mal, ici.

Il avait à nouveau bougé sans que je ne l'aie vu faire.

— C'est lui qui m'a tué. Qui nous a tués tous les quatre, d'ailleurs. Méfiez-vous, Louise ! Il sait que vous êtes sur ses traces.

— Je n'ai pas compris son nom. Est-ce le conseiller Carnot ?

— L'Empoisonneuse…

Louise ?

— … que vous connaissez…

Louise !

— … la prochaine sur la liste…

LOUISE !

Amélie me secouait.

— Louise ! Mademoiselle est possédée !

Pardon ? Suis-je en plein rêve ?

— Dépêche-toi ! Je n'sais quoi faire.

Je me levai, hagarde, j'enfilai ma robe sans la boutonner, puis je suivis la chiromancienne dans l'escalier. Derrière la porte close du cabinet, MAL gisait à terre. Je me précipitai pour prendre son pouls.

— Elle est vivante, soufflai-je, autant pour Amélie que pour moi. Que s'est-il passé ?

— J'me suis réveillée et, quand j'ai vu qu'elle n'était toujours pas remontée, j'suis descendue. Je l'ai trouvée sur le tapis, son corps arqué. Ses jambes et ses bras dans des angles affreux. Et ses yeux étaient blancs !

Je repérai au sol plusieurs chandelles et la coupelle vidée de son eau. Le liquide s'était probablement échappé lors de son rituel de nécromancie. Nul doute que MAL avait tenté d'entrer en contact avec l'esprit de son ami.

Et c'était moi qui lui avais parlé…

Comment est-ce possible ?

— Peux-tu préparer un verre d'eau sucré, s'il te plaît ?

Amélie s'exécuta. Elle partit en courant, réveillant madame Lebœuf qui apparut sur le palier en robe de chambre et bonnet de nuit.

— Tout va bien, madame Lebœuf, la rassurai-je. Vous pouvez retourner vous coucher.

— En êtes-vous sûre, Louise ? Je veux dire… bafouilla-t-elle en désignant MAL d'un geste nerveux de la main. Et puis, vous êtes livide.

Évidemment que je le suis ! J'ai assisté à la mort d'un homme, puis conversé avec un esprit qui m'a mise en garde contre une personne dont je ne connais pas l'identité, et ma mentore est inanimée dans mes bras !

— Je vous remercie de votre inquiétude. Amélie arrive dans un instant. Nous avons la situation en main. Je suis navrée que nous vous ayons réveillée.

Elle balaya mon regret d'un revers de main.

— Je suis un oiseau de nuit, déclara-t-elle. Appelez-moi si vous avez besoin d'aide.

J'acquiesçai et la regardai rentrer dans son appartement au moment où Amélie redescendait avec précaution, un verre à la main. MAL gémit.

— Grand dieu, Louise ! Tu as une mine affreuse, bredouilla-t-elle en me fixant, la tête posée sur mes genoux.

Un sentiment étrange se fraya un chemin au milieu de mes entrailles entortillées, tira sur mes nerfs déjà tendus à outrance, et sortit de mon corps en un rire tout à fait inopportun que je laissai exploser dans la pièce. Rapidement, Amélie me suivit et bientôt, nous rîmes toutes les trois, affalées sur le tapis aux arabesques écarlates.

— Voulez-vous m'expliquer la situation ? hoqueta MAL en se redressant pour boire son eau sucrée.

Amélie la lui décrivit dans les grandes lignes, puis je parlai de mon rêve. Il ne lui fallut qu'une poignée de secondes pour comprendre que j'avais intercepté sa communication avec le conseiller Artan.

— Cela s'appelle l'oniromancie, m'expliqua-t-elle. Personnellement, j'y suis hermétique. Lorsque je dors, je dors. Mon esprit n'est pas ouvert, contrairement au tien.

Ce n'était pas la première fois que mes songes me montraient le chemin, mais jamais je n'aurais pensé qu'il s'agissait d'un art divinatoire à part entière.

— Ai-je vraiment parlé au conseiller ?

— J'en suis persuadée. C'est pourquoi je veux connaître le moindre détail de cet échange.

Je m'exécutai le plus efficacement possible avant que les images ne s'effacent et que les détails m'échappent. Je parlai du décor, de l'odeur du tabac, des paroles hachées. MAL reprenait des couleurs à mesure que je déroulais mon discours.

— Je dois avertir Pierre, ajoutai-je enfin. L'Empoisonneuse a l'intention de faire une nouvelle victime. Nous devons absolument la trouver avant qu'elle n'agisse.

— Je crois que c'est toi, souffla Amélie.

Nous l'observâmes, MAL et moi, comme deux poules devant un œuf en chocolat. Puis MAL haussa les sourcils d'assentiment tandis que je me grattais la tête.

— Tu as peut-être raison, mais cela ne change rien, affirmai-je. Je dois informer l'inspecteur. Lui dire que nous cherchons bel et bien deux personnes.

— Je crois surtout que tu devrais te retirer de cette enquête, déclara ma mentore. C'est beaucoup trop dangereux !

Je ne pouvais pas dire le contraire, même si les propos de MAL étaient dictés par la peur et le chagrin. J'avais peur également. Amélie me fixait avec la même crainte. « Votre don pour voir les gens vous rendra vulnérable. »

— Allons nous coucher ! ordonnai-je en me relevant. Il nous reste encore quelques heures pour nous reposer. Les grandes décisions attendront qu'il fasse jour.

♣♦♠♥

Jeudi 28 novembre 1805
7 frimaire de l'an XIV

L'inspecteur était déjà présent lorsque j'entrai dans son bureau. Il croulait sous des piles de papiers. *Pas étonnant qu'il a l'air si fatigué.* Je refermai la porte derrière moi, à sa grande surprise.

— Je dois m'entretenir avec vous, annonçai-je, sans détour. C'est important.

Il hocha la tête, inquiet.

— Je vous confirme que nous cherchons deux assassins, lui assurai-je, dont l'un est un membre éminent de notre société. Je ne suis pas certaine qu'il s'agisse du conseiller Carnot, cependant. Peut-être est-ce une personne moins haut placée, jouissant tout de même d'une large influence.

— Votre avis est particulièrement précis.

Je lui racontai la séance de nécromancie de MAL et mon rêve. L'avertissement du conseiller Artan. J'en profitai pour lui raconter dans le détail mon premier rêve concernant l'enquête, celui qui avait annoncé le lion renversé surmonté d'une couronne.

Il ouvrit de grands yeux ronds.

— Lorsque vous m'avez parlé de ce lion renversé la première fois, dit-il en fouillant parmi le tas de paperasse qui encombrait son bureau, vous vous demandiez s'il avait un rapport avec les boutons de manchette des conseillers. Je n'y avais plus pensé jusqu'à maintenant, mais je crois savoir qui nous recherchons, Louise ! Et ce n'est pas bon. Ce n'est pas bon du tout.

Il tira sur un dossier duquel dépassaient plusieurs coupures de presse et me le tendit. Je le saisis, la boule au ventre. Je n'aimais pas la peur que je lisais sur les traits de mon partenaire. En soulevant le rabat de cuir, le titre du premier article me sauta au visage.

L'ASCENSION DU « PETIT ROI » : LA SAGA DU COMTE DE MONTFORT

Du sein d'une fratrie de sept émerge la figure singulière d'Albert de Montfort, enfant chétif et maladif dont la naissance ne le prédisposait guère à une destinée exceptionnelle. Le jeune noble ne se résout pourtant pas à l'ordinaire et débute son ascension dans l'adolescence où il s'illustre, lors de ses études au collège de Navarre, non seulement par son excellence académique, mais aussi par sa capacité à forger des amitiés influentes. C'est à cette époque qu'il rencontre les jeunes Charles-Maurice de Talleyrand-Périgord, alors diplomate néophyte et futur ministre des Affaires étrangères, Joseph Fouché, qui deviendra ministre de la Police sous l'Empire, et Pierre-Simon de Laplace, scientifique et mathématicien renommé, nouant ainsi des liens durables qui le propulseront vers les sommets.

À une période où les préjugés sociaux et les traditions familiales entravent souvent les aspirations individuelles, le comte de Montfort défie les conventions et poursuit obstinément ses rêves de grandeur. Il navigue avec aisance dans les intrigues de la cour, ce qui lui permet d'attirer l'attention du duc d'Orléans, qui sera son mentor. Sous la tutelle de ce dernier, Albert de Montfort apprend les subtilités du pouvoir et commence à s'imposer comme une figure incontournable de la noblesse.

C'est ainsi qu'à force de persévérance et d'ingéniosité, il devient proche conseiller du roi Louis XVI, jouant un rôle clé dans une série de réformes administratives tout en se voyant confier la gestion de domaines régaliens. Cette proximité avec le pouvoir royal, bien que menacé par la Révolution, lui permet de tisser des alliances stratégiques qui survivront à la tourmente.

Lors de l'avènement de Napoléon Bonaparte, Albert de Montfort se réinvente habilement, adaptant ses compétences aux nouvelles dynamiques politiques. Son ascension fulgurante lui vaut le surnom évocateur de « Petit Roi », en référence à sa capacité à gouverner avec adresse et à exercer un pouvoir discret, mais indéniable, sur les rouages de la société.

Dans les salons dorés, sa présence est tantôt vénérée, tantôt redoutée, témoignage de sa stature incontestée au sein de l'élite. Aujourd'hui, le nom du « Petit Roi » symbolise la puissance, la richesse et l'influence d'un homme déterminé à conquérir son destin.

C. Grévy

— Non, soufflai-je en relevant les yeux vers l'inspecteur.

Celui-ci refléta ma panique naissante.

— Comment allons-nous le confondre ?

Il ne répondit pas et je devinai tout ce que son silence criait.

C'est impossible.

Cet homme était intouchable. Comme le soulignait l'article, il avait étendu son empire dans toutes les strates de la capitale – bien plus loin, si j'en croyais ma récente « conversation » avec le conseiller Artan.

Je portai la main à ma bouche dans un geste à la fois songeur et nerveux. Puis je me souvins.

— Alice Dupont !

Les coupures de presse glissèrent du dossier et s'éparpillèrent sur le sol carrelé. Je pestai contre moi-même en m'agenouillant pour les ramasser.

— Qui est cette personne ? me demanda Pierre, se baissant à son tour pour m'aider.

— Je ne saurais le dire, mais il se pourrait qu'elle soit la réponse à toutes nos questions… ou presque.

— Avez-vous d'autres nouvelles d'envergure à m'annoncer ? insista l'inspecteur. Je crois que c'est le moment : mon cœur est encore sous le coup de l'émotion. Un peu plus ou un peu moins ne fera pas grande différence.

— C'est la Louve qui m'a donné ce nom. Après avoir tué un homme sous mes yeux.

— Ah.

Je m'étais attendue à une réaction… différente.

Moins stoïque.

Peut-être l'inspecteur s'était-il trompé. Peut-être son cœur n'était-il plus en mesure de recevoir une autre « grande » nouvelle. Sûrement, d'ailleurs, car il était figé devant moi, la main droite serrée sur un article de journal, la gauche appuyée sur le bureau.

— Pierre ?

— Je vais bien, indiqua-t-il sans me regarder.

C'était faux, bien sûr.

— Prenons les problèmes un par un, décida-t-il. Je vais chercher qui est cette Alice Dupont. De votre côté, tenez-vous loin des ennuis… et du comte de Montfort.

— Me mettez-vous sur la touche ?

— Absolument ! Et faites-moi le plaisir d'y rester le temps que nous obtenions une piste solide. Je ne tiens pas à ce que vous allongiez la liste des victimes de cette fichue Empoisonneuse.

— Je ne veux pas tourner en rond dans mon appartement, soupirai-je.

— J'aurai la réponse rapidement, Louise, m'assura-t-il. Je dispose de nombreuses ressources sur cette affaire. Ayez confiance.

Facile à dire. Ce n'était pas en lui que je manquais de confiance. Comment être certaine que les ressources dont parlait l'inspecteur étaient fiables ? Qui savait jusqu'où le comte de Montfort avait étendu son influence ?

— Puisque c'est ainsi, soufflai-je en me relevant, autant me rendre utile ailleurs. Avant de partir, je tiens à vous retourner le conseil : prenez soin de vous ménager. Si le comte est derrière tout ça, il en a forcément après vous également.

— Il est plus difficile de se débarrasser d'un membre des forces de l'ordre sans faire de vagues, surtout celui chargé de l'enquête. Ce ne serait pas une excellente stratégie.

— Si vous le dites.

Je n'en étais pas convaincue. Si l'inspecteur mourait lors de son affaire, le préfet le remplacerait, tout bonnement.

Peut-être même connaissait-il l'implication du comte et n'en avait cure. Peut-être le couvrait-il. Après tout, Albert de Montfort était suffisamment influent pour faire entrer le préfet au sein du Conseil. Et si la police arrêtait l'Empoisonneuse, cela ne ferait qu'apporter de l'eau à son moulin – sans même que le comte ne soit inquiété pour les meurtres. Tout le monde serait gagnant.

Sauf l'Empoisonneuse.

Cette hypothèse impliquait que la Nouvelle Marquise de Brinvilliers n'était que de la chair à canon. Ce qui n'aurait pas dû m'étonner et pourtant... J'étais contrariée. Je repensai à cet homme que la Louve avait tué. L'Empoisonneuse méritait-elle le sort qui l'attendait ? Être une personne à l'âme noire valait-il un aller simple pour la mort ?

Me revint en mémoire mon premier rêve.

La Reine de trèfle décapitée.

Le serpent prisonnier de sa propre perfidie.

Tel est pris qui croyait prendre.

LE NUAGE

Nuage annonce tempête :
est-elle passée ou à venir ?

En rentrant dans notre immeuble, rue de Tournon, j'eus la surprise de découvrir Amélie dans le couloir du rez-de-chaussée. Elle accompagnait un homme en vêtements du dimanche jusqu'au cabinet où MAL l'attendait. Elle tira la porte derrière eux, ne laissa qu'un petit interstice pour épier la consultation, puis se tourna vers moi, la moue contrite.

Je soupirai. Cette journée s'annonçait frustrante au possible.

— Elle n'a pas pu s'en empêcher, maugréai-je.

— Je crois qu'elle connaît pas le mot repos, mais ne t'inquiète pas. Je veille sur elle. Au moindre signe de fatigue, je fermerai le cabinet, qu'elle le veuille ou non !

Jamais je ne lui avais vu une expression si assurée. Je souris en hochant la tête.

— As-tu besoin d'aide ?

— Non, non. Tu peux monter, dit-elle avec empressement.

Je fronçai les sourcils, incapable d'ignorer ce petit air satisfait qui s'épanouissait sur son visage. Je levai la tête vers les étages, me demandant ce que j'allais trouver derrière la porte de notre appartement, et face au sourire d'Amélie, je capitulai. Il était trop doux pour être malhonnête.

Doux… et romantique, visiblement, puisque je découvris Paul assis près de la cheminée, un livre à la main. Cette vision m'apaisa plus que je ne l'aurais imaginé. Je pris le temps d'apprécier la sérénité qui se dégageait de cette scène, la danse légère des flammes sur sa peau veloutée, ses yeux qui glissaient sur le papier, ses doigts qui caressaient les pages. J'aurais pu rester immobile et l'observer des heures durant sans m'en lasser, mais il leva la tête.

Il quitta son fauteuil.

J'avançai d'un pas.

Et nos mains se rencontrèrent dans cet espace, entre bienséance et impatience.

— Je brûlais de te revoir, déclara-t-il.

Je brûle tout court.

— Dans ce cas, tu es avisé d'être venu, me moquai-je. J'aurais été attristée de te trouver carbonisé.

— Comme c'est aimable de ta part ! Trêve de plaisanterie. Je m'inquiétais pour vous trois après la mort du conseiller Artan. Comment se porte Marie-Anne ?

— Mal. Sans mauvais jeu de mots. Elle était au trente-sixième dessous hier et voilà qu'elle rouvre le cabinet aujourd'hui.

— Cela t'étonne ?

— Bien sûr que non, soupirai-je. Je suis simplement

inquiète. Heureusement, je ne suis pas seule pour veiller sur elle. Amélie se montre d'un grand soutien.

— Elle me rappelle quelqu'un, me taquina-t-il, le sourire aux lèvres.

— Pourquoi crois-tu que MAL l'a recueillie ? Nous sommes toutes pareilles, la rage au ventre et le courage au cœur.

— Voilà qui est bien résumé ! Je suis rassuré de savoir que vous vous soutenez mutuellement. Même si je préférerais ne pas voir ces cernes se creuser davantage, murmura-t-il en glissant son pouce sous mon œil.

— Reste avec moi aujourd'hui.

Il suspendit son geste. Moi, ma respiration.

Que m'était-il passé par la tête ?

Pendant un instant, l'air se chargea de gêne et de surprise mêlées. Paul cilla, tentant vainement de masquer son étonnement alors que je rougissais à m'enflammer les joues.

Puis je lus la satisfaction. L'amour.

Le désir.

Mes joues s'embrasèrent pour de bon.

— Avec plaisir.

Le nœud dans mon ventre se relâcha aussitôt. Avais-je eu peur qu'il refuse ? *Non. Ce n'est pas cela.* J'avais plutôt craint d'oser demander, de prendre l'initiative… et de passer au mieux pour une entichée, au pire pour une indécente.

Oh, être une femme en ce monde et connaître les maux qu'amour inflige !

Fort heureusement pour moi, Paul était de ces hommes qui ne se formalisaient pas. Dans la chaleur du salon, il me fit la lecture. J'écoutais René[1] s'enflammer : « Je vois un jeune homme entêté de chimères, à qui tout déplaît, et qui s'est soustrait aux charges de la société pour se livrer à d'inutiles rêveries. On n'est point, monsieur, un homme supérieur parce qu'on aperçoit le monde sous un jour odieux. On ne hait les hommes et la vie que faute de voir assez loin. Étendez un peu plus votre regard, et vous serez bientôt convaincu que tous ces maux dont vous vous plaignez sont de purs néants. »

Je crus entendre Amélie s'affairer en cuisine, sans en être totalement convaincue. Je naviguais entre ici et ce monde de papier, bercée par le son de la voix du garçon que j'aimais.

Oh oui ! Combien je l'aimais !

Et combien cela me faisait peur !

— « Il y a toujours quelques points par où deux cœurs ne se touchent pas, et ces points suffisent à la longue pour rendre la vie insupportable », récitait Paul, inconscient des tourments qui me hantaient.

Les trois coups frappés à la porte me firent sursauter. J'ouvris pour faire face à un jeune garçon d'une dizaine d'années tout au plus. Ses cheveux ébouriffés et son souffle court prouvaient qu'il avait couru pour apporter la missive qu'il me tendait du bout des doigts. Je l'invitai à entrer et lui servis un verre d'eau dans la cuisine.

Pendant ce temps, je dépliai le papier froissé. C'était un prospectus des Olympiennes, avec au dos un message écrit à la hâte.

---

1. **Pour briller en société :** extrait du roman *Atala* de François-René de Chateaubriand, publié en 1801. D'ailleurs, saviez-vous que Chateaubriand était né en Bretagne, et plus particulièrement à Saint-Malo, en Ille-et-Vilaine ? (Celles et ceux qui me lisent depuis le début savent que je mets un point d'honneur à parler de la Bretagne dans chacun de mes romans !)

Louise,

Rejoignez-moi au théâtre. J'ai des informations à vous communiquer sur Félicitée. Faites vite !

Josépha

— Qui t'a envoyé ? demandai-je au garçon en culotte bouffante.

Il tapota la signature de Josépha avec son index. Aucun son ne sortait de sa bouche, mais son visage était défiguré par la peur. Il mentait. J'étais convaincue que l'Olympienne n'était pas la messagère et je courus vers ma chambre pour retrouver le mot que Josépha avait rédigé elle-même la première fois.

L'écriture était différente.

— Que se passe-t-il ? demanda Paul, sur le seuil.

— J'ai besoin que tu me rendes un service, lui dis-je en fourrant le message dans sa main. Porte cela à l'inspecteur Brandicourt. Dis-lui que c'est un piège et qu'il doit me rejoindre au théâtre Cleba.

— Hors de question ! trancha-t-il. N'espère pas m'éloigner après m'avoir parlé de piège.

— Nous n'avons pas le choix ! Je suis certaine que Josépha est en danger. J'ai vu Félicitée menacer l'une des Olympiennes pour avoir simplement questionné son autorité.

— Raison de plus ! Allons chercher l'inspecteur ensemble et nous irons tous au théâtre.

Je le comprenais plus qu'il ne le pensait, mais je ne voulais pas attendre.

— Je ne perdrai pas une personne de plus, Paul. Si tu ne veux pas m'aider, je me débrouillerai seule.

— Tête de mule, marmonna-t-il. Ne fais rien d'inconsidéré avant notre arrivée ! Est-ce clair ?

— Je ferai ce que je jugerai utile, rétorquai-je avant d'ajouter, taquine : si tu as peur, je te suggère de te dépêcher.

Il tourna les talons et partit en courant.

— Rentre chez toi, ordonnai-je au garçon dans la cuisine. Je me charge de cette affaire.

Il déglutit, puis s'inclina deux fois de suite pour me remercier avant de s'enfuir à son tour.

Je n'abandonnerai plus personne.

J'attrapai mon châle à la volée, descendis les marches deux par deux, sans m'arrêter devant Amélie qui m'observait avec stupeur. Je levai haut la main pour la saluer en lui disant que j'avais une course à faire.

— À cette heure ? rétorqua-t-elle alors que la porte d'entrée se refermait déjà derrière moi.

La nuit était effectivement tombée. En traversant le faubourg Saint-Germain, puis le faubourg Saint-Marcel, je pensai au garçon muet qui avait accouru pour porter son message. Je pensai à Paul qui, je l'espérais, avait trouvé l'inspecteur. Je pensai à Clément, à nos courses folles dans les rues de Paris. Et, alors que mes pieds me faisaient souffrir, que mon cœur menaçait d'exploser et que la sueur glissait en lourdes gouttes sur mon front, je continuai d'avancer vers ma destination.

Plus personne ne mourra.

La lourde porte en bois du théâtre abandonné claquait contre son montant. Le vent glacial s'y engouffrait tel un spectre sifflant. L'obscurité régnait en impératrice sur le quartier, accentuant le parfum rance de l'urine qui saturait l'air.

Je me baissai pour ramasser un morceau de bois parmi les débris qui jonchaient le sol mal pavé. Il ne pesait pas très lourd, sûrement était-il pourri, et le coup porté ne ferait que peu de dégâts, mais je n'étais pas la Louve. Je ne me promenais pas dans la capitale un poignard accroché à la cheville.

Peut-être le devrais-je, car le pic taillé en pointe dans la poche de mon manteau ne paraissait pas plus effrayant qu'un modiste sans ses rumeurs de salon.

Je saisis la poignée de la porte, tendis l'oreille dans l'espoir d'entendre la voix de Josépha. Ou même celle de Félicitée. En vain.

Un peu de nerfs !

Je pénétrai dans le bâtiment avec le sentiment qu'un drame se profilait. Paul avait raison, « tu as l'art de t'embourber dans les pires situations ! ». Je ne le faisais pas exprès bien sûr – ou peut-être que si, mais toujours dans l'idée de lever le voile sur les affaires macabres qui secouaient la capitale. La quête de vérité, voilà précisément ce qui m'avait menée, ce soir-là, dans cet endroit que même les Fantômes semblaient fuir.

En pensant à ces trois dernières semaines, à la menace qui planait sur mes épaules à cause de ce maudit comte et de sa prétendue Marquise de Brinvilliers, j'avais la nausée. Ce surnom me glaçait l'échine.

Lorsque la porte grinça sur ses gonds rouillés, je grimaçai. *Au temps pour la discrétion.* Je balayai la salle du regard, les sièges éventrés et recouverts de poussière, la scène légèrement surélevée sur laquelle gisaient des prospectus abandonnés. Les courants d'air en avaient balayé quelques-uns sur le tapis de l'allée centrale.

Ma main toujours agrippée à mon arme de fortune, j'avançai jusque dans les rayons de lune qui filtraient par la toiture percée. Une chouette s'envola en hululant, m'arrachant un frisson désagréable, puis les bruits de pas résonnèrent à nouveau contre la carcasse du théâtre, dans la galerie à l'étage. Tout mon bon sens me hurlait de rebrousser chemin dans la seconde, d'écouter Paul et d'attendre l'arrivée de la police.

Je le laissai sur place et continuai de marcher.

J'empruntai l'escalier en bois qui gémit d'agonie, progressai avec prudence, prête à me défendre au moindre mouvement suspect. Mon morceau de planche voyait peut-être sa peinture s'écailler, mais il présentait l'avantage de se parer de clous solidement ancrés par la rouille.

Si tu y crois, c'est le principal.

À l'étage, j'observai la galerie en quête d'une présence. Hormis des sièges en aussi mauvais état que ceux du rez-de-chaussée, je ne vis que l'obscurité, n'entendis que le silence. J'aurais dû avancer encore, continuer vers le couloir qui débouchait sur les coulisses, au milieu des sacs de sable, au-dessus de la scène, mais mes jambes flageolaient.

Ne te débine pas ! Pense à Josépha !

En resserrant la prise sur mon arme, je mis un pied devant l'autre et m'engouffrai dans le fameux couloir sans fenêtre qui sentait le tabac froid et la moisissure. Je posai ma main libre sur le mur dont la tapisserie se décollait. J'aurais aimé parler à haute voix pour combler le silence angoissant qui plombait l'atmosphère, je ne réussis qu'à déglutir avec difficulté. N'importe qui pouvait se cacher là, dans les ténèbres qui m'enveloppaient.

Félicitée, qui n'appréciait pas que je marche sur ses platebandes.

L'apothicaire, qui vouait un culte étrange à la marquise de Brinvilliers.

La Louve, qui n'hésitait pas à tuer devant témoins.

Le directeur Auriol, qui avait accès à des produits toxiques.

L'un d'eux était peut-être l'Empoisonneuse. Et l'un d'eux avait sûrement reçu l'ordre de se débarrasser de moi à la première occasion.

Pourvu qu'aujourd'hui ne soit pas ladite « première occasion ».

Un pas après l'autre, alors que ma main hurlait d'être trop serrée autour du bois qui libérait ses échardes, la lumière apparut enfin. Le bout du tunnel.

Je passai la tête par l'entrebâillement, avisai le système de cordes et de poulies qui filait au-dessus de la scène, puis le tas de sacs en lin remplis de sable. Toujours personne. Avais-je rêvé ? Je n'osais poser la question à voix haute ou appeler Josépha pour m'enquérir de son état. Je restai aussi silencieuse que possible en traversant l'espace, mais malgré toutes mes précautions, j'évitai de justesse le sac fixé à un crochet, lancé dans ma direction avec force. Je me protégeai du retour du projectile en roulant sur le côté, et lorsque je me relevai, j'aperçus une ombre s'enfuir derrière un pendrillon de velours noir.

— Halte ! criai-je, encouragée par le sang qui pulsait dans mes veines.

Je me relevai en vitesse, manquai de glisser sur de

nouveaux prospectus et me rattrapai à la rambarde en bois qui surplombait la scène avant de courser le fantôme du théâtre. Fantôme qui m'en voulait, à l'évidence. Alors que cette nouvelle aurait dû me convaincre de faire demi-tour, elle me galvanisa, au contraire. Peut-être tenais-je ma chance, le fin mot de l'histoire de la Nouvelle Marquise de Brinvilliers.

Je courais à travers l'enfilade de salles obscures, guidée par le bruit des pas, mes doigts agrippés à mon gourdin de fortune. Les vieux décors peints semblaient me regarder en silence alors que je me frayais un chemin à travers les couloirs encombrés de chaises, de tables, d'une statue d'Artémis. La déesse de la chasse m'encourageait de la pointe de sa flèche encochée sur son arc, elle me montrait la direction. Alors je l'écoutai. J'allongeai ma foulée de peur de me laisser distancer, glissai à nouveau sur un prospectus.

Fichtre ! Quelle pagaille !

La silhouette encapuchonnée reparut dans mon champ de vision, à l'angle du couloir, de l'autre côté de la galerie. Je portai mon épaule vers l'avant pour enfoncer les portes battantes vermoulues, ralentissant à peine dans l'obscurité du couloir. Mon cœur battait au rythme des pas de l'inconnu.

Cheval au galop.

Fantôme de chair.

Les échardes de mon bâton me blessaient la paume.

Heureusement, l'éclat de la lune s'imposa à nouveau derrière une nouvelle porte. En l'absence d'Artémis, je n'avais plus que mon instinct pour seul guide. Mon instinct et la vibration de la chevauchée nocturne sur le plancher de bois. Je suivis le bruit des pas vers la scène, hélai une fois encore l'ombre fine qui empruntait les escaliers, puis la poursuivis sans ne plus faire cas du grincement des marches. Sauf que…

Trop occupée à regarder mes pieds pour ne pas chuter, je ne vis pas la lame qui m'entailla le poignet.

Je lâchai mon arme.

— Non, soufflai-je, les yeux écarquillés, en couvrant la blessure de mon autre main.

Je relevai la tête vers l'inconnu qui s'était volatilisé, puis je m'effondrai.

LE CHIEN

Si tu trouves sur ton chemin le Chien,
il annonce sûrement amitié et soutien.

Je me réveillai sur le bord d'un fleuve qui n'était pas la Seine. Les pavés sous mon corps n'étaient pas froids et les couleurs alentour n'existaient pas. Seule la lumière brillait d'un blanc éclatant.

Je battis des paupières pour m'acclimater.

Alors seulement, je la vis.

De l'autre côté.

Élise.

Elle me fit signe de la main, souriante. Elle avait l'air sereine. En avais-je l'air également ?

— Suis-je morte ? demandai-je à voix basse en fixant mon poignet.

— Pas encore, éluda Élise.

J'avais perçu sa voix comme si l'Olympienne s'était trouvée près de moi. Elle n'avait pas bougé pourtant. Elle se tenait toujours de l'autre côté.

— Vais-je mourir ?

— Oui.

Je vacillai.

Assise sur le bord de ce fleuve qui n'était pas la Seine, j'allais tomber. Sombrer par le fond.

Alors que l'Empoisonneuse courait toujours.

— Ce n'est pas juste !

— Ça ne l'est jamais, admit Élise.

— Qui est-ce ? m'emportai-je sans réussir à me lever. Qui t'a tuée ? Qui m'a…

— Je ne l'ai pas vue.

— Elle était si proche pourtant, murmurai-je. Je lui ai couru après. Si près qu'elle m'a entaillé le poignet. J'ai forcément vu quelque chose.

— Un parfum…

— … floral, terminai-je.

Nous aurions pu prendre le thé que la conversation aurait été la même. Alors qu'elle se trouvait si loin, je la sentais autour de moi.

Si proche et pourtant…

Quelle fourberie !

— Concentre-toi, me conseilla-t-elle alors que mon esprit n'arrivait pas à se fixer sur l'essentiel.

L'était-ce vraiment ?

— La Marquise, m'encouragea-t-elle.

— Elle n'est pas très grande, à peine plus que moi, et svelte.

— De quelle couleur sont ses cheveux ?

— Je ne sais pas.

— Si.

— Elle portait un capuchon.

Élise était si loin. Je ne pouvais lire son visage.

— Où suis-je ? demandai-je.

— Dans l'entre-deux.

Entre ici et là-bas ?

Entre les deux parties de moi ?

Entre *eux ?*

— Où puis-je la trouver ?

— Tu le sais déjà.

Elle me souriait. Comme la fois où nous nous étions rencontrées. Un sourire qui pouvait conquérir le monde, qui aurait franchi les montagnes. Un sourire trop vite effacé.

— As-tu eu mal ? m'inquiétais-je.

— Je ne m'en souviens pas.

Tant mieux.

— Ton temps est écoulé, déclara-t-elle en se levant.

— Quel temps ?

— Ne l'entends-tu pas ?

Je tendis l'oreille, mais ne perçus que le son de sa robe qu'elle époussetait.

— Ce n'est pas encore ton heure, tonna-t-elle d'une voix qui n'était plus la sienne.

Le sourire aux lèvres, elle me salua d'un geste de la main, puis disparut.

Moi, j'étais toujours assise sur le bord de ce fleuve qui n'était pas la Seine.

— Louise !

Panique. Soulagement. Amour.

Je n'avais pas rouvert les yeux que la puissance de ses émotions me submergeait.

— Paul, soufflai-je.

Je sentais le bois dur et humide sous mon dos, celui

de cette scène qui m'avait vue mourir un peu. De peur, surtout. Car sur mon poignet, la mince ligne rouge n'était pas infectée. Elle ne suintait pas le poison. Je détournai la tête.

Quelle honte de m'être ainsi évanouie !

— J'ai eu tellement peur en te trouvant allongée ici ! s'exclama Paul. Je t'avais demandé de ne rien tenter d'irréfléchi.

— Je n'ai fait que courir après un inconnu, armée d'un morceau de bois rongé par les vers.

— Oh ! Voilà qui est tout à fait raisonnable, en effet, gronda-t-il.

Je souris. Lui aussi, en demi-teinte.

Je reprenais vie.

— Où est l'inspecteur ? l'interrogeai-je en balayant la salle vide du regard.

— Il est parti chercher ton agresseur avec ses hommes. Il ne devrait pas tarder.

Il suffit de parler du loup pour qu'il montre son museau. Sans l'inconnu. Et à bout de souffle.

— Vraiment, Inspecteur ! Ces courses folles ne sont plus de votre âge, plaisantai-je.

— Prenez garde, jeune impertinente ! La moquerie envers un membre *éminent* des forces de l'ordre peut vous valoir un aller simple pour la prison.

— Dans ce cas, je suis chanceuse que vous ne soyez qu'un inspecteur de quartier.

Il rit doucement.

— Je suis heureux de vous voir en si bonne forme. Vous nous avez fait peur.

— J'en suis désolée, avouai-je en baissant les yeux.

— J'avais préparé un sermon, mais je crois que votre mine contrite et l'épreuve que vous venez de vivre suffisent. Je vais vous raccompagner, conclut-il.

Paul m'aida à me relever sur mes jambes flageolantes, puis à sortir de cet endroit où je n'avais plus jamais l'intention de remettre les pieds.

Je tremblai tout le long du trajet en calèche.

Je tremblai en remontant les marches de l'appartement rue de Tournon.

Je tremblai en me couchant.

Et lorsque je ne tremblai plus, je m'endormis.

♣♦♠♥

Vendredi 29 novembre 1805
8 frimaire de l'an XIV

— Il faudra bien qu'elle s'explique ! déclara MAL d'un ton ferme.

— L'explication est évidente, temporisa Amélie à voix basse.

— Par le ciel ! Cette enfant a le crâne plus dur que la pierre.

— Je ne sais comment le prendre, se moqua l'inspecteur.

— As-tu quelque chose à ajouter, Paul ? bouda-t-elle en voyant que tout le monde se liguait contre elle.

Ce dernier se garda bien de répondre puisque lui seul savait que j'étais éveillée. Assis sur le tabouret près de mon lit, dans la lumière du jour qui filtrait par la fenêtre, il serrait ma main avec tendresse.

— Ne me dis pas que… commença MAL en entrant complètement dans la chambre. Mais si ! Elle est réveillée, la bourrique ! Et elle nous laisse nous inquiéter inutilement. Tu mérites d'être privée de ragoût.

Elle me menaçait, le doigt pointé dans ma direction, mais sur son visage, je ne lisais que le soulagement. Derrière elle, Amélie et Pierre entrèrent à leur tour. Je me redressai pour les accueillir correctement, lissai mes cheveux du plat de ma main, puis remontai les draps au-dessus de ma poitrine. Heureusement, j'étais encore vêtue de ma chemise de corps.

— Comment tu t'sens ? s'enquit aussitôt ma sœur de cœur.

Je souris. Depuis quelques jours, son attitude avait changé. Elle me tutoyait, parlait plus fort, osait partager le fond de sa pensée. Elle prenait enfin la place qui lui revenait dans notre trio.

— Je suis courbaturée, répondis-je. Rien d'inquiétant.

— Cela t'apprendra à courir seule après les bandits, gronda MAL.

— Que veux-tu ? On ne se refait pas.

Elle soupira de frustration, tandis que nous souriions tous, heureux qu'il y ait eu plus de peur que de mal.

— Avez-vous des nouvelles de l'affaire ? demandai-je à l'inspecteur.

— Effectivement. Êtes-vous suffisamment en forme pour en discuter ?

— Je vous rejoins dans un moment, le temps de m'habiller.

— Évidemment, conclut MAL, sortant de la pièce en continuant à maugréer. Qu'elle se débrouille ! Je ne veux rien savoir. Ou peut-être que si… mais ne lui en touche pas un mot.

Amélie acquiesça en riant.

L'inspecteur les suivit au salon.

Paul me regarda, immobile.

— Tu es fâché, observai-je.

— Je ne peux rien te cacher.

— Très fâché ?

— Horriblement.

Je lui offris ma plus belle moue penaude et il serra ma main derechef. Il la porta à ses lèvres, embrassa mes phalanges sans me quitter du regard. J'aurais pu fondre dans l'instant… mais j'aurais raté le meilleur.

— J'ai un cadeau pour toi, dit-il en sortant de sa poche un bracelet tressé de fils multicolores.

Il l'attacha délicatement sur mon poignet blessé tandis que j'observais le fil d'or qui serpentait entre le bleu et le rouge.

— Je l'ai fabriqué moi-même cette nuit pendant que tu dormais. Je voulais à mon tour t'offrir ma protection, ajouta-t-il en tapotant sa veste à l'endroit de son cœur, là où je supposais que se trouvait le talisman que je lui avais confectionné.

L'émotion m'enserrait la gorge. Je ne cessais de fixer le bracelet, puis les yeux de Paul, puis le bracelet à nouveau dans une vaine tentative pour chasser mes larmes. Il essuya celles qui perlèrent sur ma joue.

J'avais eu si peur dans ce théâtre abandonné. Si peur de mourir. Si peur de le laisser. De *les* laisser, toutes ces personnes que j'aimais. Si peur que Paul me tourne le dos pour avoir couru vers le danger alors même qu'il m'avait demandé de ne pas le faire. Mais il était là.

Il était là, nouant avec précaution ce bijou qui avait plus de valeur à mes yeux que toutes les pierres précieuses. Je brûlais de lui répondre, de lui confier que, si la mort nous séparait, je n'aurais de cesse de l'attendre sur l'autre rive de ce fleuve qui n'était pas la Seine.

— Merci, murmurai-je, faute de mieux.

Il me souriait. Encore. Toujours. Sur son visage, je lisais qu'il ne s'offusquait pas de mon manque de réaction, qu'il comprenait l'émotion qui m'habitait. Il se leva alors pour m'embrasser sur le front et sortir de ma chambre.

Quant à moi, il me fallut plusieurs secondes pour parvenir à quitter mon lit. Je m'habillai après une toilette rapide à l'aide d'un linge humide et parfumé à l'essence de rose qu'Amélie m'avait préparé. Ainsi apprêtée, je me sentais capable d'affronter la discussion qui s'en venait.

Enfin, c'était ce que je croyais.

— J'ai trouvé qui était Alice Dupont, m'annonça l'inspecteur de but en blanc.

Dans le fond du salon, MAL tirait les cartes, Paul lisait le journal et Amélie s'affairait à nettoyer les vitres des fenêtres qui étaient déjà étincelantes.

Je ne suis pas la seule à vouloir connaître le fin mot de cette histoire.

— Il s'agit de la cousine de Virginie François.

Je repensais à ma conversation avec monsieur François, à l'émotion qui l'avait saisi en déclarant que sa famille était maudite. Qu'avant d'avoir perdu sa fille, il avait perdu sa nièce.

— Elle est morte en couches, me rappelai-je.

— Précisément. Il se trouve que mademoiselle Dupont a travaillé à la Savonnerie.

— Ne me dites pas qu'elle était…

— Il semblerait, confirma-t-il.

— Par tous les diables ! s'exclama MAL. Ne faites pas semblant de nous ignorer et cesser de parler à demi-mot ! Qui était cette femme ?

Amélie était figée devant sa fenêtre, l'oreille tendue, et Paul avait levé les yeux de son journal.

— Nous avons appris, confiai-je, que le directeur Auriol avait eu une relation avec l'une de ses employées avant Élise Marchant, la seconde victime de l'Empoisonneuse. Il apparaît que cette personne était la cousine de Virginie François, la première victime.

— Le directeur l'aurait fait renvoyer lorsqu'elle est tombée enceinte, informa l'inspecteur, et vraisemblablement, elle serait morte avec son enfant lors de l'accouchement.

— Ce qui offre un sérieux mobile à Virginie pour se venger, renchéris-je.

— Et au directeur pour la faire taire, conclut MAL.

La tapisserie se dévoilait enfin. Les fils se tissaient, le dessin nous apparaissait avec plus de clarté et reliait toutes les victimes au directeur Auriol. Restait à comprendre en quoi ces morts étaient utiles au comte de Montfort.

— Quelque chose ne colle pas, pensai-je à voix haute. Je n'imagine pas le directeur tuer à la pelle. Lorsque nous l'avons interrogé, par deux fois, il tenait à peine sur ses jambes et il n'en menait pas large devant vous. Ce n'est pas un homme de courage.

— En faut-il vraiment pour couper le poignet de

ses victimes et attendre qu'elles agonisent ? demanda l'inspecteur.

— Peut-être pas…

— Mais ? insista-t-il, me connaissant bien.

— Mais cela n'explique pas tout. Clément n'a jamais rien écrit dans ses articles sur le fait que l'Empoisonneuse coupait tout particulièrement le poignet de ses victimes. Ce qui me laisse croire que c'est notre coupable après qui je courais dans le théâtre. Je puis vous assurer qu'il n'avait ni la carrure ni l'endurance du directeur.

Et visiblement, il n'avait pas eu l'intention de me tuer… Alors, pourquoi m'avoir fait venir ?

— Je vois. Si ce n'est pas le cas, il nous manque effectivement un dénominateur commun. Qui avait intérêt à ce que Auriol soit accusé ?

Je haussai les sourcils d'un air entendu. Il me répondit par une grimace et MAL soupira.

— C'est absolument délicieux de voir la complicité et l'efficacité de votre duo, déclara-t-elle, mais si vous continuez votre conversation muette, je vous demanderai d'aller le faire ailleurs que sous mon nez. C'est beaucoup trop frustrant !

Amélie masqua très mal son fou rire derrière sa main. Quant à Paul, il restait stoïque sur sa chaise, les mains croisées sur son journal, lui-même posé sur les genoux.

— J'aimerais affirmer que vous ne voulez pas savoir, répliqua Pierre, car nos soupçons se portent sur une personne que votre sensibilité préférerait ignorer, mais mon petit doigt me dit que ce n'est pas le cas.

— Votre petit doigt est la partie la plus perspicace de votre anatomie, sachez-le !

Cette fois, Amélie mordit son poing fermé pour réprimer son hilarité. Pierre, égal à lui-même, sourit à ma mentore.

— Il va de soi que cette information ne doit pas sortir de ces murs, dit-il sur un ton sentencieux. Aucun de nous ne sera en mesure d'endiguer le raz-de-marée qui surviendra si elle s'ébruite avant que nous ayons récolté les preuves suffisantes.

Cette fois, plus personne ne souriait.

L'inspecteur scrutait leurs visages, un par un, dans une lenteur excessive. S'il paraissait on ne peut plus grave, je notai la ridule tremblante qui étirait imperceptiblement son sourire. Il s'amusait.

— Oh ! Abrégez ce suspense ! s'emporta MAL.

— Nous pensons que le comte de Montfort a engagé la Nouvelle Marquise de Brinvilliers, révélai-je sous le regard outré de mon partenaire à qui je venais de couper l'herbe sous le pied.

Je l'ignorai, trop concentrée sur les mines choquées de MAL, Amélie et Paul. La nouvelle avait de quoi perturber. Je n'avais, pour ma part, toujours pas admis qu'une telle personnalité ait pu faire assassiner Élise et Virginie. Le comte de Prévert et le conseiller Artan étaient des hommes de pouvoir, des dangers potentiels, mais qu'avaient donc fait les ouvrières de la manufacture pour subir un tel destin ?

— Et si vous ne cherchiez pas un seul dénominateur commun, proposa Paul. Si chaque victime était liée à une personne que le comte souhaitait protéger.

— Intéressante suggestion, monsieur Lenoir, admit Pierre.

Je ne trouvais pas cette piste *intéressante*, je la trouvais *effrayante* ! Alors que je me réjouissais plus tôt d'avoir découvert un suspect solide en la personne du directeur, je devais à présent envisager qu'il n'était rien de plus qu'un bouc émissaire. Je ne croyais pas aux hasards. Il ne pouvait être le point de convergence de toutes les victimes sans une bonne raison.

Je basculai ma tête en arrière, sur le dossier du fauteuil. Les yeux fixés au plafond, je rejouais les interrogatoires, les articles de Clément, les conversations entendues au bal de charité, les talismans à la Savonnerie et les messages de mes rêves, pendant que MAL tirait les cartes.

— Il est gravement malade, déclara-t-elle.

— Qui donc ? s'enquit Pierre.

— Le directeur Auriol, bien sûr ! Suivez un peu, inspecteur Brandicourt, le taquina-t-elle.

— En effet, il l'est, me rappelai-je. Je ne comprends pas où cela nous mène.

— Il était amoureux, poursuivit-elle en glissant ses doigts sur les cartes retournées. Et malade *à cause* de cet amour.

Fichtre !

— Il a été empoisonné ! m'exclamai-je.

— Plaît-il ? s'étonna l'inspecteur qui perdait le fil de la conversation.

— Je me demandais pourquoi Élise s'était éprise d'un tel homme. Cela n'a jamais été le cas ! Elle l'a empoisonné.

— Pour quelle raison ? Dans quel but ?

— La vengeance ? avançai-je. Élise et Virginie avaient peut-être fomenté cette punition de concert.

— Encore une fois, cette piste nous mène vers le

directeur. S'il n'est ni la Marquise ni le Marionnettiste, quel rôle joue-t-il ?

— Pourquoi l'Empoisonneuse t'a attirée au théâtre ? demanda Amélie dans un murmure.

Le silence tomba sur la pièce.

Voilà une bonne question, en effet.

— Peut-être es-tu proche de la démasquer ? suggéra Paul.

— As-tu rêvé la nuit dernière ? s'enquit MAL.

— Eh bien… oui, admis-je. J'ai vu Élise.

Elle m'encouragea à poursuivre, alors je leur racontai mon étrange discussion.

— Elle sous-entend que tu as vu l'Empoisonneuse, analyse MAL. Est-ce le cas ?

— Non.

— L'aurais-tu vue en un autre temps, un autre lieu ?

— Je ne sais pas. Peut-être.

— Réfléchis, me souffle Paul. Pense à sa carrure, son parfum, sa façon de bouger.

Je passai sous silence la partie de mon rêve qui ne concernait pas l'affaire, ce tiraillement intérieur que je ressentais depuis quelques semaines, mon attirance pour Clément, pourtant si différente de mes sentiments à l'égard de Paul. Il n'était pas question d'amour avec lui. C'était autre chose.

De fort.

De sombre.

De tentant.

Un mouvement se dessina dans mon angle mort. D'abord imperceptible. Puis la silhouette fine de Clément se découpa au dessus de son bureau à la Gazette, dans les escaliers du musée du Louvre, dans son abri sous les toits.

Je me souvins de mes yeux qui s'étaient à peine levés pour rencontrer les siens lors d'une danse sur un sol parqueté. Nos respirations qui se mêlaient, son parfum floral, ses compliments qui m'enveloppaient.

Clément qui, depuis ce soir au cabinet, n'avait eu de cesse de me faire comprendre qu'il voulait enquêter avec moi. Être avec moi. Il me flattait, m'encourageait. Je n'avais jamais décelé le mensonge sur son visage.

Et pourtant…

L'ANCRE

L'Ancre attire à elle un avenir radieux,
pourvu que son entourage soit audacieux.

— Non, m'horrifiai-je.

Si.

— Que se passe-t-il ? s'inquiéta l'inspecteur.

— Elle vient de comprendre, expliqua ma mentore.

Depuis combien de temps le sais-je au fond de moi ? Depuis le début ? Aurais-je pu empêcher la mort du comte et celle du conseiller ?

— Louise ?

Je relevai mes yeux humides vers Paul. J'avais douté de nous, de l'avenir qu'on se construisait petit à petit. J'avais cru que les cartes annonçaient l'arrivée de Clément comme déclencheur d'un changement romantique.

Comme j'avais été sotte !

— Je crois que…

Dis-le !

— Je crois que je sais…

Dis-le à voix haute !

— … qui est la Nouvelle Marquise de Brinvilliers, murmurai-je.

Le silence m'empêchait de parler.

La culpabilité m'enserrait le cœur.

Et la honte.

Assume tes responsabilités !

— Il s'agit de Clément.

— Le journaliste ? demanda l'inspecteur en fronçant les sourcils.

Je hochai péniblement la tête.

— Comment en êtes-vous arrivée à cette conclusion ?

Je déroulai le fil. Sa venue au cabinet parce qu'il n'avait aucune confiance en la police. Ses connexions avec tout Paris grâce à son métier. Notre première visite à la Savonnerie où il était attendu, pas comme le journaliste qu'il était, mais comme un habitué. Son parrain si bien placé qui l'avait pris sous son aile et lui avait offert l'occasion de sortir de la misère en travaillant au journal. Ce bienfaiteur qui ne pouvait être que le comte de Montfort avec qui je l'avais vu s'entretenir au bal de charité.

Cette casquette de journaliste le plaçait dans chaque recoin de la capitale sans que cela ne soit suspect. Chez l'apothicaire dont il avait déjà lu le carnet, dans les bas-fonds avec sa veste élimée et ses doigts noircis, et même au sein du Conseil de l'Empereur.

Je repensai à ses articles sur l'Empoisonneuse et sur le comte de Montfort, tous empreints d'une poésie que j'avais crue être sa signature. Il n'en était rien. Rien de plus qu'un fanatisme dérangeant et un narcissisme poussé à l'extrême.

— Il s'est si bien joué de moi, me fustigeai-je. Il me félicitait sans cesse sur mes avancées. Je croyais qu'il était sincère.

— Alors il l'était, affirma l'inspecteur. Il ne vous aurait pas trompée à ce point, Louise.

— C'est ridicule ! Il ne faisait que profiter de la situation. Il ne voulait sûrement pas que je le démasque.

— Et si c'était précisément ce qu'il recherchait ? proposa Paul.

— Pour quelle raison ferait-il cela ?

— L'esprit de compétition, avança-t-il en haussant les épaules. L'envie de se frotter à la célèbre mademoiselle Louise.

Je ne suis ni célèbre ni demoiselle. Rien qu'une idiote.

— Je vais m'entretenir avec ce jeune homme de ce pas, déclara Pierre en se levant. Je viendrai vous informer. En attendant, faites-moi le plaisir de vous reposer.

Je n'avais plus la force d'objecter. Je n'étais qu'un tas de poussière. Ce cancrelat avait brûlé le peu d'estime qu'il me restait.

Mais sous les cendres, la colère grondait.

Encore.

Bientôt, elle pousserait mon corps vers l'avant.

Encore.

— Non, objecta Paul qui s'était agenouillé près de moi. Je ne te laisserai pas prendre ce chemin. Je te connais, Louise. Je sais ce qui te traverse. Ne fais pas cela ! Tu n'es pas seule.

Il glissa son pouce sous le bracelet qu'il m'avait fabriqué. La caresse de sa peau contre la mienne me tira des frissons.

— Monsieur Paul a raison, enchaîna Amélie qui avait définitivement abandonné le nettoyage de ses carreaux. L'affaire est sérieuse. Tu peux pas partir seule au front.

— Ai-je besoin d'ajouter quoi que ce soit ? demanda MAL en rassemblant ses cartes en un tas bien ordonné.

Non.

Quant à moi, que pouvais-je objecter ? Je les observai avec reconnaissance et le feu sous la cendre brûla avec plus de douceur.

Paul resta à l'appartement toute la journée tandis que MAL et Amélie s'occupaient des clients au rez-de-chaussée. Il avait apporté un ouvrage de broderie qu'il réalisa avec minutie pendant que je lisais près du feu, mais je n'étais pas concentrée. J'avais relu trois fois la même phrase lorsque l'on frappa à la porte.

Le coursier me tendit une lettre, puis repartit aussitôt. Je refermai derrière lui, à la fois curieuse et anxieuse. Le dernier message que j'avais reçu m'avait conduite dans le piège du tueur en série qui terrorisait la ville.

Je dépliai le papier.

— C'est Pierre, annonçai-je. Il dit que Clément Grévy n'était pas à la Gazette et qu'il est introuvable. Il m'enjoint d'être prudente.

— Tu ne peux pas rester ici, argua aussitôt Paul. Viens chez moi !

— Pour vous mettre en danger, tes sœurs et toi ? Hors de question. De toute évidence, si Clément avait réellement eu envie de me tuer, il l'aurait déjà fait. Il en a eu plus d'une fois l'occasion.

— Maintenant qu'il te sait sur ses traces, il pourrait vouloir se débarrasser de toi, insista-t-il.

— Ou s'empresser de terminer sa mission pour le comte, murmurai-je, les yeux dans le vague.

— Je n'aime pas du tout cette expression sur ton visage. Tu vas à nouveau te mettre dans une situation impossible.

— Il faut le retrouver, Paul ! Et vite.

— L'inspecteur est déjà sur l'affaire.

— Rien ne m'empêche de demander de l'aide de mon côté.

Il soupira en fermant les yeux, las.

— Quoi que tu fasses, je viens avec toi, déclara-t-il. À deux, on aura plus de chance.

Là où je comptais aller, rien n'était moins sûr. Je hochai néanmoins la tête, n'ayant pas envie de perdre plus de temps.

— Hâtons-nous !

Je l'entraînai dans l'escalier, le laissai rassurer Amélie alors que je contournai déjà le puits dans la cour. Il me rattrapa en courant dans la rue de Tournon, puis ensemble nous nous dirigeâmes au-delà du Mur, vers la butte de Montmartre.

Mayo afficha un large sourire à mon arrivée. Je toussai en inspirant l'air enfumé de la guinguette.

— Contente de te revoir, fillette !

— N'étions-nous pas convenus que je deviendrais un membre de l'équipe si je survivais à la Louve ?

— Pour sûr !

— Ai-je l'air morte, selon vous ?

— Pas plus que moi.

— Alors, cessez de m'appeler « fillette » ! ordonnai-je en m'approchant du comptoir.

Il sourit, secoua la tête tout en essuyant un verre à l'aide d'un torchon.

— Comme tu voudras, *petite*. Quel bon vent t'amène aujourd'hui ? Un rendez-vous galant ?

Je ne me retournai pas vers Paul qui, je l'imaginais fort bien, devait s'enorgueillir.

— J'aimerais la revoir.

Mayo haussa un sourcil sceptique.

— Vraiment ?

Il savait. Il savait ce qui s'était passé cette nuit-là. Je le voyais à son air perplexe. Avait-il aidé la contrebandière à faire disparaître le corps ou était-elle aussi redoutable que le prétendait la rumeur ?

— Oui, répondis-je simplement.

— Je ne suis pas sa secrétaire.

— Mais vous savez où la trouver, n'est-ce pas ?

Apparemment pas.

Si le chef de la Rose Noire n'était pas en mesure de localiser la Louve, voilà qui offrait une large amplitude de mouvement à la contrebandière. Je luttai contre l'envie de prendre ma tête entre mes mains, accablée par la frustration. Elle était mon meilleur plan pour retrouver le journaliste. Avec elle, aucune…

— Élisabeth ! m'écriai-je, attirant des regards curieux.

L'aristocrate connaissait la contrebandière. Elle saurait m'aider. *Si je mettais le prix…*

Je tournai les talons et avant de sortir de l'établissement, je levai la main en criant :

— Je reviendrai pour mon paiement !

J'entendis le rire grave de Mayo porter jusque dans la rue.

— Où va-t-on, à présent ? demanda Paul en jetant un dernier regard sur la guinguette derrière nous.

— Conclure un pacte avec le Diable.

— Je vois, lâcha-t-il sans y croire une seconde.

Je lui racontai ma dernière entrevue avec Élisabeth Dubois, son esprit téméraire derrière ses allures de dame du monde. Je lui expliquai comment elle m'avait piégée pour que je lui offre une faveur en retour de son aide avec la Louve.

— Cette personne a l'air…

— Déterminée ? proposai-je.

— Ce n'est pas le qualificatif qui me vient à l'esprit en premier, mais oui, elle l'est. Peut-être un peu trop ?

— L'est-on jamais, « trop déterminée » ? Dans cette société qui nous en demande toujours plus sans nous donner en retour, ne développe-t-on pas une propension à la détermination ?

— J'imagine… commenta Paul, perplexe.

— Je sais qu'elle est ambivalente, admis-je alors que nous revenions vers le quartier luxueux du Palais-Royal. Je ne cautionne pas tous les actes de détermination, moins encore les extrêmes. Je pense simplement que prendre son destin en main lorsque l'on est une femme de ce monde est un pied de nez à tous ces hommes qui se croient si supérieurs de par leur sexe.

Paul me fixait, un peu perdu. Alors que je m'attendais à d'autres questions, il garda le silence, le regard posé sur les superbes façades en pierre de taille, et me suivit lorsque je grimpai les marches jusqu'au perron de la comtesse de Polignac.

Son valet m'ouvrit, me dévisagea – comme la première fois. Il réprima un rictus de mépris qui agita fébrilement sa narine gauche – comme la première fois. Puis il s'effaça pour nous laisser entrer faute de pouvoir nous renvoyer d'où nous venions – comme la première fois.

Face à l'élégance naturelle de Paul, il fit tout de même un signe de tête poli et s'excusa tandis qu'il partait prévenir sa maîtresse.

Élisabeth traversa à nouveau le hall pour nous accueillir.

— Louise ! Quelle plaisante surprise ! s'exclama-t-elle avec l'expression distinguée des demoiselles de bonne famille. Vous devez être monsieur Lenoir, n'est-ce pas ?

Paul lui répondit par une révérence polie. Il était subjugué par cette femme à nulle autre pareille, par son aura magnétique, par ses yeux vert émeraude au milieu de ce teint hâlé, par cette taille haute et élancée qui laissait imaginer un corps tonique. Je le comprenais, je l'étais également.

Et elle le savait. Son sourire, un tantinet mutin, illuminait son regard d'une étincelle joueuse. Élisabeth Dubois nous invitait à la divertir.

— En quoi puis-je vous aider ? s'enquit-elle.

— C'est une affaire urgente ! Je dois de nouveau m'entretenir avec la Louve.

Ses yeux se voilèrent aussitôt. Ce n'était pas l'expression colérique d'une demoiselle que l'on aurait réprimandée, plutôt celle d'une femme qui voyait son jeu dévoilé. Je n'étais pas certaine que Paul l'ait senti. Pour ma part, mon sang n'avait fait qu'un tour.

— Alfred ! s'écria-t-elle.

Le domestique sortit de l'ombre d'une porte.

— Veuillez conduire monsieur Lenoir au petit salon et lui offrir une boisson chaude, je vous prie.

— Tout de suite, mademoiselle, s'inclina-t-il en une révérence.

— Suivez-moi, m'ordonna-t-elle ensuite en me guidant jusqu'à la véranda.

Elle me dépassait d'une tête, si bien que son dos masquait entièrement le chemin devant elle. *Je suis son ombre.* Cette pensée avait quelque chose de rassurant. Élisabeth contourna la table basse en fer forgé, s'assit sur l'un des fauteuils en rotin et m'invita à faire de même.

— Que les choses soient bien claires, Louise. Cette demeure n'est en aucun cas un bureau des plaintes. Je ne suis ni votre amie ni votre indicatrice.

— J'en ai parfaitement conscience. Je suis navrée d'user de votre temps et de votre influence, mais il s'agit d'une affaire de vie ou de mort !

— Je n'ai pas le temps pour ces simagrées.

Ce dernier mot résonna dans ma mémoire en une multitude d'échos.

« Je n'ai pas de temps à perdre avec ces simagrées. »

« Cherchez du côté d'Alice Dupont. »

« Bon sang ! Réveillez-vous ! »

— C'est vous !

Mes yeux devaient être au moins aussi écarquillés que ma bouche était ouverte. Qu'avais-je donc fait ces dernières semaines pour être à ce point aveugle ?

Élisabeth resta silencieuse. Elle se tenait droite, les mains posées élégamment sur ses genoux. Sa robe en mousseline s'évasait sur le sol en une corolle d'un jaune profond. Elle ressemblait à une fleur. Une fleur magnifique… et carnivore.

Je reculai instinctivement jusqu'à me caler sur le

dossier de mon fauteuil. L'image de l'homme mort écroulé sur le quai de la Seine entrait en conflit avec celle, délicate et avenante, de cette belle demoiselle qui me faisait face.

Rond et carré.

Jour et nuit.

Bien et mal.

Élisabeth parut se satisfaire de l'effet qu'elle produisait sur moi. Je reconnus alors le bas de son visage, la forme de ses lèvres. Si j'imaginais son corps camouflé sous une cape, un masque de loup et un tricorne alors oui, je pouvais y croire. Je *voulais* y croire.

— Aidez-moi ! Je vous en prie ! Je vous le rendrai, peu importe le jour et la demande.

— Vraiment ? insista-t-elle, le sourire aux lèvres.

Je retrouvai l'expression que m'avait servie Mayo, plus tôt, à la guinguette. Que penserait le chef des contrebandiers de me savoir ici, face à la Louve dont j'avais percé l'identité secrète ? Se dirait-il qu'il en était fini de moi ? Que je ne sortirais jamais de cette villa et que nous ne retrouverions jamais mon corps – à moins de draguer le fleuve ?

— Oui, vraiment.

Plus personne ne mourra.

Élisabeth se pencha en avant sans quitter son siège. Je me sentais acculée, incapable de réfléchir de façon cohérente. Je lisais sur ses traits tout ce qui avait forgé mon admiration pour cette femme, et je comprenais que j'avais été attirée par cette obscurité, tout comme j'avais succombé à celle de Clément Grévy.

— Détendez-vous, susurra la contrebandière. Je ne

vous demanderai rien que vous ne sauriez m'offrir.

Quelle tournure de phrase énigmatique !

— Formulez votre demande clairement, Louise. Je vous écoute.

— Je dois retrouver le journaliste Clément Grévy avant qu'il ne tue une nouvelle fois. C'est lui l'Empoisonneur ! Et… je suis presque certaine qu'il travaille pour le comte de Montfort.

J'aurais dû ne rien dire et garder pour moi mes soupçons concernant le comte. Les murs ici avaient des oreilles. Je pourrais être décapitée pour le seul fait d'avoir prononcé ces mots. Je ne les regrettais pas, néanmoins, car j'avais vu juste. Élisabeth m'avait confié lors de notre précédente entrevue qu'elle cherchait la vérité sur la mort de ses parents. Une quête qui l'avait poussée à endosser ce rôle de noble, à se rapprocher des hautes sphères pour y trouver ses réponses.

J'avais parié.

J'avais joué.

J'avais gagné.

— C'est lui, n'est-ce pas ? insistai-je en observant la façon dont les rides entre ses yeux se creusaient. L'homme que vous recherchez, celui qui est relié au décès de votre famille.

— C'est une possibilité, concéda-t-elle.

— Une possibilité qui fait étrangement écho à la mienne. Œuvrons ensemble ! Trouvons les preuves nécessaires pour le faire tomber.

Elle inspira une première fois pour chasser la frustration, une seconde pour évaluer les enjeux et une dernière pour lâcher-prise.

— Bien. Je trouverai votre journaliste. De votre côté, prenez vos dispositions. Il se pourrait que la quête dans laquelle vous venez de vous lancer soit plus intense que vous ne l'imaginiez. Et je ne suis pas votre mère. Je ne vous ménagerai pas.

— J'ai bien saisi. Vous ne vous encombrez pas de simagrées.

— Précisément.

Je me levai, m'apprêtai à la saluer d'une révérence, puis m'abstins. Ni simagrées ni manières, même si je n'étais pas assez à l'aise pour lui offrir un sourire. Elle ne s'en priva pas, de son côté. Je sentais son regard perçant dans mon dos alors que je m'éloignais pour retrouver Paul et quitter les lieux.

Ce dernier s'épancha longuement sur le thé qu'il avait eu la chance, que dis-je, « l'immense privilège » de déguster. Je l'écoutais parler de « la note boisée » lorsque nous traversâmes le pont Royal pour entrer dans le faubourg Saint-Germain. Je l'écoutais se souvenir du « parfum ambré et puissant » en longeant le quai Voltaire. Je l'écoutais toujours en poussant la porte du porche rue de Tournon quand il m'expliqua n'avoir jamais bu un thé aussi original.

À ce stade, ce n'est plus seulement original, c'est divin !

— As-tu réussi à convaincre mademoiselle Dubois de t'aider ? demanda-t-il finalement.

Chacun ses priorités, pensai-je en souriant.

— Oui. Nous n'avons plus qu'à attendre. Encore.

Il me couva d'un regard qui en disait long. Je préférai l'ignorer. Je n'aimais pas l'inaction, je n'avais aucune patience et rester enfermée dans l'appartement comme un lion en cage me démangeait davantage que les écharpes en laine que tricotait madame Lebœuf.

— Ma proposition tient toujours, m'assura-t-il. Tu es la bienvenue à la maison.

— Vous avez à peine de quoi dormir tous les trois.

Son regard changea aussitôt, passant de l'amusement au désir. Je m'empressai d'ouvrir la porte d'entrée et de m'engouffrer dans l'appartement pour étouffer dans l'œuf les pensées impures qui me traversaient.

— Peut-être pourrions-nous trouver notre propre *chez-nous*, déclara-t-il.

Je me figeai dans le couloir, la respiration coupée. Paul se tenait derrière moi et le silence s'installa en même temps que la gêne. Devais-je me retourner ? La pièce tournait autour de moi. J'avais chaud. J'avais froid. Mon cœur battait la chamade.

— Louise, murmura-t-il en posant sa main sur mon épaule.

Je sursautai malgré moi. Il me contourna pour me faire face, glissa sa main le long de mon cou, puis sur ma joue. Son regard dans le mien n'était pas pressant, il brillait d'amour et d'une certitude à toute épreuve.

— Comment peux-tu être si confiant en l'avenir ?

— J'ai surtout confiance en toi, Louise.

— J'ai besoin d'y réfléchir, avouai-je.

Il aurait préféré une réponse différente. Depuis combien de temps songeait-il à cette idée ? *Suffisamment pour se tenir devant moi sans ciller.*

Je saisis sa main avec douceur. Je n'avais peut-être pas de réponse à lui donner dans l'immédiat, mais cela ne m'empêchait pas de lui prouver mon affection.

— Je te donnerai ma réponse, Paul. C'est promis, ajoutai-je dans une vaine tentative pour gommer la tension dans ses épaules.

Il acquiesça néanmoins, puis me laissa à nouveau seule.

LA CLÉ

Cette Clé est-elle à proximité,
pour assurer réussite et prospérité ?

Samedi 30 novembre 1805
9 frimaire de l'an XIV

— Nous l'avons retrouvé, annonça l'inspecteur sur le seuil de l'appartement aux premières lueurs du jour.

— Aussi vite ? m'étonnai-je.

— Vous ne me croirez jamais, Louise ! Nous lui avons couru après vingt-quatre heures durant, en vain. Et ce matin, il était ligoté à un arbre devant le commissariat, avec ceci, dit-il en me tendant une carte sur laquelle était dessinée une rose noire.

Une nuit ! Il n'avait fallu qu'une nuit à la Louve pour mettre la main sur le journaliste. Un violent frisson me secoua l'échine.

— Avez-vous quelque chose à m'avouer ? demanda-t-il devant ma mine que je supposais effarée.

— Rien que vous ne vouliez réellement savoir, éludai-je. A-t-il parlé ? Clément… Vous a-t-il donné des explications ? Des preuves pour arrêter le Marionnettiste ? A-t-il confessé ses crimes ?

— Du calme ! Du calme ! s'exclama Pierre, les mains en l'air. Il est sous bonne garde. Je suis venu vous chercher avant de débuter l'interrogatoire. J'ai pensé que vous aimeriez y assister.

Je décrochai mon châle et mon manteau de la patère, puis ouvris la porte avant même de les avoir enfilés.

— Je prends cela pour un oui, se moqua l'inspecteur en refermant derrière lui.

— Pensez-vous qu'il nous livrera le comte de Montfort ? demandai-je en sortant du bâtiment.

— Procédons par étapes. Il s'agit avant tout de confondre monsieur Grévy pour ses crimes.

— Vous avez raison.

Bien sûr qu'il avait raison. Je ne comprenais pas pourquoi je ne m'enthousiasmais pas davantage d'avoir mis la main sur cette fichue Empoisonneuse. Peut-être avais-je peur qu'il trouve le moyen de fuir son destin, qu'il s'en sorte sans payer le prix pour la mort de Virginie, Élise, le comte de Prévert et le conseiller Artan.

Même s'il y parvient, la Louve a prouvé son efficacité… assura ma flamme noire.

Il serait beaucoup plus difficile de s'attaquer au comte.

N'est-ce pas ?

Mon ventre se tordait de douleur à mesure que l'inspecteur et moi nous rapprochions du commissariat.

Dans le bâtiment, les agents couraient en tous sens, allaient et venaient, chuchotaient entre eux, souriaient. L'euphorie était palpable. Après tout, ils avaient enfin démasqué la Nouvelle Marquise de Brinvilliers. Le préfet ne manquerait pas de leur décerner quelques honneurs validés par des poignées de main viriles, tandis que Clément Grévy serait mené à l'échafaud.

Clément.

Il se tenait là, dos à moi, assis sur une chaise en bois entre les quatre murs d'une salle sans fenêtre. Je m'arrêtai sur le seuil. Pierre, lui, poursuivit son chemin jusqu'à venir s'asseoir devant le suspect. Au moment où mon partenaire le dépassa, Clément releva la tête tel un loup qui aurait flairé le parfum de l'agneau. Il se tourna légèrement vers moi, trop peu pour me voir, mais suffisamment pour que je distingue son sourire, juste avant qu'il prononce mon prénom.

Mon sang ne fit qu'un tour et des images me percutèrent aussitôt comme autant de coups portés au cœur.

Clément et moi dans la petite salle au fond de la Gazette.

Clément et moi chez l'apothicaire.

Clément et moi à l'aventure dans les rues de Paris.

Clément et moi sur la piste de danse.

« Me suivrez-vous, Louise ? »

Je détournai le regard un instant, juste une seconde pour reprendre mes esprits.

— Savez-vous pourquoi vous êtes ici, monsieur Grévy ? commença l'inspecteur.

— Pour déposer plainte, répondit-il avec aplomb. J'ai été violenté, enlevé, puis attaché comme un malpropre à un arbre.

— Avez-vous vu votre agresseur ? poursuivit Pierre en entrant dans son jeu.

— Malheureusement, non, mais je suis certain que vous le trouverez, inspecteur Brandicourt.

Je ne voyais que son dos, n'entendais que les inflexions de sa voix, pourtant je pouvais affirmer sans l'ombre d'un doute qu'il se moquait de nous, les mains posées sur ses jambes croisées.

Et cela dura longtemps…

Après une heure de questions diverses et variées, le journaliste n'avait ni avoué ni donné aucune information pertinente sur l'affaire des empoisonnements ou de l'implication du comte de Montfort.

— Doit-on faire venir le préfet, monsieur ? s'enquit un agent à l'intention de Pierre qui avait pris une pause.

Celui-ci se pinça l'arête du nez, puis déclina la proposition.

— Poursuivons nos efforts. Il ne peut mentir indéfiniment. Il fera une erreur, tôt ou tard.

— Puis-je essayer ? demandai-je du bout des lèvres.

— Quoi donc ?

— De l'interroger.

— Absolument pas, trancha l'inspecteur. Votre présence est tout juste tolérée. Je n'aimerais pas que l'on se serve de vous pour faire libérer cet assassin.

— Pourtant vous savez que je peux le faire parler… et ce même s'il s'évertue à ne rien dire.

La mâchoire de Pierre se contracta si fort que ses dents grincèrent. L'agent, sentant le vent tourner, s'éloigna discrètement.

— Ce n'est pas raisonnable, Louise. Il est clair qu'il joue avec vous. Je n'ai pas été très clairvoyant en allant vous chercher. Je crains de lui avoir donné exactement ce qu'il cherchait : votre attention.

— Alors, profitons-en ! Donnons-la-lui ! Qu'avons-nous à perdre ? Il ne va pas me tuer, menotté comme il est et désarmé.

— Vous êtes aussi bornée que lui, grogna-t-il avant de comprendre ce qu'il venait de dire. Pardon, Louise ! Je suis navré. C'était injuste de ma part de vous comparer à cette ordure.

— N'ayez crainte, Inspecteur. Vous avez raison. Bien plus que je ne veux l'admettre. Lui et moi sommes semblables, à tel point que j'ai cru voir en lui plus qu'un coéquipier. Je suis persuadée que si vous me laissez l'interroger, cela nous sera favorable.

Il hésita, serra à nouveau les dents, réfléchit.

Beaucoup.

Longuement.

Puis il céda.

— Je resterai avec vous dans la salle d'interrogatoire, déclara-t-il. Ce point n'est pas négociable.

J'acquiesçai d'un signe de tête et nous retournâmes au bout du couloir, dans cette pièce sans fenêtre où se tenait celui que j'avais cru être mon partenaire. Je m'assis devant lui, à la place qu'occupait l'inspecteur plus tôt.

Clément me sourit et ce sourire sincère me tordit les entrailles plus qu'aucun mot n'aurait su le faire.

— Je sais que vous avez tué Virginie, Élise, André et Joseph.

— Vraiment ?

Son œil brillait d'une lueur malicieuse. Non… pas malicieuse… *joueuse.* Il m'encourageait à poursuivre, agitait sous mon nez son expression la plus volontaire.

Il m'appelait.

— Oui, répondis-je simplement dans l'idée de le pousser à me poser des questions.

Je voulais qu'il s'implique dans l'interrogatoire, que ce dernier devienne une conversation. J'attendis, encore et encore. L'inspecteur s'agitait au fond de la salle, mais je maintins ma position, inflexible et neutre.

Neutre, je ne l'étais qu'en apparence. Sous ma peau, mes organes vibraient au rythme de mon cœur. J'aurais été incapable de me lever sans me trouver mal, mais cela n'avait que peu d'importance, car je voyais sur le visage du journaliste que la roue tournait. Sa jovialité faisait place, petit à petit, à la frustration.

Combien de fois, lorsque je survivais dans la rue en jouant aux cartes, avais-je affronté des hommes qui pensaient me battre sans peine ? Combien de fois avais-je vu cette lueur dans leur regard lorsqu'ils comprenaient qu'ils avaient déjà perdu ?

— Comment l'avez-vous deviné ? me demanda-t-il finalement.

Pierre cessa de gigoter. Je le vis du coin de l'œil alors que mon regard se portait toujours sur Clément qui venait d'avouer sa culpabilité à travers sa question. Il aurait pu demander ce qui me poussait à penser de la sorte ou quelles étaient mes preuves, mais non, il avait choisi cette question précise. Son visage serein ne pouvait signifier qu'une seule chose : il se moquait qu'on l'inculpe.

— N'avez-vous donc aucune envie de vivre ?

— Oh, bien sûr que si ! Plus encore depuis que j'ai appris à vous connaître, Louise.

— Alors pourquoi ? Pourquoi les avoir tués ? Qui peut bien avoir plus de valeur à vos yeux que vous-même ?

Il cilla. Puis il rit derrière ses lèvres closes.

— J'aurais dû me douter que vous comprendriez. Pour être honnête, j'ai fait appel à vous contre le bon sens. Je souhaitais plus que tout vous voir en action, sentir votre présence derrière moi, à chaque étape.

— N'était-ce que cela : un jeu ? Virginie, Élise, André et Joseph ne sont-ils morts que pour vous divertir ?

— Ne me vexez pas, Louise. Leur mort était nécessaire.

— Pour qui l'était-elle ? Pas pour vous, affirmai-je.

— Détrompez-vous sur ce point. Si je n'ai pris aucun plaisir à ôter la vie de ces personnes, j'ai au moins la satisfaction d'avoir été utile à ma patrie.

— *Votre patrie ?* m'étranglai-je. En quoi leur mort est-elle utile à la patrie ?

Clément se pencha en avant, posa ses avant-bras sur la table carrée qui nous séparait. L'inspecteur amorça un pas dans notre direction, mais je l'arrêtai d'un signe de la main. Clément regagnait du terrain, je le voyais à son sourire satisfait.

— N'avez-vous pas deviné, Louise ?

— Ce ne sont que des foutaises ! Croyez-vous vraiment qu'*il* se hissera en haut de l'Empire ?

— Aucunement… puisqu'il s'y trouve déjà. Seuls les imposteurs ont besoin de porter la couronne pour affirmer leur puissance.

La couronne.

Le lion sur les boutons de manchettes des conseillers de l'Empereur.

Mon rêve qui montrait ce lion renversé surmonté d'une couronne.

— *Il* cherche à renverser l'Empire, murmurai-je.

— L'Empire est une farce, déclara Clément avec aigreur. Il ne durera pas.

— Que suggérez-vous ? Le retour à la monarchie ?

— Pensez-vous être mieux traitée par cette gouvernance ?

Pierre se racla la gorge. Pour ma part, je fixais le journaliste, les fers aux poignets, qui se livrait à moi pour protéger ses idéaux.

Je joignis mes mains, paume contre paume, puis les posai contre ma bouche en réfléchissant. Il nous fallait obtenir des preuves et des aveux dignes de ce nom, sans quoi le comte de Montfort ne serait jamais inquiété. Je repensai alors à la suggestion de Paul.

— Voulait-*il* déblayer le terrain pour atteindre ses objectifs ? Ou vous a-t-*il* engagé pour protéger ses partenaires ?

— L'un dans l'autre, le résultat de cette entreprise sera le même, mais je suis curieux : avez-vous saisi la beauté de l'œuvre ? N'est-ce pas une merveilleuse toile tissée par la tarentule la plus habile ?

Je fronçai les sourcils. Voilà qu'il usait à nouveau de ses métaphores flatteuses pour décrire ses crimes atroces et la personne qui les commanditait dans l'ombre. Le monstre de ténèbres au fond de moi rêvait de l'étrangler. Ma raison me poussa pourtant à poursuivre le jeu.

— Joseph Artan était le membre du Conseil le plus tourné vers le peuple, ce qui n'était pas au goût de ses pairs, en particulier du conseiller Carnot.

— Alors, l'Araignée l'a mangé, s'enthousiasma Clément.

Je déglutis.

Je visualisais les feux follets autour de la Reine de

carreau qui me montrait le chemin.

— Élise Marchant empoisonnait le directeur Auriol à petit feu parce qu'il n'avait aucune considération pour les femmes et profitait de sa position pour entretenir des relations avec ses employées.

— Alors, l'Araignée l'a mangée, répéta-t-il sur l'air d'une comptine pour enfant.

Une comptine macabre.

— Virginie François était la cousine d'Alice Dupont que le directeur Auriol avait engrossée avant de la chasser. Elle est morte en couches, attisant probablement la vengeance de Virginie.

La comptine ne vint pas.

Clément me fixait, encourageant.

— Je sais que vous pouvez le faire, Louise.

— Le directeur Auriol…

— … a déjà usé de sa carte chance, me coupa-t-il. Réfléchissez, Louise ! À qui bénéficiai la mort de Virginie François ? Comment Élise Marchant a-t-elle obtenu le poison qui la débarrasserait de cet homme ventripotent ? Qui connaissait parfaitement le dosage nécessaire pour tuer sans que cela ne ressemble à un meurtre ?

— L'apothicaire…

— Nous y voilà ! jubila Clément. La famille de Fallières a plus de relations qu'il n'y paraît. Elle est encore très influente malgré sa disgrâce. Honoré est une bonne âme, si l'on omet ses passe-temps douteux.

— Passe-temps dont vous avez largement profité, si je ne m'abuse, m'agaçai-je.

— Évidemment ! C'était si facile. Cet idiot dispense ses fables à qui veut bien l'écouter. Virginie l'a bien compris.

Elle l'a laissé lui parler de la marquise de Brinvilliers, de long en large, des heures durant. Tout comme moi. Ses ambitions étaient-elles plus louables que les miennes ? Sa quête de justice valait-elle mieux que la mienne ? Après tout, elle souhaitait tuer un homme. Mais si son accointance avec Honoré s'était sue, elle aurait valu à l'apothicaire un aller simple pour la potence. Alors l'Araignée l'a mangée.

J'avais perdu mon masque de neutralité. La vérité affluait à la surface de mon épiderme en une grimace de dégoût. Je pataugeais dans ce que le monde avait de plus poisseux à offrir. Tristesse, vengeance, désespoir. Mort.

— Et le comte de Prévert, avez-vous tiré son fil ? poursuivit Clément.

— Il se battait contre le directeur Auriol pour le même terrain, commençai-je.

— Nous sommes convenus que ce dernier ne possédait plus de faveur.

— Il entretenait une relation avec le conseiller Artan.

Clément balaya l'information d'un revers de main, agitant la chaîne entre ses fers.

— Il était riche et bien placé. Peut-être était-il un adversaire un peu trop à la hauteur de votre *Araignée*.

— Poursuivez ! ordonna le journaliste en souriant.

— Peut-être avait-il forgé des alliances avec des personnes susceptibles de lui offrir ce qu'il ne possédait pas…

— Vous y êtes presque, Louise. Continuez !

L'atmosphère dans la pièce était saturée d'impatience. Nous nous accrochions aux lèvres des uns et des autres. Tout se bousculait dans ma tête.

L'influence. Économique. Politique. Sociale.

Celle de l'Empire autant que celle du peuple.

Celle des salons dorés comme celle des rues.

Je glissai la main dans les poches de ma robe. D'un côté, mon jeu de cartes. Dans l'autre…

— La Rose Noire.

Clément se rencogna sur sa chaise, aussi satisfait qu'après un bon repas. Il me fixait avec tant de révérence que je peinais à soutenir son regard.

— Le comte de Prévert avait-il des accointances avec les contrebandiers ?

— Quel noble n'en a pas ? rétorqua-t-il dans un haussement d'épaules. Mais André de Prévert était particulièrement apprécié du réseau de la Rose Noire sans que j'en aie réellement saisi la raison.

Je pensais aussitôt à la Louve. D'autres contrebandiers menaient-ils une double vie afin de satisfaire leurs ambitions personnelles ? Élisabeth Dubois était-elle impliquée dans cette sombre affaire, elle aussi ?

— Cela n'explique pas pourquoi le comte a été assassiné, décréta l'inspecteur. Ou *pour qui*.

Le sourire de Clément se fana en prenant à nouveau conscience de la présence de Pierre.

— Il a raison, repris-je. Vous noyez le poisson. Qui a-t-*il* protégé, cette fois-ci ?

Mépris – comme le nez au milieu de la figure.

Colère.

Frustration.

— *Il* n'a pas eu le choix, n'est-ce pas ? Ce meurtre n'a jamais fait partie de son plan.

Le journaliste me fixa en silence.

Aucune importance ! Vous me direz ce que j'ai envie de savoir.

— Est-ce un homme ?

Ses yeux partirent rapidement sur la gauche avant de revenir, tandis que sa bouche s'étira en un sourire pendant une fraction de seconde.

— Une femme, donc, rectifiai-je. Fait-elle partie de sa famille ?

Hum… non.

— De son entourage ?

Non plus.

— Est-elle une aristocrate ?

Toujours pas.

— Quelle femme de basse extraction a réussi l'exploit de tuer le comte de Prévert sans se salir les mains ?

Clément sourit à nouveau. Qu'avais-je manqué ? Je cherchais une femme sans envergure sociale, mais possédant suffisamment de prestance pour oser affronter un homme de l'acabit du comte de Montfort. Elle était sûrement…

Je fermai les yeux devant ma bêtise. J'avais été si obnubilée par le comte et Clément que j'en avais oublié les Olympiennes alors que j'avais si longtemps soupçonné leur meneuse.

— Félicitée ?

Clément sourit sans acquiescer. Il ne validait pas mon hypothèse, du moins pas officiellement.

— Pour quelle raison ? voulus-je savoir. Qu'avait-elle à reprocher au comte ?

— N'avez-vous pas encore compris, Louise ? Tout est une question de pouvoir. Dans notre société, plus vous avez d'argent, plus vous avez de pouvoir.

Argent ? Félicitée n'en possédait pas, à ma connaissance. Quant au pouvoir, elle n'avait que celui que ses « sœurs » lui conférait. Un pouvoir basé sur la peur, pour ce que j'en avais vu. Alors, qu'avait-elle à gagner à éliminer le comte de Prévert ?

Cela n'a aucun sens.

Sauf si…

— Ce n'était pas elle qui souhaitait se débarrasser d'André de Prévert. Pas tout à fait.

Je rejouai mon interrogatoire avec Clément.

Une femme… qui n'était pas vraiment de la famille.

Pas vraiment de l'entourage.

Quelque part entre la noblesse et le peuple.

— Adélaïde, soufflai-je.

Clément luttait pour ne pas rire. Les larmes affluaient au coin de ses yeux tandis qu'il contenait son sourire.

— Est-ce… la fille du comte de Prévert ?

— Vous êtes douée, assura le journaliste, les yeux pétillants.

— La femme du comte est morte, me rappelai-je en tentant de trouver un sens à cette traîtrise. Adélaïde était-elle sa seule enfant ?

— Définitivement douée, susurra Clément avec admiration. Adélaïde héritera de la fortune de la famille de Prévert.

Ce qui doit faire le bonheur de Félicitée.

— Comment les Olympiennes ont-elles réussi à obtenir vos… services ? Qu'avaient-elles à *lui* offrir qu'il n'eût pas déjà ?

Mépris, à nouveau. Colère et frustration.

— Rien, compris-je. Elles n'avaient rien à offrir, mais elles *le* tenaient. Elles savaient une chose qu'*il* ne voulait pas voir divulguée, n'est-ce pas ?

— Alors l'Araignée a mangé le comte, chanta le journaliste.

Pour sûr, j'allais cauchemarder de cette araignée.

— Donnez-moi son nom, Clément ! le suppliai-je. Qui vous a poussé à tuer ?

Il afficha son indétrônable sourire, avec tout ce qu'il possédait de sincérité. J'étais en colère contre cet homme. Je lui en voulais d'avoir perturbé ma vie, d'avoir joué avec mes émotions.

De m'avoir manipulée.

— Vous vous égarez, affirma-t-il en me scrutant intensément. Vous ai-je déjà menti ?

— Comment… Peu importe ! Vous avez omis de me dire que vous étiez l'Empoisonneuse. N'est-ce pas un mensonge suffisant ?

— Certes, mais je me suis toujours montré sincère dans mes sentiments envers vous.

Comment pouvait-il dire cela ? En y croyant, de surcroît !

— Vous m'avez menée en bateau, grondai-je.

— Jamais ! Je vous ai poussée à vous surpasser. Je voulais que vous vous voyiez telle que je vous voyais. Que vous preniez la pleine mesure de votre pouvoir. Louise, vous êtes la femme la plus remarquable qu'il m'a été donné de rencontrer. Je l'ai su dès le premier jour, lorsque je vous ai vue avec votre turban et votre boule de cristal dans les coursives du Palais-Royal.

Mon turban ? Le Palais-Royal ? Est-il en train de dire

qu'il… me connaissait avant que je devienne la servante de MAL ?

— Louise ! s'exclama Pierre en apparaissant soudainement à mon côté.

Il me tenait les épaules.

La tête me tournait.

Qu'avait dit Clément ?

— Il suffit, déclara l'inspecteur. Sortons !

— Non ! protestai-je en me retournant. Nous avons besoin qu'il le dise à voix haute, sans quoi nous n'aurons aucune preuve pour inculper le comte.

— Il ne dira rien, Louise.

Je me tournai vers Clément qui souriait toujours. Pierre avait vu juste. Pourtant, je pris la main du journaliste qui se crispa sous le contact de nos peaux.

— Clément, l'implorai-je, les yeux remplis de larmes. Dites-le !

Il ne souriait plus.

Il tenait ma main comme si sa vie en dépendait. C'était un peu le cas. Peut-être aurions-nous pu lui épargner la guillotine s'il avait collaboré.

Nous ne le saurions jamais.

Car Clément Grévy resta muet.

Nos mains furent arrachées l'une à l'autre lorsque deux agents l'emmenèrent en cellule.

Un autre journaliste ferait la une le lendemain.

ÉPILOGUE

Je regardai par-dessus mon épaule pour être certaine qu'aucun employé ne me suivait alors que je montai le large escalier de marbre. Puis je me faufilai dans le couloir, derrière la porte dérobée.

Il m'avait fallu un mois avant d'oser revenir ici.

Un mois depuis la mort de Clément Grévy.

Rien n'avait changé. La pièce était toujours perdue dans la pénombre que l'unique lucarne peinait à percer. Dehors, il neigeait. Bientôt, la ville serait recouverte d'un manteau immaculé qui ne le resterait pas longtemps. J'étais partie tôt, bien avant que la capitale ne s'éveille. Mes pas avaient crissé sur le sol opalescent, mon jupon s'était raidi d'humidité jusqu'à me glacer les jambes, mais je n'avais pas fait demi-tour. J'étais allée au bout du chemin pour clôturer définitivement ce chapitre de ma vie.

Je venais dire au revoir à cet homme, ainsi qu'à la femme que j'avais été à ses côtés. Que je le veuille ou non, il m'avait marquée. J'avais mûri depuis lui. Clément Grévy.

Je sortis l'article de journal que j'avais protégé en le glissant dans la manche de ma robe. Je le déposai sur le petit secrétaire, l'aplatis de ma main pour lui redonner forme, puis le relus une dernière fois.

QUI ÉTAIT CLÉMENT GRÉVY, LA NOUVELLE MARQUISE DE BRINVILLIERS ?

Dans Paris, il était connu comme journaliste à la Gazette nationale de France. Mais qui était vraiment Clément Grévy ?

Né dans la pauvreté des quartiers populaires, livré à lui-même dès son plus jeune âge, il apprit à survivre dans les rues hostiles de la capitale. Son enfance fut marquée par la misère et la solitude. C'est au détour d'un menu larcin que le destin du garçon prit un virage inattendu, lorsqu'il croisa la route du comte de Montfort, ce noble bienfaiteur que le Tout-Paris connaît. Ce dernier offrit au jeune Clément une chance de rédemption. Et un nom : Grévy. Sous l'aile protectrice du comte, l'enfant des rues se transforma, de nécessiteux à journaliste.

Pourtant, derrière le masque de la respectabilité se cachait une noirceur insoupçonnée. Qu'est-ce qui a poussé Clément Grévy à devenir cette empoisonneuse qui terrorisa la ville, connue sous le sobriquet qu'il s'était lui-même donné de « Nouvelle Marquise de Brinvilliers » ? Nous ne le saurons probablement jamais puisqu'il a été guillotiné, ce jour, sans un mot sur la raison de ses agissements.

Son histoire tragique témoigne des sombres méandres de l'âme humaine, où la quête de rédemption se mue parfois en descente aux Enfers. Clément Grévy, la Nouvelle Marquise de Brinvilliers, restera à jamais gravé dans l'histoire de Paris comme le symbole de la dualité entre lumière et ténèbres.

F. Martin

Je n'avais pas emporté l'article suivant, où le comte de Montfort s'épanchait sur la déception qu'il ressentait à l'égard de son protégé. Il ne méritait pas ma colère, et pourtant… je l'étais, en colère. Profondément. Lui continuait de vaquer à ses occupations dans sa demeure ostentatoire, à l'abri des lois, tandis que Clément avait été exécuté.

La Reine de trèfle avait fini par perdre sa tête.

J'inspirai profondément en posant mon regard sur la minuscule pièce. Mes yeux s'étaient habitués peu à peu à la pénombre et je discernai à nouveau le matelas contre le mur, les fleurs séchées pendues à la charpente. Et une lettre.

Sur cette lettre, mon prénom.

Je la décrochai de son perchoir de bois, la retournai, puis glissai mon ongle sous la cire pour la décacheter. Mes mains tremblaient aussi fort que mon cœur tambourinait dans ma poitrine.

Louise,

Depuis le premier instant, depuis que nos regards se sont croisés dans les rues labyrinthiques de Paris, j'ai été irrémédiablement captivé par votre présence. Vous ne vous souviendrez peut-être que vaguement de ce jeune garçon errant, perdu dans les méandres du Palais-Royal, de ses guenilles d'un vert usé, de ses cheveux blondis par le soleil et le vent, mais ce moment est gravé à jamais dans ma mémoire.

Vous étiez là, dans toute votre splendeur fragile, une lueur d'espoir dans ce monde sombre et impitoyable. Votre détermination et votre force m'ont inspiré, illuminant mon existence d'une flamme que je pensais éteinte depuis longtemps. Vous m'avez prêté main-forte lors d'une mauvaise passe. De votre voix douce, vous avez murmuré : « Me suivrez-vous ? ». Dans vos yeux, j'ai discerné la promesse d'un avenir meilleur, un avenir dont je n'osais même pas rêver. Alors je vous ai suivie dans le dédale des rues jusqu'à ce vieux théâtre. J'y suis resté caché un moment, entre les décors antiques, bien après votre départ.

Pendant des années, j'ai conservé le souvenir de cette rencontre, nourrissant secrètement l'espoir de vous revoir un jour. Lorsque le destin a finalement réuni nos chemins, sous des circonstances bien différentes, mon cœur a chaviré d'une émotion indicible. Vous voir, rayonnante et pleine de vie, évoluer dans tous ces endroits que j'avais moi-même arpentés, a confirmé ce que je savais déjà au plus profond de moi : vous êtes la lumière de mon obscurité.

Comment, alors, résister à l'envie de vous retrouver dans ce vieux théâtre ? Je voulais savoir si, vous aussi, vous m'y suivriez. Je m'excuse pour la frayeur que je vous ai causée.

Pardonnez-moi également, Louise, si mes mots semblent empreints d'une audace déplacée. Je sais que nos mondes sont diamétralement opposés, que nos destins semblent tracés sur des chemins divergents. Pourtant, je ne peux réprimer ce sentiment ardent qui brûle en moi, ce désir irrésistible de vous entraîner dans les plus folles aventures.

Je vous écris ces lignes dans l'espoir que vous puissiez comprendre l'étendue de mes sentiments. Je n'attends aucune réponse, car je sais que demain, je ne serai plus. Je n'ai jamais imaginé sortir vivant de cette affaire. J'avais déjà fait le deuil de cette vie, mais je suis si heureux d'avoir parcouru la fin de mon chemin à vos côtés.

Sachez que je resterai éternellement reconnaissant à cette enfant des rues qui a croisé ma route et a changé le cours de ma vie à jamais.

Affectueusement,

Clément

Quelques-unes de mes larmes s'écrasèrent sur le papier épais, effaçant des syllabes, des bouts de mots à jamais noyés dans une mer d'encre et de sel. Je déposai la lettre près de l'article de presse sur le petit secrétaire en bois qui ne verrait plus son propriétaire s'asseoir pour y rédiger ses missives. Cet endroit avait perdu son âme, il n'était plus qu'une barque vide dont les maigres souvenirs ne parvenaient pas à égayer les murs.

C'était un adieu.

Je quittai la pièce, puis le musée, avec dans mon cœur une impression de légèreté peu commune. Dans la poche gauche de mon manteau, je serrais un petit objet, dans la droite, mon jeu de cartes. Ces dernières m'avaient confirmé que le moment était venu, si je m'en sentais la force.

J'étais prête.

Totalement, irrémédiablement prête.

Anna, la patronne du café des Variétés, était dans la confidence. Creusé dans les souterrains du Palais-Royal, ledit café était le lieu de ma première rencontre avec Paul. Je me souvenais l'avoir vu entrer dans la salle alors que toute la troupe dînait joyeusement. Il s'était approché de sa sœur Marie, puis m'avait regardée. À ce moment précis, mon cœur avait compris. Il avait trouvé son Valet.

Ce matin, je descendais à nouveau les marches en pierre qui s'enfonçaient sous la terre, je progressai dans les boyaux humides et rances jusqu'à l'alcôve des Variétés.

Il était déjà là, debout devant le comptoir, discutant avec Anna qui mettait de l'ordre dans sa vaisselle.

— Paul.

Il se retourna aussitôt, tout sourire. Ses boucles brunes encadraient son visage guilleret, ses yeux pétillaient de cet éclat que j'aimais tant et il portait sa veste à queue-de-pie bleu roi, celle de notre premier rendez-vous.

Parfait.

Je me glissai derrière le bar pour enlacer Anna qui me tapota affectueusement le dos, puis j'entraînai Paul vers l'une des tables qui encombraient l'espace. Il accepta sans rechigner ni rien demander.

Sûrement se doute-t-il.

J'avais la bouche un peu sèche et une boule se forma dans mon ventre. Alors je lissai mes cheveux du plat de la main pour remettre de l'ordre dans les mèches humides, tout en respirant aussi lentement que possible.

— Tout va bien, Louise, murmura-t-il. Nous sommes entre nous, tu peux me parler librement.

J'acquiesçai, mon poing serré autour du petit objet dans ma poche.

— Tu es là, débutai-je en plantant mon regard dans celui pailleté d'or de Paul.

— Je suis là, répéta-t-il, sans moquerie.

— Oui, tu l'es. Depuis le premier jour, sans jamais faillir, sans me laisser sur le bord de la route alors que je décidais d'arpenter des chemins obscurs. Tu es resté près de moi à chaque instant, tu m'as soutenue. Tu m'as confrontée à mes choix lorsque cela m'était nécessaire. Tu m'as portée.

Il se mordit la lèvre, les yeux humides. Sa gorge semblait aussi nouée que la mienne.

— Je t'aime pour tout cela.

Son visage me criait « moi aussi ».

— Je t'aime, Paul. Du plus profond de mon âme.

Cette fois, ses épaules s'agitèrent et sur ses joues, je suivais les larmes qui roulaient, perles de bonheur pur. Paul pleurait. Et pendant un instant, je restai figée, incapable de poursuivre mon discours. Comment réagirait-il lorsque j'ouvrirais mon poing, lorsqu'il verrait l'objet au creux de ma paume ?

À la première inspiration, je sortis la main de ma poche.

À la seconde, je tendis le bras sur la table.

À la troisième, je me dévoilai.

Là, sur ma peau, lui et moi fixions une minuscule clé en argent. Un objet délicatement ouvragé. Un symbole. Une promesse. Ma voix n'était plus qu'un murmure lorsque je prononçai les mots que j'avais si souvent répétés dans ma tête.

— Veux-tu m'épouser, Paul ?

Il posa ses doigts tremblants sur la clé et c'en fut fini de notre réserve, fini de notre pudeur. Il se leva sans lâcher ma main, m'attira à lui, puis m'embrassa. Peu m'importait qu'Anna nous observât. Elle portait elle-même le poids d'un amour particulier, un amour pour lequel elle avait transcendé nombre de règles.

Puis Anna s'effaça totalement.

Ne restaient que les lèvres de Paul sur les miennes, ses mains sur mon dos, son corps chaud contre le mien, brûlant. Et alors que j'eus souhaité que la terre nous absorbe, il décolla ses lèvres des miennes.

— Oui, répondit-il. Oui, je veux t'épouser, Louise.

Je ne l'aurais pas cru quelques semaines auparavant, mais c'était le plus beau jour de ma vie. L'allégresse qui m'emplissait dépassait tout ce que j'avais pu vivre jusqu'ici. Je n'étais qu'amour en accrochant la petite clé à la montre à gousset de Paul – mon cadeau en souvenir à sa demande qui n'avait jamais obtenu de réponse.

Bien sûr, je souhaitais de longues fiançailles. Tout d'abord pour avoir le temps de mettre en ordre mon départ de l'appartement rue de Tournon. Ensuite, parce que je m'étais promis de faire tomber le comte de Montfort.

C'était pourquoi, le soir même, je me trouvais à nouveau sur le port aux Pierres, à une heure indue, pour rencontrer la Louve. Elle m'impressionnait toujours autant derrière son masque de loup doré et sa longue cape, même si je connaissais son secret.

— Il semblerait que la mort du journaliste l'ait tout de même ébranlé, m'informa-t-elle. Avec la montée en puissance des forces de l'ordre, la milice arpente les rues la nuit. Il ne peut pas employer n'importe qui et personne ne semble enclin à reprendre le flambeau de Clément Grévy.

— Ce qui est une bonne chose, soupirai-je.

— Pour le moment. Mais soyons honnêtes, cela ne durera pas. Le comte de Montfort a toujours obtenu ce qu'il désirait. L'exécution de son larbin n'est qu'un contretemps.

— Nous l'aurons à l'œil, assurai-je. Je vous ai promis ma coopération, et j'ai moi-même grande hâte de le voir mené à l'échafaud.

J'observai la Louve, magnifique et terrible sous ses atours de contrebandière, et lui lançai un regard empli de détermination ; nous avions toutes deux un compte à régler avec ce comte sournois.

Puissent les cartes nous montrer le chemin !

NOTES DE L'AUTRICE

Peut-être savez-vous déjà que Marie-Anne Lenormand a réellement existé (1772-1843), mais savez-vous que c'est également le cas de la marquise de Brinvilliers ? Cette charmante personne a été jugée pour parricide, puis décapitée le 17 juillet 1676 à Paris. Je vous épargne les détails, mais si votre âme n'est pas trop sensible, n'hésitez pas à vous renseigner sur la manière dont elle testait ses poisons sur son entourage. C'est très instructif…

Et pour vous donner toutes les cartes (vraiment, je ne vous aurai épargné aucun jeu de mots, j'en suis navrée), observons d'un peu plus près les titres des chapitres. Ils correspondent aux lames du jeu de tarot divinatoire appelé le Petit Lenormand, et sont autant d'indices pour vous guider dans votre lecture. Si vous en comprenez le sens, bien sûr… alors, découvrons leur signification !

♥ La Maison

Cette carte porte le numéro quatre et fait écho au Roi de cœur en cartomancie. Son dessin représente une maison (comme c'est étonnant !) et fait référence au logement ou à la famille. C'est une carte maîtresse dans le sens où elle désigne un aspect particulier de la vie du·de la consultant·e. Dans un tirage elle va donc indiquer que cet aspect est d'actualité.

Pour ce premier chapitre, je tenais à dépeindre le contexte familial de Louise, le confort du foyer, la stabilité de sa vie un an après ses aventures dans *L'Apprentie Cartomancienne*. Aussi, la carte de la Maison me semblait particulièrement pertinente. Et à vous ?

♥ Le Cavalier

Cette lame est la première du jeu divinatoire et est associée au neuf de cœur en cartomancie. Elle évoque les déplacements de courte distance, et parfois des messages.

Savez-vous qui est le Cavalier de ce second chapitre ?

♠ La Tour

La dix-neuvième lame du Petit Lenormand correspond au six de pique et symbolise une structure d'autorité, de pouvoir (la montée vers le sommet).

Sans trop d'originalité (avouons-le), elle représente assez bien un certain directeur rencontré dans ce chapitre 3. Vous ne trouvez pas ?

♠ La Lettre

Associée au sept de pique, la Lettre est, sans surprise, la représentation d'un message. Pour connaître les événements qu'elle annonce ou la manière dont ils vont arriver, le·la cartomancien·ne va analyser les cartes qui l'entourent.

Avez-vous deviné ce que représente la Lettre dans le chapitre 4 ?

♦ Le Soleil

L'As de carreau incarne le succès. Il renforce votre courage, contrôle votre ego et auréole les cartes autour de lui d'un bon présage… si vous tenez l'arrogance éloignée.

Dans le chapitre 5, il fait référence à plusieurs personnages. Les avez-vous identifiés ?

La Loupe

Cette lame fait partie du jeu *Les Rêves enchantés de Lenormand*[1]. Intégrée dans le but d'apporter contexte et perspectives supplémentaires dans les tirages, elle n'est associée à aucune figure.

Elle suggère aux cartomancien·nes d'étudier le problème avec plus d'attention pour déceler un élément discret, peu visible. Elle peut également encourager à ne pas se fier aux apparences.

Elle m'est apparue comme la carte parfaite pour suivre le conseil de MAL : « Essaie d'envisager tout ceci comme un tirage en Grand Tableau ».

♦ Le Chemin

Dans la vingt-deuxième carte du jeu *Les Rêves enchantés*, l'image du Chemin est représentée par un escalier central qui se divise en deux, débouchant chacun sur une porte différente. Cette Dame de carreau invite le consultant à faire un choix.

---

1. Version du Petit Jeu écrite et illustrée par Ciro Marchetti, éditions Exergue, 2019, pour la traduction française.

Louise, dans cette seconde aventure, est confrontée à la réalité qui nous rattrape toutes et tous, un jour ou l'autre : évolution, changements, prise de décision.

♣ Le Serpent

Cette septième lame représente l'ennemi, le rival. Quelle que soit la question posée par le·la consultant·e, une personne semble manœuvrer dans l'ombre pour lui mettre des bâtons dans les roues.

Est-ce que le Serpent ne serait pas une certaine jeune fille, tiraillée entre ses sentiments, sur le point de (se) trahir ?

♦ Le Bouquet

La Dame de pique couvre toujours les cartes qui l'entourent d'une note positive. Elle annonce la joie, la gratitude, et chez les amoureux, l'expression secrète de la passion et de l'estime.

Dans le chapitre 9, je voulais faire un clin d'œil à l'émotion qui m'a traversée en écrivant la scène entre Louise et le père de Virginie. Un moment au milieu des fleurs, empreint d'empathie, de tristesse et d'une certaine forme d'espoir. Un échange. Un cadeau.

La Boussole

Encore une lame qui ne fait partie que du jeu *Les Rêves enchantés*. Portant le numéro quarante-deux, elle indique le chemin lors d'un voyage ou d'un choix à faire. Elle incarne souvent une personne qui conseille le·la consultant·e à tenir le cap vers son objectif.

Qui conseille qui dans ce chapitre 10 ?

♦ Le Trèfle

Six de carreau, cette seconde lame du Petit Jeu apporte bonheur et chance. Si aucune carte négative n'apparaît dans son entourage, elle annonce de belles surprises et transforme les difficultés en opportunités.

Et des opportunités, Louise en saisit plusieurs dans ce chapitre 11.

♦ La Faux

C'est une carte d'ambiance qui porte le numéro dix. Encore une fois, pas de doute : ça va trancher ! De façon plus ou moins radicale, le Valet de carreau annonce des nouvelles qui vont tomber comme un couperet.

Difficile d'être plus explicite sur le contenu de ce chapitre 12 !

♠ La Dame

Numéro vingt-neuf, As de pique. Comme pour le Monsieur, la Dame représente généralement la consultante (ou la compagne du consultant). C'est une lame très positive, qui indique la capacité du·de la consultant·e à saisir des opportunités.

Des Dames, ce chapitre 13 n'en manque pas...

♣ L'Anneau

En place vingt-cinq dans le Petit Jeu, elle représente l'une des meilleures cartes : l'As de trèfle. Ici, pas de mystère, la bague scelle à la fois l'union entre des personnes et l'accord entre des partenaires. Il faut évidemment étudier les cartes qui l'entourent dans le tirage pour en saisir la signification, mais les As sont toujours des atouts.

Quel plaisir de retrouver le duo formé par Louise et l'inspecteur Brandicourt ! Il ne pouvait y avoir une carte plus adaptée pour honorer ce solide partenariat.

Le Dé

De manière assez évidente, cette trente-neuvième lame du jeu *Les Rêves enchantés* parle d'un pari, d'un risque que le·la consultant·e est prêt·e à prendre. Il est question de changement, positif ou négatif en fonction des cartes qui l'entourent.

La chance est-elle de la partie dans ce chapitre 15 ?

♥ Le Cœur

Vingt-quatrième carte du Petit Jeu, le Valet de cœur incarne les sentiments, la passion. Il est ici question d'amour et de bonheur tant que des cartes négatives ne viennent pas obscurcir le tableau.

Ce titre est un hommage à LA scène (mais si, vous savez, celle avec le mètre ruban...).

♠ Le Vaisseau

Associée au dix de pique, le Vaisseau est la troisième carte du Petit Jeu. Elle annonce un voyage lointain pour lequel le·la consultant·e doit se préparer. La nature de ce voyage est souvent positive, mais vous connaissez la chanson...

Avez-vous compris à quoi faisait référence le Vaisseau dans le chapitre 17 ?

♦ Les Oiseaux

J'aime particulièrement cette carte, car, si le dessin (dans la version *Les Rêves enchantés*) représente la douceur de quatre oiseaux posés sur leur perchoir dans les rayons du soleil, la signification est plus… bruyante ! En effet, dans l'analyse, on peut y entrevoir une joute verbale.

Le choix de cette lame s'est imposé avec la scène de fin du chapitre 18.

♦ Le Monsieur

L'As de cœur… Cette vingt-huitième lame incarne le consultant lui-même si c'est un homme. Par contre, s'il s'agit d'une femme, il y a toutes les chances qu'il représente son compagnon ou une rencontre à venir.

Parfois, choisir une carte pour représenter un chapitre m'a pris du temps. Parfois, comme ici, c'était évident.

♣ Le Renard

Cette quatorzième carte du Petit Jeu annonce la couleur : sa présence suggère les complots à venir, la ruse d'un individu. C'est également la carte du travail. Quoi qu'il en soit, il invite le·la consultant·e à regarder autour pour déceler la perfidie.

Bien sûr, je n'ai pas été tendre : j'ai lâché plusieurs renards dans ce chapitre 20. Pauvre Louise.

♦ Le Cercueil

C'est la carte numéro huit du Petit Jeu, que l'on peut associer au neuf de carreau. Évidemment, le mot cercueil évoque la mort. Cependant, dans un tirage, il n'est pas nécessairement synonyme de décès. Le cercueil peut, par exemple, représenter l'arrêt, la fin, ou l'enfermement (une rupture, des obstacles à venir…).

Dans le chapitre 21, il incarne les deux aspects : la mort d'un personnage et les obstacles à venir.

♥ Les Étoiles

Numéro seize dans le Petit Jeu, le six de cœur incarne la lumière, l'espoir, une potentielle route à arpenter, presque prédestinée. C'est le voyage de la vie.

Un voyage qu'effectue Louise. Il s'agit également de symboliser celui du conseiller Artan.

Le Masque

Nouvelle carte tirée du jeu *Les Rêves enchantés* qui porte le numéro quarante. Elle représente ce que le·la consultant·e affiche : un rôle, une vérité ou au contraire la dissimulation d'actes et de secrets. Cette carte invite à regarder au fond de l'âme, au-delà de la duperie qui n'est qu'un Masque.

Des masques, Louise doit en sonder plus d'un dans ce chapitre 23... à commencer par le sien.

♥ La Lune

J'aime cette carte ! Elle indique que sa nature est intrinsèquement liée à l'Univers. C'est la lame de l'intuition et des capacités psychiques entre autres symboliques.

Ce sont, en tout cas, celles que j'ai choisi de représenter pour ce chapitre 24.

♣ Le Nuage

Cette sixième lame du Petit Jeu, associée au Roi de trèfle, est une carte d'ambiance. Elle annonce une tempête (passée ou à venir), à comprendre comme une épreuve pour le·la consultant·e. Comme dans tout tirage, il convient de l'analyser en fonction de sa place dans ce dernier, ainsi que des cartes qui l'entourent.

Dans le chapitre 25, pas de doute sur l'interprétation néanmoins...

♥ Le Chien

C'est la dix-huitième carte du Petit Jeu et le dix de cœur. C'est l'une des meilleures lames, car elle annonce le moyen de mettre fin à une situation défavorable.

Et il était temps ! Ce chapitre 26 amorce la résolution de l'enquête.

♠ L'Ancre

Sur le fond et la forme, on ne peut pas se tromper quant à la signification de cette lame. Trente-cinquième carte du Petit Jeu, associée au neuf de pique, l'Ancre maintient les choses en place, pour le pire ou le meilleur. Par exemple, dans un tirage amoureux, elle suggère que les amant·es sont attiré·es l'un·e par l'autre, irrémédiablement. Mais il y a aussi des situations où l'Ancre vous entrave et vous oblige à rester sur place.

Avez-vous compris à quelle situation du chapitre 27 cette lame fait référence ?

♦ La Clé

Huit de carreau, la carte trente-trois apparaît comme la solution au problème. La Clé, ce fameux sésame qui déverrouille la porte des réponses.

Comme pour les premières aventures de Louise, j'ai décidé de dédier cette lame au dernier chapitre, celui des révélations.

REMERCIEMENTS

L'écriture de ce roman a été une aventure passionnante, parfois complexe, souvent enthousiasmante, et il ne serait pas ce qu'il est aujourd'hui sans le soutien et l'aide de nombreuses personnes.

Rituel oblige, je remercie d'abord ma maman qui ne se lasse jamais de découvrir mes histoires abracadabrantes. Merci d'être la plus impatiente des lectrices !

Un immense merci aux trois femmes, *my partners in crime,* qui ont bêta-lu le manuscrit dans l'ombre.

Merci Aly d'être toujours aussi expressive et enthousiaste dans tes commentaires. Tu as rendu la première réécriture tellement plus douce.

Merci Marjo, d'avoir pris le temps de m'accompagner malgré ton emploi du temps chargé et d'avoir détesté Clément dès le départ. Tu m'as permis de mieux doser ce personnage.

Et merci, Terye, pour ton sprint et ton sonomètre de précision. Louise et Paul ont gardé leur dignité grâce à toi !

Merci à mes proches, d'être toujours présent·es, dans les bons comme les mauvais moments.

Merci, Camille (marraine de *L'Apprentie Cartomancienne*), d'avoir cru en cette histoire dès le premier jour, et pour ton travail sur ce second livre. Merci évidemment à toi, Caroline, de m'avoir demandé si j'étais motivée pour poursuivre les aventures de Louise, et pour m'avoir aidée à rendre ce texte plus riche.

Enfin, un immense merci à vous, lectrices et lecteurs, qui avez partagé votre enthousiasme pour *L'Apprentie Cartomancienne* sur vos réseaux en demandant une suite. Ce second livre a pris vie grâce à vous !

Aurélie
CROIZÉ

Aurélie Croizé n'aime pas s'ennuyer. Comme les protagonistes de ses romans, elle passe sans cesse d'une aventure à une autre. Ainsi, elle a étudié le droit, l'audiovisuel, la communication, et le développement web. Un parcours éclectique qui lui a permis de travailler dans différentes entreprises, collectivités et associations (pour l'anecdote, elle a même filmé des opérations chirurgicales !).

Aujourd'hui, elle vit en Bretagne où elle partage son temps entre ses engagements associatifs, le dessin, quelques longueurs à la piscine, des chats très demandeurs de câlins (de croquettes aussi), et l'écriture.

DÉCOUVREZ LA PREMIÈRE AVENTURE DE LOUISE DANS UNE ENQUÊTE AU CŒUR DU PARIS NAPOLÉONIEN, MÊLANT AVEC BRIO ÉSOTÉRISME ET CRIMINOLOGIE.

Paris, début du XIXe siècle.

Louise survit dans la rue comme diseuse de bonne aventure. Officiellement, elle lit dans une boule de cristal. Officieusement, elle sait surtout décrypter le visage de ses clients. C'est ce qui pousse la célèbre cartomancienne, Marie-Anne Lenormand, à la prendre comme assistante. Ensemble, elles forment rapidement un duo très prisé de la place parisienne. Jusqu'au jour où tout bascule. Alors que l'inspecteur Brandicourt sollicite les compétences de Marie-Anne sur une étrange affaire de meurtre, la prophétesse est arrêtée pour «trahison». Déterminée à ne pas laisser ce coup du sort la renvoyer dans la rue, Louise va œuvrer pour libérer sa mentore et faire la lumière sur ce crime mystérieux. De la cour de l'impératrice Joséphine aux bas-fonds de la capitale, l'apprentie cartomancienne devra se faire discrète et clairvoyante car les dangers sont nombreux dans ce monde de complots, de jalousie et de traîtrise…

Reproduit et achevé d'imprimer en octobre 2024,
par Abedik, en Pologne,
pour le compte de Gulf stream éditeur,
31, rue Alfred-Riom, 44100 Nantes,
www.gulfstream.fr

Dépôt légal 1re édition : février 2025